FEDERHERZ
VERLAG

ARYA KNIGHT

HOW TO (not) BREAK A HEART

VIOLET & ISAAC

HOW TO (NOT) BREAK A HEART

Bildmaterial: Shutterstock, Freepik, Rawpixel
Korrektorat: Michelle Giffels
Druck und Bindung: Smilkov Print Ltd, Blagoevgrad

Bestellung und Vertrieb: Nova MD GmbH, Vachendorf

ISBN: 978-3-98942-038-0

Federherz Verlag
Bergmannsweg 7
31867 Lauenau
www.federherzshop.de
Instagram: @federherz.verlag

Für alle Frauen, die heimlich leiden.
Ihr seid nicht allein.

Triggerwarnung

An alle Leser:innen,

dieses Buch enthält sensible Inhalte, die bestimmte Leserinnen und Leser emotional belasten könnten. Eine detaillierte Triggerwarnung mit allen Themen findet ihr auf der letzten Seite.

Ich wünsche euch ein schönes Leseerlebnis.

Fühlt euch gedrückt.

Eure Arya

Playlist

Heal – Tom Odell
People You Know – Selena Gomez
Jealous – Labrinth
That Home – The Cinematic Orchestra
The One That Got Away – Katy Perry
Attention (Violin) – Joel Sunny
The Way You Look Tonight – Frank Sinatra
Not About Angels – Birdy
logical – Olivia Rodrigo
i wish you cheated – Alexander Stewart
16 – Sadie Jean
Asleep – The Smiths
Video Games – Lana del Rey

Prolog

Vor zwölf Jahren

»Du wirst dich verletzen«, warnte er. Ich ignorierte ihn, fuhr auf meinen Schlittschuhen weiter Kreise um ihn herum, darauf bedacht, jeden Moment umdrehen zu können.

Mein Lächeln versteckte ich hinter einer Hand. »Ich kann das mit geschlossenen Augen. Willst du es sehen?«

»Nein, und wenn du nicht gleich aufhörst, fange ich dich, sodass du gezwungen bist, stehen zu bleiben.«

Mein Herz machte einen Sprung, noch einen, und dann einen Axel. Einmal, zweimal, und ich vergaß für einen Augenblick, das Spiel zu spielen. Dieses Etwas aus Necken, Lachen und Küssen zwischen ihm und mir.

»Du unterschätzt, wie schnell ich bin«, erinnerte ich ihn und stieß die Schlittschuhe zusammen.

»Willst du wetten?« Er grinste, zeigte seine Grübchen

und machte mir damit die Knie schwach. Weil er wusste, welche Wirkung sie auf mich hatten.

»Immer. Was krieg ich, wenn ich gewinne?«

»Meinen Hockeyschläger.«

Genauso gut hätte er mir sein Herz versprechen können.

Doch ich tat so, als sei das nichts Besonderes. »Und was kriegst du?«

»Du wirst meine feste Freundin, Violet Clark.«

Wieder ein Sprung, diesmal höher. Ein neuer Rekordhalter. »Klingt ziemlich unverhältnismäßig.«

»Vertraust du deinen Fähigkeiten nicht?« Er grinste. Das Eisblau in seinen Augen strahlte mit der harten gefrorenen Fläche unter unseren Schuhen um die Wette.

»Dann los. Aber vorher erhöhe ich den Einsatz: Ich kriege dein Auto.«

Diesmal lachte er und schüttelte dabei den Kopf. »Träum weiter. Also bis zur Schranke in eins ... zwei ... drei!«

Kapitel Eins

Er war zurückgekehrt. Einfach so. Als wären die letzten zehn Jahre nur ein Fingerschnipsen entfernt gewesen.

Vor acht Stunden

»Heute im Angebot: Das Sommer-Menü für Romantik zu Hause.«

Ich blieb stehen und starrte auf die rosafarbenen Aussteller im Supermarkt. Herzen, Schokolade, das Wort ›Liebe‹ in unterschiedlichen Größen und Formen, alles wartete darauf, von ahnungslosen Menschen für viel Geld gekauft zu werden.

Kopfschüttelnd ging ich weiter durch die Gänge, versuchte die Schrift auf dem zerknitterten Zettel zu entziffern, während die nervige Stimme aus den Lautsprechern das Angebot ein zehntes Mal wiederholte.

Ich musste anfangen, Sam nahezulegen, mir seine Einkaufsliste per Nachricht zu schreiben, um dieses Theater nicht jede Woche durchmachen zu müssen.

Doch dann erinnerte ich mich daran, wie lange es gedauert hatte, bis mein grauhaariger, ältester Freund in Collingwood auf seinem Tablet Tippen gelernt und seine ersten Nachrichten abgeschickt hatte.

Den Luxus von Zeit hatte ich nicht. Im Gegenteil, egal was ich tat, sie rannte mir ständig davon und sorgte mit jeder weiteren Minute dafür, mich an den Rand der Verzweiflung zu treiben.

Im Eiltempo arbeitete ich die Liste nach bestem Gewissen ab, rauschte durch die Selbstbedienungskasse, packte alles in eine Tüte und in mein Auto.

Die Hitze drückte mir ins Gesicht, auch noch, als ich bereits auf dem Fahrersitz saß. Ich schaltete den Motor an, starrte hoffnungsvoll auf die grauen Symbole der Anzeigen auf dem Armaturenbrett, und hätte ich nicht vor Jahren jeder Göttlichkeit abgeschworen, wäre ein Gebet gefolgt, dass sie nicht aufleuchten würden. Aber die alte Schrottkarre, die meine Freunde wenig liebevoll und wenig einfallsreich Granny Grey genannt hatten, war heute Morgen glücklicherweise auf meiner Seite.

Ich fuhr vom Parkplatz in Richtung Eissporthalle, tippte auf meinem Handy herum und rief bei der nächsten roten Ampel meine Freundin und gleichzeitig Chefin Minka an.

Ihre Stimme unterbrach mein stetiges Klopfen auf das Lenkrad. »Violet, du kleiner rothaariger Teufel, weißt du eigentlich, wie viel Uhr es ist?«, begrüßte mich meine beste Freundin gähnend.

»Zu spät für alles. Ich wollte dich nur daran erinnern, dass ich heute später zur Schicht komme. Hast du George meine Kuchenbestellung weitergegeben? Vielleicht sollte ich auch einfach Harper anrufen, die sollte das wissen. Ich weiß, das war kurzfristig, aber der Kuchen muss bis zum Fest fertig sein. Kylies Mom ist kurzfristig ausgefallen, und ich weiß nicht, ob wir genug haben. Und …«

»Stopp! Nimm mal einen Atemzug. Und zerbrich dir mal nicht den Kopf. Harper hat das bestimmt geregelt, und das wird schon alles. Also hör auf, deine Mitmenschen um sechs Uhr morgens zu belästigen.«

Sie gab mir nicht die Gelegenheit, zu antworten. Stattdessen ertönte nur Stille. Sie hatte aufgelegt. »Danke«, murmelte ich, während ich nach einer scharfen Kurve auf die Halle zusteuerte.

Collingwood, meine Heimatstadt, lag wie so oft unter einem strahlend blauen Sommerhimmel, und unter anderen Umständen hätte ich den Anblick schön gefunden, aber heute dachte ich nur daran, dass ich noch den Rasen meiner Nachbarin mähen musste.

Ich parkte, stieg aus und schloss die Halle auf. Der Türgriff war heiß, als ich ihn berührte, und ich wünschte mich in den Winter nach Alaska oder in irgendein Land, in dem nicht gerade Hochsommer war. Seit wann war es so heiß in Kanada? Musste ich mir deshalb Sorgen machen?

Im Inneren der Eishalle angekommen stellte ich meine Tasche inklusive Sams Lebensmitteln und den trockenen Keksen, die mein Frühstück ersetzten, auf der Tribüne ab. Hinter der Theke des Schuhverleihs holte ich mein eigenes

Paar Schlittschuhe hervor und zog sie in der Dunkelheit an. Ein vertrautes Ritual, das ich so oft durchgeführt hatte. Obwohl es dunkel war, fühlte ich mich hier wohl, denn jede Ecke, jeder Winkel der Halle war mir vertraut. Ich spürte, wie meine Muskeln sich entspannten, als ich meine Schuhe zuschnürte. Ich sah sie bildlich vor mir, dachte an das matte Dunkelblau des Stoffes und spürte, wie er sich unter meinen Fingern anfühlte, vertraut wie immer. An die weißen Schnürsenkel, die so fest gebunden waren, dass es manchmal wehtat.

Als ich schließlich auf den Kufen stand, verharrte ich eine Sekunde lang in der Bewegung.

Es war wie immer und doch anders. Als würde eine Energie in ihnen stecken, die ich nicht greifen konnte.

Du wirst verrückt, teilte mir die gemeine Stimme in meinem Kopf mit. *Dein Leben ist seit Jahren gleich. Was soll sich da ändern?*

Kopfschüttelnd begab ich mich auf das Eis und bereitete alles vor, stellte Hütchen auf und verfrachtete die vom Eishockeytraining übrig gebliebenen Pucks in das Tor.

Meine Augen glitten über die Stelle zwei Meter vom Tor entfernt, die schneeweiß und mit einem roten Kreis markiert war.

Wie jeden Morgen drifteten meine Gedanken ab, zu diesem Abend, der alles verändert hatte.

So lange, bis ich mich selbst ermahnte.

Beim Anblick der blöden Pucks machte ich mir eine mentale Notiz, meinem nervigen Kollegen Zayd zu schreiben, dass er nach dem Training anständig aufräumen musste. Doch höchstwahrscheinlich würde ich es vergessen und wieder am nächsten Dienstagmorgen die Pucks wegräumen. So war das im Alter von neunundzwanzig, etwas, das mir von Jahr zu Jahr mehr Zeit und Energie raubte. Ich vergaß Dinge, wenn ich sie nicht aufschrieb, und sobald etwas nicht in meinem Kalender stand, existierte es nicht.

Ich verließ das Eis, holte die Bluetooth-Speaker aus meiner Tasche, aß drei Kekse und schaltete *Attention* von Charlie Puth an. Eine Akustikversion, die von einer Violine begleitet wurde und sich perfekt für ein Stück auf dem Eis eignete. Mir war bewusst, dass es ein Musikpult in der Halle gab, doch ich war zu faul, extra hinzugehen, also ließ ich meine Musikbox die Arbeit erledigen.

Mein Blick fiel auf die große Uhr über der Nordtribüne, während ich die Choreografie meiner Schützlinge mental noch einmal durchging. Zurück auf dem Eis drehte ich einige Runden, um mich aufzuwärmen, viel würde ich mich allerdings nicht bewegen.

Alles war bereit für Will und Olivia, die kurze Zeit später lautstark ihre Ankunft ankündigten.

»Guten Morgen, Miss Clark«, begrüßte mich Will, der gut gelaunt wie immer grinste.

Die Jugend von heute. So viel Lebensfreude.

»Guten Morgen, Will. Hey, Olivia. Alles gut?«

»Hm«, murmelte sie, offensichtlich nicht in bester Laune. »Ich muss noch für eine Matheprüfung lernen.«

»Verstehe. Schaffst du das denn trotzdem noch?«

Die Stimme meiner alten Trainerin Mrs Williams schwirrte mir sofort im Kopf herum. *Du bist zu nett zu ihnen. Sie müssen Disziplin lernen. Schule oder Eiskunstlauf. Beides geht nicht. Du darfst nicht aufgeben. Das ist dein Traum. Höher, weiter, schneller.*

Olivia nickte, beäugte ihren Partner einen Moment lang und zwang sich offensichtlich zu einem Lächeln. »Will hat angeboten, mir zu helfen.«

»Hab ich das?«, fragte er, bevor er sich von der Bande abstieß, um sich warm zu laufen. »Fang mich, dann kriegst du Gratisunterricht.«

Ein Stich durchzuckte mich, als sie ihm folgte, halb lachend und halb fluchend.

Ich rieb mir unauffällig über die Brust, drückte den Schmerz nach ganz hinten, um mich auf das Training zu konzentrieren.

Die beiden alberten noch eine Weile herum, bis ich sie an die Aufwärmroutine erinnerte.

Zehn Minuten später standen Will und Olivia, offensichtlich erhitzt, mit roten Wangen wieder vor mir, und ich versuchte, eine ernste Miene aufzusetzen. »Okay, Sonntag habe ich euch schon auf die Fehler hingewiesen, auf die ihr achten müsst. Bei den Spins in der ersten Hälfte geratet ihr aus dem Gleichgewicht, und das Ganze sieht nicht synchron aus. Beim Höhepunkt musst du, Will, darauf achten, Olivia richtig zu stabilisieren, sonst wackelt sie in der Luft. Bei der Pirouette danach möchte ich mehr Tempo sehen, und ich weiß, das ist vielleicht zu viel verlangt, aber guckt euch bitte währenddessen nicht so an, als würdet ihr euch hassen. Wir üben zwar nur, aber der Auftritt muss sitzen, also bitte …«

»Lächeln«, vollendete Olivia meine Anweisung. Ihre dunklen Augen schienen mich zu erwürgen, aber ich wusste, dass sie meine Kritik schätzte.

»Und du«, mahnte ich und deutete auf Will. Er war wie ein Welpe, der gezähmt werden musste, auch nach Jahren noch. »Achte auf das Tempo der Musik. Wir sind hier nicht im Club, also seidige Bewegungen, sanft und grazil. Stell dir vor, du bist ein Schwan.«

»Er erinnert mich eher an eine betrunkene Ente.«

Olivia kassierte ein Knipsen gegen den Arm von Will.

Sie schubste ihn als Antwort, doch er hielt sich auf den Beinen. Für die beiden war das Stehen in den Schlittschuhen schließlich wie Atmen.

»Hey! Zwingt mich nicht, euch Strafrunden aufzubrummen«, grätschte ich dazwischen, um nicht wieder hinten zu liegen. Das kostete Zeit, und in meinem Fall konnte ich mir das nicht leisten.

»Miss C, ich kann nicht mit so einem Trottel trainieren. Er stresst mich, und ich kriege Pickel davon. Siehst du!«

Seufzend deutete ich auf die Pucks hinter mir. »Wenn ihr euch nicht gleich einkriegt und die Choreo sauber vorstellt, schicke ich euch zum Grundschultraining für Eishockey bei Zayd. Außerdem hört auf, mich mit Miss anzureden. Ihr wisst, dass ich mich dabei alt fühle.«

Will machte große Augen. »Ich habe noch Nachhilfeunterricht in Chemie später. Ich kann nicht zum Grundschultraining.«

»Dann streng dich an«, erwiderte ich mit einem Lächeln.

Etwas Unverständliches murmelnd stellten sich die beiden nebeneinander, ich verzog mich hinter die Bande und startete den Song von vorne.

Ich hatte das Stück in Zusammenarbeit mit ihnen geplant. Wie so oft, vor allem bei einem Paarauftritt, handelte es von Liebe, Kummer und all den Emotionen, die schwer greifbar waren. Synchronschritte bildeten die Einleitung, und mit Argusaugen studierte ich jede ihrer Bewegungen, ihre Mimik bis hin zu der Art, wie sie ihre Fingerspitzen krümmten. Jedes Detail zählte, und auch wenn ich lange aufgehört hatte, Perfektion anzustreben, wollte ich, dass sie es gut machten. Dass sich ihre Morgenstunden, der Fleiß und die Qual auszahlten.

Sie vollführten Axelsprünge, einen, zwei, und dann einen dritten, der darin endete, dass Will Olivia auffing, sie sich an den Hände hielten und in einer Umarmung wiegten.

Als das Lied an Tempo gewann, pochte mein Herz bis zum Hals, gespannt darauf, wie die beiden die Hebefiguren meistern würden. Will, der sich meine Anmerkung zu Herzen genommen hatte, hob seine Partnerin in einer geschmeidigen Bewegung hoch, hielt sie, sodass sie sich strecken und ihr linkes Bein hochziehen konnte.

Er ließ sie herunter, fuhr rückwärts, blieb dicht an Olivia, und gemeinsam tanzten sie jede Bewegung aufeinander abgestimmt wie ein Klavierstück, ein Gedicht, und hätte ich es nicht besser gewusst, auch wie in der Liebe. Nach dem Höhepunkt hob Will sie an einer Hand hoch, drehte sich mit ihr, und ihr Körper schwebte sekundenlang über dem gefährlich harten Eis.

Kurz darauf glitten sie wieder eine Runde entlang, bis er sie auf seine Hüften setzte. Aus der Entfernung heraus erkannte ich, wie sie sich anlächelten, dann aufeinander abgestimmte Sprünge machten und schließlich auf der Jagd nacheinander in einer perfekten Endpose zum Stehen kamen.

Ich klatschte in die Hände, pfiff und jubelte, bis sie sich

mit verlegenen Gesichtern näherten. Beide waren aus der Puste und ich litt mit ihnen.

»Das war großartig!«

»Der erste Axelsprung war nicht gut«, kommentierte Olivia und deutete auf sich selbst. »Ich bin wohl noch nicht ganz wach.«

»Das ist okay«, erwiderte ich. »Kurze Trinkpause. Danach üben wir den ersten Teil einfach noch mal.«

Olivia verschwand zu den Tribünen, während Will Kreise um mich drehte. Die ersten Sekunden tat ich so, als würde ich ihn nicht wahrnehmen, bis mir von seinen Runden regelrecht schwindelig wurde.

»Hast du was auf dem Herzen?«

Er grinste. »Nein, aber muss ich wirklich einen Kuchen mitbringen? Sind wir nicht die Stars beim Fest?«

Seine Wortwahl brachte mich zum Lachen, auch wenn ich es nicht wollte. »Die Stars?«

»Ja, so wie du damals.«

Ich blinzelte ihn an. Ein Star? Ich? Das letzte Mal, dass mich jemand so betitelt hatte, war in der Highschool gewesen.

»Mit schlechten Schmeicheleien kannst du dich auch nicht davor drücken. Kauf einfach einen und pack ihn auf einen Teller.«

Würde ich trotzdem vor allen Eltern und Besuchern so tun, als hätte ich ihn selbst gebacken? Ja. Definitiv.

Olivia stieß wieder zu uns, mit verdächtig aussehenden roten Augenringen, die ich später ansprechen würde. Wenn ich eins weniger leiden konnte als Stress, dann, wenn es meinen Schützlingen nicht gut ging. Ich war bereit, die Generation der herzlosen, schlechten Trainer zu beenden, auch wenn es bedeutete, Privates und Berufliches zu vermischen.

Doch vorerst galt es, die Choreo zu üben. Also setzte ich eine professionelle Miene auf und teilte meine Eindrücke mit den beiden. »Will, du musst Olivia fester packen nach dem ersten Sprung, auch wenn es etwas wehtut. Darf ich?«

Ich trat an meinen Schützling heran. Sie nickte. »Zeigen Sie es ihm, Miss C.«

Ich ignorierte das erneute ›Miss‹, weil ich wusste, dass eine weitere Ermahnung auch nicht helfen würde. Stattdessen legte ich meine Hände an ihren unteren Rücken, drehte sie, sodass er es sehen konnte, und holte ihn dann heran, damit er übernehmen konnte. »Das muss sitzen. Im schlimmsten Fall lässt du sie fallen. Im besten Fall fängst du sie.«

Will schluckte. Ich erkannte, dass ich ihn verunsichert hatte. Olivia wirkte ebenfalls nicht überzeugt.

Nach kurzer Bedenkzeit kam ich zu einem Entschluss. »Ich mache es vor. Meine alten Knochen überleben einen Sturz.«

»Bist du nicht erst … neunundzwanzig?«

»Das ist fast doppelt so alt, wie du es bist, aber die Diskussion will ich gar nicht anfangen. Also.« Ich drückte Olivia mein Handy in die Hand und positionierte mich neben Will.

Ich war es gewohnt, Bewegungen vorzumachen, besonders bei den kleinen Kindern. Aber es war eine Weile her, dass ich mehr als Kleinigkeiten hatte machen müssen. Ein großer Teil in mir war sich sicher, dass ich zu eingerostet war. Der andere wusste, dass ich es niemals verlernen würde. Dass all die Stunden Fleiß, Tränen und Schmerzen für irgendetwas gut gewesen sein mussten.

Das Lied fing an, und damit auch die Choreo. Ich lief neben Will her, ließ mich von ihm führen, wie er es bei Olivia gemacht hatte, und spürte, wie mein Herz vor Aufregung klopfte. Meine Fingerspitzen kribbelten und ich hörte die Musik nur noch gedämpft, als wir uns dem Teil mit den Sprüngen näherten. Meine Gedanken schalteten ab, ich sah nur noch das Eis, spürte meine gleitenden Bewegungen darauf, und für einen Sekundenbruchteil war es, als würde ich mich von außen betrachten. Wie ich sprang, immer höher und immer weiter.

Ich war nicht mehr Violet. Ich war eine Mischung aus der Musik, dem Tanz und den Figuren, die sich anfühlten wie ... zu Hause.

Als ich wieder festen Boden unter den Füßen hatte, näherte ich mich Will, nickte ihm kurz zu und sprang ein letztes Mal, kurz bevor er mich auffing. Genau so, wie ich es ihm gezeigt hatte. Sein Griff war fest, und Stolz erfüllte mich, weil ich wusste, dass die beiden zweifellos auf dem besten Weg waren.

Behutsam ließ er mich herunter, und als wir uns wieder zur Mitte der Fläche begaben, stand mein ganzer Körper unter Adrenalin.

»Das war ... traumhaft!«, kommentierte Olivia, und ihre Augen leuchteten.

Will nahm das Kompliment an. »Ich weiß.«

Sie schlug ihm gegen die Schultern. »Nicht du, sie!«, meinte sie empört und sah mich an. »Du hattest so eine Energie, als würdest du schweben, und du hast gestrahlt. Ich konnte gar nicht weggucken.«

»Das hoffe ich doch. Das ist schließlich euer Training. Aber ... danke.«

Ich war nicht gut darin, mit Komplimenten umzugehen, also legte ich schnell wieder den Fokus auf die eigentliche Sache. »Bereit für einen zweiten Durchlauf?«

Es war schon kurz vor neun Uhr, als ich endlich Will und Olivia zur Schule geschickt, aufgeräumt und mich ins Auto gesetzt hatte. Ich zückte meinen Kalender, ging die heutige Liste an Erledigungen durch und ließ gleich darauf den Kopf gegen das Lenkrad sinken.

So viel zu tun, so wenig Zeit.

Ich entschied, Sam eine Nachricht zu schicken, dass ich seine Einkäufe heute Abend vorbeibringen würde. So lange konnte ich sie bei Minka in der Küche lagern. Jetzt brauchte ich erst mal ein kaltes Getränk, eine erfrischende Dusche und ungefähr fünfzig Stunden Schlaf. Da ich die letzten zwei Wünsche in der nächsten Zeit nicht bekommen würde, fuhr ich zum Blue Mountain Café und bestellte mir einen Eiskaffee.

Als ich Claire hinter der Theke grüßte, strahlte sie mich mit ihrer üblichen Freundlichkeit an. »Na, wie geht's dir?«

»Gut«, log ich, denn wer stellte jemals diese Frage und wollte tatsächlich die Wahrheit wissen? Ich schob ihr ein paar zerknitterte Dollarscheine über den Tresen. »Und dir? Das Übliche, bitte.«

Sie beachtete mein Bargeld gar nicht, sondern drehte sich schwungvoll um, holte einen wiederverwendbaren Becher aus dem Regal über der Kaffeemaschine und schüttete das schwarze Gold sowie Eiswürfel hinein. »Sehr gut. Ich freue mich auf heute Abend.«

Ich mochte Claire. Sie kam zu jeder Feier in der Eiskunsthalle und brachte immer etwas mit. Heute war ich eigentlich nicht in der Stimmung, ihr Dinge aus der Nase zu ziehen, trotzdem war der Kaffee zu gut, um jetzt damit aufzuhören. »Wieso? Hast du was vor?«

»Joey und ich haben ein Date drüben in Barrie und gehen essen. In diesem schicken neuen Laden, da, wo man nie einen Platz bekommt.«

Überteuertes Essen in der Nachbarstadt? Klang für mich wie ein Albtraum, aber nicht jeder hatte den Kopf so voll wie ich.

»Ah. Sehr schön. Erzähl mir dann, ob es sich lohnt.« Ich nahm den Eiskaffee entgegen und zwang mich zu einem Lächeln. »Bis dann, Claire.«

»Halt die Ohren steif«, erwiderte sie, und ihre Augen strahlten. Dieses Strahlen aus dem Inneren, eines, das mir mittlerweile unbekannt war.

»Klar, du auch.«

Ich war bereits aus der Tür, als sie mir noch »Hab einen schönen Tag« hinterherrief.

Zehn Minuten später fuhr ich auf den kleinen Parkplatz vor Minkas. Meine beste Freundin war vor vier Jahren nicht gerade kreativ bei der Namensgebung gewesen, trotzdem war ihr Gemischtwarenladen in dieser Zeit eine kleine Attraktion in Collingwood geworden. Die Einheimischen wunderten sich längst nicht mehr über die ständig wechselnde Inneneinrichtung, aber die Touristen kamen jede

Saison, Sommer und Winter, um ihre Social-Media-Profile mit Fotos aus dem Minkas zu bereichern. Hauptblickfang war dabei die Decke, die mit Gänseblümchen übersät war. Sie waren zwar künstlich, sahen allerdings täuschend echt aus. Minka hatte außerdem eine meterlange Lichterkette zwischen den Blüten platziert, sodass es den Eindruck machte, als würden kleine Glühwürmchen im Gras verharren.

»Guten Morgen!«, hieß mich Minka willkommen, als ich durch die Eingangstür trat. Die Klingel bimmelte über meinem Kopf, und ich ignorierte die Tatsache, dass sie für meine Ohren viel zu laut war. Ich murmelte eine Antwort zurück, schleppte die Tüten mit Sams Einkauf an ihr vorbei in die Küche und verstaute alles im Kühlschrank, in dem sonst nur eine Packung Toastbrot und alter Ziegenkäse lagerten.

Minka folgte mir. »Jeden Morgen frage ich mich, ob du jemals mit einem Lächeln reinkommst. Die Leute denken noch, ich sei eine schlechte Chefin.«

»Bist du, wenn du mir so auf die Pelle rückst. Haben wir eigentlich eine Personalabteilung, bei der ich mich beschweren kann?«

Sie lachte. »Ich bin die Personalabteilung.«

»Und ich dachte, ich sei das Mädchen für alles.« Ich tupfte mir rasch mit einem Tuch den Schweiß von der Stirn und heftete mir mein Namensschild an. »Du weißt, die Dinger sind unnötig, weil jeder in dieser Stadt bereits unsere Namen kennt.«

»Du weißt nie, ob nicht ein hübscher Fremder durch die Tür kommt und sich in deine süßen Sommersprossen verliebt.«

Mein Augenrollen erntete nur ein weiteres Lachen von ihr.

Offensichtlich waren alle um mich herum bester Stimmung. War vielleicht etwas im hiesigen Trinkwasser und ich hatte es noch nicht probiert? Oder war ich selbst das Problem?

»Dann soll er bitte schnell kommen, ich möchte nämlich heiraten, bevor ich fünfzig bin und noch immer Mrs Blooms Auffahrt kehre.«

»Das machst du immer noch? Du weißt, wir können jederzeit deine Stunden erhöhen.« Sie ließ es beiläufig klingen, dabei erwähnte sie das Thema bereits seit Wochen.

»Ja. Aber es geht nicht nur um die Bezahlung. Sie hat doch sonst niemanden, der es macht.«

»Du kannst nicht ständig durch halb Collingwood rennen und Erledigungen für alle machen. Du hast einen Job, zwei sogar, nein, drei, und musst dich auch mal ausruhen.«

»Das mache ich, wenn ich im Grab liege. Oder stinkreich bin.«

Sie schnalzte mit der Zunge und klopfte auf den Holztresen, auf dem die Kasse stand. »Du machst mich wahnsinnig.«

Ich hob das Paket mit der Süßigkeitenlieferung hoch. Mein Rücken beschwerte sich, aber vor Minka würde ich niemals einen Laut von mir geben. Ich traute ihr zu, dass sie mich bei der ersten Gelegenheit zu Hause einsperren und mir Zwangsurlaub verordnen würde.

»Ich räume die mal ein«, ließ ich sie wissen und ignorierte gleichzeitig das Vibrieren meines Handys. ›Vermutlich Sam‹, dachte ich. Ich würde später antworten.

Nur gab es keine Zeit für *später*. Sobald Minka das Open-Schild umgedreht hatte, waren die ersten Kunden in den Laden gestürmt, als hätten wir Kostproben und Geschenke im Überfluss. Ich verbrachte daher meine Schicht damit, sie zu beraten, abzukassieren und darauf zu achten, dass alles ordentlich verräumt war. Zwischendurch war zusätzlich eine weitere Lieferung gekommen, die der Bote ungünstig im Eingangsbereich platziert hatte. Um Minka und mir die Kopfschmerzen einer Sammelklage aufgrund von Körperverletzung zu ersparen, hatte ich die Ware ebenfalls eingeräumt.

Der Sonnenuntergang war bereits angebrochen, als ich endlich in mein Auto stieg und mit den Einkaufstüten zu Sam fuhr.

Gedankenverloren stellte ich das Radio lauter, während ich durch den ruhigen Stadtteil rauschte. Wie so oft überlegte ich, was ich später essen würde, nur um zu realisieren, dass ich mich heute nur mit einem Schokoladenriegel, Keksen und drei Kaffee auf den Beinen gehalten hatte. Wie auf Kommando meldete sich mein Magen zu Wort und ich machte mich mit meiner Handtasche auf die Suche nach etwas Essbarem. Mit der anderen Hand lenkte ich langsam auf Sams Einfahrt, irritiert von dem Auto, das bereits dort parkte. Ich blieb stehen und starrte auf das Nummernschild. Ontario. Derselbe Bezirk, in dem Collingwood lag, aber das Auto passte nicht in diese idyllische Kleinstadt. Es war zu groß, zu breit und einfach vollkommen unpassend.

Doch dann fingen die eingerosteten Räder in meinem Kopf an, sich zu drehen. *Verdammte Scheiße.*

Es gab nur eine Person außer mir, die Sam besuchte. Die Person, die ich auf keinen Fall treffen durfte.

Mit zittrigen Fingern griff ich nach meinem Handy und las viel zu spät die eingegangene Nachricht.

SAM

Nicht heute! Bring es mir morgen.

Ich starrte auf das Display, dann wieder hoch zu Sams Haus, hinter dessen Fenstern Licht brannte. Und bevor ich realisieren konnte, was passierte, öffnete sich die Haustür.

Kapitel Zwei

Er stand da. Einfach so. Mehr als zehn Jahre fühlten sich plötzlich nicht mehr so an. Ganz plötzlich war es so, als wäre er nur kurz weg gewesen und nun wieder zurück.

In Collingwood. Bei Sam. Unter dem schummrigen Licht der Laterne.

Ich starrte seine Silhouette an. Isaac Murphy, der Junge, der keiner mehr war. Natürlich nicht. Die letzten Jahre waren auch an ihm nicht spurlos vorbeigezogen.

Seine Gestalt war nun größer, seine Schultern unter dem dunkelblauen T-Shirt breiter. Doch seine Haltung, die Anzeichen für das jahrelange Training waren gleich. Und seine Augen … auch wenn ich sie in der Abenddämmerung kaum erkennen konnte, hatten denselben Ausdruck.

Wie zu dem Zeitpunkt, als er mich und seine Heimatstadt verlassen hatte.

Dieser Mensch war nicht mehr der Junge, in den ich mich damals verliebt hatte. Er war ein Fremder.

In dem Moment, als ich realisierte, dass ich starrte, erwachte ich aus meiner Trance. Mein Überlebensinstinkt meldete sich mit einer schrillenden Ansage: *Du musst hier weg. Sofort.*

Ich zuckte zusammen wie bei einem Stromschlag und drückte aus einem Reflex heraus aufs Gas.

Gleich darauf vibrierte ein Krachen durch mein Auto, und es dauerte einen Sekundenbruchteil, bis ich bemerkte, was gerade passiert war. Ich war in dieses Monstrum von Auto hineingefahren. Mit Granny Grey, deren Leben nur noch am seidenen Faden hing.

Bevor ich überhaupt reagieren konnte, wurde schon meine Fahrertür geöffnet, und dann stand Isaac vor mir.

»Alles okay?« Seine Stimme ließ sofort die Härchen in meinem Nacken sich aufstellen. Ich sah ihn nicht an. Stattdessen richtete ich den Blick stur auf das, was ich gerade verursacht hatte.

Ich war ihm ins Heck gefahren. Und er fragte mich das?

Mit all meiner Willenskraft wehrte ich mich dagegen, ihn anzusehen. Als er keine Anstalten machte, zur Seite zu treten, kletterte ich auf den Beifahrersitz und stieg dort aus.

Ohne ihn zu beachten, holte ich Sams Einkäufe von der Rückbank, ging an ihm vorbei und durch die offene Haustür.

Sam saß wie immer auf seinem Sessel vor dem Kamin, offensichtlich überrascht davon, mich zu sehen.

»Violet! Was machst du hier?«

»Deine Einkäufe ...«, erklärte ich und fing an, alles in der offenen Küche zu verräumen. Ich war gerade dabei, den Kühlschrank aufzufüllen, als *er* wieder auftauchte.

»Lass mich das machen.«

Ich tat so, als hätte ich ihn nicht gehört. Mit Gewalt stopfte ich das gefrorene Gemüse ins Eisfach und zwang mich, nicht in Panik zu geraten.

Sein Duft, seine Präsenz und seine Stimme waren mein persönlicher Albtraum, und es kostete mich immense Kraft, nicht loszuschreien. Ich spürte, wie mein Herz schneller schlug, als wollte es vor Angst davonlaufen. Die Erinnerungen an unsere gemeinsame Vergangenheit, die ich mühsam zu verdrängen versucht hatte, wurden durch seine Anwesenheit wieder lebendig. Es war, als hätte jemand einen Schalter umgelegt, und ich fand mich plötzlich in einem Strudel aus Emotionen wieder.

»Willst du nicht drüber reden? Dass du mein Auto gerade angefahren hast? Geht es dir gut?«, fragte er.

Ich hasste es. Hasste ihn. Alles an dieser Situation, die ich mir nicht einmal in meinen schlimmsten Albträumen so ausgemalt hätte.

»Isaac«, hörte ich warnend Sams kratzige Stimme. »Kannst du mir meinen Schal bringen? Er liegt im Schlafzimmer und mir ist ein bisschen kalt.«

Ich spürte sein Zögern hinter meinem Rücken. Es dauerte einige Sekunden, bis er sich in Bewegung setzte und ich aufatmen konnte.

Als er weg war, ging ich hinüber zum Kamin und kniete mich vor Sam. Seine eisblauen Augen sahen auf mich herab und er legte eine zittrige Hand auf meine Schulter. »Ich wusste es nicht.«

Der Tonfall seiner Stimme brach mein Herz. Gleichzeitig war er wie Benzin auf meiner brennenden Wut.

»Ich weiß. Hör zu, mir ist da ein Missgeschick passiert und ich muss vielleicht einen Haufen Kohle bezahlen, aber kannst du das klären? Ich kann das nicht. Nicht mit ihm. Das Geld gebe ich dir natürlich.«

»Was ist passiert? Ist alles in Ordnung?«

»Sie ist mir hinten reingefahren. Wenn ich es nicht besser wüsste, würde ich denken, mit Absicht.«

Wieder er. Wieder diese tiefe, raue Stimme, die mich in die Vergangenheit katapultierte. Eine Vergangenheit, die ich nie wieder durchleben wollte.

Sam schaute zu seinem Enkel, seinem eigen Fleisch und Blut, und ich erkannte so viel Ärger und Reue in seinem Blick. »Wir reden später.«

Dann sah mein alter Vertrauter wieder mich an. »Geht es dir wirklich gut?«

Ich fasste mir an die Stirn und nickte. Die einzigen Kopfschmerzen, die ich spürte, waren die, die Isaac verursachte.

»Ja. Kannst du das für mich erledigen? Bitte?«

Sam nickte, lächelte, sodass die Falten in seinem Gesicht noch deutlicher hervortraten. »Geh ruhig. Ich melde mich morgen bei dir.«

Das ließ ich mir nicht zweimal sagen. Mit einer Geschwindigkeit, die ich nicht von mir kannte, stand ich auf und rannte regelrecht zu meinem Auto.

Beim Anblick von Isaacs Gefährt, ein teures Teil, dessen Reparatur mich meinen Notgroschen kosten würde, verzog ich das Gesicht. Die entstandene Delle wurde von langen Kratzern begleitet, und am liebsten hätte ich vor Frust angefangen zu weinen.

Aber nicht hier.

Nicht jetzt.

Ich stieg in Granny Grey, die anscheinend nichts abbekommen hatte, und startete mit rasendem Herzklopfen den Motor.

Lass mich nicht im Stich. Ich schwöre, du kriegst neues, sauberes Öl und hübsche Reifen im nächsten Winter.

Der Motor brummte laut auf, und diesmal achtete ich darauf, den Rückwärtsgang eingelegt zu haben.

Aus dem Blickwinkel sah ich, wie Isaac wieder aus dem Haus kam, doch bevor er sich mir noch einmal nähern konnte, fuhr ich davon.

Nein.

Ich flüchtete.

»Du bist ihm reingefahren und einfach abgehauen?«, fragte Harper zum zweiten Mal. Während meiner überstürzten Flucht hatte ich entschieden, heute nicht mehr allein sein zu wollen, und war stattdessen zu ihr gefahren.

Ein Teil von mir hatte befürchtet, Isaac würde bei mir vorbeikommen und ein Gespräch fordern. Doch das war das Letzte, was ich im Sinn hatte. Er sollte sein Ding machen, wie immer in den letzten zehn Jahren, und dann wieder verschwinden.

Also saß ich jetzt bei Harper im Friseurstudio und teilte ihr mein Leid mit. Aber selbst der Geruch von Bleichmittel und teuren Shampoos konnte mich ausnahmsweise nicht ablenken. Stattdessen vergrub ich das Gesicht in den Händen und nickte als Antwort. »Ich möchte sterben.«

»Das ist etwas übertrieben, meinst du nicht?« *Minka.* Ich blickte auf, wunderte mich aber gar nicht, dass Harper sie angerufen hatte. Diese Situation forderte jede Unterstützung, die ich kriegen konnte.

»Sein Scheißauto kostet wahrscheinlich so viel wie mein Haus.«

»So teuer ist es bestimmt nicht«, versuchte Harper mich aufzumuntern. Ihre großen braunen Knopfaugen und die langen blonden Haare ließen sie wie einen Engel wirken, einen, der hoffentlich die Zeit manipulieren und alles ungeschehen machen konnte.

»Denkst du! Die Hypothek ist erst seit ein paar Jahren abbezahlt, und ich bin nicht bereit, auf der Straße zu leben. Minka, können wir noch mal über deinen Vorschlag von heute Morgen reden? Wegen der zusätzlichen Arbeitsstunden?«

Meine Chefin, und gleichzeitig Freundin, zuckte mit den Schultern. »Wirst du deine hundert anderen Jobs aufgeben?«

Keine Chance. »Nein.«

»Dann nicht.«

Harper brachte drei Gläser mit Eistee und eine Schale Fruchtgummis. »Nervennahrung.«

Mir war der Appetit vergangen, dennoch griff ich nach meinem Glas, um irgendetwas außer Ärger zu spüren. Ich sah meine besten Freundinnen an, die mich abwartend musterten. »Was mache ich denn jetzt?«

Sie wechselten einen Blick, den ich nicht näher deuten wollte. Dann ergriff Harper das Wort. Ihre Augen strahlten. »Mit ihm reden natürlich.«

»Oder das tun, was du immer machst, wenn er in der Stadt ist: dich verstecken«, schlug Minka vor. »Warum hassen wir diesen Typen noch mal?«

»Lange Geschichte«, erwiderten Harper und ich wie aus einem Mund.

Im Gegensatz zu Harper war Minka nicht mit mir zur Schule gegangen. Sie kannte Isaac nur als einen alten Ex aus der Vergangenheit. Wie intensiv das Ganze tatsächlich gewesen war, wusste eigentlich niemand. Und ich verdrängte es sehr gut. Zumindest hatte ich das letzte Jahrzehnt damit verbracht, es zu tun und ihm aus dem Weg zu gehen.

»Ich entscheide mich für Minkas Vorschlag. Sam klärt das mit dem Auto und ich verkaufe eine Niere oder so.«

»Du weißt, ich kann dir was leihen«, ließ mich Minka wissen.

Harper nickte. »Ich habe auch noch was rumliegen.«

»Ja, und das wirst du schön dalassen und für deine Hochzeit verwenden. Und du«, ich sah Minka an, »du musst seit Monaten das Dach reparieren lassen. Außerdem bin ich alt genug, meine eigenen Rechnungen zu bezahlen. Ich habe noch meinen Notgroschen, das sollte passen.«

Eigentlich hatte ich vorgehabt, damit irgendwann die alte Küche zu ersetzen, aber wozu brauchte man einen funktionierenden Geschirrspüler?

»Das wissen wir doch …«, sagte Harper, mied dabei aber meinen Blick.

Ich hob den Kopf. »Aber?«

»Wer sagt, dass da eins ist?«, fragte Minka und band sich ihre braune Lockenmähne in einen hohen Zopf zusammen.

Harper kritzelte derweil auf einem Notizblock Sternchen. Keine von ihnen schaute mir in die Augen.

»Okay, spuckt es schon aus.« Anscheinend war dieser

Tag sowieso längst im Eimer. Eine Intervention, geleitet von meinen Freundinnen, würde ich auch noch überleben.

»Du gehst diesem Typen wie lange aus dem Weg? Zehn Jahre?« Minka zählte die einzelnen Jahre an ihren Fingern ab.

»Wir gehen auf die Elf zu«, korrigierte Harper und hob ihren Zeigefinger.

Offensichtlich amüsierten sich die beiden über mein Leid. »Und?«

»Denkst du nicht, es würde dir guttun, wenn ihr ... ich weiß nicht ... euch mal aussprecht? Die Vergangenheit aufarbeitet?«

Vor meinem inneren Auge liefen Fetzen unserer gemeinsamen Geschichte ab. Die Abende auf dem Eis, wie wir uns nachts rausgeschlichen hatten, um auf die Skipiste zu gehen, die ersten Male ... All diejenigen, die für immer ihm gehören würden. Der erste Kuss, die erste Nacht mit jemandem in meinem knarzenden Kinderbett und das erste Mal.

Doch unsere Geschichte war keine einfache Highschoolliebe. Denn das rosarote Bild war blutgetränkt. Mit seinem. Meinem. All den Dingen, die uns zerstört hatten.

»Nein.« Meine Stimme klang fest, trotz des Zitterns meines Körpers. Seine Anwesenheit hatte mich vollkommen aus der Bahn geworfen, und jetzt musste ich wieder lernen, zu atmen, zu leben und weiterzumachen. Wie vorher auch. Schließlich würde er wieder gehen, und ich würde in Collingwood bleiben.

Ich ließ den Kopf sinken und schob die dunklen Gedanken beiseite.

Zwei Minuten. So lange hatte es gedauert, bis er wieder alles durcheinandergebracht hatte.

Ich hasste ihn dafür. Ich hasste mich dafür, dass ich ihm diese Macht gab. Also straffte ich die Schultern und sah meine Freundinnen an. »Da gibt es nichts zu bereden. Harper, du weißt wieso.«

»Wie lange willst du ihm das noch vorhalten?«

Das. Mein gebrochenes Herz war es, von dem sie sprach.

Ich nahm einen weiteren Schluck Eistee, ignorierte, dass er viel zu süß war. Dann lächelte ich. »Bis ich sterbe.«

Es war ein Uhr nachts, als ich das leere Haus betrat. Ich machte mir nicht die Mühe, das Licht einzuschalten. Stattdessen schloss ich hinter mir ab, zog meine Sneaker aus und schlurfte ins Wohnzimmer. Es war still im Haus. Wie immer. Irgendwo war noch ein Fenster geöffnet, sodass ich die wenigen Autos in der Ferne hörte. Die wenigen schlaflosen Menschen, die noch unterwegs waren.

Und ich? Ich war umgeben von dem Echo vergangener Jahre.

Meine Gedanken kreisten ständig um die Begegnung, auch noch nach Stunden. Um Isaac und alles, was mit ihm in Verbindung stand. Ich konnte das Bild von ihm nicht abschütteln, wie er vor mir gestanden hatte, sein Blick, der meine Seele berührt und mich gleichzeitig aufgewühlt hatte.

Wütend rollte ich mich auf dem Sofa zusammen und schloss die Augen. Der Druck auf meiner Brust war unerträglich und ich versuchte das laute Pochen meines Herzens zu ignorieren.

Ich schlug mir gegen Kopf, klopfte mir gegen die Stirn, um endlich die Bilder zu verdrängen, aber vergeblich.

Stattdessen stapelten sich die Fragen darin.

Warum war er hier?

Was wollte er?

Wann würde er wieder gehen?

Wieso ... Wieso sah er immer noch so aus wie früher und gleichzeitig auch nicht?

Und wann würde mein Herz aufhören, so laut zu schlagen?

Kapitel Drei

Vor zwölf Jahren

Ich wartete.

Und wartete.

Er kam nie zu spät, und trotzdem machte sich in mir die Sorge breit, er würde mich sitzen lassen.

Kopfschüttelnd dachte ich an meine Freundin Nolah und wie sie sich im Unterricht lustig über mich gemacht hatte, weil ich mich verhielt wie ein verliebtes Schulmädchen.

Sie wusste nicht, dass ich insgeheim eins war.

»Da bist du ja«, hörte ich seine Stimme. Ich hätte sie immer und überall wiedererkannt. Den tiefen, rauen Klang in seinen Worten, der ihn von allen anderen unterschied.

Mit einem Strahlen drehte ich mich zu ihm, bedeckte meine Nase schnell mit einer Hand, als ich mich an meine Überraschung erinnerte.

Er hob eine Augenbraue, und das Blau in seinen Augen leuchtete neugierig. »Violet …?«

»Hm?«

Mit einem Lächeln trat er näher, ließ mein Herz stolpern und hob mein Kinn, sodass unsere Blicke sich begegneten.

»Was hast du getan?«

Jetzt grinste ich. Dann zeigte ich ihm mein neues Accessoire.

Er starrte einige Sekunden lang darauf, bis er reagierte. »Ein Nasenpiercing?«

Ich nickte. »Gefällt es dir?«

Bitte sag Ja.

»Ja. Es sieht süß aus. Aber stört es denn, wenn …«

»Du mich küsst?«, fragte ich. Ich hatte den ganzen Tag darauf gewartet. »Finde es raus.«

Das Prickeln zwischen unseren Körpern explodierte fast, und als er seinen Blick auf meine Lippen senkte, wusste ich, dass er dasselbe fühlte.

»Tu es. Ich bin jetzt deine Freundin, richtig?«, erinnerte ich ihn. Hatte ich die Wette verloren oder ihn extra gewinnen lassen? So ganz genau wusste ich es nicht mehr.

Isaac nickte. Ganz langsam, so, als könnte er die Tatsache noch nicht ganz fassen.

Mit einer Vorsicht, die mich in den Wahnsinn trieb, legte er seine Hände an meine Wangen, so behutsam, dass ich erschauderte.

Zitternd sog ich die kalte Nachtluft ein, während er seine Lippen auf meine senkte. Er war sanft, liebevoll, und ich drückte mich näher an ihn, ließ keinen Zentimeter mehr zwischen uns. In diesem Moment war er mein Licht, und ich wollte jeden einzelnen Funken für mich allein.

Irgendwann löste er sich von mir, ließ seine Stirn an meiner ruhen. »Du und ich gegen den Rest der Welt, Clark. Für immer.«

Ich grinste. »Du hängst zu viel mit deinem Opa ab. Kein Siebzehnjähriger redet so.«

»Glaubst du mir nicht?«, spottete er. Seine Augen waren warm und füllten mein Inneres mit goldenem Sonnenschein.

»Für immer«, wiederholte ich. »Versprochen?«

Er nahm meine Hand und steckte sie in seine Jackentasche. »Klar.«

»Gut. Denn meine Mom wird mich umbringen, wenn sie das Piercing sieht.«

»Das ist dann wohl die kürzeste Beziehung, die ich je führen werde«, scherzte er. Als Antwort erntete er einen Klaps auf die Schulter. »Sie wird es überleben. Außerdem ist sie dir nie lange böse«, erklärte Isaac zuversichtlich.

Dann setzten wir uns in Richtung Skipiste in Bewegung. Sie hatte zwar seit Stunden geschlossen, aber das würde uns nicht daran hindern, mit einem Schlitten die Bahn herunterzufahren.

»Der Vorteil daran, eine Halbwaise zu sein.« Ich zuckte mit den Schultern. Die Erinnerungen an meinen Vater waren mittlerweile so verblasst, dass ich nicht mal mehr wusste, wie er aussah. Die wenigen Fotos, die wir von ihm hatten, hatte ich seit Monaten nicht mehr angeschaut.

Isaac sagte lange nichts. Das tat er oft, wenn er in Gedanken war. Mit der Zeit hatte ich mich daran gewöhnt.

Hatte angefangen, die Stille zu genießen, statt sie ständig füllen zu wollen.

»Ich hasse meinen Vater«, sagte er irgendwann.

Er klang wütend, also hakte ich nach. »Wieso?«

»Weil er sich vor dreißig Jahren seine eigenen Träume verbaut hat und mich jetzt dazu zwingt, sie nachzuholen.«

Ein Stich durchzuckte mich. Eishockey war immer Isaacs Traum gewesen. Zumindest hatte ich das bis zu diesem Zeitpunkt angenommen.

»Willst du gar nicht spielen?«

Er war auf dem besten Weg, Nationalspieler zu werden. Es würde nicht mehr lange dauern, bis die Talentscouts ihn abwerben wollen würden. Das wusste Isaac. Er wusste, wie gut er war.

Seine Antwort kam schneller als gedacht. »Doch. Aber ich will es nicht mit diesem Druck machen. Mit ... dieser ... seiner Stimme in meinem Kopf.«

Wieder ein Stich. Diesmal, weil ich ganz genau wusste, wovon er sprach. Mit dem kleinen Unterschied, dass es bei mir die meiner Trainerin war.

Du musst besser werden.

Deine Sprünge sind wackelig.

Du musst länger trainieren.

All die Dinge, die mich jeden Morgen und jede Nacht verfolgten.

»Ich weiß, das hilft dir nicht weiter, aber ... du kannst versuchen, mit ihm zu reden. Du hast einen Vater ...«

»Ein toter wäre mir lieber«, erwiderte er, ohne zu zögern.

Ich blieb stehen. Musterte ihn. »Das kannst du nicht ernst meinen.«

Isaac richtete den Blick zu Boden. »Doch. Du weißt nicht, wie schlimm es ist … wie sehr ich es hasse, nach Hause zu gehen.«

Es brach mir das Herz, ihn so zu sehen und zu wissen, dass, egal was ich sagen würde, nichts helfen konnte.

Statt einer Antwort zog ich ihn an mich heran. Mein Kopf landete auf seiner Brust und ich spürte seinen Herzschlag durch den Stoff seiner Jacke an meiner Haut.

Meine Worte klangen gedämpft, doch tief in meinem Inneren wusste ich, dass er sie hörte. »Ich bin für dich da. Für immer, Murphy.«

Kapitel Vier

Ich tat so, als wäre der gestrige Tag nie passiert. Ein Systemfehler, ein Error im Programm, der nun behoben war.

Während ich matschige Haferflocken zum Frühstück verdrückte, starrte ich auf Sams Nachricht von gestern. Ich stellte mir vor, wie er sie geschrieben hatte. Mit seinen schwachen Fingern, die mit jedem Jahr mehr zitterten. Stellte mir vor, wie sehr er sich überwunden haben musste, um mich zu warnen.

Ich schloss die Augen, versuchte die Bilder, *seinen* Blick, dieses Kribbeln in meiner Brust, das mir die Luft raubte, erfolglos zu vertreiben. Etwas Rotes, Glühendes brodelte in mir und drohte zu explodieren. Ich atmete tief ein, dachte an schöne Dinge, doch mit jedem Atemzug wurde das Bild von Isaac vor meinem inneren Auge klarer.

Bis mich eine eingehende Nachricht aus meiner selbst erzwungenen Meditationsstunde holte.

HARPER

George hat gesagt, das geht klar mit dem Kuchen. Du brauchst sicher keine Hilfe am Wochenende?

Ich lehnte ab. Dummerweise. Aber ich würde das alles hinkriegen. Ich musste noch die Deko abholen, Cupcakes backen, Salate und Dips vorbereiten, einkaufen, das Haus putzen, Mrs Blooms Rasen mähen, wollte bei Sam und im ›Graceful Living‹ vorbeischauen und musste dafür einfach bis zum Sommerfest nicht mehr schlafen.

Aber Harper steckte mitten in ihren Hochzeitsvorbereitungen und Minka hatte zwei linke Hände. Es war also wirklich keine Option, sie einzuspannen.

Nach dem Frühstück schleppte ich mich ins Wohnzimmer, hielt mich davon ab, mich einfach auf das Sofa zu schmeißen, und startete damit, alle Fenster aufzureißen.

Die frische Morgenluft strömte augenblicklich herein und ich genoss die Abkühlung wenige Sekunden lang. Dann packte ich die Brettspiele, die ich vor ein paar Tagen vom Dachboden gekramt hatte, in eine Tasche.

Nachdem ich im Obergeschoss mein Bett neu bezogen, das Bad geputzt und die kaputte Glühbirne im Flur ausgetauscht hatte, verließ mich plötzlich die Energie. Tatenlos hielt ich auf der Treppe inne und wusste nicht, wohin mit mir. Mein Tag war in der Regel gefüllt mit Aufgaben. Normalerweise half ich immer irgendwo aus oder war beschäftigt mit der Arbeit, irgendwelchen Vorbereitungen oder Besuchen bei Sam. Da blieb kaum Zeit für anderes. Ich war niemand, der Social Media aktiv nutzte. Und Filme und Serien schaute ich nur mit Freunden oder mit Sam. Das letzte Mal, dass ich ein Buch in den Händen gehalten hatte, war in der Schule gewesen. Auch an meiner Schmucksammlung hatte ich schon länger nicht mehr gearbeitet, dabei hatte mir Mrs Bloom vor ihrer Abreise extra neue Perlen geschenkt. Da ich kein Geld annehmen wollte von meiner siebzigjährigen Nachbarin, auf deren Haus ich in ihrer Abwesenheit aufpasste, hatte sie mich mit Zubehör für meine Ketten und Armbänder versorgt. Doch gerade hatte ich weder Lust noch die Kraft dafür.

Meine Gedanken schweiften doch wieder zu Sam, ich setzte mich daher in Bewegung, warf einen Blick auf mein Handy auf der Kommode und entschied, ihm zu schreiben. Als ich dabei war, eine Nachricht zu tippen, hielt ich inne.

Was, wenn *er* noch da war?

Oder die Nachrichten las?

Mit den Fingern trommelte ich auf dem Holz der Kommode, gedanklich keinen Schritt weiter als vor drei Stunden.

Ich konnte mich nicht mal mehr richtig daran erinnern, was ich den ganzen Morgen getrieben hatte.

Mein Blick fiel auf die gepackte Tasche mit den Spielen und dem Auflauf. Dann wanderte er zu der Uhr über dem Fernseher. Wenn ich jetzt losfuhr, hätte ich noch genug Zeit, um vorher bei Sam vorbeizuschauen. Nur um nachzusehen, ob die Luft rein war.

Die Musik aus dem Radio füllte das Innere meines Autos, aber ich hörte sie nicht richtig. Mein Herzschlag klang so laut in meinen Ohren, dass alles andere in den Hintergrund rückte.

Ich hasste es, wie nervös und aufgewühlt ich war.

Wegen eines mickrigen Aufeinandertreffens, das wahrscheinlich nur mich völlig aus der Bahn geworfen hatte.

Aber ich brauchte Gewissheit. Vielleicht war Isaac bereits abgereist und Sam war wieder allein in dem großen alten Haus.

So ist das mit Lügnern. Sie lügen und lassen dich dann im Stich.

Zehn Minuten nachdem ich losgefahren war, hielt ich vor Sams Haus an. Auf der gegenüberliegenden Straßenseite. Mit hundert Meter Abstand.

Ich linste durch die Frontscheibe, suchte die Straße nach einem etwas demolierten schwarzen Auto ab, das ich mir niemals leisten könnte.

Scheißkerl. Mit seinem scheißteuren Auto.

Ich stellte zu meiner Erleichterung fest, dass ich alle Autos in der Straße kannte. Collingwood war klein, der Stadtteil, in dem ich unterwegs war, noch kleiner. Hier kannte man sich. Die wenigen, die nicht dauerhaft hierhergehörten, flatterten nach der Urlaubssaison wieder aus.

Im Schneckentempo schnallte ich mich ab und schaltete den Motor aus. Ich fühlte mich wie eine Kriminelle, als ich ausstieg und zwischen den Autos zu Sams Haus schlich.

Vor der massiven Holztür stehend zögerte ich. Klingeln oder einfach reingehen? Ich hatte die Schlüssel parat, aber so ganz traute ich dem Ganzen nicht.

Also drückte ich auf den weißen Knopf und wartete.

Der Vogelgesang der Klingel zwitscherte durch das Haus, und es dauerte einen Moment, bis Sam auftauchte.

»Violet«, begrüßte er mich, offensichtlich überrascht. »Was machst du hier?«

»Ist er da?«

»Nein ... Wolltest du mit ihm reden?«

Ich lachte auf. »Ja, nein, niemals. Das Thema hatten wir schon. Darf ich reinkommen?«

Er trat einen Schritt zur Seite. »Mein Haus ist dein Haus.«

Sein Gesichtsausdruck löste die Anspannung, die mir im Nacken steckte. Ich entledigte mich meiner Schuhe und stellte sie an die Garderobe. »Das sagst du so, und dann erbt dein toller Enkel alles.«

Obwohl Sam mir versichert hatte, dass dieser besagte Enkel nicht da war, linste ich trotzdem vorsichtig um die Ecke. Isaac war vielleicht physisch nicht mehr hier, aber sein Duft, ein herbes Etwas und Unbekanntes, hing noch in der Luft.

Da ich bei meiner gestrigen Ankunft keine Gelegenheit dazu gehabt hatte, nahm ich mir diesmal die Zeit, Sams Haus unter die Lupe zu nehmen.

Ich ging seit Jahren ein und aus, trotzdem entdeckte ich bei jedem Besuch etwas Neues. Bei Sam fühlte man sich, als wäre man in einer Berghütte. Es war eins der wenigen Häuser in Collingwood, das älter war als die Stadt selbst. Der Holzgeruch, der in der Luft lag, erinnerte mich immer an zu Hause. Ich ließ meinen Blick über die Möbel wandern, die für viele als Vintage gelten würden, doch ich liebte die Geschichte hinter jedem einzelnen Stück.

Auch der große Kamin war einladend, auch wenn das nächste Feuer darin noch einige Monate auf sich warten lassen würde. Durch die Fenster konnte ich den Blue Mountain sehen. Ich lächelte beim Gedanken daran, hier wieder warme Abende an der Seite meines alten Freundes zu verbringen.

Mein Blick flog zurück zum Fernseher.

»Was hast du diesmal entdeckt?«, hörte ich Sam fragen.

Ich deutete auf den Mann in dem Gemälde neben dem alten Röhrengerät. Ein Wanderer über dem Nebelmeer. Ein Kunstdruck, den Sam nie aufgehängt hatte.

»Mir ist noch nie aufgefallen, dass er einen Gehstock hat. Ich dachte immer, das wäre ein Schwert oder so.«

Sam lachte auf. Dann hustete er.

Ich half ihm, sich in seinen Sessel zu setzen. Die meiste Zeit verbrachte er darin. Las Zeitung, schaute alte Filme oder löste Kreuzworträtsel.

Ich drückte ihm ein Glas Wasser in die Hand, wartete, bis er ausgetrunken hatte, und ging dann in die Küche, um es aufzufüllen.

Hier sah es aus wie immer, nur, dass nicht mein Essen auf dem Herd stand. Zögernd öffnete ich den Topfdeckel und sah eine breiige Flüssigkeit. Ich schnupperte daran, wurde aber nicht schlauer.

Dann fing ich wie immer an zu putzen. Mit wenigen Handgriffen wischte ich über die Küchentheke, räumte das wenige Geschirr aus der Spüle in die Spülmaschine und schnappte mir eine Packung Kekse aus dem *Versteck*, das Sam eigentlich nicht brauchte.

Isaac war sein einziges Enkelkind, und wenn ich richtiglag, aß er auch heute noch keine Süßigkeiten. Denn das hatte er nie.

Mit einer Gelassenheit, die ich nur in Sams Nähe spürte, setzte ich mich schließlich neben ihn auf den weichen Teppich und drückte ihm einen Haferkeks in die Hand. »Was soll das für eine Suppe sein?«

Er zuckte mit seinen schmalen Schultern. Dann fuhr er

sich über das weiße Haar, das er jeden Morgen zurechtkämmte.

Sam war ein Mann, der noch in der Vergangenheit lebte. Mit seinen Strickwesten, seiner Wortwahl und seiner ganzen Persönlichkeit. Aber genau das liebte ich an ihm. Jeder Besuch im Hause Murphy fühlte sich an wie eine Geschichtsstunde.

»Ich habe ihn einfach machen lassen.«

»Warum ist er eigentlich hier? Weiß er …?« Ich ließ die Frage in der Luft hängen und blickte auf seine Hände, die noch den Keks umklammerten.

Sam war nicht mehr der Jüngste. Vor ein paar Monaten war er aufgrund eines Schwächeanfalls im Krankenhaus gewesen. Der Tag war in den Top drei der schlimmsten Tage meines Lebens. Allein beim Gedanken daran, wie hilflos ich mich gefühlt hatte, schämte ich mich.

»Er vermutet etwas. Aber nein, ich will nicht, dass er es weiß.«

»Du kannst es nicht ewig vor ihm geheim halten«, erklärte ich sanft, wohl wissend, dass ich die Letzte war, die so etwas von sich geben durfte.

Das wusste auch Sam. In seinen Augen blitzte eine Frage auf, kletterte bis zu seinen Lippen, doch er sprach sie nicht aus.

»Komm schon. Ich höre doch dein Gehirn rattern.«

»Er will nicht, dass ich für den Schaden aufkomme.«

Ich richtete mich auf. Plötzlich hellwach. »Was? Ich meine, das wirst du auch nicht. Hast du ihm gesagt, dass ich es bezahlen werde?«

Sam nickte. »Er will es von dir haben.«

Das konnte er nicht ernst meinen. Warum zum Teufel würde er das von mir verlangen?

Die Frage stellte ich auch Sam. Nur ohne das Fluchen. In diesem Haushalt waren Kraftausdrücke strengstens verboten.

»Ich glaube, die Antwort auf diese Frage kennst du selbst. Er will mit dir reden.«

»Es gibt nichts zu bereden«, erwiderte ich leise. Ich fühlte mich wie eine Gefangene. Eine Gefangene der Zeit.

»Hör mal, Violet. Ich glaube, er wird diesmal länger bleiben. Du weißt, seine Mutter ist letztes Jahr nach Manitoba gezogen und jetzt steht das Haus leer.«

Ich zählte eins und eins zusammen. »Er will es verkaufen?« Das Haus, in dem er aufgewachsen war? Warum er? Warum jetzt? »Kann er nicht jemanden dafür anstellen? Machen das reiche Menschen nicht so? George, Harpers Verlobter, ist Makler. Er kann das bestimmt übernehmen.«

Sam schüttelte den Kopf. »Das Haus steht zwar leer, aber das ganze Zeug ist noch drin. Er muss es ausräumen, putzen und dann verkaufen.«

»Ich wiederhole, warum kann er nicht jemanden einstellen?«

Sam lächelte jetzt. Offensichtlich amüsierte ihn mein Frust. Oder er wusste etwas, das ich nicht wusste. So war das wohl im Alter.

»Ich glaube, er will es selbst machen. Dieser Junge, um den er sich kümmert …«

»Caleb Han«, half ich ihm auf die Sprünge. Die Popsensation des Jahrzehnts. Seit Jahren in den internationalen Charts und der größte Herzensbrecher in ganz Kanada. Niemand, den ich näher kennenlernen wollte.

»Genau der. Der macht wohl gerade eine Pause, und Isaac will die Zeit nutzen, um …«

Ich spürte wieder die Wut aufflammen. Vielleicht unterbrach ich auch Sam deswegen. »Um was? In der Vergangenheit zu schwelgen, durch Collingwood zu streifen und so zu tun, als hätte er nicht der Stadt den Rücken gekehrt?« Ich setzte mich auf. Das Kribbeln war zurück. Ich sah mich um, suchte nach seinen Spuren, und jetzt sah ich sie. Ein Koffer neben der Wohnzimmertür. Ein Paar Schuhe im Flur, das definitiv nicht zu Sam gehörte.

»Wo ist er? Jetzt?«

»Im Haus seiner Eltern.«

In meinem Gehirn ratterte es. Also war er in einem Zwei-Kilometer-Radius und könnte jeden Moment wieder auftauchen?

»Wann kommt er zurück?«

Sam schaute auf seine Armbanduhr. »Er hat fünf Uhr gesagt.«

Ich linste auf sein Handgelenk. »Und jetzt ist es zehn vor fünf.« Mit schnellen Griffen räumte ich alles weg und zog mir meine Schuhe an. »Das hättest du mir früher sagen sollen.«

»Du hast nicht gefragt.«

»Sam«, murrte ich. Ich war wieder achtzehn Jahre alt. Ein Teenager, der sich genauso verhielt.

»Violet.«

»Ich muss los. Wir schreiben oder telefonieren. Am besten wäre es, wenn du *mich* anrufst.«

Sam stand nicht auf. Das hatte ich ihm vor Jahren abtrainiert.

»Ich melde mich. Aber du kannst ihm nicht ewig aus dem Weg gehen.«

Ich zwang mich zu einem Lächeln. »Fordere mich nicht heraus, Sam Murphy. Du weißt, ich gewinne immer.«

Mit gemischten Gefühlen fuhr ich danach ins Pflegeheim ›Graceful Living Collingwood‹. Es war Mittwoch, und das bedeutete Besuchstag.

Als ich eine halbe Stunde später durch die Eingangshalle trat, begrüßte mich Isobel, die hinter dem Anmeldetresen saß. »Violet! Wie schön, dich zu sehen.«

»Die Freude ist ganz meinerseits«, erwiderte ich lächelnd. »Wie läuft es?«

»Ein Bewohner ist letzte Nacht in den Garten ausgebüxt und meinte, mit seinem Urin die Blumen gießen zu müssen. Also, wenn ihr heute spazieren wollt, halt dich lieber vom Jasmin fern.«

Ich wunderte mich gar nicht mehr über ihre wilden Geschichten. Die meisten Bewohner waren hier, weil sie sich nicht mehr selbst versorgen konnten. Darunter auch ...

»Deine Ma ist im Gesellschaftszimmer«, ließ sie mich wissen.

Ich nickte dankbar und klopfte einmal auf meine Tasche, sodass es darin etwas klapperte. »Ich habe übrigens ein paar Spiele mitgebracht, die bei uns nur Staub angesammelt haben.«

Isobels Augen leuchteten auf. »Ehrlich? Das ist super. Ein bisschen Abwechslung tut den Leuten sicher gut. Du kannst sie einfach in den Schrank legen, wenn ihr fertig seid. Du weißt, wo alles ist?«

»Ja. Bis später«, verabschiedete ich mich und steuerte das Gesellschaftszimmer an.

Ich sah meine Mutter sofort. Ihr rotes helles Haar schimmerte zwischen den vielen grauen Köpfen hervor wie ein Signal, das ihren Standort markierte.

Mit langsamen Schritten näherte ich mich dem kleinen Tisch, an dem sie allein saß. Vor sich ein Schachbrett, auf dem die Figuren kreuz und quer standen.

Sam hatte mir Schach beigebracht. Meine Mutter aber konnte es nicht spielen. Das hinderte sie allerdings nicht daran, den Bauer über fünf Felder neben die Königin zu ziehen. Ich ging um sie herum und setzte mich auf den Platz ihr gegenüber.

»Hi, Mom«, sagte ich fast flüsternd. »Wie geht es dir?«

Bei jedem Besuch war mein Inneres zwiegespalten. Ein Teil fürchtete, sie würde sich nicht an mich erinnern. Der andere wollte nicht, dass sie es tat.

Ich wartete auf eine Reaktion in den hellbraunen Augen, die sie an mich weitergeben hatte. Meine Mutter und ich waren uns sehr ähnlich. Äußerlich zumindest. Wir hatten dieselben Haare, die gleichen Augen und das schiefe Lächeln, das jeder in Collingwood kannte.

Doch da hörten unsere Gemeinsamkeiten auf.

Sie sah mich an und hielt in ihrem Zug inne. »Violet? Was machst du hier?«

Ich seufzte innerlich. »Dich besuchen.«

»Mich besuchen? Du bist doch heute Morgen zur Schule gefahren«, erklärte sie mit stockender Stimme.

Ich hatte sie vergangenen Mittwoch zuletzt besucht. Wie jede Woche seit zwei Jahren. Wenn man einen geliebten Menschen mit Demenz um sich hatte, fing man an, schnell zu schalten. Es hatte keinen Zweck, ihr zu erklären, wo sie war, warum sie hier war und nicht in ihrem Haus. Ihr zu erzählen, dass ich seit fast elf Jahren nicht mehr in der Schule und um dieselbe Anzahl an Jahren gealtert war, würde nichts bringen. Ich hatte es versucht. Früher, als ich naiv gewesen war. Hoffnungsvoller.

»Schule war langweilig und wir hatten früher Schluss. Ich wollte lieber Zeit mit dir verbringen«, antwortete ich schließlich und holte ihre Lieblingsschokolade aus meiner Tasche hervor. »Auf dem Rückweg habe ich dir die hier geholt.«

»Du sollst nicht die Schule schwänzen. Außer du hast einen Wettbewerb. Hast du einen Wettbewerb?«

Ich schloss die Augen. Ein Schmerz durchzuckte mein rostiges Herz, etwas, das in den letzten vierundzwanzig Stunden fast zur Gewohnheit geworden war, und ich schluckte die Gefühle herunter. Hier ging es nicht um mich.

»Ja, nächste Woche«, log ich. »Ich erzähle dir dann, wie es war.«

»Kann ich nicht mitkommen?« Meine Mutter griff nach der Schokolade und schaute sich Hilfe suchend um. »Haben wir keinen Tee?«

»Ich bringe dir welchen«, schlug ich vor, froh darüber, etwas Abstand zwischen uns zu bringen. Jeder Besuch war eine Erinnerung an früher, eine Qual, und gleichzeitig konnte ich nicht anders, als mitzuspielen. Für die wenigen guten Momente, in denen sie in der Gegenwart war. Die guten Zeiten, in denen sie mir von ihren Freunden im Altenheim erzählte und mich fragte, warum ich nicht öfter vorbeischaute.

Tage, an denen ich einfach ich sein konnte.

Wie so oft ging ich in die Teeküche des Heims, die von einem sanften Licht erhellt wurde. Alles im Graceful Living war so ... schön. Es war ruhig und wie eine Umarmung für Bewohner und Besucher. Wahrscheinlich war das auch der Grund, warum ich mir Zeit ließ mit der Zubereitung. Und der Grund dafür, warum Mom sich entschieden hatte, lieber hier zu wohnen als in einem Haus, das seine besten Jahre schon hinter sich hatte. Irgendwann war das Wasser gekocht und der Earl Grey zubereitet. Moms Lieblingssorte. Ich verlor mich einige Sekunden lang in der dampfenden Wolke, ehe ich wieder zu meiner Mutter stieß.

»Hier, dein Tee. Mit ganz viel Zucker und Milch«, flüsterte ich meiner Mutter zu, als ich die Tasse vor ihr abstellte. Sie kicherte, als wäre es unser kleines Geheimnis.

Dann deutete sie auf mein Gesicht. »Du hast dieses schreckliche Ding nicht mehr.«

Damit brachte sie mich zum Lächeln. »Das Piercing, meinst du? Ja, ich wollte nicht mehr mit dir streiten deswegen.«

Sie nickte langsam. »Gut. Du solltest öfter auf mich hören. Dein schönes Gesicht braucht keinen Schmuck.«

Das hast du damals schon gesagt.

»Ich höre immer auf dich«, ließ ich sie wissen. Zu meiner Überraschung schnalzte sie mit der Zunge. Ihr Blick war auf die Fenster gerichtet, durch die man in den weitläufigen Garten blicken konnte.

»Du bist aber noch mit diesem Jungen zusammen, oder? Ich habe dir gesagt, das wird dich nur ablenken. Du musst dich auf dich konzentrieren, Violet.«

Ich antwortete nicht. *Dieser* Junge. Isaac. Er war so

lange Geschichte, dass ich mir nicht mal die Mühe machte, es zu überspielen. Sie wusste, wie er hieß, auch in ihren schlechten Momenten, aber anscheinend war ihr selbst dann klar, dass ich seinen Namen nicht hören wollte.

»Du hast recht, Mom. Er ist kein netter Junge.«

»Das habe ich nicht gesagt«, korrigierte sie. »Aber du darfst dich nicht an ihn hängen. Du hast so hart gearbeitet, um Eiskunstläuferin zu werden, und du bist wundervoll darin.«

Und dann habe ich meine Karriere an den Nagel gehängt.

»Ich weiß.«

»Du musst auch noch deine Hausaufgaben machen. Die Direktorin möchte nicht, dass du die Schule schleifen lässt. Ich übrigens auch nicht.«

Es wäre ein guter Aufhänger gewesen, um zu gehen. Aber die Mittwoche gehörten meiner Mutter und ich wollte hier sein. Auch wenn ich dabei klang wie eine Platte mit Sprung.

»Die mache ich später. Wollen wir nicht noch etwas spielen? Ich habe auf dem Dachboden ganz viele Spiele gefunden.«

Kapitel Fünf

Nach dem Nachmittag bei meiner Mutter fühlten sich meine Schultern um drei Tonnen schwerer und mein Kopf um fünf weitere voller an.

Mit der heutigen Version ihrer Selbst waren wir in die Vergangenheit gereist. Sie hatte mich nach Freundinnen ausgefragt, die nicht mehr in Collingwood lebten, nach Isaac, wie es seinem Vater ging, wie das Training lief und warum sich Winona nicht mehr bei ihr meldete. Meine Trainerin Winona Williams war vor acht Jahren in den Ruhestand gegangen. Jetzt, wo sie junge Mädchen nicht mehr auf dem Eis schikanieren konnte, tat sie das von ihrem Küchenfenster aus. Glücklicherweise lebte sie abgelegen an der Stadtgrenze und mied mich wie die Pest, seit ich das aktive Eiskunstlaufen für immer hinter mir gelassen hatte.

Das wusste meine Mutter alles natürlich nicht mehr. Oder anders gesagt: Sie wusste es, nur die Krankheit hatte es sie vergessen lassen.

Mit hängenden Schultern stieg ich vor meinem Haus aus dem Auto, beäugte den Fleck Vogelfäkalien auf der Frontscheibe und schlenderte zu Mrs Blooms Einfahrt hinüber. Der Juni zeigte sich von seiner besten Seite, die Sonne prallte heiß auf mich herab, und es kostete mich einiges an Willenskraft, den muffigen Schuppen zu betreten und den alten Rasenmäher herauszuholen.

Als ich das schwere Gerät über das Gras hievte, erinnerte ich mich an Harpers Worte: ›Sie bekommt es nicht mit, wenn du es nicht machst.‹

Damit hatte sie nicht unrecht, aber ich hielt mich an mein Versprechen. Wenn Mrs Bloom wollte, dass ihr Garten in ihrer Abwesenheit gepflegt aussah, dann bekam sie den schönsten Garten der Straße.

Mit schlechtem Gewissen linste ich dabei auf meinen Vorgarten. Den Rosenbusch, der seit der letzten Saison etwas Aufmerksamkeit benötigte, aber keine bekam. Den Rasen, der ein komisches bräunliches Grün hatte und mein Haus wie das schwarze Schaf unter all den anderen wirken ließ.

Ich machte mir eine weitere mentale Notiz. Mittlerweile hätte ich nur mit diesen ein ganzes Buch füllen können.

Nach dem Sommerfest. Wenn die Ferien anfangen. Dann kümmere ich mich um das Haus.

Es brauchte zwei Anläufe, bis ich den Rasenmäher in Bewegung bekam. Ein bisschen erinnerte er mich an Granny Grey, und vielleicht war das auch der Grund, warum ich so geduldig mit ihm war.

Bis er nach einer halben Stunde den Geist aufgab. Mit

schweißnasser Stirn starrte ich auf den Motor. Zog die schwarze Schnur. Immer und immer wieder. Erfolglos.

Als auch das nichts brachte, ging ich in den Schuppen und suchte nach einem Benzinkanister.

Natürlich hatte Mrs Bloom keinen da.

Warum auch?

Ich überlegte, noch mal loszufahren, um die Arbeit noch vor Anbruch der Nacht fertigstellen zu können, aber mir taten bereits jetzt die Arme weh. Mein Körper war ausgelaugt und ich ließ mich frustriert auf die frisch gemähte Fläche sinken. Wie von selbst lenkte sich mein Blick hinauf zum babyblauen Himmel und ich legte mich auf den Rücken.

Die Grashalme kitzelten an meinen nackten Beinen, die in Jeansshorts steckten. Das dünne Top rutschte ein paar Zentimeter nach oben, aber ich blieb einfach liegen. Sollten die Nachbarn doch denken, was sie wollten.

Für sie war ich sowieso die Verrückte, die nichts aus sich gemacht hatte.

Ich genoss ausnahmsweise die Sonne auf meiner Haut, schloss die Augen und verdrängte die Bilder von gestern, die sich sofort wieder in den Vordergrund drängen wollten.

Doch in meinem Kopf ratterten ununterbrochen Sams Worte. Dass Isaac bleiben würde. Dass er sein Elternhaus verkaufen wollte.

Das heißt noch lange nicht, dass du ihn jetzt jeden Tag sehen wirst. Collingwood ist groß genug, um sich aus dem Weg zu gehen.

Das stimmte zwar nicht ganz, aber ich glaubte es um meiner mentalen Gesundheit willen.

Ich nahm einen langen Atemzug, schwor mir, nicht einzuschlafen, und zwang mich, nur zu entspannen.

Das klappte auch eine Weile lang. Ich lauschte, wie Autos an mir vorbeifuhren, Vögel in den Baumkronen zwitscherten, während der Rasenmäher weiterhin totenstill blieb. Ich träumte vom Meer, von Stränden, die nicht hier, sondern auf der anderen Seite des Atlantiks waren. Stellte mir vor, wie ich in Paris durch die Gassen schlenderte und mich in Rom mit Eiscreme vollstopfte.

Ich träumte, bis sich irgendwann eine Wolke vor die Sonne geschoben zu haben schien und es mir die Wärme nahm.

Irritiert öffnete ich die Augen und starrte dann auf den Schatten, der sich vor mir aufgebaut hatte.

Anscheinend träumte ich noch, denn ich sah Isaac vor mir stehen. Das Komische daran war, dass er so real aussah. Braun gebrannt mit diesen blauen Augen, die mich an das Meer erinnerten, und den aschblonden Haaren, die jetzt im Sonnenlicht glänzten.

Ich streckte die Hand aus, wollte ihm eine Strähne aus der Stirn streichen, als er sich plötzlich bewegte.

»Was machst du da?«

Mein Traumbild klang auch genauso. Rau, tief, wie der Mann, der er jetzt war.

»Violet?«

Er trat einen Schritt zur Seite, und ich blinzelte gegen das starke Sonnenlicht, das mir nun wieder ins Gesicht fiel. Dann nahm ich seinen Duft wahr, und schlagartig war mir klar, dass ich einen großen Fehler begangen hatte.

Dass Isaac tatsächlich vor mir stand.

Ich schreckte zurück und sprang auf. »Was willst du hier?!« Augenblicklich hatte ich drei Meter Sicherheitsabstand zwischen uns gebracht.

»Was denkst du denn?«

Ich klopfte konzentriert die Grashalme von meinen Beinen und mied seinen Blick. »Geh einfach. Ich bezahl deine Reparatur. Wenn du mich in Ruhe lässt, kriegst du sogar mehr.«

Geld, das ich nicht hatte, aber gut. Das musste er nicht wissen.

»Du willst mich ernsthaft bezahlen, damit ich gehe?«, fragte er ungläubig.

Ich zögerte nicht. »Ja. Verschwinde.«

Schluss mit Nettigkeiten. Hier war grobe Ehrlichkeit gefragt. Außerdem war hier gerade kein Sam, der meine Zunge hätte zügeln können.

Ich sah, wie Isaac mit sich kämpfte. Er war immer noch der Junge von früher. Trotz der Veränderungen an ihm war er immer noch derselbe.

Vielleicht glaubte er, ich wäre bereit, die Vergangenheit hinter mir zu lassen und ihm zu verzeihen. Dass ich immer noch das naive kleine Mädchen aus Collingwood war.

Aber Schmerz veränderte Menschen.

Er machte sie hart, kantig und ängstlich.

Denn ich hatte Angst. Schreckliche Angst, wieder genauso zu fühlen wie damals.

Egal, wie lange Isaac diesmal hierbleiben würde, irgendwann würde er der Stadt wieder den Rücken kehren. Das Ganze hatte ein Ablaufdatum, und daran musste ich mich erinnern.

Ich griff nach dem Rasenmäher, doch Isaac trat einen Schritt näher. »Es tut mir leid.«

Doch vier Worte reichten nicht aus, um alles ungeschehen zu machen.

»Spar dir das«, antwortete ich, ging an ihm vorbei und hievte das sperrige Teil über den halb gemähten Rasen.

Zu meiner Überraschung folgte Isaac mir. »Wie oft soll ich mich dafür entschuldigen?«

Ich starrte ihn an. Geradewegs ins Gesicht, damit er wusste, wie ernst es mir war.

»Bis wir uns in der Hölle wiederbegegnen.«

Früher hätte ich niemals so etwas gesagt. Meine Worte schienen auch ihn zu überraschen. Und dann ... Von einem Moment auf den nächsten veränderte sich etwas an ihm.

Seine Kanten wurden härter, seine Haltung breiter, und da war er. Der Fremde, den ich nicht kannte.

»Hast du eine Versicherung?«

Ich horchte auf. »Wieso?«

»Du hast mich angefahren. Mein Heck, um genau zu sein.«

Ich mied seinen Blick, ging weiter zu Mrs Blooms Schuppen und überlegte zwei Sekunden lang tatsächlich, mich einfach darin einzuschließen. Lieber würde ich mich von den Mäusen darin auffressen lassen, als noch länger an dieser Konversation teilzunehmen.

»Sam klärt das. Ich gebe ihm das Geld«, erklärte ich, weil Isaac immer noch dort stand, wo ich ihn zurückgelassen hatte. Wie ein Geist. Mein Gehirn konnte das Bild von ihm nicht richtig verarbeiten. Er, hier in meinem Alltag, als wäre es völlig normal.

Widerwillig hakte ich nach. »Hat er dir das nicht gesagt?«

Isaac nickte langsam. »Doch. Aber du bist die, die es mir bezahlen wird. Am besten gehen wir jetzt gleich in eine Werkstatt und fragen nach einem Kostenvoranschlag.«

Mein Blick wanderte über sein Gesicht. »Das machen wir nicht.«

Eine Regung in seiner Mimik ließ mein Herz stolpern. Sein Mundwinkel zuckte verräterisch. Machte er sich etwa lustig über mich?

»Entweder das, oder ich schalte einen Anwalt ein. Was ist dir lieber?«

Ein Anwalt? Wollte er mich auf den Arm nehmen?

»Warum solltest du das tun?« Ich ging an ihm vorbei durch Mrs Blooms Garten in meinen. Unter anderen Umständen wären mir der vertrocknete Boden, die sterbenden Pflanzen und das Durcheinander peinlich gewesen. Aber Isaac war es nicht wert, mich zu schämen.

»Scheinbar muss man dich dazu zwingen, mit mir zu reden. Dabei können Anwälte helfen«, erwiderte er, als hätte er mir erzählt, dass der Himmel blau war.

Ich wandte mich um und trat einen Schritt näher an ihn. »Sag mal, hast du da oben ein paar Schrauben locker? Hat dir das Leitungswasser von Toronto den Kopf vernebelt? Ich. Werde. Nicht. Mit. Dir. Reden.«

Er grinste. Sein Strahlen erfasste mich mit der Wucht von tausend Sonnen. Zumindest fühlte es sich schwer danach an.

»Tust du doch schon.«

»Werd erwachsen«, giftete ich zurück.

»Sagt die Richtige.«

Ich wirbelte herum, stolzierte durch die Tür ins Haus und ließ sie hinter mir zufallen. Das Fenster daneben war jedoch geöffnet, was auch Isaac bemerkt zu haben schien.

»Zwing mich nicht, reinzukommen.«

»Das ist Hausfriedensbruch. Ich weiß nicht, ob dein toller *Anwalt* dich da rausboxen kann.« Er nervte mich. Was machte er noch hier? Musste er nicht kleine Kinder zu Stars machen? Über den Kontinent jetsetten für überteuerte Konzerte? »Hast du nichts zu tun?«, fragte ich rufend.

Wenn er auch nur ein kleines bisschen so wie früher war, dann hasste Isaac Langeweile mehr als alles andere. Er konnte nicht still sitzen bleiben, nichts tun, geschweige denn entspannen.

»Doch. Ich fahre jetzt mit dir in die Werkstatt. Du hast die Wahl. Entweder ich komme rein und schleppe dich eigenhändig dahin oder du kommst freiwillig mit.«

Er würde nicht lockerlassen. Warum auch? Ich war sein Ziel, und er würde alles tun, um es zu bekommen.

Also nannte ich es nicht Kapitulation, sondern Selbsterhaltung. Wenn er unbedingt in eine Werkstatt gehen wollte, bitte. Die Rechnung würde ich bezahlen, und danach könnte er sich zurück nach Toronto, zum Mond oder sonst wohin scheren. »Okay. Ich fahre dir hinterher.«

Isaac sah mich durch die Fensterscheibe an. Das Eisblau funkelte. Trotzdem wirkte die Farbe wärmer an diesem Sommertag. »Keine Tricks?«

»Nein.« Was nicht bedeutete, dass ich nicht daran gedacht hatte.

»Versprochen?«

»Weil dir Versprechen so viel wert sind? Nein, danke.«

Meine Worte trafen ihn, das erkannte ich. Hoffentlich

genau da, wo es wehtat. Er verdiente noch so viel mehr davon und ich hatte mich nicht einmal warmgelaufen.

Fünf Minuten und einen sehr ausführlichen Blick in den Spiegel später saß ich auf dem weichen Polster meines Autos und fuhr dem schwarzen Gefährt von Isaac hinterher. Das Ding war so monströs wie sein Besitzer. Groß und so breit, dass ich mich fragte, wie zum Teufel er in Toronto jemals einen Parkplatz bekam.

Ich wusste nicht viel über seine Karriere dort. Sam hatte mir irgendwann erzählt, dass Isaac so reingerutscht war. Aus den Medien wusste ich, dass er Caleb Hans *Manager* war. Das war für mich nur eine Umschreibung für *gut bezahlte Sekretärin*, aber anscheinend vergütete dieser Typ ganz gut.

Seine Musik aber war nichts für mich, und allein die Tatsache, dass jemand Jüngeres als ich so erfolgreich war, ärgerte mich. Solche Menschen waren nur der Beweis für das eigene Versagen. So jung, so erfolgreich? Das gab es für viele Menschen in Collingwood nur in ihren kühnsten Träumen.

Ich war so sehr in Gedanken versunken, dass ich viel zu spät realisierte, welche Werkstatt Isaac ansteuerte. Einige Herzschläge lang überlegte ich, eine scharfe Wende zu versuchen und zu flüchten, aber ich wusste, er würde mir folgen. Offensichtlich hatte Isaac es sich in den Kopf gesetzt, mir auch noch den letzten Nerv zu rauben, also hatte ich keine andere Wahl, als Granny Grey ausgerechnet hier hinter seinem Auto zu parken.

Diesmal mit großem Sicherheitsabstand. Ich besaß

Erspartes, aber mein Glück ausreizen würde ich dann doch nicht.

Zögernd stieg ich aus. Mit einem Seitenblick linste ich in die offene Werkstatthalle, halb erwartungsvoll, halb fürchtend.

»Kommst du?« Isaac war ebenfalls ausgestiegen und sah mich abwartend an.

Ich lehnte mich gegen mein Auto und schüttelte den Kopf. »Ne, lass mal.«

»Violet«, sagte er mit einem warnenden Unterton in seiner Stimme.

Die Härchen auf meinen Armen richteten sich auf und ich rieb unauffällig über die Stelle. »Nenn mich nicht so.«

»Du heißt so.«

Punkt an ihn, aber ich wollte meinen Namen nicht aus seinem Mund hören. Ich wollte gar nichts mehr von ihm. »Vermeid es einfach, mich anzusprechen.« Dann zuckte ich mit den Schultern. »Aber, na schön, wenn du unbedingt willst, begleite ich dich. Nach dir.« Ich deutete auf den schmalen Gehweg, der zum Eingang führte.

Er wollte etwas sagen, ließ es dann im letzten Moment doch.

Gut. Er lernt dazu.

Ich ging hinter ihm her, ärgerte mich darüber, dass er mittlerweile einen so breiten Rücken hatte. Er war schon immer riesig gewesen, aber nie so muskulös. Als würde er jetzt nur im Fitnessstudio leben und atmen.

Als wir die Werkstatt betraten, stellte ich mir vor, wie wir nach außen hin wirken mussten.

Vollkommen unterschiedlich. Ich trug zerrissene Jeansshorts mit einem Top, Sneaker, die ihre besten Jahre hinter sich hatten, und er … sah aus wie einem Vogue-Covershooting entsprungen. Beiges Hemd mit kurzen Ärmeln, dazu passende braune Shorts und Schuhe, die nur reiche Menschen tragen konnten.

»Hey, Violet!« Jasper linste unter einem Auto hervor und grinste mit ölbeschmiertem Gesicht. Er sah an mir vorbei zu Isaac. »Oh, hi.«

Ich trat hinüber zu Jasper, hielt ihm eine Hand hin, doch er schüttelte den Kopf. »Eine Lady sollte keine dreckigen Finger haben.«

Er war noch Lehrling und der Grund dafür, warum ich die Hoffnung in die Jungs von morgen noch nicht aufgegeben hatte. Mit seinen achtzehn Jahren besaß er mehr Höflichkeit als manche erwachsene Männer, die mir in den letzten Jahren über den Weg gelaufen waren.

»Was führt dich, oder euch, her? Darf ich fragen, wer du bist?«

Jasper musterte Isaac. Ein fremdes Gesicht in Collingwood war eigentlich keine Seltenheit, aber kaum ein Tourist verirrte sich in Sinclairs Werkstatt.

»Isaac Murphy.« Er streckte die Hand aus, aber auch die ergriff Jasper nicht, sondern hob seine eigenen.

»Sorry, Mann. Ich bin Jasper. Was kann ich euch heute Gutes tun? Bist du endlich zum Ölwechsel da?«, fragte er an mich gewandt.

Ah … das. Das hatte ich glatt vergessen. Oder ignoriert. Eins von beidem. »Heute nicht.« Ich deutete mit dem Daumen auf Isaac. »Ich habe sein Auto angefahren, und jetzt droht er damit, einen Anwalt einzuschalten, wenn wir das nicht heute klären.«

Isaac räusperte sich. Er hasste es, vorgeführt zu werden. Seine Augen funkelten böse. »Die Rede war nie von heute.«

»Schon klar«, wiegelte ich ab. »Jasper, bist du so lieb und schaust es dir an?«, fragte ich dann mit zuckersüßer Stimme. »Bist du heute allein?«

»Alle haben Urlaub. Der Chef ist kurz raus, ein Teil besorgen. Mr Leblancs Bremsen spinnen rum.«

Mr Leblanc war Chiropraktiker und mindestens so alt wie Sam. Es grenzte fast an ein Verbrechen, dass er noch auf den Straßen unterwegs war.

»Verstehe. Grüß ihn schön von mir, wenn er zum Abholen kommt.«

Jasper tippte sich zur Bestätigung an seinen imaginären Hut. Sein braunes Haar war ganz verwuschelt, und ich widerstand dem Drang, es wie eine Mutter zu richten. »Aye, aye, Miss Clark.«

Dann folgte er Isaac zu seinem Gefährt und verwandelte sich dort augenblicklich in ein Fangirl. »Ist das ein Bentley Bentayga? 8-Zylinder, V-Motor mit 8-Gang Automatikgetriebe und einem Drehmoment von 770Nm?!«

»Plug-in-Hybrid«, fügte Isaac hinzu, plötzlich ganz verlegen.

Ich starrte auf das Spektakel vor mir. Jasper, der wie ein kleiner Bruder für mich war, verliebte sich gerade in Isaac. Oder besser gesagt, in sein Auto. »Was ist so besonders an einem Bentley Bentagola?«

»Bentayga«, warf Jasper zurück. Seine Fingerspitzen wanderten über das Auto, ohne es zu berühren. »Einfach perfekt.« Dann sah er den Kratzer und verzog das Gesicht. »Nur das nicht.«

»Ein bisschen Charakter schadet doch keinem Auto. Guck dir mal Granny Grey an.«

Die beiden Männer schauten zu meinem Auto.

Sie war ein Volvo. So viel wusste ich. An vielen Stellen schon zerkratzt, nicht mehr die Hübscheste, aber sie fuhr.

Jasper ignorierte meinen Kommentar und ließ seine Begeisterung wieder übernehmen. »Das Auto ist der Wahnsinn!«

»Du kannst es mal fahren, wenn es wieder heil ist«, schlug Isaac vor.

Ich wollte dazwischengehen und Jasper warnen, dass er sich keine Hoffnungen machen sollte, als sich uns von hinten ein Auto näherte.

Jasper hob die Hand. »Da kommt der Chef. Der weiß besser, wie teuer der Schaden ist.«

Ich spürte, wie meine Fingerspitzen feucht wurden, und drehte mich langsam um. Wenn es Nathan wunderte, dass ich hier war, dann ließ er es sich definitiv nicht anmerken. Er stieg aus, richtete sein blaues Arbeitsshirt und kam mit einem Lächeln auf uns zu. »Sieh an, sieh an. Violet Clark ist aus ihrem Versteck aufgetaucht. Was verschafft mir die Ehre?«

Sein Blick fiel auf mich, auf meinen Begleiter und dann wieder auf mich. Ich las die Frage in seinen dunklen Augen. Die Augen, die ich lange gemieden hatte. »Dein Freund?«

»Gott, nein. Du wüsstest, wenn ich einen hätte.«

Er zuckte mit den Schultern. »Hätte ja sein können.« Dann streckte er seine Hand in Isaacs Richtung aus. Ich ahnte Böses. Nathan wusste von ihm. Welche Bedeutung dieser Mann in meinem Leben gespielt hatte.

»Nathan Sinclair.«

»Isaac Murphy.«

Nathan hob eine Augenbraue, und ein gefährlicher Ausdruck huschte über sein Gesicht. Aber er lächelte. Freundlich. Warm. Wie immer. Umso mehr überraschten mich seine Worte. »Jetzt habe ich endlich ein Gesicht zu dem Arschloch, das Violet das Herz gebrochen hat.«

Kapitel Sechs

Isaac zuckte zusammen.

Ich hatte mit einer Reaktion gerechnet, aber dass sie so deutlich ausfiel, überraschte mich. Hatte er geglaubt, ich hätte seinen Abgang einfach hingenommen und niemand hier wüsste, was er getan hatte?

Brennend spürte ich seinen Blick auf mir, reagierte aber nicht. Wenn er Fragen hatte, sollte er die Antworten woanders suchen, aber nicht bei mir.

»Schon gut, Nathan«, mahnte ich diesen und zwang mich zu einem Lächeln. »Kannst du dir sein Auto bitte anschauen?«

Nathan drückte Jasper ein Paket in die Hand, ging an uns vorbei und begutachtete den Kratzer. Im Gegensatz zu Jasper hatte er keine Scheu, ihn auch zu berühren. »Das warst du?«

»Jep«, erwiderte ich, weniger schuldbewusst, als ich es hätte sein sollen.

»Warum wundert mich das nicht?«

Ich sah zu Nathans Auto hinter meinem und dachte an all die Stunden, die wir vor Ewigkeiten darin verbracht hatten. »Tu nicht so, als wäre ich so schlimm gewesen.«

»Warst du nicht.« Du hast entschieden, Schluss zu machen, erinnerte Nathan mich mit seiner Mimik.

Isaac räusperte sich. Offensichtlich hatte er mit dieser Wendung nicht gerechnet. »Wie hoch ist der Schaden?«

Nathan trat an meine Seite und legte den Arm um meine Schultern. Ich wusste nicht, wieso, aber in dem Moment war ich dankbar dafür.

»Kann ich so nicht einschätzen. Dreihundert bis dreitausend Dollar.«

»Was?!« Ich sah mir den Kratzer noch mal genauer an. »Den sieht man doch kaum. So viel kostet doch das ganze Auto, fast.«

Jasper zog scharf die Luft ein. »Häng vielleicht noch so zwei, drei Nullen dran.«

Mein Geduldsfaden riss. Dieses ganze Treffen, Isaac, sein dummes Auto und diese absolut absurde Summe. »Warum zum Teufel fährst du so ein teures Auto? Hast du keine Versicherung, die das übernehmen kann?«

»Deine Versicherung muss das übernehmen«, korrigierte er, als hätte er mich gebeten, Milch vom Supermarkt mitzubringen.

»Nein, ich zahle es bar.« Fehlte mir noch, dass ich länger als nötig mit Isaac zu tun haben müsste.

Nathan drückte meine Schulter. »Hast du eine Sekunde?«

Ich sah zu Jasper und Isaac. Der starrte auf Nathans Hand auf meiner Schulter. Ich wusste nicht, welche wilden Ideen ihm durch den Kopf gingen, aber wenn er annahm, zwischen uns würde noch was laufen, würde ich es nicht abstreiten.

»Ja.«

Ich folgte Nathan in die Werkstatt und in sein Büro, von dem aus man die ganze Halle überblicken konnte. Jasper und Isaac unterhielten sich draußen höchstwahrscheinlich noch immer über den Bentley Blablabla.

»Er ist es, oder?«, fragte Nathan, kaum dass er die Tür geschlossen hatte.

»Ja. Bevor du mich mit Fragen löcherst, ich wollte nicht herkommen. Es war ein dummes Missgeschick und jetzt nervt er mich damit.«

Nathan war für mich ein guter Zeitvertreib gewesen. In einem anderen Leben mit einer anderen Violet hätten wir sehr lange glücklich sein können. Aber diese Violet, die ich heute war, war kaputt. Irreversibel geschädigt.

»Hör zu, ich weiß, das ist nicht die angenehmste Situation, aber kannst du einfach sein Auto diese Woche reparieren? Du bist mir nichts schuldig, aber so unter Freunden ... Kannst du das machen?«

»Hast du denn das Geld?« Nathan wusste, wie schlecht ich finanziell aufgestellt war. Zwar hatte ich in unserer kurzen Beziehung meine Rechnungen immer selbst zahlen können, aber viel war am Ende des Monats nicht übrig geblieben. Auch wenn er besser verdient hatte als ich, die Dinge, die andere Paare gemacht hatten, waren für uns nie infrage gekommen. Große Urlaube, teure Restaurantbesuche oder Geschenke, die mehr wert waren als der wöchentliche Lebensmitteleinkauf.

»Ich kratz es schon irgendwie zusammen«, erwiderte ich

und hob die Hand, als er den Mund öffnete. »Wehe, du schlägst vor, es zu bezahlen.«

»Ich kann dir das nicht in Rechnung stellen.«

»Musst du aber«, warf ich ein und sah hinaus zu Isaac. Es war immer wieder ein komischer Anblick, ihn hier in meiner Welt zu sehen. Er wirkte wie ein Videospielcharakter aus dem falschen Spiel. Der Matrix entsprungen und falsch zugeordnet.

»Nathan, bitte.« Ich sah meinem Gegenüber an, dass er überhaupt nicht zufrieden mit dem Ergebnis war, aber er ließ sich überreden. »Übermorgen ist es fertig.«

»Danke, du bist mein Held.«

»Hör auf, dich einzuschleimen«, flüsterte er genervt, lächelte aber gleich darauf. »Wir sehen uns auf dem Sommerfest. Versuch bis dahin keine neuen Kratzer zu verschulden.«

Ich drückte seine Hand kurz, eine vertraue Geste, die ich mir nie abgewöhnt hatte. »Natürlich nicht.«

Als ich mich Isaac und Jasper näherte, verstummten die beiden. Ich wuschelte durch Jaspers Haare, der spielerisch drohte, mich mit seinen Händen anzugreifen. »Fiesling.«

»Schon klar. Wir sehen uns Samstag«, antwortete er mit seinem jugendlichen Grinsen, um das ich ihn beneidete.

Bleib für immer so, Jasper. Lass dich nicht unterkriegen von der fiesen Welt da draußen.

Jasper hob die Hand. »Sayonara.«

»Adiós«, verabschiedete ich mich und ging an Isaac vorbei. »Dein Auto ist übermorgen fertig. Wenn du mich weiterhin belästigst, schalte ich die Polizei ein.«

Drastische Mittel erforderten drastische Maßnahmen. Ich konnte es mir nicht leisten, dass Isaac wie ein Geist um mich herum spukte und meinen Alltag durcheinanderbrachte.

Immerhin war halb Collingwood zum Sommerfest eingeladen, und ich fragte mich immer noch, ob wir genug Essen, Getränke und Unterhaltung hatten. Partyplanerin würde ich in diesem Leben zwar nicht mehr werden, aber trotzdem wollte ich, dass alles perfekt wurde.

Ich schloss mein Auto auf, hörte noch seine Schritte hinter mir und öffnete mit mehr Wucht als nötig die Fahrertür. Unglücklicherweise traf sie nicht auf Isaac. Bei seinem Körperbau hätte es mich gewundert, wenn er bei einem Aufprall überhaupt gezuckt hätte.

»Das war's? Mehr hast du nicht zu sagen?«

Ich sah an seiner Schulter vorbei zu Nathan, der am Eingang der Werkstatt aufgetaucht war. Mein letzter Ex-Freund und mein erster Ex-Freund auf einem Fleck. In welchem lächerlichen RomCom-Film war ich gelandet? Und wenn das einer war, warum war ich nicht die hübsche Kleinstadtschönheit wie Isla Fisher oder Emma Stone?

»Willst du noch einen Entschuldigungsbrief? Du hast bekommen, was du wolltest, jetzt lass mich in Ruhe.« Ich stieg ein, griff nach der Türklinke von Granny Grey und wollte sie zuziehen, doch Isaac hielt sie fest.

»Du musst irgendwann mit mir reden.«

»Nope. Jetzt lass los, oder ich fahr dich über den Haufen.«

Anscheinend klang meine Warnung ernst genug, denn er folgte meinem Befehl. Ich schnallte mich an, fuhr los und winkte noch einmal in die Richtung der Werkstatt. Wieder hatte Nathan mir aus der Scheiße geholfen. Wieder war ich jemandem etwas schuldig, und ich spürte, wie sich deswegen Ausschlag auf meiner Brust ausbreitete.

Durch den Rückspiegel sah ich noch Isaac am Gehweg stehen und mir hinterherblicken.

›Vielleicht hat er recht‹, dachte ich. Höchstwahrscheinlich konnte ich nicht ewig wegrennen. Aber ich würde mein Glück versuchen, das Gespräch bis zum letzten Moment aufzuschieben.

Denn eins wusste ich: Es würde hässlich werden. Sehr sogar.

Mit einem tiefen Atemzug begrüßte ich den neuen Tag. Endlich war der Tag des Sommerfestes gekommen. Um fünf Uhr morgens riss mich der Wecker aus dem Bett, doch diesmal empfand ich keine Hektik, sondern eine ungewohnte Ruhe. Die Anspannung der vergangenen Wochen schien sich aufgelöst zu haben, und ich fühlte mich, als wäre eine Last von meinen Schultern genommen worden. Keine Ahnung, woher ich diese Entspannung nahm, aber ich genoss sie in vollen Zügen, während ich mich für das Fest fertig machte.

Ich verband mein Smartphone mit der kleinen Bluetoothbox und ließ mich von Lana del Reys Stimme durch den Morgen begleiten. Ich duschte, wusch mir das krause Haar und packte zwei Hände voll Spülung hinein. Unter dem Wasserstrahl inspizierte ich die Länge der nassen Strähnen. Sie reichten mir mittlerweile über die Schultern. Während deren Rot durch das Wasser dunkler wurde, überlegte ich zwei gefährliche Sekunden lang, selbst Friseurin zu spielen.

Dann erinnerte ich mich an den verpfuschten Pony, den ich mir vor drei Monaten zugefügt hatte. Seitdem durfte nur noch Harper an meine Haare. Auf ihre Anweisung hin.

›Nächste Woche frage ich sie‹, dachte ich mir und spülte die Reste des Pflegeprodukts aus meinen Haaren und von meinem Körper. Nachdem ich das Wasser abgestellt hatte, ließ ich die Wassertropfen von meiner Haut perlen, während ich über meine Pläne für die kommende Woche nachdachte. Jeder einzelne Tropfen schien wie eine kleine Erfrischung, und ich verbrachte mehr Zeit als nötig damit, sie zu betrachten. Mit einem Handtuch um die Schultern gewickelt und das Haar noch leicht feucht verließ ich schließlich das Bad und betrat das Schlafzimmer. Vor meinem Kleiderschrank hielt ich kurz inne und ließ meinen Blick über die Auswahl darin schweifen. Das rote Blümchenkleid, das ich für heute gewählt hatte, hing griffbereit an einem Haken.

Ich zog es über, fühlte den Stoff auf meiner Haut und betrachtete mich im Spiegel. Ein Hauch von Nostalgie umgab mich, als ich Moms alte Sonnenbrille in die Haare schob. Nach einem letzten Outfitcheck schlenderte ich in die Küche und schmierte mir ein Toast. Meine Kochkünste waren gestern bereits genügend ausgereizt worden, und ich blickte nicht ganz ohne Stolz auf die zehn Dosen, die bis zum Rand mit Essen gefüllt waren. Im Kopf ging ich die Liste durch. Couscous-Salat. Kartoffelsalat, Ofengemüse, Dips, darunter auch der vegane, der letztes Jahr zu den Favoriten gezählt hatte, und ganz viel Obst.

Mein Geldbeutel blutete immer noch aufgrund der Lebensmittelpreise, aber ich erinnerte mich daran, wie sehr sich alle freuen würden. Außerdem hatte Mr Hale, der

Besitzer der Eishalle, versprochen, die Kosten im Anschluss zu übernehmen. Glücklicherweise.

Mein zweiter Wecker ging um halb sieben los. Die Feier würde offiziell zwar erst um elf Uhr anfangen, aber der Garten der Eislaufhalle war noch nicht geschmückt, geschweige denn mit den Tischen vorbereitet.

Ich schlang das Toastbrot mit drei großen Bissen herunter, stolperte dann die Treppen hinauf in mein Schlafzimmer, das von der Einrichtung her in den 2000ern feststeckte, und kniete mich vor die Kommode, die mir auch als Schminktisch diente. Der Spiegel darüber trug kleine Risse, Spuren der Jahre, die ich hier verbracht hatte. Auf der Kommode standen verblasste Fotos in silbernen Rahmen, stumme Zeugen vergangener Tage, die ich seit meiner Geburt in diesem Zimmer verbracht hatte. Als ich mich dabei ertappte, wie meine Gedanken bei dem Anblick wieder abschweiften, schüttelte ich den Kopf und machte mich fertig.

Nachdem Sonnencreme, Tagescreme und eine Schicht Concealer, um die angsteinflößenden Augenringe zu überdecken, aufgetragen waren, entschied ich mich für einen kupferroten Lippenstift, der mit der Farbe meiner halb getrockneten Haare um die Wette eiferte. Für eine aufwendige Frisur blieb keine Zeit, also richtete ich sie nur mit einer großen Klammer, bevor ich wieder hinuntereilte und mich daranmachte, alles in mein Auto zu verfrachten.

Mit schlechtem Gewissen musterte ich Mrs Blooms Vorgarten, den ich noch nicht zu Ende gemäht hatte. Ich würde Montag zwischen meiner Schicht bei Minka und dem Nachmittagsunterricht in der Eishalle noch mal drangehen müssen.

Eins nach dem anderen, warnte mein Unterbewusstsein in Form einer kleinen, alten Frau, die gefährliche Ähnlichkeit mit meiner ehemaligen Grundschullehrerin hatte. An den meisten Tagen tolerierte ich sie. An anderen wollte ich sie zum Teufel jagen.

Ob ich allmählich durchdrehte? Ja, vielleicht.

Ich sortierte die Boxen im kleinen Kofferraum, lief noch ungefähr fünfmal ins Haus und zurück zum Auto, bis ich sicher war, dass alles da war.

Noch an der ersten Kreuzung zur Eishalle klingelte mein Handy. Minka. Ausgerechnet mit Videoanruf. Mit einer Hand am Lenkrad nahm ich ihren Anruf entgegen.

»Wow, seit wann sind deine Brüste so riesig«, begrüßte sie mich. Ich widmete ihr keinen Blick. »Trägst du etwa Lippenstift?«

»Du lässt es so klingen, als würde ich mich nie hübsch machen.«

Die Ampel schaltete auf Rot und ich sah auf das Handydisplay. Minka war im Laden und wühlte sich durch einen Papierhaufen. »Violet Clark hat sich richtig rausgeputzt. Pass bloß auf, dass dir nicht die halbe Nachbarschaft einen Antrag macht.«

Ich lachte auf. »Du meinst die grauhaarigen Herren, die so alt sind wie Sam? Oder die Teenager, die gerade ihre ersten Pickel bekommen?«

»Nathan wird kommen. Hat mir Harper erzählt. Die weiß es von George.« Das Leben in Collingwood glich an vielen Tagen noch dem an der Highschool. Jeder wusste über alles Bescheid und die Grashalme hatten Ohren.

»Ich weiß. Ich habe ihn eingeladen, vergessen?«

»Hassen wir ihn? Mögen wir ihn? Ich blick da nicht mehr ganz durch«, murmelte sie gegen ein Dokument, das nach einer Rechnung aussah. »Warum muss Strom so teuer sein?«

»Da bin ich überfragt. Aber wir hassen Nathan nicht«, klärte ich sie auf und bog auf den Parkplatz vor der Eishalle. »Außerdem ist das zwei Jahre her.«

Sie hob das Handy an und zeigte mir ihre hochgezogene Augenbraue. »Das mit diesem Isaac ist über zehn Jahre her.«

»Nicht lang genug«, erklärte ich. Die Sache mit Isaac hatte ich in den letzten Tagen gekonnt in den Hintergrund gerückt. Sam hatte mir mitgeteilt, dass er zwischenzeitlich mit einem Mietwagen nach Toronto gefahren war. Seitdem war mein Leben wieder in gewohnter Ordnung, und ich genoss es.

Zwar wusste ich, dass er früher oder später zurückkommen würde, aber solange er nicht in Collingwood herumlungerte, zählte ich das als Gewinn.

»Denkst du an die Musikboxen?«, fragte ich Minka.

»Ja. Weißt du, ich verstehe gar nicht, warum du dich seit Tagen so kirre machst. Es wird alles super.«

»Es muss perfekt werden«, erwiderte ich und ging gedanklich die Liste der Dinge, die ich mitzubringen hatte, durch. Alles an Ort und Stelle. Immer noch.

»Das wird es.«

»Das ist die reinste Katastrophe«, warf ich Zayd eine halbe Stunde später an den Kopf. Seine Stimme klang schlaftrunken, als er antwortete. »Ist doch halb so schlimm.«

»Wir haben keine Tische. Keine Stühle. Die Hälfte der Gäste kann nicht länger als zehn Minuten stehen. Zayd, ich dachte, du würdest dich darum kümmern.«

»Sollen sie sich doch auf den Boden setzen«, murmelte er.

Ich starrte mein Handy an. Hatte ich den größten Vollidioten höchstpersönlich am Apparat?

»Zayd, ich schwöre dir, wenn du in der nächsten Stunde keinen Ersatz findest, verpfeife ich dich bei Mr Hale und erzähle ihm, dass du dir vor jeder Stunde einen Joint reinziehst.«

Er grunzte. Wie das kleine Schweinchen, das er so oft war. »Die Teile müssen sowieso auf den Sperrmüll.«

Ich inspizierte die rostigen Klappstühle, die zur Hälfte unbrauchbar waren. »Das bringt mir jetzt nichts, oder?«

»Ich besorg dir deine blöden Stühle.«

»Und Tische«, fügte ich hinzu. »Eine Stunde. Eine Minute später und du bist dran.«

Ich würde meine Drohung nicht wirklich wahr machen, aber zu wissen, dass ich Zayd Angst einjagen konnte, war unheimlich befriedigend.

Ich legte auf und starrte auf die Eishalle vor mir. Hatte ich mir doch zu viel vorgenommen? Ein Fest für die Nachbarschaft, ganz allein? Ich schüttelte den Kopf. Jetzt das Handtuch zu werfen, brachte mich auch nicht weiter. Um also nicht tatenlos herumsitzen, schloss ich die Tür zum Schuppen neben der Eishalle auf und holte dann die Deko aus meinem Auto.

Ich bereitete den Grill vor und brachte die selbst gemachte Limonade zur Eisfläche, damit sie bis zur Feier schön kühl blieb.

Mit Mühe versuchte ich im angrenzenden Garten die Girlanden vom einen Baum bis zum nächsten zu befestigen, merkte jedoch schnell, dass ich meine Größe deutlich überschätzt hatte. Also sprintete ich zurück, nahm einen der alten Stühle und startete einen zweiten Versuch. Ich streckte mich, stellte mich auf die Zehenspitzen und klammerte mich an einen nahe liegenden Ast, aber verfehlte wieder. Aufstöhnend blies ich mir den Pony aus der Stirn und starrte den Ast an. »Arschloch.«

»Was hat der Baum dir getan?«, fragte eine tiefe Stimme. Meine Reaktion bestand aus einem Zusammenzucken, einem Aufschrei und dem Versuch, meine Balance zu halten.

Ich scheiterte kläglich.

Stattdessen rutschte ich aus, kickte den Stuhl unter mir weg und fiel. In der Nanosekunde, die ich stürzte, hallte Mrs Williams Stimme durch meinen Kopf, die mich anschrie, dass ich richtig fallen sollte.

Knie leicht gebeugt, Hände nah am Körper, versuchen, die Aufprallfläche zu verteilen.

Doch ich landete nicht auf weichem Gras, sondern prallte gegen eine harte Brust. Zwei warme Hände umschlangen meine Hüfte und blinzelnd starrte ich in ein Gesicht. Isaac. Für einen Bruchteil verharrte ich in der Position, zu benebelt von der Tatsache, dass ich mir wirklich nichts gebrochen hatte.

Er hatte immer noch dieselben dunklen Wimpern. Diese doofen, hübschen Wimpern, die an ihm verschwendet waren. Sie umrahmten seine Augen, an die ich mich auch noch in fünfzig Jahren erinnern würde. Selbst wenn ich wie meine Mutter enden sollte. Das Eisblau war umgeben von einem dunklen Kreis und an seinem rechten Auge war in dem Blau ein kleiner grüner Streifen. Ich sah ihn und all seine Details, entdeckte plötzlich Falten und Sommersprossen, die ich nicht kannte.

Dann spürte ich seinen Griff nachgeben. Merkte wieder, wie sehr ich mich gegen seine Anwesenheit sträubte. So schnell wie möglich löste ich mich von ihm und sprang förmlich von ihm weg. »Was machst du hier?!«

»Hi, auch schön, dich zu sehen«, antwortete er.

»So was würde ich niemals sagen.«

»Ich weiß. Keine Sorge, ich weiß, dass du mich hasst.«

Ich musterte ihn mit Sicherheitsabstand. »Gut.«

Er trug schwarze Shorts und ein blaues Hemd mit kurzen Ärmeln. Ein verdammt schönes Hemd. Seine Haare waren ausnahmsweise nicht gemacht, sondern gaben ihm einen verwegenen Look.

»Also zurück zu meiner Frage: Was machst du hier?«

»Sam meinte, du brauchst vielleicht Hilfe.«

Mentale Notiz: Um Sam werde ich mich später kümmern.

»Nein, nicht hier im Garten. In Collingwood. Musst du nicht Teenager zu Popstars machen? Oder Leuten in den Arsch kriechen, damit sie Caleb Hans neues Album kaufen? Oder keine Ahnung, einfach nicht hier sein?«

Er trat einen Schritt näher. Bei einem anderen Mann seiner Statur hätte ich das als bedrohlich empfunden. Isaac überragte mich um einen Kopf, und seine Schultern waren so gebaut, dass ich wahrscheinlich nicht mal meine Arme komplett um ihm legen konnte.

Nicht, dass ich daran gedacht hätte.

Aber auch er würde mich nicht anrühren. Nicht, wenn es nicht absolut notwendig war. Er wusste, dass er dieses Recht bei seinem Abgang für immer verloren hatte.

»Du scheinst ja bestens über mich Bescheid zu wissen«, erklärte er, und sein Blick wanderte über mein Gesicht. Er nahm jedes Detail unter die Lupe, und ich zwang mich, nicht zu erröten.

»Sam erzählt so einiges. Also, wenn du dich jetzt bitte wieder in Luft auflösen würdest, wäre ich dir sehr verbunden.«

»Du hast ›bitte‹ gesagt.«

»Ich kann auch ›Verpiss dich‹ sagen, aber ich habe zu viel zu tun, um mich auch noch um dich zu kümmern.«

Er hatte meine Frage nicht beantwortet. Warum nicht? Was machte er wirklich hier?

»Geh einfach«, forderte ich wieder. Seine Anwesenheit brachte mich durcheinander, und die verdrehte Violet konnte ich heute nicht gebrauchen. Heute waren einhundertzwanzig Prozent von mir gefragt. Alles darunter konnte ich nicht dulden.

Aber Isaac rührte sich nicht vom Fleck. Er durchbohrte mich mit seinem Blick und gleich darauf mit seinen Worten. »Was ist mit dir passiert? Mit der fröhlichen Violet?«

Kapitel Sieben

Vor zehn Jahren

Die Stadt lebte und atmete für das heutige Spiel. Überall, wo ich auf dem Heimweg von der Schule lang ging, sah ich das Logo der Collingwood Huskies im Schaufenster stehen. Die Straßen waren gefüllt mit Fans beider Teams, Gesichtern, die ich nicht kannte, und erst jetzt wurde mir bewusst, was heute Abend auf dem Spiel stand.

Es war das Match zwischen unseren Huskies und den Toronto Tigers. Heute zu verlieren, war keine Option. Denn wenn Isaac und sein Team erfolgreich waren, bedeutete das den Ligaaufstieg.

Ich holte mein neues Smartphone heraus und suchte nach Isaacs Kontakt. Erst als ich auf seinen Namen klickte, dachte ich daran, dass er höchstwahrscheinlich mitten im Training war. An Spieltagen hatten die Spieler schulfrei, doch ich vermisste ihn.

Ich war gerade dabei aufzulegen, als ich seine Stimme durch meine Kopfhörer hörte. »Hey, Clark. Was geht?«

Schüchternheit erfasste mich. Diesen Effekt hatte er auf mich. Auch nach zwei Jahren Beziehung noch. Ich spürte, wie die Röte über mein Dekolleté wanderte, und grinste. »Ach nichts, mein Freund ist Eishockeyspieler und schwer beschäftigt. Also rufe ich Nummer zwei auf der Liste an.«

Er lachte. Dieses tiefe, schöne Lachen, das mich abends in den Schlaf wiegte. »Sehr witzig. Willst du zuschauen? Plätze in der ersten Reihe.«

Mein Herz hüpfte mir fast aus der Brust. Ich hatte Isaac schon öfter beim Spielen zugesehen, aber Trainings waren etwas anderes. Trainings waren gefüllt mit der Verletzlichkeit, die den Zuschauern sonst verborgen blieb.

Zumindest war es bei mir so. Ich hasste den Unterricht, strahlte jedoch bei jedem Auftritt. Weil es die Illusion war, die zählte. Weil alles perfekt sein musste.

Die Ampel, an der ich stand, sprang auf Grün, und statt nach links zu mir nach Hause abzubiegen, steuerte ich rechts entlang. »Und ich werde nicht stören?«

»Nein«, erwiderte er, und erst jetzt hörte ich, wie sehr er außer Atem war. »Du störst nicht.«

»Was, wenn ich dich ablenke?«

»Du lenkst mich immer ab. Auch wenn du nicht hier bist.«

Ich grinste. Zu wissen, dass Isaac Murphy in mich vernarrt war, war eins der schönsten Dinge in meinem Leben.

»Na gut. Wenn es unbedingt sein muss ... Ich bin in zehn Minuten da.«

Collingwood war klein, also erreichte man alles innerhalb von dreißig Minuten zu Fuß. Die Straßen waren ordentlich, die Läden am Hauptplatz gemütlich. Der Duft von Kaffee aus dem kleinen Café untermalte das rege Treiben der Passanten. Trotz der Schlichtheit hatte Collingwood diesen einladenden Charme, der uns irgendwie miteinander verband und einer der Gründe dafür war, warum ich alles etwas weniger beschissen fand.

Als ich schließlich durch die Eingangstür der Eishalle schlenderte, fühlte es sich an wie zu Hause. Ich überlegte kurz, Mom zu schreiben, entschied mich aber beim Anblick der Spieler auf dem Eis dagegen. Sie würde meckern und mich nach Hause beordern.

Aber ich wollte heute einfach machen, was mir gefiel. Und das bedeutete, an Isaacs Seite zu sein.

Ich sah ihn bereits aus der Ferne, wie er einen Puck ins Tor schleuderte. Der Aufprall warf ein Echo durch die Halle, und ich wollte mir gar nicht vorstellen, mit wie viel Geschwindigkeit die Teile auf die Torhüter zurasten.

Isaac zog mich an wie die Sonne und ich konnte nichts dagegen tun. Ich wollte nichts dagegen tun. Denn ich bekam nicht genug von ihm, seinem Lächeln und seiner Liebe.

Vor zwei Jahren hatten wir uns unsere Gefühle gestanden. Zwar hatte ich ihn immer irgendwie gemocht, aber seit wir diese Abschlusssaison zusammen verbracht hatten, war es mehr geworden. Seitdem wusste nicht, wo er aufhörte und ich anfing. Das gefiel mir.

Die Schmetterlinge tanzten in meinem Bauch, als er mich endlich bemerkte. Manchmal fragte ich mich, ob ich ihn genauso anzog wie er mich und er meine Präsenz spüren konnte oder meine Haare einfach zu auffällig waren, um unentdeckt zu bleiben.

Diese waren zwar gerade unter einer dicken Wollmütze versteckt, aber dennoch.

Isaac sah mich an und winkte mit einer großen Bewegung. »Hey, Clark!«

»Du hast noch nicht alle Pucks geschlagen, Isaac. Vorher lasse ich dich nicht vom Eis«, rief sein Trainer.

Im Gegensatz zu Mrs Williams war er nett. Er war mit Isaac nicht so streng wie mit seinen anderen Schützlingen. Vermutlich, weil er wusste, wie viel Potenzial in ihm steckte. Was er eines Tages erreichen würde.

Die Köpfe der anderen Spieler, alles Schüler der Collingwood High, drehten sich in meine Richtung. Einige von ihnen kannte ich persönlich, andere nur vom Sehen. Sie riefen alle meinen Namen, und ich grinste, als ich zu Isaac hinübersah. Er hasste das. Irgendwann würde er merken, dass sie es nur taten, um ihn zu ärgern.

»Jungs!«, warnte der Trainer. »In drei Stunden beginnt das Spiel. Also los, noch zwei Runden drehen und dann weitere Torschüsse üben.«

Ich beobachtete Isaac, wie er alle Pucks einen nach dem anderen in das Tor schlug. Bei jedem Knall wuchs mein Herzrasen. Ich dachte an die Möglichkeiten, die ihm bevorstanden. An die Chancen, die er nach dem heutigen Spiel haben würde.

Er war perfekt. Wenn er so weitermachte, wäre er bald einer der besten Spieler des Landes.

Irgendwann fuhr er endlich wieder in meine Richtung und zog seinen Helm aus. Zum Vorschein kam sein Grinsen mit den Grübchen zum Dahinschmelzen. »Hi, Violet Clark.«

»Hallo, Isaac Murphy. Wie ist es so, der heißeste Starspieler der Saison zu sein?«, fragte ich und hielt ihm ein imaginäres Mikrofon hin.

Er lachte und beugte sich über die Bande, um mir einen Kuss zu geben.

Ich nahm sein Gesicht in meine Hände und kostete jede Sekunde davon aus. Seit Wochen sahen wir uns kaum und mein Körper verlangte nach seinen Berührungen.

Johlen und Pfeifen erklang durch die Eishalle und ich lächelte an Isaacs Lippen. Er hingegen knurrte. »Ich werde sie umbringen. Mit diesem Schläger hier«, er hielt ihn drohend in ihre Richtung. »Ihr habt den Coach gehört!«

»Dasselbe gilt für dich«, warf Spieler Nummer zwölf zurück. Zayd, ein Kumpel von Isaac.

Ich löste mich von meinem Freund und richtete seinen Helm. »Sie werden dich nicht in Ruhe lassen.«

»Können wir nicht einfach verschwinden und in meinem Auto rummachen?«

Diesmal musste ich lachen. Er war der Einzige, der mich aktuell dazu brachte. »Ja? Weißt du, ich möchte lieber meinem talentierten Eishockeyspielerfreund dabei zusehen, wie er das gegnerische Team fertigmacht.«

»Heiß und talentiert also?« Seine Augen leuchteten auf. »Findest du?«

Ich schlug ihm gegen die Brust, die in Schutzausrüstung und dem Teamtrikot steckte. »Tu nicht so. Wir können auch danach noch verschwinden und rummachen. Als Feier für deinen Sieg.«

»Noch haben wir nicht gewonnen.«

Ich musterte sein Gesicht. Er war selten nervös vor Spielen. Das war das, was ich am meisten an ihm bewunderte. Dieses Selbstbewusstsein und das Wissen, perfekt zu sein.

Aber auch ein Talent wie er war nicht unfehlbar. Das wussten wir alle.

Ich zog ihn in meine Arme, atmete seinen vertrauten Geruch ein und küsste ihn auf die kleine Stelle hinter seinem Ohr. »Du schaffst das. Ich werde hier sein und dich anfeuern«, flüsterte ich.

Er drückte zurück, hielt mich lange in der Umarmung, bis ihm sein Trainer wieder Anweisungen zurief.

»Bis später, Cherry.« Er richtete meinen Pony und zwinkerte, bevor er sich wieder zu den anderen gesellte.

Drei Stunden später war die Halle gefüllt mit jubelnden Fans. Ihre Rufe waren ohrenbetäubend und ich genoss die Atmosphäre. Ich hatte den ganzen Nachmittag damit verbracht, Isaacs Team beim Aufwärmen zuzusehen. Während sie sich nun hinter den Kulissen bewegten, riefen die Besucher ihre Namen. Wie üblich war die Halle in zwei Fronten geteilt. Die Einheimischen und die Fans der Gegner.

›Ihr habt keine Chance‹, dachte ich, während ich nach den Talentscouts Ausschau hielt. Sie saßen meist weit oben auf den Tribünen, mit Notizblöcken in der Hand, und manche von ihnen filmten sogar. Doch diesmal waren sie besser darin, in der Masse unterzugehen, sodass ich niemanden erkannte.

Es war das Spiel des Jahres. Ganz Collingwood und die Einwohner der umliegenden Städte waren gekommen, um zuzusehen. Selbst Mom, die irgendwo neben unserer Nachbarin Mrs Bloom saß. Sie war sauer auf mich und dennoch hier. Das wertete ich als Sieg.

Ich sah zu Harper, seit Neuestem die Freundin von George, Spieler mit der Nummer fünf, und stupste sie an. »Aufgeregt?«

Sie war ein bisschen schüchtern, hatte lange blonde Haaren, hinter denen sie sich oft versteckte. Ich wiederholte meine Frage, weil sie mich nur irritiert ansah. Der Jubel wurde immer lauter und ließ die Eishalle vibrieren, als unser Team angekündigt wurde.

»Die Collingwood Huskies spielen heute gegen die Toronto Tigers«, erklärte der Moderator, der in einem Glashäuschen über den Tribünen im Ostflügel saß. Ein aufgeregtes Murmeln durchzog die Menge, die gespannt auf das bevorstehende Spiel wartete.

»Ja, sehr. Ich bin zum ersten Mal bei einem Spiel«, rief Harper schließlich doch noch über den Jubel hinweg in meine Richtung.

»Du bist mit George zusammen, oder?«

»Seit zwei Wochen«, erwiderte sie, und ich wollte sie augenblicklich als Freundin haben. Sie war zuckersüß und so unschuldig. Wie eine Porzellanpuppe, die ich unbedingt beschützen wollte.

»Und jetzt, meine Damen und Herren, halten Sie sich fest! Hier kommen sie, angeführt von keinem Geringeren als Kapitän und Eislegende Isaac Murphy!«

Schlachtrufe wanderten über die Tribüne. Harper und

ich sahen uns an und stimmten grinsend mit ein. Die Stimmung war ausgelassen und jeder feuerte unser Team an.

Als schließlich das Spiel anfing und die ersten Pässe geschlagen wurden, standen alle Zuschauer auf Zehenspitzen. Mich eingeschlossen. Ich konnte mich nicht setzen, sondern klebte förmlich an der Scheibe über der Bande, um nichts zu verpassen. Meine Augen folgten Isaac, seiner ›02‹ auf dem Trikot, und jedes Mal, wenn er einen Punkt erzielte, klatschte ich lautstark mit den anderen.

»Es steht sechs zu zwei für unsere Collingwood Huskies«, verkündete der Moderator nach dreiundfünfzig Minuten, und die Halle füllte sich mit Spannung, während die Spieler über das Eis rauschten.

Von einem Ende zum anderen nach einem verpatzten Tor und wieder zurück zum gegnerischen Feld raste Isaac zwischen seinem Team und den Gegnern entlang. Er war so schnell und hatte nur ein einziges Ziel vor Augen: gewinnen. Konzentriert führte er den Puck näher an das gegnerische Tor, als ein Verteidiger auf ihn zuhielt. Mein Herz stolperte, als ich die Geschwindigkeit der beiden einschätzte und der Gegner zu Boden fiel. Er rutschte aus, riss Isaac mit sich, und der Knall ihres Aufpralls ließ mich erschaudern.

Alle Zuschauer raunten ein kollektives ›O‹, als die Hupe ertönte. Ich starrte auf Isaac, wartete darauf, dass er endlich aufstand und weitermachte.

›Steh auf. Los, mach schon‹, brüllte es in meinem Kopf.

Vor meine Augen verschwamm alles, als ich realisierte, dass er sich nicht bewegte. Dann entdeckte ich den Grund für seine Reglosigkeit. Er blutete. Nein. Er hörte gar nicht auf zu bluten.

Schreie hallten durch die Menschenmasse, und ich spürte, wie zwei Hände mich an den Schultern packten. Erst dann begriff ich, dass ich es war, die schrie. Meine Stimme, die nach Isaac rief, der leblos auf dem Eis lag, das sich unter ihm immer weiter rot färbte.

Kapitel Acht

Ich blinzelte ihn an. Was mit der fröhlichen Violet passiert war? Wollte er das wirklich wissen?

»Das Leben, Isaac. Ich bin erwachsen geworden und habe gelernt, dass Träume nur Träume sind.« *Das solltest du doch am besten wissen.*

Sein Blick hätte den Himmel in Brand setzen können. Ich spürte, dass er bereit war, mir die Stirn zu bieten. Aber wir beide wussten, dass er dieses Recht vor Ewigkeiten verloren hatte, also schwieg er.

Ich stellte mich wieder auf den Stuhl, diesmal mit dem Ziel, die verdammte Dekoration auch anzubringen. Mit etwas mehr Haltung streckte ich mich und konnte endlich die Schnur der Girlande um den Ast binden.

Isaac stand immer noch hinter mir, beobachtete mich, und ich spürte, wie ein kalter Schauer mir über den Rücken rieselte.

Er hatte Fragen. Solange ich ihn sie nicht stellen ließ, würde ich sie nie kennen. Aber ich hielt an meiner

Entscheidung fest: Ich wollte nichts mit Isaac Murphy zu tun haben. Am besten nie wieder.

Als ich mich umwandte, starrte ich auf ihn herab. Erst jetzt realisierte ich, dass ich ihn ausnahmsweise um einen Kopf überragte. »Du weißt nichts über mich«, erklärte ich leise. Er hob das Kinn und öffnete den Mund, um zu antworten, doch ich ließ es nicht zu. »Du weißt nicht, was ich durchgemacht habe.« Meine Stimme bebte. »Du weißt *nichts*. Also verschwinde einfach von hier wie vor zehn Jahren schon und komm nie wieder zurück.«

»Das ist es also? Das ist aus uns geworden?«

Die Dämonen, die in der dunklen Ecke meines Herzens geschlummert hatten, erwachten. Sie waren bissig, wütend und leckten sich noch immer ihre Wunden.

»Es gibt kein ›Uns‹ mehr. Du und ich sind nur zwei Fremde, die vor einer Ewigkeit was miteinander hatten.«

Ich sah den Sturm in seinen Augen toben. Sah, wie jedes Wort ihm die Kehle zuschnürte. Dennoch besaß er den Mut zu antworten.

»Sag das nicht. Tu nicht so, als hätte das alles nichts bedeutet.« Sein Blick glitt einen Augenblick lang zur Eishalle. Seit seinem Unfall hatte er sie nie wieder betreten. Die Tatsache, dass er hier vor mir stand, glich einem Wunder. Aber auch der Unfall rechtfertigte nicht sein Verschwinden.

Ich holte aus zum finalen Schlag. Dieses Gespräch musste endlich enden. »Wieso? Hast du etwas anderes getan?«, fragte ich. Ich hörte mein Herz in meiner Brust schlagen. Wie es darum kämpfte, noch mehr loszuwerden. Ihm all das an den Kopf zu werfen, was die ganze Zeit unter Verschluss geblieben war. »Geh zurück in dein neues

Leben, Isaac. Du hast hier nichts mehr verloren.« Ich winkte ab, wandte mich um und tat so, als würde ich in den Blättern des Baumes nach etwas suchen, bis seine Schritte sich endlich entfernten.

›Nicht umdrehen. Wag es nicht‹, mahnte meine innere Stimme.

Ich tat es nicht. Bis ich Zayds Stimme hörte. »Wenn das nicht die verschollene Legende ist. Isaac Murphy, seit wann bist du in der Stadt?«

Noch ein Idiot.

Sie kamen an diesem Morgen wohl zusammen aus ihren Löchern. Ich beobachtete aus dem Augenwinkel, wie die beiden sich unterhielten, leise und zu weit weg, um etwas zu verstehen.

Als sich Isaac endgültig umdrehte, tat ich es auch. Fehlte noch, dass er dachte, ich würde ihm auch nur ansatzweise Aufmerksamkeit schenken.

Ich befestigte die zweite und auch die letzte Girlande, als Zayd an meiner Seite auftauchte. »Wusste gar nicht, dass Murphy hier ist.«

»Gewöhn dich nicht dran. Der verschwindet bald wieder.«

Zayd zog eine Zigarettenpackung aus seiner Hosentasche. »Schade. Hat bestimmt viel zu erzählen.«

»Willst du eigentlich einen wertvollen Beitrag leisten oder nur meine Zeit verschwenden?«

Wir arbeiteten seit fünf Jahren zusammen in der Eishalle. Trainer zu sein, war der einzige Job, den Zayd mit seinem miesen Abschluss in Collingwood machen durfte. Die Alternative wäre nur Verkäufer in Macs Musikgeschäft an der Hauptstraße gewesen. Die CDs und Platten, die in dessen staubigen Regalen standen, waren allerdings älter als Zayd und ich zusammen.

Ich mochte ihn normalerweise. Wie ich einen kleinen Bruder gemocht hätte. Das hieß gleichzeitig auch, dass er mir gewaltig auf die Nerven gehen konnte.

»Die Tische? Stühle? In einer Stunde kommen die ersten Gäste«, erinnerte ich ihn. »Du weißt, ich kenn dein Versteck.«

»Sei nicht so eine Zicke«, blaffte er und pustete Rauch durch die Luft.

Ich wedelte den Qualm davon und schubste ihn zur Seite. »Dreißig Minuten, Zayd.«

»Du hast eine Stunde gesagt.«

»Für jede Antwort, die mir nicht weiterhilft, ziehe ich dir fünf Minuten ab. Also fünfundzwanzig Minuten.«

Er lächelte schief. »Mach zwanzig draus.«

Ich weiß nicht, wie er es geschafft hatte, aber achtzehn Minuten später – ich hatte es gestoppt – standen die ersten Tische und genügend Stühle für alle auf dem Rasen.

Jasper war gekommen, um Zayd unter die Arme zu greifen. Ich beobachtete die beiden dabei und half mit, wo ich konnte. Die Tische waren aus Holz und wirkten ein bisschen in die Jahre gekommen. Ich fragte, woher sie stammten, aber Zayd tat so, als würde er mich nicht verstehen.

»Sorry, Chef. Zu beschäftigt damit, alles perfekt zu machen«, nuschelte er in seine zweite Zigarette.

Ich rollte mit den Augen. »Wir sehen uns in der Hölle.«

»Ich freu mich drauf«, erwiderte er und schob mich zur Seite, während er einen Tisch anhob.

Jasper mischte sich ein. Seine Haare standen noch in alle Richtungen ab und die Augenringe stachen deutlich hervor. »So redet man nicht mit einer Lady.«

Ich lächelte. Das erste Mal an diesem Vormittag. »Danke, Jasper. Die Männer in meinem Alter sollten sich eine Scheibe von dir abschneiden.«

»Hey, George ist nett«, teilte Harper mit, die mit Minka im Schlepptau gerade über den Rasen schlenderte. Beide trugen volle Transportkisten vor sich. Ich eilte ihnen zu Hilfe, aber sie ließen mich nichts abnehmen.

»Das können wir selbst tragen.«

»Es sah so schwer aus«, erwiderte ich.

Die Dekoration war angebracht, die Stühle und Tische standen am richtigen Platz und das Essen war hübsch aufgestellt. Jetzt hieß es nur noch warten, und genauso gut hätte ich unter der heißen Sonne verbrennen können.

Harper schien meine Gedanken gelesen zu haben, denn sie drückte mir eine Packung Luftballons in die Hand. »Damit du beschäftigt bist.«

Minka grinste und platzierte ihre Kiste mit einem Ächzen auf einem Tisch. »Ich habe drei Salate und zwei Aufläufe dabei.«

»Und George hat Käsekuchen gebacken. Hier sind auch noch Muffins und Süßigkeiten. Ein paar Bastelsachen habe ich auch noch mitgebracht. Schminken wir den Kindern die Gesichter?«

Ich nickte. »Ich bin zwar nicht sonderlich kreativ, aber einen Schmetterling kriege ich hin.« Meine besten Freundinnen schüttelten bei dieser Aussage synchron die Köpfe und ich grinste. Dann zog ich sie beide an mich heran.

»Danke euch. Ich weiß nicht, was ich ohne euch machen würde.«

»Durchdrehen wahrscheinlich.«

»Fluchen wie ein Pirat«, fügte Minka hinzu. Dann schnipste sie aufgeregt. »Den, dessen Namen wir nicht nennen dürfen, fertigmachen.«

Ich liebte ihren Enthusiasmus. Ein Teil von mir wünschte sich, ich könnte auch so locker mit dem Thema umgehen.

»Freut mich, dass ihr euch über meinen Kontrollzwang lustig machen könnt. Und der, dessen Name nicht genannt werden darf, war vor einer halben Stunde bereits hier.«

Ich fing an, das, was sie mitgebracht hatten, auf den Tischen zu sortieren, danach griff ich nach den Luftballons. Zayd und Jasper gingen zurück, um die letzten Tische zu holen.

Minka und Harper starrten mich an. Als sie nichts sagten, fragte ich nach. »Was ist?«

Meine älteste Freundin ergriff das Wort. »Willst du uns nicht erzählen, warum er hier war? Was er wollte? Ob ihr geredet habt? Du kannst doch nicht einfach so nebenbei erwähnen, dass er da war, und es nicht weiter ausführen.«

Minka stemmte die Hände in die Hüften. »Violet Clark, ich akzeptiere deine Stumpfheit in vielen Dingen. Aber das ist der interessante Gossip seit ... ich vor vier Jahren hergezogen bin. Also, bitte!«

Ich zuckte mit den Schultern. »Da gibt es nichts zu erzählen. Er wollte reden, ich nicht. Dann habe ich gesagt, er soll verschwinden, und wie ihr an seiner Abwesenheit erkennen könnt, hat er das auch getan.«

Harper seufzte leise auf. »Du kannst nicht ewig Katz

und Maus spielen. Vor allem, wenn ihr euch noch öfter über den Weg lauft.«

Bei dem Gedanken bekam ich Schnappatmung. »Bloß nicht.«

»Du wirst noch platzen, wenn du es nur in dich reinfrisst!«

»Dann platz ich halt«, antwortete ich. Kaum hatte ich die Worte ausgesprochen, entglitt mir der Luftballon, den ich zuvor aufgeblasen hatte. Er sauste im Zickzack davon, als wäre er von einem unsichtbaren Zauber angetrieben. Mein Blick folgte dem bunten Ballon, bis er schließlich auf den Boden fiel. Harper schüttelte den Kopf und ich spürte ihre Enttäuschung. Dabei wusste ich, dass meine Freundinnen es nur gut meinten. Vielleicht wäre es wirklich das Vernünftigste, alles loszuwerden. Tatsache war allerdings: Ich war nicht vernünftig.

»Vielleicht ... nach dem Sommerfest«, log ich unter ihren Blicken, wohl wissend, dass ich das niemals machen würde. Wozu auch? Ich war der Ansicht, dass es okay war, wütend zu sein. Das trieb mich an. Es gab mir einen Grund, nicht zusammenzubrechen. Denn das gehörte zu den Dingen, die nicht in meinen Alltag passten.

»Hey, Chef! Wir sind fertig«, teilte Zayd mit und ließ sich in einen Stuhl fallen. Jasper schaute irritiert in unsere Richtung, bevor er es ihm gleichtat.

Ich verscheuchte alle Gedanken an die Vergangenheit und blies die restlichen Ballons auf, die Harper im Anschluss zwischen den Ästen anbrachte.

Minka deutete zur Eishalle und grinste.

Die ersten Gäste waren angekommen und ich bekam Panik. »Warum sind das so viele?«

»Weil du ungefähr die ganze Stadt eingeladen hast«, nuschelte Minka und nahm mir die restlichen Ballons ab. »Los, begrüß deine Gäste.«

Die nächste Stunde verbrachte ich damit, alle willkommen zu heißen, sie auf das Büffet aufmerksam zu machen und ungefähr ein Dutzend Komplimente zu meinem Outfit abzustauben. Ich bemalte zwei Kindergesichter. Der Junge, Jaspers kleiner Bruder Parker, fing an zu weinen, als ich ihm den Spiegel vorhielt.

»Ich wollte Spiderman!«

Ich starrte auf die rote Bemalung, die ich mit Mühe auf seinen kleinen Wangen platziert hatte. »Gefällt es dir nicht?«

»Das sieht nicht aus wie Spiderman, sondern wie Deadpool!«

Ich schaute mich um, nach einem Erwachsenen suchend, der helfen konnte, bis ich realisierte, dass ich selbst eine von ihnen war. Aber wer zum Teufel war Deadpool?

Mit einem Lächeln zückte ich mein Handy. »Ich mache es noch mal, okay? Hier, du darfst dir ein Bild aussuchen.«

Parker schnappte sich mein Smartphone und fing mit seinen flinken Fingern an zu suchen. Fast glaubte ich, eine neue Sucht in seinem kleinen Gehirn entfacht zu haben, als er es mir schließlich zurückgab.

Die Vorlage war viel komplizierter, mit Schattierungen, die ich nie im Leben hinbekommen würde.

Wieder sah ich mich um, und mein Blick fiel auf Sam, der am Nachbartisch saß und mich beobachtete. ›Hilfe‹, teilte ich ihm mit meinen Augen mit. Er lächelte. Seine

Falten traten deutlich hervor, während er mit den Schultern zuckte.

Ich widmete mich wieder Parker. »Warte hier.«

In rekordverdächtiger Geschwindigkeit eilte ich über den Rasen zum anderen Ende, schnappte mir Harper und rief George eine Entschuldigung zu. »Sorry, Notfall!«

Im Vorbeigehen besorgte ich noch einen roten Lolli, den alle Kinder später bekommen hätten. Mental stellte ich mich dabei bereits auf die Meute an Kindern ein, die in wenigen Minuten ebenfalls nach Süßigkeiten verlangen würde.

Mit dem Lolli und Harper gewappnet, stieß ich wieder zu Parker, der immer noch Tränen in den Augen hatte und vor sich hin schniefte.

»Hier! Diese nette Frau kann dich als alles schminken, was du willst. Solange sie dich bemalt, kannst du den hier haben.« Ich hielt ihm den Lolli hin und ging dabei in die Knie. »Aber nicht weitersagen, okay?«

Parkers Augen weiteten sich. Er rückte näher, wischte sich mit dem Handrücken über die Augen und flüsterte: »Okay.«

Harper lächelte, als ich sie auf meinen Platz drückte. »Du hast was gut bei mir.«

»Das sagst du immer«, teilte sie mir mit und klatschte in die Hände. »Also, Parker. Was möchtest du?«

Seine Antwort bekam ich nicht mehr mit, weil ich mich auf den freien Stuhl neben Sam gesellte. »Danke für die Hilfe.«

Er hielt seine Finger hoch. »Die sind unbrauchbar.«

Ich nahm seine linke Hand und strich die Falten darauf glatt. Sie war wie immer warm und erinnerte mich an zu

Hause. »Das hindert dich nicht, bei jeder Gelegenheit zu meckern. Was ist es heute? Hat der Salat zu viel Mayonnaise? Ist die Limonade zu kalt?« Ich deutete auf seinen unberührten Teller und das volle Glas, das ich ihm vor einer halben Stunde vor die Nase gestellt hatte.

»Du weißt, was es ist.«

»Nein, sag es mir.«

Sam strich sich über den Bauch und legte die freie Hand auf seiner Brust ab. »Euer Streit schlägt mir auf den Magen.«

Er brauchte keine Namen zu nennen. Wir beide wussten, wer gemeint war.

»Wir streiten nicht. Außerdem hättest du ihn nicht herschicken dürfen. Du weißt, ich reagiere darauf allergisch.«

»Nicht zu reden ist auch streiten. Und ich hab ihm nur erzählt, dass du das Fest hier organisierst«, konterte Sam, wirkte aber plötzlich erschöpft. »Ich muss bald wieder.«

»Soll ich dich fahren?«

»Nein, Isaac wird mich abholen.«

»Ich kann dich fahren«, betonte ich, wohl wissend, dass ich noch diese Party zu beschäftigen hatte. Laut Programm sollte gleich Olivias und Wills Auftritt beginnen.

Sam tätschelte meine Hand. »Schon gut.«

Ich entdeckte Nathan, der gerade zum Fest dazustieß. Wie immer zu spät. Sam folgte meinem Blick.

»Ein netter Bursche.«

»Du mochtest ihn nicht«, erinnerte ich ihn. »Außerdem waren es nur ein paar Wochen.«

»Woran das bloß liegt«, erwiderte Sam mit einem

Lächeln. »Aber das Thema will ich nicht vertiefen. Erzähl mir von deiner Mutter.«

Es war Tradition, dass ich nach meinen Besuchen im Altenheim zu Sam fuhr und ihm alles berichtete. In der Hinsicht war er wie mein Therapeut. Er wusste vieles. Das gestörte Verhältnis zu meiner Mutter, die Jahre der Trauer, die ich noch in mir trug, seit … diesem Tag. Dass Isaac jetzt diese Routine störte, ärgerte mich umso mehr.

Ich schnitt Moms Zustand nur kurz an, bis mir Harper mein Handy brachte. Ich linste aufs Display. »Sorry, da muss ich ran.« Ich nahm Olivias Anruf entgegen und hörte sofort, dass etwas nicht stimmte.

Sie schniefte. »Ich kann heute nicht auftreten, Miss Clark.«

Kapitel Neun

Olivia schnäuzte sich lautstark in den Hörer. »Die Pollen, ich kann nicht atmen und muss die ganze Zeit niesen.«

Ich versuchte Will in der Menschenmenge auszumachen. Olivias Ausfall würde bedeuten, er würde allein auftreten müssen. Oder ich musste die ganze Sache abblasen. Dabei war der Auftritt das Highlight des Sommerfestes.

»Tut mir wirklich leid, Violet. Ich hab versucht, mich fertig zu machen, aber meine Augen sind so geschwollen, dass sie groß sind wie zwei Golfbälle. Bist du jetzt sauer?«

Ich hörte mich selbst in ihren Worten. Das junge Mädchen, das nach Anerkennung strebte und glaubte, versagt zu haben. Eine Person, die ständig das Gefühl in sich trug, nicht gut genug zu sein.

Ich würde verhindern, dass sie jemals so von sich dachte. Die Welt war grausam genug. Also stand ich auf und entfernte mich aus der Hörweite der anderen Gäste.

»Hey, Spatz. Zerbrich dir nicht den Kopf. Wir finden eine Lösung.«

Sie atmete auf. Dann seufzte sie leise. »Will wird so angepisst sein.«

»Lass das mein Problem sein«, beruhigte ich sie. »Jetzt nimm ein paar Tabletten und leg dich wieder ins Bett. Ist deine Mom zu Hause?«

»Nein, sie hat Spätschicht im Krankenhaus.«

Mein Gehirn ratterte. Das Fest ging noch mindestens vier Stunden. »Ich schicke Will später mit ein paar Medikamenten.«

Sie wollte protestieren, aber ich würgte sie ab. »Keine Widerrede. Anordnung vom Trainer: Leg dich hin. Ich filme Wills Auftritt, und dann können wir ihn uns zusammen anschauen.«

»Er soll seinen Moment im Rampenlicht genießen«, scherzte sie, und mein Herz wärmte sich beim Klang ihrer wieder beruhigten Stimme.

»Bis später, Olivia.«

Ich spürte eine Hand auf meinem Rücken und sah in Nathans Gesicht. »Alles okay?«

»Kannst du auf die Schnelle eine Eiskunstläuferin auftreiben? Vielleicht steckt eine in deiner Wunderkiste?«

Die ›Wunderkiste‹ war der Werkzeugkasten, den er immer im Auto hatte. Im Laufe unserer Beziehung hatte er mir dank dieser schon ein- oder zweimal den Hintern gerettet.

»Nein, aber … ich schaue gerade eine an.«

Ich rieb mir die Stirn und blickte mich wieder nach Will um. »Sehr witzig, Nathan. Iss noch etwas vom Kuchen. Du siehst abgemagert aus.«

Ich wollte mich abwenden, doch er hielt mich zurück. »Hast du überhaupt etwas gegessen?«

»Später«, antwortete ich und steuerte dann auf den blonden Schopf in der Menschenmenge zu.

Will unterhielt sich gerade mit ein paar Leuten aus seinem Jahrgang und gab den Golden Retriever. Alle hingen an seinen Lippen, und auch wenn ich sonst noch länger dem neuesten Gen-Z-Thema – einem Sänger auf der Social-Media-Plattform *Ysta* – zugehört hätte, es gab einen Auftritt.

»Hast du eine Minute?«

»Für Sie auch zwei, Miss C«, neckte er. Seine Kumpel klopften ihm auf die Schulter, als hätte er ein Tor beim Eishockey gemacht.

»Sehr witzig«, bemerkte ich und zog ihn zur Seite. »Olivia kann nicht. Du musst den Auftritt allein machen.«

Er legte den Kopf schief. »Das ist ein Paartanz.«

»Ich weiß, aber du kriegst das auch allein hin. Lass einfach den Teil mit ihr weg.«

»Das kann ich nicht«, antwortete er, als wäre ich schwer vom Begriff. Olivia und er liefen seit der Grundschule zusammen. Für ihn gehörte sie unweigerlich dazu. Das rührte mich zwar, aber gerade war es nicht besonders hilfreich.

Ich versuchte es mit einem anderen Ansatz. »Die Gäste freuen sich schon die ganze Zeit darauf.«

»Dann mach du es doch.«

Ich starrte ihn an. »Was?«

»Mit mir. Du kennst die Choreo. Außerdem würden sich die Gäste vermutlich sogar noch mehr freuen, dich zu sehen.«

Ich schüttelte den Kopf. »Spinnst du? Vergiss es. Dann lassen wir es lieber gleich, wenn du nicht allein möchtest.«

Die Worte hingen in der Luft, und ich spürte, wie sich ein innerer Konflikt in mir auftat.

Die Leute verlassen sich auf dich. Du kannst sie jetzt nicht im Stich lassen.

Ich dachte an Olivia. An die Vorwürfe, die sie sich wahrscheinlich gerade machte und noch machen würde.

Will bemerkte anscheinend die Veränderung in meinem Gesicht. »Na also. Ich sage Zayd Bescheid!«

Während ich ihm dabei zusah, wie er besagte Person suchte, der danach irritiert zu mir sah und mit Will gemeinsam zur Eishalle ging, wuchs das beklemmende Gefühl in meiner Brust.

Es war eins, meinem Schützling eine Hebung vorzumachen. Doch gleich vor halb Collingwood aufzutreten? Das war etwas vollkommen anderes.

Mir wurde übel, und um nicht wie ein Kartenhaus zusammenzufallen, setzte ich mich auf den nächstbesten Stuhl.

Minka tauchte mit einem Glas Wein an meiner Seite auf. »Du siehst aus, als hättest du den gerade nötiger als ich.«

Ich nahm einen großzügigen Schluck.

Meine beste Freundin hob eine Augenbraue und ich klärte sie über die neuesten Umstände auf.

»Ernsthaft? Ich sehe dich wirklich mal auftreten?«

»Freu dich nicht zu früh. Vielleicht schleich ich mich auch einfach davon und Will macht es allein.«

Doch Will hatte es sich in den Kopf gesetzt, das mit mir zusammen zu machen. Er informierte alle lautstark über unseren Auftritt und begleitete Sam mit einem Strahlen in die Eishalle. Der sah mich die ganze Zeit über ungläubig an und ich wollte am liebsten im Erdboden versinken.

Während die Gäste die kalte Eishalle ansteuerten, schlich ich mich zu den Damentoiletten. Hastig klatschte ich mir Wasser an die Wangen und richtete ungefähr dreimal meine Haare, bis ich mich doch mit demselben zerzausten Dutt wie immer zufriedengab.

Um Zeit zu schinden, begutachtete ich mein Kleid, prüfte die Shorts darunter auf Auffälligkeiten wie ein verräterisches Loch oder irgendetwas, das mich daran hindern könnte, aufzutreten.

Aber vergeblich. Das Kleid saß, die Shorts umschmiegten meine Oberschenkel wie eine zweite Haut und die Musik wehte bereits in meine Richtung.

Ich wollte mich übergeben und war kurz davor, das Ganze wirklich abzublasen, als ich mich an Olivias Stimme erinnerte. Wie zerbrechlich sie geklungen hatte.

Ich tat das für sie. Für William. Für all die Leute, die sich zusammengefunden hatten, um einen schönen Sommertag mit uns zu verbringen.

»Augen zu und durch«, sagte ich zu meinem Spiegelbild und zwang mich zu einem Lächeln.

Aufgewärmt zog ich mir auf dem Weg zur Eisfläche meine Schlittschuhe an. Ich war froh darum, dass ich mich heute Morgen für Sneaker entschieden hatte, denn so trug ich wenigstens Socken und würde mir die Füße nicht aufscheuern.

»Showtime!«, rief Will in meine Richtung, als er mich entdeckte. Auch er hatte sich umgezogen und die lockeren Shorts gegen eine lange Hose ausgetauscht. »Bereit?«

Ich versuchte meinen Gesichtsausdruck unter Kontrolle zu halten. Will war immer noch mein Schützling. Da durfte ich nicht wie ein kleines, unsicheres Mädchen auftreten. Also straffte ich die Schultern und hielt ihm meine Hand hin. »Dann mal los. Attention, so, wie ihr es geprobt habt.«

Ich hielt Ausschau nach Zayd, der neben dem Musikpult saß.

»Er hat den Song«, versicherte mir Will. Anscheinend hatte er alle Vorkehrungen getroffen.

Das bedeutete, es würde tatsächlich losgehen. Jetzt gleich.

Beim Eintreten in die Eisbahn verschwamm meine Sicht, und ich versuchte, nicht an die vielen Menschen zu denken, die uns zujubelten. Meine Finger fühlten sich klamm an, und ich spürte, wie mein Puls sich beschleunigte. Das Flattern in meinem Magen wurde intensiver, und ich zwang mich dazu, tief Luft zu holen, um die aufsteigende Nervosität zu bezwingen.

Ein Blick auf Zayd, der mir aufmunternd zunickte, half mir, mich zu sammeln. Aber als die Scheinwerfer auf uns gerichtet wurden und die Musik einsetzte, spürte ich, wie meine Knie leicht zitterten.

Zayd gab den Moderator. »Das Highlight des Jahres. Violet Clark auf dem Eis mit William Morris.«

Weitere Rufe, die mein Herz stolpern ließen. Alles in mir schrie nach Flucht und Angst.

»Das wird großartig, Miss Clark.«

Ich zwang mich zu einem Lächeln und entschied mich, mich einfach darauf einzulassen. Ein Auftritt. Mehr nicht.

Wir stellten uns in die Mitte der Eisfläche, und die Musik wechselte zu den vertrauten Klängen des Songs, den ich vor Monaten ausgesucht hatte. Wie in den Proben lief William als Erster los und ich folgte ihm. In meinem Kopf dachte ich an die Anweisungen, die ich Olivia so oft zugerufen hatte.

Mühelos glitten wir nebeneinanderher, tanzten und drehten uns in sanften Bewegungen, bis das Tempo sich steigerte und die erste Hebefigur anstand.

Will hielt mich mit eiserner Kraft fest und die Jubelrufe zauberten mir ein Lächeln aufs Gesicht. Ein echtes. Eines, das mit Selbstsicherheit gefüllt war. Ich fühlte mich ... leicht. Und es war alles so ... friedlich.

Will drehte sich mit mir, griff nach meinem Handgelenk und ließ mich in die Todesspirale sinken. Mein Körper schwebte horizontal über dem Eis, parallel zur harten Oberfläche. Ich spürte seinen Griff, wie fest er mich packte, und als er mich wieder hochzog, sprach ich ihm Mut zu. »Das war super.«

Wir wirbelten herum, glitten auf dem Eis von einem Ende zum anderen und er sah mich erwartungsvoll an.

»Bereit für den Sprung?«

Ich nickte und gab ihm den Vortritt entgegen der einstudierten Choreo. »Du zuerst.«

Das war schon immer sein und Olivias Tanz gewesen. Es war ihre Geschichte, die sie dem Publikum erzählten. Will umkreiste mich, näherte sich den Zuschauern und gab ihnen die Show, die sie wollten.

Eine Drehung, eine zweite und eine dritte, bis er in einer eleganten Bewegung wieder auf dem Eis landete. Meine Brust füllte sich mit Stolz, als ich ihm dabei zusah. Grinsend schloss ich mich an, sprang hoch und drehte mich.

Dann sah ich etwas in meinem Blickwinkel.

Ein rotes Etwas, das auf mich zusteuerte.

Abrupt unterbrach ich den Sprung, landete und lief auf Parker zu, der gerade über das Eis rutschte. Er stolperte über seine kleinen Füße, doch bevor er mit voller Wucht hinfallen konnte, fing ich ihn auf.

Klatschen ertönte, als ich mit ihm gemeinsam zum Stehen kam. Sein kleiner Körper presste sich an meine Brust.

»Ich wollte auch!«

Jasper tauchte hinter der Bande auf. »Parker!« Sein Kopf war hochrot angelaufen und ich winkte ab.

Das Lied lief weiter, und ich schaute zu Will, der unseren Besucher auf dem Eis auch entdeckt hatte. »Was machst du denn hier?«

Parker sah Will mit großen Augen an, als wäre er eine lebendig gewordene Actionfigur. »Ich wollte auch.«

Ich stupste ihm auf die rote Nase, die unter der Spiderman-Bemalung steckte. »Nächstes Mal musst du vorher Bescheid sagen, okay? Siehst du die Schuhe?«

Ich deutete auf Wills Kufen. »Wenn du solche hast, kannst du gerne aufs Eis. Vorher nicht, denn das ist zu gefährlich. Verstehst du das?«

Parker schob die Unterlippe vor und sah zu Jasper, der offensichtlich wütend war. »Ich krieg jetzt bestimmt Ärger.«

Ich schüttelte den Kopf. »Ich rede mit deinem Bruder. Willst du dich einmal drehen?«

Er nickte aufgeregt. Seine kleinen Hände umklammerten meinen Hals, und ich konnte nicht anders, als zu lächeln. »Also los. Will?«

Will lief wieder los, machte eine Drehung und umkreiste uns gerade rechtzeitig zum Ende des Songs.

Mit Parker auf dem Arm, den ich fest umklammerte, machte ich eine sanfte Drehung und hob zum Stillstand seine Hand.

Die Menge klatschte Beifall und ich hörte Minkas Pfeifen und Harpers Rufe zwischen den Stimmen.

Ich spürte die Blicke der Gäste auf mir, und als Zayd das Licht auf den Tribünen einschaltete, entdeckte ich … ihn. In der letzten Reihe, ganz allein und doch so präsent wie kein anderer.

Isaac.

Er war hier, in der Eishalle.

Als das Sommerfest zu Ende ging und sich die meisten Gäste verabschiedet hatten, trugen Zayd und Nathan die Tische nach und nach wieder in den Schuppen, Harper räumte alles ab und ich entsorgte den Müll.

Ich hievte einen Beutel nach dem anderen in die Tonnen vor der Eishalle und beobachtete meine Freunde dabei, wie sie derweil über den Rasen huschten.

Die Feier war ein großer Erfolg gewesen. Mr Hale, der Besitzer der Halle, und seine Frau waren begeistert. Die Gesichter der Kinder waren zur Freude der Eltern alle mit Superhelden bemalt, und selbst die Jugendlichen waren bis zum Schluss geblieben.

Ich spürte den Druck von meiner Brust weichen, als ich

mich zu den anderen gesellte. »Drinks im Clarens auf mich.«

Harper streckte die Hände in die Luft. »Alkohol!«

George grinste seine Verlobte an. »Wie gut, dass ich der Fahrer bin.«

Er war immer noch so verliebt, dass es schon eklig war. Die beiden waren bereits seit einem Jahrzehnt zusammen und damit der einzige Grund, warum ich noch an Liebe glaubte.

Nathan stupste mich mit seinem Ellbogen an. »Sicher, dass du die Drinks übernehmen willst?«

Wir beide wussten, dass ich aktuell am Limit lebte, wegen der fetten Summe, die mich die Reparatur von Isaacs Auto gekostet hatte. Aber ich war dankbar, und das Leben war zu kurz, um es nicht mit seinen Freunden zu verbringen.

»Klar. Vielleicht habe ich einen geheimen Bunker voller Gold und du weißt einfach nichts davon.«

»Mist, und ich dachte, du wärst zu arm, um meinen gewünschten Lifestyle zu finanzieren.«

Wir lachten. Ich war froh, dass wir noch locker miteinander umgehen konnten. Es wäre sein gutes Recht gewesen, nicht mit mir befreundet sein zu wollen. Aber so war Nathan. Zu gut für diese Welt.

»Irgendwann findest du die reichste, schönste Frau in ganz Kanada, und sie wird dich aus deiner alten Werkstatt bis ans Ende der Welt bringen.«

Nathan rieb sich den Nacken. »Du weißt, dass ich mir nichts aus Luxus mache.«

»Ah ja? Also kein Champagner für den werten Herren?«

Im Augenwinkel sah ich, wie Zayd sich wieder eine Zigarette anzünden wollte. Entschlossen trat ich näher und schnipste gegen seine Hand. »Nichts da. Du bist mir noch eine Erklärung schuldig.«

Mein Gegenüber runzelte die Stirn und ließ den weißen Stängel sinken. »Was ist denn jetzt schon wieder?«

Ich linste zu dem letzten Tisch, an den er sich lehnte. »Woher sind die und wie hast du sie so schnell aufgetrieben?«

Zayd zuckte mit den Schultern, gelassen wie eh und je. »Murphy.«

Das Gedankenkarussell in meinem Kopf setzte sich in Bewegung. Isaac? Was zum Teufel hatte er getan?

»Was meinst du damit?«, fragte ich lauter als beabsichtigt.

Diesmal zündete Zayd die Zigarette an, und ich war kurz davor, ihm das Ding aus dem Mund zu reißen.

»Sag schon.«

»Mann, er hat mitbekommen, dass ich Hilfe brauchte, und mir die alten Möbel angeboten. Sind wohl von seinen Alten. Das Zeug hätte er sowieso weggeschmissen, meinte er.«

Ich blinzelte ihn an. Dann schob ich ihn zur Seite, um den übrigen Tisch genauer zu mustern.

Tatsächlich. Dies war der alte Esstisch der Murphys.

Wie viele Stunden hatte ich damit verbracht, daran mit Isaac für Prüfungen zu pauken? Bewerbungen für die Uni zu schreiben? Tiefkühlpizza um drei Uhr nachts zu verschlingen und im Flüsterton über die Zukunft zu schwärmen?

Er hätte das nicht tun müssen. Aber er hat es trotzdem getan. Für dich.

»Fuck«, stöhnte ich und schaute meine Freunde an. »Ich komme nach, okay?«

Sie wechselten Blicke miteinander, und Minka antwortete schließlich: »Die Rechnung geht trotzdem auf dich.«

»Selbstverständlich. Geht schon mal vor. Ich muss noch die Halle abschließen.« *Und nachdenken.*

»Okay?« Harper wirkte nicht überzeugt, gesellte sich aber zu den anderen.

Zayd und Nathan trugen noch den letzten Tisch weg. Dann stand ich da. Mit dem Trommeln in meinen Ohren und dem Herz, das mir fast aus der Brust sprang.

Kapitel Zehn

Ich brauchte nicht nach ihm zu suchen. Denn kaum hatte ich die Eishalle betreten, saß er da. Wie vor Stunden, als ich ihn das erste Mal entdeckt hatte. Nur, dass ich wusste, dass er in der Zwischenzeit Sam nach Hause gebracht hatte und zurückgekommen war.

Statt so zu tun, als hätte ich ihn nicht gesehen, nahm ich eine Stufe nach der anderen in seine Richtung.

Hier in der Eishalle hatte unsere Geschichte begonnen. Mit einem einfachen Zusammenstoß auf dem Eis. Wir waren schon immer für das Eis bestimmt gewesen. Es war wie eine unsichtbare Kraft, die uns einander nähergebracht hatte.

Nur dass sie uns genauso auch auseinandergerissen hatte.

Mit voller Wucht und ohne Möglichkeit auf Wiedergutmachung.

Mit jedem Schritt in seine Richtung hämmerte mein Herz lauter und ich schwankte leicht. Ich konnte mich nicht daran erinnern, wann ich zuletzt etwas gegessen hatte, also nutzte ich die Chance, mich endlich zu setzen.

Ich konnte seinen vertrauten Blick spüren, der auf mir ruhte, bevor ich mich dazu zwang, selbst den Kopf zu heben und in die klaren Augen zu sehen, die einmal mein sicherer Hafen gewesen waren.

»Du bist noch hier«, bemerkte ich. Isaac schaute ins Leere. Genauso wie ich. »Ich meine mich zu erinnern, dir gesagt zu haben, dass du verschwinden sollst.«

»Mehrfach«, kommentierte er. Er klang müde.

Ich fragte mich, wieso.

Also nahm ich einen tiefen Atemzug und tat das, was alle anderen und er seit Tagen von mir verlangten: reden. Ohne ihn zum Teufel zu jagen.

»Warum bist du wirklich hier? Das Haus kann nicht der einzige Grund sein, denn dafür gibt es Firmen. Und du siehst aus wie jemand, der sich Leute dafür einstellen kann.«

Er schloss die Augen, fast so, als würde er leiden, bis er mich mit seinen hellen Augen wieder in den Bann zog. »Kann, ja. Finanziell vielleicht, aber es ist immer noch das Haus, in dem ich aufgewachsen bin.«

Das Haus, das du seit zehn Jahren nicht mehr betreten hast?

Ich sparte mir den Kommentar. Wenn Isaac nach all der Zeit nun plötzlich sentimental geworden war, dann würde ich das hinnehmen.

Aber ich war noch nicht fertig. Ich nahm einen langen Atemzug und teilte ihm schließlich mit, was mir seit seiner Ankunft im Kopf geisterte. »Ich bin verdammt wütend auf dich. So sehr, dass ich dir am liebsten den Hals umdrehen und Kleinholz aus dir machen will. Du bist gegangen. Du hast mich verlassen. Du hast mich zurückgelassen, ohne auch nur eine Sekunde an den Gedanken verschwendet zu haben, wie ich mich dabei fühle. Und jetzt bist du wieder da und erwartest von mir einfach … keine Ahnung … so zu tun, als wäre das nicht passiert? Das kann ich dir geben. Du kannst nicht denken, dass ich alles vergessen kann.« Ich war ruhig geblieben. Weinen und schreien konnte ich später noch.

»Das erwarte ich auch nicht«, flüsterte Isaac. Es klang rau, verzweifelt und allem voran nach der Wahrheit.

Jetzt, wo mir das Herz auf der Zunge lag, stellte ich eine der vielen Fragen, die mich seit einem Jahrzehnt verfolgten. »War es einfach?«

»Was?«

Ich presste die Lippen zusammen, hielt den Blickkontakt, wohl wissend, welche dummen Dinge das mit mir anstellte. »Zu gehen.«

Isaac sah mich an, als hätte ich ihm ein Messer in die Brust gerammt. Sein rechter Mundwinkel hob sich in einer traurigen Bewegung. »Es war alles, aber nie einfach.«

Seine Worte lösten eine Gänsehaut aus. Es fühlte sich an, als würde etwas in mir zerbrechen und sich gleichzeitig wieder zusammensetzen.

Ich lenkte den Blick aufs Eis. Die Stelle, an der sein Körper reglos gelegen hatte. »Ich habe damals geglaubt, wir wären für die Ewigkeit bestimmt gewesen …«

Doch du warst die größte Tragödie meines Lebens.

Ich hatte nicht viel aus der Schule mit in mein Erwachsenenleben mitgenommen, aber die Beschreibung einer Tragödie war mir immer im Gedächtnis geblieben. Die Idee eines unausweichlichen Schicksals, das unsere Leben für immer veränderte.

Ich glaubte nicht an Schicksal. Aber wenn es eins gab, dann hasste ich es. Für alles, was es mir angetan hatte. Wegen all der Dinge, die es mir genommen hatte.

Isaac sagte lange nichts. Wir beide schwiegen, schwelgten in all den gesagten und ungesagten Dingen, die zwischen uns standen.

»Violet.«

Ich wollte ihn nicht mehr ansehen. Ich konnte ihn nicht mehr ansehen. Ich sollte nicht ... und tat es trotzdem.

Es war wie damals. Ich war die Motte und er mein Licht.

»Ich würde so viel rückgängig machen, wenn ich könnte.«

Ich schluckte. Meine Brust fühlte sich mittlerweile an, als würde sie in Flammen stehen. »Kannst du aber nicht«, antwortete ich trocken. Es war Zeit, wieder in der Realität anzukommen. »Hör zu. Ich weiß, wir werden uns vermutlich öfter über den Weg laufen. Ich kann zivilisiert mit dir umgehen, aber mehr wird nicht drin sein, verstanden? Und wenn es so weit ist, geh und belass es dabei.«

Ich wusste, dass ich eine zu große Forderung stellte. Schließlich würde er immer noch Sam besuchen. Das konnte ich ihm nicht nehmen. Aber ich wollte einfach weitermachen. So wie vorher.

Sein Kiefer mahlte. Er war noch immer derselbe Junge, in den ich mich verliebt hatte. Mit all seinen Macken und Eigenarten.

»Das ist es, was du willst?«, fragte er, wohl wissend, wie meine Antwort ausfallen würde.

Ich nickte.

Mehr war nicht nötig.

Er stand als Erster auf, entfernte sich Schritt für Schritt von mir, und ich spürte, wie die Dunkelheit mich wieder einhüllte.

Sie war warm und vertraut. Nährte meine Ängste und die Albträume, die mich auch in dieser Nacht verfolgen würden.

Nach einem gelungenen Abend im Clarens, wo meine Freunde und ich auf das erfolgreiche Sommerfest angestoßen hatten, war der nächste Tag viel zu schnell gekommen. Es war Sonntag, und der gehörte für gewöhnlich meiner Schicht im Freibad. Eigentlich war es nur ein saisonaler Job, der gerade mal meine monatliche Kaffeerechnung deckte, aber ich mochte es, etwas für die Gemeinschaft beizutragen.

Bademeister starben aus, und unser ältester war mit sechzig Jahren nur noch Dekoration. Doch die Kinder liebten das Schwimmbad, und wenn einmal in der Woche unter der prallen Sonne sitzen dazu beitrug, ihnen den Sommer ihres Lebens zu verschaffen, machte ich mit.

Nur heute nicht. Ich hatte meine Schicht mit einem Schüler aus der Collingwood High getauscht. Um Kanu zu fahren. Ein Plan, den ich mit Minka und Harper nach ungefähr zwei Flaschen Wein im Clarens geschmiedet hatte.

Mit Alkohol intus und einem vom Lachen benebelten Kopf hatte unsere Idee großartig geklungen.

Ein Picknick am Strand und eine anschließende Kanutour durch die Bucht.

Ich überlegte drei Minuten lang, zu kneifen und eine Ausrede vorzuschieben, wusste aber, dass Minka mich höchstpersönlich in eins dieser unsicheren Boote verfrachten würde. Also entschied ich mich trotz der Kopfschmerzen, dem Plan Folge zu leisten, und machte mich fertig.

Vor meinem einen Meter breiten Kleiderschrank zog ich ein passendes Outfit für das überraschend heiße Wetter heraus. Moosgrüne Shorts, dazu ein weißes Top und eine passende Cap mit dem Logo der Eishalle. Meinen Badeanzug trug ich bereits darunter, auch wenn ich bezweifelte, dass wir viel Zeit im Wasser verbringen würden. Mein Look war keiner, der in nächster Zeit auf einem Magazincover zu finden sein würde, aber ganz Collingwood kannte mich sowieso. Für mich ging Komfort über Schönheit, und auch heute würde ich keine Ausnahme machen.

Im Erdgeschoss füllte ich drei Flaschen mit Wasser, schmierte zehn Sandwiches und packte noch ungefähr drei Kilo Sonnencreme ein.

Ich machte einen letzten Prüfgang durch das Haus und setzte mich dann in Granny Grey. Ihr weiches Polster sank unter meinem Körper ein, und ich versuchte die Sprungfedern zu ignorieren, die sich in meinen Hintern und Rücken bohrten.

Mein erster Halt war vor Olivias Haus, die mir nach ihrem Ausfall gestern noch ungefähr zwanzig Entschuldigungsnachrichten geschrieben hatte. Ich brachte ihr ein paar Essensreste vom Sommerfest vorbei und musterte ihr gerötetes Gesicht. Im Flur war es dunkel, und ich vermutete, dass ihre Mutter noch schlief.

»Hast du Lust auf einen Ausflug?«

Olivia zog die Nase kraus. »Ich glaube nicht …«

Ich sah, dass sie eigentlich wollte, es aber nicht zugeben würde. »Will kommt auch. Außerdem sind wir auf dem Wasser. Da können dir die Pollen nichts anhaben.«

Keine Ahnung, ob das stimmte, aber ich ertrug die Vorstellung nicht, dass sie das ganze Wochenende allein auf ihrem Zimmer in einem dunklen Haus verbrachte.

Ich deutete auf mein parkendes Auto. »Ich habe Snacks dabei und du darfst die Musik aussuchen.«

Sie schmunzelte, und ich wusste, dass ich sie am Haken hatte. »Okay.«

»Pack einen Badeanzug ein. Du hast fünf Minuten«, ließ ich sie wissen.

»Wer trägt denn einen Badeanzug?«, murmelte sie Augen rollend und verschwand im Haus.

So war es wohl, einen Teenager zu haben.

Sieben Minuten später fuhren wir weiter zu Minka, um sie auch noch aufzugabeln. Olivia scrollte in der Zwischenzeit durch eine Musikplaylist und verband sich mit der Anlage, die mir Nathan als Weihnachtsgeschenk vor drei Jahren eingebaut hatte.

Das Lied kannte ich nicht, doch der Sänger sang über eine verschollene Liebe und …

»I wish you would have cheated?« Irritiert sah ich zu meinem Schützling. »Willst du mir was erzählen?«

Sie runzelte die Stirn. »Nein, wieso?«

»Hast du einen Freund, von dem ich nichts weiß? Oder hat dir jemand das Herz gebrochen?«

Olivia sah mich an, als wäre mir ein zweiter Kopf

gewachsen. »Gott, Miss C, niemals. Ich habe gar keine Zeit für eine Beziehung. Das Lied ist einfach cool und überall in allen sozialen Netzwerken.«

»Ah … ja?«, fragte ich, kein bisschen schlauer als vorher. Aber ich musste ihr zustimmen. Der Song war gut.

Das fand auch Minka, als sie sich kurze Zeit später auf den Rücksitz schob. »Hi! Cooles Lied. Von wem ist das?«

Ihr Haar war noch nass und die dunklen Locken kräuselten sich um ihre Stirn. Ich hatte sie per Textnachricht über unseren Zuwachs informiert. Sie behauptete immer, wenn sie mit jungen Leuten abhing, fühlte sich danach so erfrischt.

Als wäre sie achtzig Jahre alt und nicht vor Kurzem achtundzwanzig geworden.

»Der heißt Alexander Stewart«, erklärte Olivia, und das nächste Lied fing an. »Das ist Strings of Fate. Von Caleb Han.«

Ich umklammerte das Lenkrad fester. *Sag es nicht. Sag es nicht. Halt einfach die Klappe.*

Zu wissen, dass dieser Sänger jeden Tag mit Isaac abhing, ließ mein Blut brodeln. Er war eine Erinnerung daran, dass wir zwei verschiedene Leben führten.

»Können wir weiterschalten? Ich mag den nicht so«, erklärte ich und erntete ungläubige Blicke.

Olivia kam meiner Bitte nach, aber das Fragezeichen in ihrem Gesicht blieb. »Nicht dein Geschmack?«

Minka grätschte dazwischen. »Sie hasst seinen Manager. Lange Geschichte, ich kenne auch nicht alle Details.«

Ich durchbohrte sie durch den Rückspiegel mit einem Blick.

Meine beste Freundin hob unschuldig die Hände. »Was denn? Ist nur die Wahrheit …«

Olivia drehte sich im Sitz zur Rückbank. »Wer ist sein Manager?«

»Dieser große Typ, sieht aus wie ein nordischer Gott und als könnte er dieses Auto mit einem Arm heben. Er kommt von hier. Isaac Murphy.«

»Sehr witzig«, kommentierte ich ihre Beschreibung.

Sie neigte immer zu Übertreibung, auch wenn ich zugeben musste, dass Isaac gut aussah. So, wie Menschen halt aussehen. Daran war doch nichts Besonderes?

»Ich muss ihn kennenlernen!«

So leid es mir tat, ich musste Olivia wieder auf den Boden der Tatsachen holen. »Vergiss es.«

Wir kamen als Erste am Ufer an. Mit perfekter Aussicht auf die Georgian Bay und das hässlichste Gebäude in ganz Kanada: den grauen Betonklotz am Ende des Hafens. Das Terminal war früher als Getreidesilo genutzt worden und mittlerweile ein Wahrzeichen von Collingwood. Egal, wo man am Ufer stand, man hatte immer perfekte Sicht darauf.

»Ah ja, unser tolles Monument«, kommentierte Minka, als sie meinem Blick folgte. Sie war vor vier Jahren aus Ottawa hergezogen. Nach fünf Jahren als Physikerin in spe und einen heftigen Burnout später hatte sie sich Collingwood als ihre Wahlheimat ausgesucht und nie wieder zurückgeblickt.

Ich sagte das, was ich immer dachte, wenn ich das Gebäude sah. »Das Ding gehört abgerissen.«

»Wusstet ihr, dass da ein Hotel drin ist?«, fragte Olivia und schnäuzte sich in ein Taschentuch.

Ich tätschelte ihren Rücken und bot ihr eine Wasserflasche an. Auch wenn sie es nicht zeigte, wusste ich, dass sie froh war um den Tapetenwechsel. »Du könntest mich bezahlen und ich würde da trotzdem nicht rein.«

»Wenn sie ein Spa haben …«, schwärmte Minka und zog sich das gelbe Sommerkleid aus. Ein Bikini kam ans Tageslicht. Sie reckte ihr Gesicht der Sonne entgegen und ihre karamellfarbene Haut glänzte unter den Strahlen.

Olivia setzte sich auf die Picknickdecke, die ich mitgebracht hatte, und ich richtete das Büffet an. Minka half mir.

»Du kannst meine Badewanne benutzen, wenn du dich nach einem Spa sehnst«, schlug ich ihr vor.

Sie schob sich die Sonnenbrille auf die Nase und schüttelte den Kopf. »Ein Flug nach Bali wäre mir lieber.«

Ich grinste. »Heute nicht im Angebot. Aber dafür: Sonnencreme. Hier.« Ich gab einen Klecks in meine Hand und reichte die Tube dann weiter.

Wegen meiner hellen Haut stachen meine Sommersprossen deutlich hervor, aber im Gegensatz zu früher schämte ich mich nicht mehr für den Anblick. Ein paar Vorteile hatte das Erwachsenenleben doch mit sich gebracht. Man kümmerte sich nicht mehr so um die Meinung anderer.

»Wen haben wir denn da?«, rief eine vertraute Stimme, und ich drehte mich in die Richtung, aus der sie gekommen war. Harper schlenderte mit George im Schlepptau in unsere Richtung. Ihr Sonnenhut hatte ungefähr den Durchmesser eines kleinen Regenschirms, aber sie konnte ihn tragen.

Mit ihrem Look sah sie aus wie einem alten Hollywoodfilm entsprungen, und ich schmunzelte, als ich George im Vergleich musterte. Er steckte in Shorts mit mehr Taschen, als alle meine Hosen zusammen besaßen, und einem weißen Leinenhemd. Höchstwahrscheinlich Harpers Werk.

»Hi«, begrüßte Olivia die Neuankömmlinge, die sie anstrahlten. »Schön, euch zu sehen.«

»Schön, dass du da bist! Zayd und Will sollten auch gleich kommen«, erwiderte George und stellte den großen Picknickkorb neben die Decke. Wir setzten uns auf, um die Neuankömmlinge zu begrüßen.

Harper legte den Hut ab, gab uns allen Wangenküsse und holte eine Flasche Eiswein hervor. »Heute mal das gute Zeug.«

Ich kreuzte die Arme vor der Brust. »Niemals. Mir brummt immer noch der Schädel von den drei Shots und dem Wein gestern.« Kaum hatte ich das ausgesprochen, riss ich die Augen auf und wandte mich an Olivia. »Das hast du nicht gehört.«

Sie lachte und schnappte sich eine Traube vom Büffet. »Ich bin siebzehn, Miss C.«

»Trotzdem!« Ich spürte bereits, wie meine Wangen sich röteten.

Harper und Minka machten sich kichernd lustig darüber.

»Chill mal, sie ist kein kleines Kind mehr. Außerdem will ich gar nicht auspacken, welche diversen Eskapaden du schon hinter dir hast«, kommentierte Harper.

George nickte, als wüsste er genau, wovon sie sprach. »Die Schulzeit war … wild.«

Normalerweise mochte ich ihn. Er war knuffig, ein absoluter Engel und der perfekte Mann für Harper, die nicht weniger verdiente. Aber jetzt war ich kurz davor, ihm ein Buttermesser an den Kopf zu werfen. »Klappe. Und jetzt hören wir auf mit Violet-Clark-Ärgern.«

»Da will ich auch mitmachen!«

Ich entdeckte Zayd, der dümmlich grinste und auf uns zusteuerte. Im Schlepptau hatte er Will und … Isaac?

Kapitel Elf

Ich sah von Zayd zu Isaac. Von Isaac zu Zayd. Letzterer las anscheinend trotz all der Jahre, in denen er es nicht getan hatte, meinen Gesichtsausdruck ausnahmsweise richtig.

Was zum Teufel macht der hier?

Das Problem mit einer Highschool-Liebe war, dass die ganze Schule über den Verlauf der Beziehung Bescheid gewusst hatte. Die Mitschüler hatten getuschelt, mir nach dem Abschluss in den Supermarktgängen mitleidige Blicke zugeworfen und mir ständig zugeflötet, dass ich nach vorne blicken sollte.

Zayd hatte zwar nicht zu der Sorte Mensch gehört, aber auch er wusste ganz genau, dass Isaac und ich uns nicht im Guten getrennt hatten. Denn eigentlich hatten wir uns nie getrennt.

»Ich hab ihn zufällig getroffen und er sah so einsam aus, da musste ich ihn einladen«, erklärte Zayd wenig schuldbewusst.

Das zweite Problem war: Die erste Liebe wurde man niemals los. Isaac war wie ein nerviger Ohrwurm. Er kam immer wieder und blieb dann in Dauerschleife.

George strahlte seinen ehemaligen Kumpel an, und ich verkniff mir den Kommentar, dass sie doch seit einem Jahrzehnt nicht miteinander geredet hatten. Er begrüßte die Neuankömmlinge und Harper warf mir einen Blick zu.

Was jetzt?

In meinem Kopf ratterte es, aber bevor ich reagieren konnte, kam mir Isaac zuvor.

»Ich wusste nicht, dass das eine gemischte Runde ist. Wenn du willst, dass ich …«

»Bist du *dieser* Isaac?! Caleb Hans Manager?«, wollte Olivia wissen und musterte ihn, als wäre er ein Heiliger, der gerade übers Wasser gegangen war. »Mann, du hast aber Muskeln.«

Isaac riss die Augen auf, ganz offensichtlich unerfahren mit pubertierenden Teenagern.

Will grätschte dazwischen. »Seit wann ist dir das wichtig?«

Sie warf ihm einen giftigen Blick zu.

Ich ahnte Böses, beobachtete alles aber erst mal.

Olivia steckte sich eine Strähne hinters Ohr und lächelte Isaac zuckersüß an. »Ich weiß, das wirst du wahrscheinlich ständig gefragt, aber kann ich ein Autogramm haben? Und wie ist er so? Ist er noch mit Ruby zusammen?«

Ich stupste Minka an. »Wer ist denn jetzt Ruby?«

Sie rollte die Augen mit einem Ausdruck, als würde ich hinterm Mond leben. »Du hörst nie zu, wenn ich was erzähle. Ruby Dawson war *die* Influencerin der Fashionszene. Harper hat ungefähr zehn ihrer Looks nachgekauft.

Es gibt nur Gerüchte, wieso, aber vor einer Weile hat sie ihren Account auf Eis gelegt. Stattdessen ist sie jetzt Bäckerin in Toronto.«

»Klingt doch vernünftig«, kommentierte ich und kam nicht wirklich mit. Minka und Harper wussten immer über den neuesten Tratsch und Stars Bescheid, aber ich war bereits mit meinem eigenen Leben überfordert. Warum sollte ich mich dann noch mit dem Kram anderer beschäftigen?

Ich sah Isaac an, dass er sich unwohl fühlte, und es überkam mich ein bisschen Schadenfreude, als Olivia ihn mit Fragen löcherte.

Er strich sich durch die aschblonde Mähne, die ausnahmsweise nicht gestylt war. In seinem Aufzug sah er aus, als hätte er Sams Kleiderschrank geplündert. Graue Shorts mit einem Fischerhemd, das an seinen Oberarmen spannte.

Schnell sah ich weg und sortierte die Sandwiches neu, ohne ihn weiter zu beachten. Wenn er unbedingt wollte, sollte er bleiben. Reden würde ich nicht mit ihm.

Ich hielt Will eines der Sandwiches hin und merkte, dass seine Aufmerksamkeit immer noch auf Olivia lag. Als ich ihm den Snack quasi ins Gesicht drückte, beachtete er mich endlich. »Alles gut bei dir?«

»Klar, was denn?«, fragte er mit einem absolut genervten Unterton.

Ich witterte seit Wochen bei den beiden etwas, wollte aber keine voreiligen Schlüsse ziehen. Stattdessen lenkte ich das Thema auf ungefährliches Terrain.

»Bereit für das Training morgen früh?«

»Ja, ich weiß nur nicht, ob Olivia fit genug ist. Ihre Axel

sind nicht sauber«, sagte er laut genug, dass diese es mitbekam.

Sie hielt in ihrem Satz inne und sah ihren Partner an. »Was hast du gesagt?«

Wills Wangen röteten sich gefährlich. »Dass deine Sprünge scheiße sind.«

»Hey«, warnte ich und hob beschwichtigend die Hand. »Was soll das?«

»Miss C, du bist zu nett zu ihr. Offensichtlich muss sie noch härter trainieren, um an der Meisterschaft teilzunehmen.«

»Willst du mich verarschen?«, erwiderte Olivia mit Eiseskälte in der Stimme.

Hilfe suchend sah ich mich zu den anderen um, die genauso überfordert dreinblickten wie ich.

»Wenn du nicht ständig schwänzen würdest, wärst du besser.« Will zuckte mit den Schultern. »Nur die Wahrheit.«

»Dass du mich ungefähr hundertmal fallen lässt, ist also kein Problem?«

Er deutete auf mich. »Sie hab ich nicht fallen lassen.«

Olivia stöhnte genervt und fuhr sich durch die Haare. »Dann mach es doch mit ihr! Arschloch!« Wütend stapfte sie davon.

Ich fühlte mich, als hätte ich tatenlos bei einem Unfall zugesehen und würde jetzt auf die hinterlassenen Scherben starren. Mein Blick streifte Isaac, der mich ansah. Er machte sich Sorgen und ich konnte das nicht ab.

Ich würde das hinbekommen. Sie waren *meine* Schützlinge.

Ich nahm ein Sandwich, klammerte mich daran als emotionalen Support, und sah zu Will. »Dich knöpf ich mir später vor.«

Mir der Blicke in meinem Rücken bewusst, folgte ich Olivia, die sich mit schnellem Tempo immer weiter entfernte. Ich folgte ihr am Ufer entlang, bis sie auf einen Steg abbog und sich an dessen Ende setzte.

Mein Herz verkrampfte sich, als ich sah, wie sie auf das stille Wasser blickte. Wie oft hatte ich so in die Ferne geschaut und mich nach einer besseren Zukunft gesehnt?

Nachdem ich mich mit Mom gestritten, eine Prüfung verhauen hatte oder beim Eiskunstlauf wieder Mrs Williams Ansprüchen nicht gerecht geworden war?

Ich wollte nicht, dass Olivia so dachte. Gleichzeitig verstand ich, wenn sie es tat.

Collingwood war ein kleiner Fleck auf der Landkarte und sie musste raus aus dieser Stadt. Irgendwann würde sie es schaffen und alles zurücklassen. Ob mit Will an ihrer Seite oder nicht.

»Hey«, sagte ich leise und quetschte mich schließlich neben sie.

Sie nickte in meine Richtung, ließ den Blick jedoch auf den Horizont gerichtete.

»Will meinte das nicht so«, versuchte ich es. »Du weißt, wie er ist. Nicht, dass das sein Verhalten entschuldigen würde, aber ... hilf mir. Was ist da los bei euch?«

Olivia lächelte traurig und schaute auf ihre Hände. »Er meint es so, und das Problem ist: Er hat recht. Ich bin schlechter als er und bremse ihn nur aus.«

»Warum denkst du das?«

»Weil ich sehe, was er kann und ich nicht. Es frustriert mich noch mehr, wenn ich daran denke, dass …«

Sie hielt inne.

»Was?«, hakte ich nach und klammerte mich an das Sandwich. Mir drehte sich noch der Magen. Wenn ich einen Bissen riskierte, wusste ich nicht, ob mein Körper mich dafür zunichtemachen würde.

Olivia antwortete nicht, stattdessen musterte sie mich. »Isaac war dein Freund, oder?«

Ich hob den Blick der Sonne entgegen. Sie wollte also ablenken. Das bedeutete nicht, dass sie nicht irgendwann mit mir über ihre Situation mit Will reden würde. Doch ich wusste aus erster Hand, dass es keinen Zweck hatte, sie jetzt zu irgendwas zu drängen.

»Ja. Er ist mein Ex.«

»Er hatte diesen Unfall, richtig? Mom hat mir davon erzählt.«

Sie muss zu dieser Zeit in der Grundschule gewesen sein. Aber es wunderte mich nicht. Die Nachricht hatte sich damals selbst in einigen landesweiten Nachrichtenkanälen verbreitet.

»Richtig.«

Ihre Augen spiegelten Mitgefühl. »Muss beschissen gewesen sein.«

»Sehr beschissen«, erwiderte ich und lachte trocken auf. »Es hat ihm … uns allen das Herz gebrochen.«

Ich erinnerte mich an seine Reaktion, als er im Krankenhaus aufgewacht war. Als der Arzt ihm eröffnet hatte, dass er nie wieder wie vorher würde spielen können.

An den Hass in seinem Blick. Auf sich, die Welt und alles, was darin existierte.

»Aber ich vermute, ihm geht es inzwischen gut. Er ist jetzt, wie du weißt, Manager und macht das wohl ganz gut, wenn alle diesen Collin lieben.«

»Caleb«, korrigierte sie lächelnd. »Aber das weißt du.«

Ich zuckte mit den Schultern. »Wen kümmert's?«

Stille dehnte sich zwischen uns aus, und ich genoss sie, als wäre sie ein unersetzbarer Moment, den ich nicht voreilig durchbrechen wollte.

Bis Olivia den Kopf zu mir drehte und mich musterte. »Warum bist du damals hiergeblieben? In Collingwood? Du warst selbst Eiskunstläuferin und fünfmal besser, als Will und ich es je sein werden.«

Mit diesem Kompliment hatte ich nicht gerechnet.

Für mich war der Sport immer eine Pflicht gewesen. Wie eine Hausaufgabe, die ich einfach machen musste. Bis sie mich gebrochen hatte.

Das Eiskunstlaufen war nie meine Leidenschaft gewesen. Nur etwas, worin ich besser gewesen war als der Durchschnitt.

»Erstens übertreibst du maßlos. Zweitens ... hat es sich nicht richtig angefühlt. Ich konnte es nicht mehr. Gegen Ende habe ich es nur noch gehasst. Als Trainerin bin ich sowieso besser.« Ich zog die Beine an und legte einen Arm um sie.

Olivia tat es mir gleich. »Verstehe.«

Sie verstand es nicht. Denn im Gegensatz zu mir liebte sie das Eiskunstlaufen. Egal, wie oft sie sich einredete, nicht gut genug zu sein.

»Olivia, du machst das toll. Du trainierst härter als jeder, den ich kenne. Du bist viel zu verkopft. Will überspielt einfach besser seine Fehler. Das heißt nicht, dass er nicht mindestens genauso hart trainieren muss.«

»Er ist eine Nervensäge.«

Ich grinste. »Die größte, aber wenn du ihm das sagst, werde ich es leugnen.«

Jetzt kicherte sie. Das wertete ich als Sieg.

»Meine Lippen bleiben versiegelt.« Dann sah sie in die Richtung, aus der wir gekommen waren. »Sorry, dass ich das Picknick zerstört habe.«

Ich schüttelte den Kopf und folgte ihrem Blick. Aus der Entfernung konnte ich nur die Umrisse der anderen erkennen, aber ich sah Isaac deutlich zwischen meinen Freunden hervortreten. Mit seiner Größe, seiner Präsenz und allem, was dazugehörte.

»Schon gut. Du bewahrst mich vor Kopfschmerzen«, erklärte ich.

Olivia stand auf und hielt mir ihre Hand hin. »Wir sollten trotzdem zurück.«

Diesmal weigerte ich mich. »Müssen wir? Hier war es doch schön. Ganz ohne Männer und nervige Jungs.«

»Miss C, seit wann bist du so ein Angsthase?«

›Schon immer‹, dachte ich. *Seit ich denken kann, um genau zu sein.*

Als wir uns wieder den anderen anschlossen, steckten sie mitten in einer Diskussion, die mir gefährlich bekannt vorkam.

»Und du isst nie Süßigkeiten? Keinen Kuchen? Keine Kugel Eis? Nicht mal ein Stückchen Schokolade?«, fragte Minka aufgeregt an Isaac gerichtet.

Der kratzte sich am Hinterkopf und nickte. »Jup.«

»Ist das so eine Diät?«, hakte Will nach.

George klopfte sich auf den Bauch, der ein paar Glückspfunde trug. »Ich könnte das nicht.«

Harper grinste ihn an. »Das würde ich auch nicht verkraften.«

Olivia und ich wechselten einen Blick und setzten uns zu den anderen auf die große Decke. Ich bemerkte, wie Will sie musterte, beobachtete aber erst mal nur.

Zayd meldete sich zu Wort. »Isaac war schon immer so diszipliniert. Ein richtiger Streber eben.«

»Ich dachte immer, *du* wärst einer gewesen«, kommentierte Minka in meine Richtung, anscheinend immer noch ungläubig der Tatsache gegenüber, dass jemand kein Fan von süßen Speisen sein konnte.

Ich winkte ab. »Nicht buchschlau. Aber ich kann deine Reifen wechseln, falls nötig.«

Isaac sah mich an, und ich fragte mich, ob er dasselbe dachte. Daran, wie er es mir beigebracht hatte.

»Ja, du Supertalent. Du kannst einen Rasenmäher bedienen, stellst deinen eigenen Schmuck her und backst den leckersten Schokoladenkuchen in ganz Collingwood. Lass uns untalentierten Menschen auch noch was übrig«, witzelte Minka und füllte sich das Glas mit Eiswein. »Noch jemand?«

Alle verlangten Nachschlag außer mir, Isaac und den Minderjährigen. Ich bildete mir ein, dass sie noch keinen Tropfen Alkohol getrunken hatten. Das war vielleicht naiv, ließ mich nachts aber etwas ruhiger schlafen.

»Wir haben eben überlegt, endlich aufs Wasser zu gehen. Die vier Kanus sind nur zwei Stunden gemietet«, erklärte George und deutete auf den Bootsverleih, an dem wir bei der Ankunft vorbeigegangen waren.

Minka hob ihre Hand. »Losen wir Teams?«

»Nein«, kam es wie aus einem Mund von allen.

Isaac blieb still, musterte meine Freunde, als würde er bei ihnen Antworten suchen. Warum ich so war, wie ich war. Ob sie all meine Geheimnisse kannten.

Tun sie nicht, hätte ich am liebsten gesagt. *Also hör auf, in meiner Vergangenheit zu graben. Es wird uns beide verletzen.*

»Will und ich holen uns schon mal eins der Kanus«, erklärte ich, während ich mich erhob. Mit dem Zeigefinger deutete ich auf Will.

Er wuschelte sich durch die Haare, stand aber auf. »Jetzt bin ich dran.«

»Uh, sie macht Kleinholz aus dir«, scherzte Harper und gab mir einen Klaps auf den Hintern. »Mach ihn fertig.«

Ich lächelte. »Er ist erst siebzehn, Leute. Und das Wasser ist nicht tief genug, um eine Leiche darin verschwinden zu lassen.«

Ich zwinkerte in Olivias Richtung, die lachte, als sie Wills erschrockenen Gesichtsausdruck sah. Sie rückte neben Isaac, der etwas überfordert dreinschaute.

»Ich vermute, du willst mehr zu Caleb wissen?«

Sie nickte wie ein Welpe, der nach Leckerlis verlangte. Ihren Schwall an Fragen bekamen wir nicht mehr mit, aber als wir uns entfernten, murmelte Will etwas vor sich hin.

Ich ergriff das Wort. »Wenn du nicht so zicken würdest, würde sie nicht entsprechend reagieren. Du hast noch Schonfrist, bis wir im Kanu sind. Dann möchte ich wissen, was los mit euch ist.«

Im Kanu sagte Will lange nichts. Ich hatte mich mit dem Oberkörper zu ihm gedreht und selbst auf das Paddeln verzichtet, während er so tat, als wäre er damit beschäftigt, den richtigen Ruderrhythmus zu finden, die anderen zu überholen und die Möwen am Horizont zu beobachten.

Ich ließ ihn.

Genauso wie ich Olivia nicht gedrängt hatte, wartete ich. Ich hasste es zwar heute besonders, da ich dadurch ständig wieder zu Isaac hinübersah, der sich ein Boot mit Olivia teilte, aber ich zwang mich, jedes Mal wegzusehen, wenn sein Blick meinen kreuzte.

Er war nah genug, sodass ich seine muskulösen Arme in Bewegung erspähen konnte. Wie sie sich bei jedem Zug anspannten und entspannten.

Ich wiederholte mein Mantra. *Nicht an ihn denken. Nicht an ihn denken. Einfach nicht an ihn denken.*

»Schönes Wetter heute.«

»Einer der letzten heißen Tage im Jahr«, erwiderte ich und unterdrückte gleichzeitig ein Lächeln. Das Wetter? Ernsthaft?

Wieder Stille. Dann sah Will sich um zum selben Kanu, das ich seit einer halben Stunde im Blick hatte. »Sie ist sauer, oder?«

»Sie wird es verkraften. *Wenn* du dich entschuldigst.«

Er rieb sich die Stelle zwischen den Augenbrauen. Plötzlich sah er um einige Jahre älter aus, als er es war. Der Sonnenscheinjunge, der nie irgendwelche Sorgenfalten hatte. »Ich war ein Arsch.«

»So ziemlich. Aber sie weiß, dass du einer der Guten bist.«

Dann sah ich es. In seinem Blick. Jetzt in diesem

Augenblick und ganz deutlich. Es war derselbe Ausdruck, wie ich ihn in Olivias Augen gesehen hatte.

Er … war verliebt.

Will war verliebt in Olivia. In meinem Kopf kreisten all die Momente, an denen es mir hätte auffallen sollen. An die Sekunden, in denen ihre Blicke mehr gewesen waren als nur Schauspiel.

Verdammt.

Auch wenn ich es schon geahnt hatte, wusste ich nicht, wie ich damit umgehen sollte. Beziehungen unter Eiskunstlauf-Duos waren keine Seltenheit. Aber viele scheiterten, weil die Grenzen zwischen Gefühlen und Wettkampf verschwammen.

Das wollte ich nicht für die beiden. Gleichzeitig konnte ich nicht von ihnen erwarten, dass sie für eine Karriere einfach ihre Empfindungen abstellten.

Ob Olivia es wusste?

Ob Will wusste, dass sie genauso empfand?

Kapitel Zwölf

Ich entschied, das Thema auf das aktuelle Problem zu lenken. »Ich denke, sie möchte dich nicht enttäuschen. Deswegen ist so hart zu sich selbst. Das ist Druck, den ich euch nicht wünsche, aber er kommt automatisch.«

Will nickte. »Ich weiß nicht, ob sie es erzählt hat ... aber sie hat Probleme in der Schule. Ich glaube, das Ganze ist gerade zu viel für sie. Die Meisterschaft, ihre Mom und ... ich. Aber ich will ihr doch nur helfen.«

Ich lächelte. Er war schon immer so gewesen. Besonnen, wenn es darauf ankam. »Sag ihr das. Oder besser: Zeig es ihr. Und spar dir die blöden Kommentare, sonst lasse ich dich beim nächsten Training hundert Extrarunden laufen.«

»Zweihundert, wenn ich sie ins Wasser schubsen darf?«, fragte er grinsend und ruderte weiter in Olivias Richtung.

Das bedeutete, auch in Isaacs Richtung. Der sah uns auf sie zukommen, bevor ich William davon abhalten konnte.

»Hey, lass das!«

»Wieso? Du hast gesagt, ich soll es ihr sagen.«

Ich klammerte mich an das Kanu, das rasch an Geschwindigkeit aufnahm. »Doch nicht jetzt sofort!«

Aber er ließ sich nicht beirren.

Die Jugend von heute. Immer so zielstrebig und ständig auf Klärung aus. Seit wann war es uncool, einen Tag lang zu schmollen?

Oder in meinem Fall gleich zehn Jahre?

»Hey, Eislegende«, grüßte Will. »Kann Olivia mit Violet tauschen?«

Ich wandte mich wieder in seine Richtung und funkelte ihn böse an. »Spinnst du?! Das ist nicht nur gefährlich, sondern auch schwachsinnig. Ihr könnt später reden.«

Ich sah, wie Olivia uns musterte, offensichtlich verwirrt.

Genauso wie Isaac, dessen Blick mir galt. »Okay?«

»Nein, unterstütz ihn nicht auch noch«, mahnte ich.

Aber Will zeigte auf Olivia. »Tausch mit Miss C.«

Sie tat so, als würde sie nachdenken müssen, und zu meiner Überraschung nickte sie. »Jetzt?«

»Nein!«

»Ja«, antwortete Will im selben Atemzug.

Und sie tat es wirklich. Olivia rutschte aus ihrem Sitz im Kanu und Isaac schaltete schnell. Er legte sein Paddel über den Rand und hakte den Griff fest an unserem Kanu ein, um es zu stabilisieren. Als ich mich zu ihm drehte, erkannte ich das belustigte Funkeln in seinen Augen.

Natürlich. Wenn sie ging, würde ich mit ihr wechseln müssen.

Scheiße. Scheiße. Scheiße.

»Olivia Palmer, wenn du es wagst, auch nur einen Schritt auf dieses Kanu zu setzen …«

Sie wartete den Rest des Satzes nicht ab, sondern hievte sich herüber. Ihr Lächeln reichte ihr dabei bis zu den Ohren. »Los, sei nicht so eine Spielverderberin und steh auf.«

»Spielverderberin?«, fragte ich leise und schaute zu ihr hoch.

Will stupste mich mit dem Paddel an. »Los.«

»Ich hasse euch«, erklärte ich, während ich mich vorsichtig bewegte. Das Kanu schwankte, und dass Olivia auch noch an Bord war, machte das Ganze nicht besser. Mühsam quetschte ich mich an ihr vorbei, machte einen Schritt auf Isaacs Kanu zu und klammerte mich an Olivia, als ich fast ausrutschte.

Sie lachte über meine Unbeholfenheit und ließ mich los, als ich auf der anderen Seite ankam.

Kaum hatte sie losgelassen, verlor ich das Gleichgewicht. Ich wackelte mit den Armen, um Balance zu finden, scheiterte jedoch kläglich.

Mit einem dumpfen Klatschen fiel ich ins lauwarme Wasser.

Ich hörte ein Kreischen, als ich unterging, und einen Sekundenbruchteil überlegte ich, einfach zum Ufer zu schwimmen, um nicht noch eine volle Stunde mit Isaac im Kanu verbringen zu müssen. Aber bevor ich meinen Fluchtplan umsetzen konnte, zogen mich starke Arme aus dem Wasser.

Isaac hatte sich etwas aufgesetzt und half mir mit besorgtem Blick zurück ins Kanu. »Alles okay?«

Seine Hände ruhten auf meinem Rücken und meiner

Hüfte. Ich spürte seine Wärme durch den dünnen Stoff meines Shirts und des Badeanzugs. Wie sie sich in meine Haut brannte.

Ein Prickeln lief über die Stellen, die er berührte, und ich hob den Blick, nur um zu bemerken, dass er mich fragend ansah.

Meine Ohren wurden heiß, als ich realisierte, dass er das Kribbeln wahrscheinlich auch spüren konnte.

»Ja, alles gut«, antwortete ich, plötzlich heiser, und löste mich aus seinem Griff. Als er mich nicht mehr berührte, spürte ich die Kälte, die er hinterließ. Ich fühlte mich wie eine Idiotin, weil mein Körper mich so verriet. Weil ich tief in mir das Bedürfnis verspürte, er hätte nicht losgelassen.

Statt mich noch länger damit zu beschäftigen, funkelte ich meine Schützlinge wütend an.

Diese lächelten aus engelsgleichen Gesichtern.

»Sorry«, nuschelte Will. »Du siehst jetzt aus wie eine sexy Bademeisterin. Baywatch-Style. Nein, noch besser: wie diese eine Rothaarige aus Daisy Jones & The Six.«

»Sehr witzig«, giftete ich zurück und blickte Isaac an. »Können wir zum Ufer zurück?«

Er schüttelte den Kopf. »Nope.«

Olivia grinste und winkte, als Will anfing, davonzurudern. »Bis später!«

Ich fühlte mich wie eine nörgelnde alte Frau, als ich zusah, wie sie sich immer weiter entfernten. Sie redeten angeregt miteinander, und das deutete ich fürs Erste als gutes Zeichen.

»Okay, war lustig neben den Kids, aber ernsthaft, rudere zurück zum Ufer«, sagte ich.

Isaac runzelte die Stirn, so als hätte er Probleme damit, mich zu verstehen.

»Hörst du schlecht?«

»Klar und deutlich. Ich möchte aber noch rudern, also …«

Ich starrte ihn an. Waren alle um mich herum verrückt geworden? Hatte ich im Clarens zu tief ins Glas geschaut und war jetzt in einer anderen Realität gelandet?

Ich schaute von ihm zum Wasser und wieder zurück. »Du weißt, ich schwimme los, falls nötig.« Meine Stimme hatte einen warnenden Klang angenommen.

Das brachte ihn zum Lachen. »Ich bin schneller. Also versuch es ruhig.«

Sein *Lachen*. Dieses helle, kehlige Geräusch, das seinen Mund verließ. Wann hatte ich es das letzte Mal gehört?

Das Gefühl, das mich überkam, tat es mit voller Wucht.

Ich fühlte mich wie eine Wahnsinnige. Irgendwas musste im Wasser gewesen sein, denn seit ich es verlassen hatte, spielte mein Körper verrückt.

»Murphy«, murrte ich, als er das Kanu weiter vom Ufer wegsteuerte.

»Cherry«, erwiderte er, so, als wären wir siebzehn und nach dem Schulschluss zur Bucht gekommen.

»Nenn mich nicht so.« *Das darfst du nicht mehr. Nicht seit dem Sommer, in dem du mich verlassen hast.*

»Bitte akzeptier die Tatsache, dass du mit mir festsitzt. Du kannst entweder die Fahrt genießen oder mich beleidigen. Such es dir aus.«

Ich verschränkte die Arme vor der Brust, rührte das Paddel nicht mal an, ignorierte das Frösteln, das mich erfasste, und schaute aus Prinzip nicht zu ihm.

Seinem doofen Lächeln mit den Grübchen. Seinen bescheuerten Armen, die unmöglich real sein konnten.

Wir schwiegen eine Weile, ich beobachtete die Wasseroberfläche und zwang mich, still sitzen zu bleiben.

Doch Kanufahren war langweilig.

Und ich brauchte Beschäftigung.

Sehnsüchtig schaute ich zurück zum Ufer, wo ich die verschwommenen Silhouetten von Harper und George ausmachen konnte.

Ich hätte mein Handy mitnehmen sollen.

Hier draußen gab es nur mich, Isaac und die Bucht, die eine Bilderbuchkulisse bot. Die Georgian Bay erstreckte sich majestätisch vor uns, ihre sanften Wellen küssten die Uferlinie und spiegelten den klaren Himmel wider. Begleitet wurde das Bild vorrangig von einer Sache: Stille.

Sie wurde in regelmäßigen Abständen von Isaacs Paddel unterbrochen, das aufs Wasser traf, aber das war nicht genug.

Ich konnte nicht. Ich durfte nicht ...

»Was macht der Verkauf?« Unauffällig schlug ich mir die Hand vor den Mund, weil er sich einfach selbstständig gemacht hatte.

Isaac ließ hörbar sein Paddel sinken, das Kanu trieb dahin und ich spürte seine Blicke in meinem Rücken. »Willst du das wirklich wissen?«

Ich drehte mich auf dem Sitz herum und deutete um uns. »Habe ich eine andere Wahl, als eine Konversation mit dir zu führen?«

»Bin ich so schrecklich?«, fragte er fast neckend, und gleichzeitig spürte ich, dass er Angst vor meiner Antwort hatte.

»Das Thema hatten wir bereits. Also ... das Haus?«

»Ist die reinste Sperrmüllanlage. Seit Mom ausgezogen ist, steht es leer, und dementsprechend sieht es aus.«

Es war das erste Mal in Monaten, dass ich an Elena, Isaacs Mutter, dachte. Sam war ihr Schwiegervater, und daher war sie nicht oft Thema bei meinen wöchentlichen Besuchen.

In meiner Erinnerung war sie noch dieselbe große Frau, die immer mit einem gepflegten Haarschnitt und einer Backschürze die Haustür geöffnet hatte.

Mit meinem Piercing und den strubbeligen roten Haaren war ich höchstwahrscheinlich nicht ihre Favoritin unter Isaacs Freunden gewesen, aber sie hatte mich gemocht. Manchmal hatte sie mir Essen mitgegeben.

›Du siehst so dünn aus‹, hatte sie gesagt. ›Du brauchst Kraft fürs Training.‹

»Sie lebt jetzt in Manitoba?«

Isaac lächelte, als würde es ihn freuen, dass ich das wusste.

Elena war letztes Jahr aus Collingwood gezogen. Drei Jahr nach dem Tod ihres Ehemanns.

»In der Nähe, ja. Bei meiner Tante. Das ist besser für sie ...«

Ich biss mir auf die Zunge, hielt die Frage zurück, die sich in meiner Kehle bildete. *Vermisst du ihn? Deinen Dad?*

Dabei kannte ich die Antwort. Isaac hatte noch nie ein gutes Verhältnis zu seinem Vater gehabt. Als die Nachricht von dessen Tod in Collingwood die Runde gemacht hatte, hatte ich mir erlaubt, an ihn zu denken. Es war eines der wenigen Male gewesen, in denen ich mir gewünscht hatte, wir wären anders auseinandergegangen.

Mein Vater war verstorben, als ich noch sehr jung gewesen war. Aber in seinen Zwanzigern plötzlich ein Elternteil zu verlieren, stellte ich mir unheimlich schmerzhaft vor.

Ich sah ihn vor mir, wie er neben seiner Mutter gestanden hatte. An dem Tag der Beerdigung. Wie ich ihn vom Rande des Friedhofs beobachtet und trotz allem gedacht hatte, dass er zu jung war. Dass sie nie ihre Probleme hatten klären können.

»Besuchst du sie oft? Deine Mom?«

Er senkte den Blick. »Viel zu selten.«

»Warum überrascht mich das nicht?« Ich dachte an Sam, der sich jeden Monat auf die Besuche seines Enkels freute. An sein Gesicht, wenn er nicht kam.

Dabei war Toronto nur einen zweistündigen Katzensprung von unserer Kleinstadt entfernt.

»Du bist wohl viel unterwegs. So als Manager ...«, sagte ich und zupfte die Träger meines Badeanzugs zurecht. Ich beobachtete Isaac, wie er die Stelle auf meiner Schulter musterte.

Was denkst du, Isaac Murphy?

Er nickte, ohne den Blick abzuwenden. »Ja, Caleb hat gerade seine Tour beendet, und ich nutze seine Pause, um alles zu erledigen. Außerdem bin ich froh, nicht ständig von Turteltauben umringt zu sein.«

»Du magst ihn sehr«, stellte ich fest. Die Art, wie er über ihn gesprochen hatte, erinnerte mich sehr an mich selbst. Wie ich mich fühlte, wenn ich bei Harper und Minka war.

»Zehn Jahre schweißen zusammen.«

»Oder reißen auseinander«, kommentierte ich, wohl

wissend, dass ich ihn damit verletzte. Ich musterte ihn. Diesmal wirklich. Auf die Art, wie ich es mir bisher nicht erlaubt hatte.

Seine Wimpern waren dicht, unverschämt lang für einen Mann und passten farblich zu dem Blond, das über die Jahre etwas dunkler geworden war.

Auch wenn ich sie seit seiner Ankunft kaum gesehen hatte, wusste ich, dass da Grübchen in seinen harten Wangen versteckt waren. Er trug einen leichten Dreitagebart, was ungewohnt war.

Die ganze Zeit meiner Musterung über ruhten seine Augen auf mir, und ich fragte mich, ob er mich genauso inspizierte.

Ob ihm die Veränderungen an mir auffielen. Ob er in mir eine andere sah.

Ich räusperte mich und schaute auf meine Hände. Dann stellte ich die Frage, die mich seit Tagen verfolgte. »Wann gehst du zurück?«

Seine Stimme klang warm, als er antwortete. »Kannst es wohl nicht abwarten, bis du mich loswirst?«

Ich presste die Lippen zusammen. *Punkt an dich, Murphy.*

»Das hast du jetzt gesagt«, neckte ich, bis ich mich sofort wieder fing. *Fang bloß nicht an, so zu sein.*

»Ich weiß es nicht. Klar, ich könnte eine Firma beauftragen und das Ganze wäre Geschichte, aber ich möchte mir Zeit lassen. Das Haus ist …«

»Das Letzte, was dich an ihn bindet«, vollendete ich seinen Satz, nicht fragend, denn ich kannte die Wahrheit. Er hatte es mir gestanden, gestern erst.

Isaac begegnete wieder meinem Blick. Sorgte dafür,

dass mein bescheuertes Herz dumme Dinge in meiner Brust anstellte. »Ja.« Er klang atemlos. »Ich hab ganz vergessen, wie das ist«, flüsterte er.

»Was?«

Ein leichtes Lächeln umspielte seine Lippen, während er wieder über die Bay in Richtung Ufer paddelte. »Wenn mir jemand ständig in den Kopf gucken kann.«

Ich erschauderte. Ein Teil von mir wollte losheulen. Der andere laut loslachen. Also tat ich das Nächstbeste. Unter Isaacs forschendem Blick band mir die Haare zusammen, beugte mich zur Seite über den Rand des Kanus und ließ mich ins Wasser gleiten.

Diesmal kreischte ich nicht. Stattdessen genoss ich die Abkühlung und die Tatsache, allein mit meinen Gedanken zu sein.

Er wird wieder gehen.

Vergiss das nicht.

Ich beeilte mich nicht damit, aufzutauchen. Die Jahre als Bademeisterin hatten mir viele kostenlose Abende im Schwimmbad verschafft, und damit auch die Möglichkeit, meine Tauchzeit zu verbessern.

Ich ließ die Augen geschlossen, so lange, bis ich eine Bewegung neben mir wahrnahm. Eine warme Hand zog an meinem Handgelenk, und ich sah Isaac, der mich mit seinen eisblauen Augen durchbohrte.

Wir tauchten gleichzeitig auf.

»Willst du mich umbringen?«

Ich lachte auf. »Wieso?«

»Du kannst doch nicht einfach reinspringen und zwei Minuten lang nicht auftauchen!«

Jetzt grinste ich. »Ich bin eben nicht nur auf dem Eis besser als du.«

Er rieb sich über das nasse Gesicht. Erst jetzt bemerkte ich, dass er sein T-Shirt ausgezogen hatte.

Oh. Scheiße.

Ich klammerte mich an unser unbemanntes Kanu und versuchte, ihn nicht anzuglotzen.

Er wirkte erheitert. Isaac war vor einem Jahrzehnt viel zu ernst gewesen. Doch heute schien er zum ersten Mal, seit ich ihn kannte, fast ausgelassen.

»Bist du glücklich?«, fragte ich leise. Ich entdeckte die einzelnen Wassertropfen, die sich in seinen Wimpern verfangen hatten.

»Die Wahrheit?«

Ich legte den Kopf in den Nacken und starrte in den wolkenlosen Himmel. »Nein, lüg mich an.«

Er lachte. Wieder dieses warme, helle Lachen, das höchstwahrscheinlich eine Reihe von Krankheiten heilen konnte. Isaac sollte nur noch lachen. Vielleicht wäre die Welt dann ein weniger dunkler Ort.

»Ich weiß nicht, wann ich das letzte Mal glücklich war«, erklärte er und zwang mich damit, ihn anzusehen.

Damit hatte ich nicht gerechnet.

»Ich dachte, du lebst da draußen deinen Traum. Oder zumindest dein Traumleben.« Ich bemerkte, dass er näher gekommen war. Er wahrte Sicherheitsabstand, und dennoch spürte ich seine Wärme an meiner Haut.

»Ein Traumleben. Aber nicht meins.«

Ich nickte. »Verstehe.«

Ein Augenblick des Schweigens folgte, in dem unsere

Gedanken sich zu verflechten schienen. Der Raum zwischen uns war gefüllt mit ungesagten Worten, Erinnerungen und einer Vielzahl von Emotionen, die in der Luft schwebten.

Bis ein Pfeifen die ruhige Blase um uns herum platzen ließ. Wir schauten uns um, und ich entdeckte Zayd am Ufer, der wild mit den Armen wedelte. »Es gibt wieder Essen!«

»Zündet er sich etwa gerade eine Zigarette an?«, fragte Isaac.

»Irgendwann werd ich ihm mit einer Packung das Maul stopfen.«

»So übel ist er nicht.«

Ich schüttelte den Kopf und kletterte zurück ins Kanu. Als Isaac es mir nachmachte, wankte es gefährlich unter seinem Gewicht, aber ich war zu abgelenkt von seinem fehlenden Shirt, um zu erschrecken. Abgelenkt von seiner leicht gebräunten, nackten Haut, die mein ganzes Sichtfeld ausfüllte. Die Muskeln, die sich wie bei einer majestätischen Skulptur abzeichneten. Ich spürte, wie mein Atem flacher ging, als ich mir vorstellte, wie sie sich unter meinen Fingerspitzen anfühlen mussten.

Dieser Mann war längst kein Junge mehr.

Er sah aus wie ein Fantasieprodukt, herabgestiegen vom Olymp, und ich hasste mich dafür, dass ich nicht wegsehen konnte.

Isaac bemerkte, dass ich gaffte, ließ es aber unkommentiert. Dann zog er sich sein T-Shirt wieder an. »Nettes Tattoo übrigens«, sagte er.

Ich griff mir in den Nacken, so als könnte ich es nachträglich verstecken.

»Engelsflügel?«

Mit einem Mal war ich wieder zurück in der Realität. Mein Herz raste, aber diesmal nicht wegen der Dinge, welche auch immer sein Anblick bei mir angestellt hatte. Ich mahlte mit dem Kiefer, nickte und deutete zum Ufer. »Wir sollten uns beeilen, bevor Zayd uns nichts mehr übrig lässt.« Ich wandte mich um und griff zum Paddel.

Die restliche Kanufahrt zum Ufer schwiegen wir. Ich war froh darum. Mir war heiß, und ich fühlte mich, als bräuchte ich mehr als nur eine kalte Dusche. Urlaub. Mit Mrs Bloom an einem Ort ihrer Wahl. Hauptsache, ich war ganz weit weg von der Georgian Bay, Collingwood und Kanada.

Meine Gedanken überschlugen sich, einer lauter als der andere, und ich brauchte Abstand. So schnell wie möglich.

Wir hatten kaum richtig angelegt, als ich aus dem Kanu stolperte und zu meinen Freunden eilte.

Harper entdeckte mich, dann Isaac, der mir folgte, und in ihrem Gesicht zeichnete sich ein Fragezeichen ab.

»Seid ihr etwa ins Wasser?«

»Frag nicht«, murmelte ich und setzte mich zwischen sie und Minka auf die Picknickdecke. Diese setzte mir meine Cap auf. »Wir wollen ja nicht, dass deine hübsche Kopfhaut anbrennt.«

»Du bist die erste und wahrscheinlich letzte Person, die jemals meine Kopfhaut kommentieren wird«, antwortete ich und nahm einen Schluck aus ihrem Glas.

Eiswein, noch kühl. »Ich dachte, du trinkst heute nicht?«

Ich blinzelte Minka an, während ich Isaacs Blick auf

mir spürte. »Die Umstände haben sich geändert. Kriege ich auch ein Glas?«

Auch meine beiden Schützlinge gesellten sich kurz später als Letzte wieder zu uns. Ich versuchte die Stimmung zwischen den beiden abzuschätzen, wurde aber nicht schlauer. Sie mieden Augenkontakt, aber das wies auf nichts Bestimmtes hin.

Olivia setzte sich zu uns und nahm mir so die Sicht auf Isaac. Das bedeutete auch, dass er mich nicht mehr sah, und ich konnte etwas aufatmen.

»Wie war's?«

»Gut, bis du entschieden hast, das Kanu zu wechseln«, erwiderte ich, während ich die Weintrauben auseinanderpickte.

Olivia versuchte nicht mal entschuldigend zu schauen. »Ich wollte nur, dass du auch ein bisschen Action bekommst.«

»Action?«, fragte Harper. »Ich wusste, wir hätten alle nah beieinander bleiben sollen!«

Ich griff nach ihrer Hand, mit der sie wild gestikulierte. »Keine Action. Es ist nichts dergleichen passiert und wird auch nicht passieren.«

Minka grinste hinter ihrem Weinglas.

»Was? Was denkst du schon wieder?«, fragte ich sie genervt.

»Also würdest du nicht gern wissen, ob er in den letzten Jahren bei *gewissen* Fähigkeiten dazugelernt hat?«

Augenblicklich schoss mir die Röte ins Gesicht. Meine Wangen glühten, und auch meine kalten Hände waren nicht hilfreich.

Natürlich prusteten meine Freundinnen sofort los. »Also doch!«

Ob ich an Sex mit Isaac gedacht hatte?

Nein. Bis jetzt nicht.

Wir hatten als Teenager viele Stunden miteinander verbracht. Das erste Drittel unserer Beziehung fast ausschließlich nur damit, den Körper des anderen zu erkunden.

Es war berauschend, wild und leicht gewesen, den Alltagsstress beiseitezuschieben und nur an die Befriedung des anderen zu denken.

Aber wir waren nicht mehr siebzehn.

Er hatte sich offensichtlich verändert, und wenn seine Muskeln eins verrieten, dann, dass er Ausdauer besaß.

Vor meinem Auge spielten sich blitzartig die versautesten Bilder ab und ich wischte sie sofort davon.

Nur das verräterische Ziehen in meinem Unterleib blieb.

Trotzdem funkelte ich meine Freunde an. »Nein, habe ich nicht und werde ich auch nicht. Und bevor ihr noch irgendwelche Kommentare von euch gebt, erinnert euch daran, dass wir nicht allein sind!« Ich zischte den letzten Teil und stupste Olivia an, um sie wenigstens von dummen Ideen abzuhalten. »Hör nicht auf die beiden. Sie haben es sich zur persönlichen Aufgabe gemacht, mich zu ärgern.«

Sie lächelte. »Das machen sie bisher ganz gut.«

Ich ließ die Schultern hängen. »Warum seid ihr alle gegen mich?«

Minka hob unsere Gläser hoch. »Sind wir nicht. Es macht nur Spaß, dich in Verlegenheit zu bringen.«

Harper stieß mit ihr an. Ihre Augen leuchteten vergnügt. »Sie wird so was von mit ihm schlafen.«

»Ich verwette meinen Laden darauf.«

»Ich steige ein mit meinem Hochzeitskleid«, erwiderte Harper.

Mein Augenlid zuckte. Ganz offensichtlich war ich die einzige Vernünftige hier. Ich wandte mich an George. »Was hältst du eigentlich davon, dass Harper ihr Hochzeitskleid verwettet?«

Er runzelte die Stirn. Dann lächelte er seine Verlobte an. »Sie könnte auch einen Kartoffelsack tragen und wäre die Schönste.«

Kollektive Würggeräusche folgten, mich eingeschlossen.

»Danke für Nichts, George.« Ich hob das Glas an meine Lippen, und da sah ich ihn wieder. Wie er mich anblickte.

Er hatte unser Gespräch niemals hören können, und trotzdem wurde ich plötzlich unsicher.

Aber mit Isaac schlafen? Eher würde die Hölle zufrieren.

Kapitel Dreizehn

Es war wieder so *eine* Woche.

Die eine Woche, die mich vollkommen aus meinem Alltag riss. Ich lag mit unerträglichen Unterleibsschmerzen auf meinem Bett und rollte mich zusammen.

Seit Montagmorgen war ich zu Hause, unfähig, irgendetwas zu machen oder geschweige denn nur den Kopf zu heben.

Mittlerweile war Mittwoch, und nachdem ich den halben Vormittag damit verbracht hatte, an die Decke zu starren, zwang ich mich, aufzustehen. Ich musste essen, allein schon, damit die Schmerztabletten richtig wirkten. Doch allein beim Anblick von Lebensmitteln drehte sich mir der Magen um.

›Ich liebe es, eine Frau zu sein‹, dachte ich, als ich in den Küchenregalen nach etwas halbwegs Essbarem suchte. Ein Krampf zwang mich fast in die Knie, und ich klammerte mich an den Kühlschrank, bis er abebbte. Dann öffnete ich ihn, um einen Joghurt herauszuholen. Ich packte den Inhalt in eine Schüssel, zusammen mit Haferflocken, weil die angeblich gegen die Krämpfe halfen.

Lügen. Nichts half. Außer sterben vielleicht.

Mit drei Löffeln inhalierte ich mein trauriges Frühstück und ließ die Schüssel schließlich stehen. Das Haus war ein reines Schlachtfeld, meine Wäsche stand noch im Wohnzimmer herum und die Küchentheke war voll mit sauberem Geschirr, das nur darauf wartete, weggeräumt zu werden.

Statt mich darum zu kümmern, stieg ich über den Kleiderhaufen im Flur, schob die Schuhe aus dem Weg und trug mich ins Badezimmer.

Es war heiß, mindestens genauso warm wie am Tag der Kanufahrt, und nur ungern ließ ich das fast glühende Wasser in die Badewanne laufen.

Meine Frauenärztin Dr. Isherwood hatte mir geraten, trotz der Krankheit das zu tun, was ich wollte. Blöd nur, dass ich während der schmerzhaften Phasen zu nichts imstande war. Aber wenn ihr Ratschlag auch bedeutete, nichts zu tun, dann folgte ich dem nur zu gerne.

Zehn Minuten später stieg ich in das heiße Badewasser, in das ich noch Eukalyptusöl gegeben hatte, und verbrannte mir regelrecht die Füße. Ich fluchte, als meine Haut rot anlief. Doch kaum war auch mein Bauch unter Wasser, erlöste es mich von den Schmerzen, und ich legte den Kopf in den Nacken.

Mit geschlossenen Augen lauschte ich, wie das Wasser unter meinen Bewegungen nachgab und der Hahn noch ein paar Tropfen plätschern ließ.

Draußen mähte jemand den Rasen. Die Geräuschkulisse war ausbaufähig, aber ich nahm es in Kauf für eine

Stunde ohne Schmerzen. Die Welt um mich herum verschwamm, und ich fand Trost in der Abwesenheit von Krämpfen.

Aus einer Stunde wurden wohl eher zwei, und ich wachte fröstelnd auf, als eine Autohupe mich aus meinem Nickerchen hochschrecken ließ.

Ich riss die Augen auf, fluchte kurz, weil ich es konnte, und stand auf. Während das Badewasser ablief, duschte ich mich in der Wanne schnell ab, klatschte mir notdürftig Shampoo ins Haar und wusch mich mit Duschgel.

Dann fand ich noch genug Antrieb, mich in ein Handtuch zu wickeln und ins Wohnzimmer zu schlurfen.

An solchen Tagen halfen nur alte Schwarz-Weiß-Filme. Ich war gerade dabei, in Moms und meiner Kollektion nach einem passenden zu suchen, als die Türklingel meine Suche unterbrach.

Ich sah mich nach meinem Handy um, fand es nicht, und da klingelte es bereits ein zweites Mal. Wer zum Teufel sollte unangekündigt auftauchen? In meinem kleinen Haus, das normalerweise nur Raum für mich ließ. Doch dann erinnerte ich mich an die Bestellung für Harpers Hochzeitsgeschenk und richtete schnell meine nassen Haare, bevor ich zur Tür eilte.

Das Handtuch klammerte ich fest an mich, als ich die Person hinter dem Milchglas versuchte zu identifizieren. Ich rieb mir über die Augen, doch die Gestalt blieb dieselbe. Isaac.

Das konnte nicht sein. Warum er? Warum jetzt?

Ich nahm einen tiefen Atemzug, sah, wie er sich abwenden wollte, und für einen Sekundenbruchteil überlegte ich, ihn gehen zu lassen. Dann schaltete mein Gehirn in den Alarmmodus. Was, wenn irgendetwas mit Sam war? Ein Notfall?

»Shit«, murmelte ich und öffnete die Tür. Meinen Körper versteckte ich dahinter, als Isaac sich zu mir drehte. »Hi. Was machst du hier?«

Er musterte mich. Den Teil, den er sehen konnte. »Komme ich ungelegen?«

»Nein.« *Ja!*

»Sam hat mich gebeten, dir das hier vorbeizubringen. Er meinte, du könntest es gebrauchen«, erklärte Isaac und hob eine braune Papiertüte. Als er meinen fragenden Blick sah, lächelte er entschuldigend. »Tee. Und diesen Honig, der sehr komisch aussieht.«

»Wabenhonig?« Ich hielt ihm eine Hand hin, um die Tüte entgegenzunehmen.

Isaac wollte sie mir geben, hielt dann in der Bewegung inne. »Geht es dir gut?«

»Ja, wieso?« Ich spürte, wie sich mein Unterleib wieder verkrampfte. Ich musste mich anziehen. Schnell.

»Du siehst so blass aus.«

»Ja, alles super«, erwiderte ich und setzte ein Lächeln auf. Ein weiterer Krampf, der mich zischen ließ. Da ich Isaac kannte und er sich nicht so leicht abwimmeln lassen würde, hielt ich den Zeigefinger hoch. »Gib mir eine Minute!« Während er wartete, schlüpfte ich schnell in etwas Bequemes.

Er stand in meinem Wohnzimmer. Isaac Murphy, mein Highschool-Schwarm und Ex-Freund. Und er wirkte zu groß für mein Haus.

Durch seine Anwesenheit fiel mir zum ersten Mal auf, wie niedrig die Decken eigentlich waren und wie wenig Platz sich zwischen den Möbeln befand. Meine Gedanken wanderten wie selbstverständlich zu seiner Wohnung. In Toronto. Wie sie wohl aussah? Wie viel Zeit er dort verbrachte?

Ich konnte mir vorstellen, dass seine Räume großzügiger und offener gestaltet waren. Vielleicht mit hohen Decken, die Raum für seine imposante Erscheinung ließen. Ein Wohnzimmer mit großen Fenstern, durch die das Tageslicht strömte, und minimalistischen Möbeln, die seinen modernen Stil unterstrichen.

Während Isaac damit beschäftigt war, die Fotorahmen auf dem Kaminsims anzuschauen, schob ich meine Klamotten vom Boden in den bereits vollen Wäschekorb.

»Tee?«

»Es sind fast dreißig Grad«, antwortete er, ohne mich anzusehen.

»Stimmt.« Ich war nervös. Wie eine Idiotin, die nicht wusste, wohin mit sich. Es gefiel mir nicht, dass er hier war. Nichts an diesem Tag gefiel mir, und die Krämpfe wurden mit jeder Sekunde schlimmer.

»Ich bringe dir trotzdem etwas zu trinken«, sagte ich und bereute es gleich darauf. Mit der flachen Hand schlug ich mir auf die Stirn, während ich in die Küche hetzte. Der ursprüngliche Grund meines Aufenthalts dort war gewesen, Abstand zu Isaac zu schaffen. Jetzt nutzte ich die Gelegenheit, um zwei Schmerztabletten runterzuwürgen und mich hinter der Küchentheke in die Hocke zu setzen, um den Krämpfen entgegenzuwirken. Ich klammerte mich an den

Griff eines Küchenregals, biss die Zähne zusammen, um keinen Laut von mir zu geben.

Ich werde sterben. Violet Clark wird aufgrund ihrer Unterleibsschmerzen umkommen.

Ich stellte mir den absurden Spruch auf meinem Grabstein vor. Verstorben an Endometriose. Schrieb man so was überhaupt darauf?

»Was machst du da?«

Isaacs Stimme ließ mich hochschrecken. Viel zu schnell, denn sofort stieß ich mich an einem der Hocker. »Fuck.«

Er überbrückte die wenigen Meter in meine Richtung und hob die Hand, ohne mich zu berühren. »Violet?«

Ich kniff die Augen zusammen. Wenn ich sie lange genug geschlossen hielt, verschwand er vielleicht.

Doch ich hörte ihn. Sein leises Atmen. Ich spürte seine Wärme, die neben meinem Ellbogen schwebte.

Und am schlimmsten: Ich nahm seinen Duft wahr. Diesen frischen, leicht nach Waschmittel riechenden Duft, der mein Herz zum Flattern brachte.

Wie eine Süchtige nahm ich einen tiefen Atemzug, schob mein Verhalten auf die Schmerzmittel und stellte mich aufrecht hin. Aus der Sache würde ich nicht rauskommen, also warum nicht gleich die Karten auf den Tisch?

Beim letzten Mal war es schließlich auch nicht schlecht gelaufen. Ich wollte ihm nicht mehr den Hals umdrehen.

»Ich habe Endometriose und meine Gebärmutter hasst mich.«

»Tut mir leid, wenn ich wie ein ungebildeter Grundschüler klinge, aber was heißt das?«

Ein weiterer Krampf, und diesmal klammerte ich mich an das Nächstbeste. In seinen Unterarm. Fest. Mit den kurzen Krallen, die mir Minka im Laden vor einer Woche lackiert hatte.

Er zuckte nicht mal mit der Wimper.

»Das heißt«, stöhnte ich und schob mich mit seiner Hilfe auf einen Hocker. »Dass ich regelmäßig und trotz Pille Tage habe, an denen die Krämpfe mich in die Knie zwingen. Ich nehme Schmerzmittel, die wahrscheinlich eine ganze Familie umhauen würden, und trotzdem …«

»Hast du Schmerzen«, vollendete Isaac. Er schaute auf mich herab und sein Gesicht wirkte plötzlich ganz ernst. »Ich vermute, du warst deswegen schon bei einer Ärztin. Oder Arzt. Keine Ahnung.«

Ich lachte über seine Fragen. Wir hatten zehn Jahre nicht miteinander geredet, und jetzt das? Ein Aufklärungsgespräch über meine Krankheit?

»Mehrere. Ich hatte eine OP vor … sechs Jahren? War ziemlich scheiße, die Diagnose zu bekommen, und gleichzeitig hat dann alles so viel mehr Sinn ergeben.«

Er lehnte sich an die Küchentheke und hob den Blick zur Decke, so als würde er um Hilfe bitten. Von Gott? Zweifelhaft. Oder er war überfordert.

Das konnte ich nachvollziehen. Ich verstand auch nicht alles, dabei erlebte ich es am eigenen Körper.

»Hattest du das schon immer? Auch als wir …?«

Ich schüttelte den Kopf. »Damals war es nicht so schlimm. Aber …« Ich hielt inne. Dann schüttelte ich den Kopf. Diese Geschichte gehörte nicht hierhin. Er brauchte es nicht zu wissen.

»Dann wurde es schlimmer und ich machte die OP. Jetzt habe ich zwei Wochen im Jahr, in denen ich so bin, aber dafür ist es sonst okay.«

»Die Pille?«, fragte Isaac.

»Ja. Mein Körper ist vollgepumpt mit Hormonen, aber dafür kann ich existieren«, scherzte ich und hob den Daumen hoch. Ich spürte, wie mir das Lächeln schief um die Lippen hing, doch er erwiderte es.

»Und da sag einer, Frauen seien das schwächere Geschlecht.«

»Du hast noch nie zu der Sorte Mann gehört, die das tut«, erwiderte ich, halb erwartend, er würde mir widersprechen.

Isaac hob die Hände und sein Lächeln vertiefte sich. »Die Welt gehört euch. Ich kann nur unterstützen. So wie jetzt. Also, was kann ich tun?«

Ich setzte mich gerade auf. »Was du tun kannst?«

Er ließ den Blick über das Geschirr im Spülbecken, die Töpfe auf dem Herd und die Krümel auf der Theke wandern. »Brauchst du keine Hilfe? Irgendetwas zu essen? Oder einen Tee?«

Ich schluckte. »Du musst mir nicht helfen. Aber richte gern Sam einen Gruß aus. Ich besuche ihn nächste Woche wieder.«

Isaac schüttelte den Kopf und klopfte einmal auf die Küchentheke. »Okay, ich hatte es vergessen.«

»Was vergessen?«

Er kam näher und ging leicht in die Knie, um mit mir auf Augenhöhe zu sein. »Dass bei dir nur liebevolle Strenge wirkt. Also los. Du gehst ins Wohnzimmer und ich mache dir etwas Warmes zu essen. Sam würde mich vierteilen, wenn ich dich so zurücklasse.«

Ich rührte mich nicht vom Fleck. Anscheinend deutete

er das als Kriegserklärung, denn ein Mundwinkel hob sich in seinem Gesicht.

»Wenn du nicht selbst gehst, kann ich dich auch tragen. Willst du das?«, fragte er mit tiefer Stimme, die mich außer Gefecht setzte.

Die Vorstellung klang plötzlich sehr verlockend, doch ich hob schnell die Hände.

»Ich geh schon«, erklärte ich mit dem letzten Rest Vernunft. Mit sehr viel Unmut verließ ich meine Küche und gab sie in Isaacs Hände.

Auch als ich auf der Couch lag und auf meinem wiedergefundenen Handy scrollte, konnte ich mich nicht entspannen. Ich hörte, wie er die Schränke öffnete, wahrscheinlich nach einem passenden Topf suchte und dann das Geschirr spülte.

Ich hinderte mich selbst ungefähr zwei Mal daran, nachzusehen. Dieser Isaac erinnerte mich verdächtig an sein früheres Ich. Neckisch, liebevoll und vertrauenswürdig.

Der Junge, in den ich mich verliebt hatte.

Weil ich nicht mit mir und meinen Gedanken allein sein konnte, schrieb ich in den Gruppenchat mit Harper und Minka. Sie würden jedes Details wissen wollen, aber das war mir im Augenblick lieber, als still zu sitzen.

ICH

Isaac ist bei mir!!!

Ich schob noch den schmelzenden Emoji hinterher.

MINKA

OMG, du lässt dich endlich von dem Wikinger flachlegen.

Harper tippte und tippte und tippte, aber in der Zeit schrieb Minka noch ungefähr fünf ähnliche Nachrichten, die ich alle abschmetterte.

ICH

@Minka Ich habe nicht vor, mit ihm zu schlafen.

MINKA

Ich bin immer noch für die Wette.

HARPER

Das ging schnell. Soll ich mir Sorgen machen?

Sie wusste, wie schlimm es mir ergangen war nach seinem Unfall. Als Isaac gegangen war, hatte er einen Teil von mir mitgenommen. Ein Stück von mir, das für immer ihm gehören würde.

Meine Finger schwebten über dem Display, tippten eine Antwort, nur um sie sofort wieder zu löschen.

Musste sie sich Sorgen machen?

Würde Minka recht behalten mit ihrer absurden Idee von Isaac und mir?

Ich schüttelte den Kopf. *Ich hatte alles unter Kontrolle. Er kochte nur etwas, um sein Gewissen zu beruhigen, und ging wieder. Alles cool.*

ICH

Kein Grund zur Panik.

Dabei machte sich genau diese in meinem Kopf breit. Das Ganze war absurd.

ICH

Ich wollte euch nur informieren. Er geht gleich wieder.

MINKA

Ja, schon klar. ;)

Harper schickte ein Selfie, auf dem sie eine Augenbraue hob.

So viel zu unterstützenden Freundinnen, die immer zu einem hielten. Die eine glaubte, ich würde sofort mit meinem Ex ins Bett springen, und die andere stimmte ihr auch noch zu.

Ich stopfte mein Handy zwischen die Polster der Couch, gerade rechtzeitig, als Isaac mit einem Tablett ins Wohnzimmer kam.

Er platzierte die dampfende Suppe vor mir und drückte mir einen Löffel in die Hand. »Iss.«

»Darf ich vorher erfahren, was das ist?« Ich inspizierte die helle Brühe, in der kleine Nudeln schwammen.

»Denkst du, ich würde dich vergiften?«

Ich wiegte den Kopf hin und her. »Ich hab ein paarmal daran gedacht, es bei dir zu versuchen.«

Isaac schüttelte den Kopf. Dann setzte er sich auf den Sessel gegenüber der Couch. Er wirkte zu groß darin, seine Knie ragten heraus, als hätte er sich auf einen Kinderstuhl gesetzt. »Violet …«

Ich nahm einen Löffel von der Suppe. Natürlich verbrannte ich mir die Zunge. Anscheinend hatten die

Schmerzen in meinem Unterleib gleichzeitig mein Gehirn zermatscht.

»Scheiße«, entfuhr es mir, als ich auch noch kleckerte.

Isaac tauchte wieder an meiner Seite auf und bot mir eine Serviette vom Tablett an. Dankbar nahm ich sie entgegen und tupfte mir den Mund ab.

Unsere Blicke trafen sich, und ich wünschte mir, er würde nicht sagen, was ihm bestimmt auf der Zunge lag.

Doch er tat es.

»Ich würde so viel rückgängig machen, wenn ich es könnte.«

»Kannst du aber nicht.«

Ich platzierte die Suppe auf meinem Bauch, der dankbar für die Wärme war, und pustete, bevor ich sie noch mal versuchte.

Dieser Tag war schlimm genug. Da brauchte ich nicht zusätzlich die alten Geschichten durchkauen.

»Danke für das«, sagte ich und meinte es auch so. »Muss ich mir Sorgen machen, dass meine Küche schlimm aussieht?«

Er lächelte und seine Augen leuchteten. »Nicht schlimmer als vorher.«

Ich versuchte es mit einem weiteren Löffel, schmeckte fast nur Salz und lächelte.

»Schmeckt es?«

»Traumhaft«, versicherte ich und zwang mich, weiter zu essen.

»Wie geht es dir?« Isaac deutete auf meinen Bauch.

Ich runzelte die Stirn. »Als würde mich jemand mit Messern aufreißen, danke der Nachfrage.«

Deutlich verunsichert fuhr er sich durch die Haare. Ich

schätzte sein Interesse, aber über meine Gebärmutter zu reden, war gerade das Letzte auf meiner Liste der Lieblingsaktivitäten.

»Gibt es was Neues zum Haus? Hast du schon eine Anzeige geschaltet, oder was auch immer man macht, wenn man ein Haus verkauft?«

Isaac seufzte. Das passte überhaupt nicht zu ihm. »Schleppend. Aber ich habe George gefragt, das heißt, er kümmert sich dann um die Anzeige und den Verkauf.«

»Das heißt, du räumst aus und gehst?«, fragte ich ohne jegliche Emotionen dahinter. Denn ich wusste nicht, wie ich mich fühlen sollte.

Froh darüber, Gesellschaft zu haben? Verärgert darüber, dass ausgerechnet er sie mir gab?

»Ja, höchstwahrscheinlich. Caleb will bald mit der Arbeit an seinem neuen Album anfangen und ich unterstütze ihn dabei.«

Caleb. Olivias Idol. »Wie ist es so, mit einem Popstar abzuhängen? Gibt es zum Frühstück Champagner und fliegt ihr immer in der ersten Klasse?«

Ich wusste nicht, wie ich mir Isaacs Leben vorstellen sollte. Er fuhr ein dickes Auto, trug teure Kleidung, und seine Haut sah so aus, als würde er regelmäßig zur Skin Care gehen.

Isaac lachte auf. Ein trockenes Lachen, das mir lieber war als sein Seufzen. »Nein, kein Champagner zum Frühstück. Eher schwarzen Kaffee für mich und Muffins von Ruby für Caleb.«

»Die Bäckerin?«, fragte ich nach einem weiteren Schluck Suppe.

Er hob eine Augenbraue. »Du kennst dich ja bestens aus.«

Ich machte eine wegwerfende Handbewegung. »Olivia hat mir auf der Rückfahrt nach dem Picknick noch das Ohr abgekaut. Ich wusste selbst nicht, dass sie so vernarrt in diesen Caleb ist.«

Isaac lehnte sich in dem Sessel zurück und ließ den Blick über das Wohnzimmer wandern. »Er ist ein guter Junge und absolut verliebt in seine Bäckerin.«

Und du? Hast du jemanden?

Er trug keinen Ring, nichts deutete darauf hin, dass er eine Freundin hatte, dennoch ... Zum ersten Mal seit seiner Rückkehr spürte ich etwas Neues. Etwas Grünes, Giftiges und Beklemmendes. Eifersucht? Doch ich verkniff mir die Frage.

»Denkst du, sie bleiben zusammen?«

Er nickte. »Ich warte nur darauf, dass er mich fragt, welche Ringgröße sie trägt. Sie hat diesen Hund, Winston, und ich bin mir sicher, dass Caleb ihn mehr mag als mich.«

Ich grinste. »Kann ich verstehen. Ich liebe Hunde und hätte gern selbst einen. Obwohl ich nicht mal weiß, warum mir Mrs Bloom ihre Blumen anvertraut. Ich kann kaum für mich selbst sorgen.«

Isaac musterte mich ebenfalls lächelnd. »Ist mir gar nicht aufgefallen.«

Ich warf das nächstbeste Kissen nach ihm. Die Suppe hatte ich mittlerweile verdrückt und die Schüssel ordentlich aufs Tablett zurückgestellt.

Natürlich fing Isaac das Kissen. Seine Koordination war schon immer perfekt gewesen. Mein Blick fiel auf sein linkes Bein. Ob er die Narbe noch hatte?

Als wir ins Schweigen verfielen, wurden die Fragen in meinem Kopf lauter, und keine davon gehörte ausgesprochen.

Also lenkte ich etwas unbeholfen auf sicheres Terrain. »Was hast du heute noch so vor?«

Er antwortete nicht sofort.

»Nicht, dass ich deine Pläne ruiniert habe«, schob ich hinterher.

In seinen Augen blitzte etwas auf, das ich nicht deuten konnte. Dann sagte er mit ruhiger Stimme: »Du könntest nie meine Pläne ruinieren.«

Ich lachte auf und spürte Röte in meine Wangen schießen.

Super, Violet. Lass dich von ihm einlullen wie ein Teenager.

Rückgratloses Biest.

Ich deutete auf den alten DVD-Player. »Ich wollte *Casablanca* gucken.«

Keine Ahnung, warum ich das so sagte, als würde ich ihn einladen. Anscheinend deutete es Isaac auch noch genauso.

»Du hängst viel mit Sam ab, kann das sein?«

Ich zuckte mit den Schultern. »Er ist der bessere Murphy.«

Isaac nickte langsam. »Kann nur zustimmen.«

»Also? Gehst du oder bleibst du?«

Seine Antwort bestand daraus, dass er aufstand, die DVD aus dem Regal kramte – er wusste immer noch, wo sie waren – und sich neben mich setzte.

Kapitel Vierzehn

Vor zehn Jahren

Ich besuchte ihn am Campus. Drei Monate nach seiner Abreise.

Mein Herz war voll, gefüllt mit all den Sorgen und den Fragezeichen, die mit jedem Tag mehr wurden.

Es gab so viele Dinge, die ich ihm sagen musste.

Von seiner Mutter wusste ich, dass er an der Universität in Toronto studierte. Nach drei Stunden Zugfahrt, zwei Busfahrten und einem kurzen Gehweg stand ich vor dem pompösen Gebäude der Wirtschaftsfakultät.

Ein Ex-Eishockeyspieler, der jetzt studierte. Irgendwas mit Marketing. PR? Keine Ahnung.

Es war mir auch egal. Ich wusste nur, dass ich ihn finden musste.

Vielleicht war es nicht die beste Idee gewesen, nicht vorher herauszufinden, wo er untergekommen war oder welche Kurse er besuchte. Denn aufgrund meines spontanen und unerwarteten Besuches verbrachte ich nun den halben Tag mit Warten.

Ich wartete. Vor den Vorlesungssälen. In der Mensa, in der ich nichts kaufen konnte.

Ich wartete Stunden, die sich anfühlten wie Tage. Tage, die ich nicht hatte.

Mit jeder verstrichenen Sekunde wuchs die Wut in mir. Auf Isaac, auf mich und dieses bescheuerte Schicksal, das uns wiederverfahren war.

Er war gegangen und ich verabscheute ihn dafür. Wie Gift breitete es sich in mir aus, ließ das Blut in meinen Adern kochen, und auch als ich mir Hunderte Male meine Worte zurechtlegte, wurde es nicht besser.

Nachdem ich zwei Stunden lang in der Bibliothek gesessen hatte, machte ich mich auf den Weg zum zweiten und verbliebenen Vorlesungssaal. Von einer Studentin wusste ich, dass es in der Fakultät nicht viele Parallelkurse gab.

Noch immer verfolgte mich ihr irritierter Blick. Auf mich, meine roten Haare, die wahrscheinlich mittlerweile in alle Richtungen abstanden.

Nach der Fahrt hatte ich versucht, mich auf der Toilette frisch zu machen. Vergeblich, denn ich sah trotz Concealer und Lipgloss miserabel aus. Meine Augenringe waren so dunkel, dass sie immer noch durchschimmerten, und ich hatte in den letzten Wochen so viel abgenommen, dass meine Wangen ganz hohl wirkten.

Ich stützte den Kopf in den Händen ab, als ich auf die Türen starrte. Wenn ich den Leuten, die ich gefragt hatte, vertrauen konnte, dann wäre die Vorlesung jeden Moment vorbei.

Mit jeder Faser in meinem Körper wusste ich, dass er da sein würde.

Ich stellte mir sein Gesicht vor. Stellte mir vor, dass das Leuchten in seinen Augen erloschen war. Die Tage nach seinem Unfall waren meine persönliche Hölle gewesen. In den schlaflosen Nächten hatte ich die Momente vor dem Ereignis immer wieder durchlebt, versucht zu verstehen, wie das Lebendige und Leuchtende so plötzlich von Dunkelheit verschlungen hatte werden können.

Isaac hatte nicht mehr gelächelt. Nur an die Decke des Krankenhauszimmers gestarrt und nicht geredet. Jeden Tag, an dem ich ihn besucht hatte, war er so gewesen.

Bis er einfach gegangen war.

Die Erinnerung daran, wie er seine Sachen in einen Koffer gestopft hatte, war in mein Gedächtnis gebrannt.

Es war bei ihm zu Hause gewesen. In seinem Kinderzimmer, in dem wir so viele Stunden in den letzten Jahren verbracht hatten.

Isaac hatte mich nicht mal angesehen. Die ganze Zeit über, in der ich versucht hatte, auf ihn einzureden.

Keine Erklärung, keine Entschuldigungen. Nur sein mitleidiger Blick, dieses gebrochene Etwas, mit dem er mich ansah.

Unser Abschied war ebenso verlaufen wie sein Unfall.

Schmerzhaft und ohne Zuversicht auf Verbesserung.

Und trotzdem saß ich hier, in der Fakultät, und wartete, dass sich endlich die Türen öffneten, damit ich ihn sehen konnte.

Er musste es wissen. Ich konnte das alles nicht länger für mich behalten.

Und ich brauchte ihn. Seine Liebe, seine Zuneigung

und seine beruhigenden Worte, die mir versicherten, dass wir alles bewältigen konnten.

›Wir gegen den Rest der Welt, Murphy‹, dachte ich.

Im Nachhinein war ich froh darüber, dass ich etwas abseits saß. Denn so hatte ich Gelegenheit, alles von ihm aufzufangen, als er endlich aus dem Saal trat.

Er schlenderte heraus, als gäbe es kein Unheil in der Welt.

Links von ihm ging ein Mädchen, und sie sagte etwas, das ihm ein Lachen entlockte. Der Junge an seiner anderen Seite klopfte ihm auf die Schulter.

Ich fühlte mich, als würde ich ertrinken.

Als hätte jemand im Radio auf einen Sender gedreht, der nur Rauschen spielte.

Isaac Murphy lächelte. Mit seinen Grübchen, mit allem, was dazugehörte. Als wäre dieser Abend nie passiert.

Als wäre er ein Student wie jeder andere, der mit seinen Freunden über die Vorlesung redete.

Ich wusste nicht, wie lange ich noch dort saß. Auch noch, als er längst gegangen war.

Isaac hatte mich gebrochen.

Ich konnte nicht schlafen, nicht atmen, und er?

Er lebte einfach weiter.

Kapitel Fünfzehn

Ich grub das Gesicht tiefer in das Kissen. Als ich auf etwas Hartes traf, hörte ich auf, mich zu bewegen.

Zögernd rieb ich meine Wange an dem Stoff und traute mich, die Augen zu öffnen. Gleich darauf wünschte ich, ich hätte es nicht getan.

Denn dieses Etwas war Isaac. Genauer gesagt, sein Bauch, auf dem mein Kopf lag.

Ohne mich zu rühren, linste ich zu dem Fernseher hinüber, der mittlerweile ausgeschaltet war. Durch die Vorhänge sah ich, wie Sonnenlicht auf den roten Teppich fiel.

Ein neuer Tag war angebrochen und ich lag auf Isaac Murphys Bauch.

In meinen Ohren rauschte das Blut, als ich mich mit der Vorsicht eines Ninjas aufsetzte. Es war schlimm genug, dass wir die Nacht miteinander in einem Raum verbracht hatten und ich anscheinend eingeschlafen war. Noch schlimmer wäre es jedoch, wenn er mich auch noch auf ihm finden würde.

Ihn so zu sehen, vertraut und sorglos schlafend, brach mir an diesem Morgen gleich auf mehrere Arten das Herz. Seine langen Wimpern zitterten mit jedem Atemzug und seine Augenbrauen lagen ruhig da, ohne Anspannung. Isaacs Gesichtszüge waren weicher und sein Anblick ließ mich etwas Vergessenes fühlen: Wärme.

Bevor ich ihn noch länger anstarrte und dumme Dinge anstellen konnte, setzte ich mich auf.

Das ist alles nicht real. Du träumst noch.

Wenn ich ins Badezimmer ging und später wieder herauskam, wäre er verschwunden und ich hätte recht. Diese Nacht hatte nicht existiert.

Doch als ich zehn Minuten später wieder ins Wohnzimmer schlurfte, war er noch da. Isaac faltete gerade die Decke, die bis eben noch auf uns gelegen hatte, fein säuberlich zusammen und lächelte mich an. »Guten Morgen.«

Ich blieb im Türrahmen stehen. Meine Zunge fühlte sich taub an, also nickte ich nur.

Isaac streckte sich, gähnte und fuhr sich durch die Haare, in dem Versuch, sie zu richten. »Sorry, dass ich eingeschlafen bin.«

Irgendetwas in mir fing Feuer bei seinen Worten. Also trat ich an ihn heran und legte den Kopf in den Nacken, um ihn anzusehen. »Warum bist du eingeschlafen?«

Seine Augen ... Sie waren so tief wie der Ozean. Er sah aus, als hätte er eine ganze Geschichte zu erzählen, die ich nicht kannte.

Und vielleicht, ja, vielleicht war ich endlich bereit, sie zu hören.

»Sag es«, flehte ich fast, als er mich ansah und nicht auf meine Frage reagierte. Ich musste es hören. Musste wissen, was er fühlte.

Seine Antwort war leise, kaum hörbar, und dennoch traf sie mich mit der Wucht einer Wahrheit. »Ich konnte nicht gehen.«

»Warum nicht? Warum bist du hier?« *Bei mir?*

»Weil ich nicht gehen wollte.« Er wirkte wie benommen, ließ den Kopf sinken, und plötzlich war er so nah. »Weil ich bei dir sein will. Also brich mein Herz, Violet. Zerreiß es in seine Einzelteile. Mach mich fertig. Ich verdiene es. Ich verdiene alles, was du mir an den Kopf wirst. Aber lass mich für dich da sein.« Er legte seine Finger an mein Kinn und hob es leicht an, sodass ich nicht wegsehen konnte. Seine Augen nahmen mich in Besitz und ich wurde schwach. »Bitte«, hauchte er, und es wäre so einfach gewesen, dem nachzugeben. Den winzigen Abstand zwischen uns zu überbrücken und ihn zu küssen. Mich in seine Berührungen fallen zu lassen, die mich jeden Schmerz wieder vergessen lassen würden.

Aber mein Verstand war wach und fordernd. Also ignorierte ich das Prickeln in meinen Fingerspitzen und trat zurück. Die Stelle, die er berührt hatte, fühlte sich schlagartig kalt an.

»Ich war da. In Toronto, am Campus. Ich habe nach dir gesucht und dich nach drei Stunden gefunden.«

Isaac war die Verwirrung deutlich anzusehen. Auch er war zurückgetreten und musterte mich jetzt. »Wann?«

Ich brauchte nicht lange überlegen. Die Abläufe hatten sich in mein Gedächtnis eingebrannt. »Drei Monate danach.«

Danach. Nach all dem, was der Grund war für den unerträglichen Schmerz. Für die schlaflosen Nächte und die Tränen.

»Du kamst gerade aus einer Vorlesung und du hast so glücklich ausgesehen. Anders.«

Ich sah hinunter zu meinen Händen. Sie zitterten. Wieso zitterten sie?

»Warum hast du es mir nicht erzählt?«, fragte Isaac.

Tränen sammelten sich in meinen Augenwinkeln, doch ich hielt sie zurück. Ich würde nicht weinen. Nicht seinetwegen. »Warum?«, fragte ich leise. »Warum? Weil du mich verlassen hast und dein Leben weitergelebt hast, als wäre ich ein Niemand!« Mein Blick flog zu seinem Gesicht.

Er war verwirrt, und ich wusste, dass ich ihn überrumpelt hatte. Aber mir war nichts anderes übrig geblieben.

»Wie konntest du das tun?«

Er rieb sich über die Augen, und ich spürte, wie ich den Atem anhielt.

»Ich hatte alles verloren«, erwiderte er. »Ich habe meine Karriere verloren, meine Familie und meine Motivation, weiterzumachen.«

Er sprach es nicht aus, aber ich hörte es trotzdem. *Und dich. Dich habe ich auch verloren.*

»Ich hätte für dich da sein können. Ich hätte dich getröstet und wir hätten zusammen gelitten. Aber du hast mich weggestoßen. *Uns* weggestoßen.«

Isaac streckte die Hand nach mir aus, und ich wusste nicht, wieso, doch ich ließ ihn. Ließ zu, dass er mich in seine Arme zog.

Und dann brach der Damm. Ich weinte. Weinte um unsere Vergangenheit und das Ende unserer Liebe.

Mein Heulen klang wie Donnergrollen in meinen Ohren. Jeder Schluchzer tat mir in der Seele weh und jede Träne brannte auf meinen Wangen. Ich klammerte mich an Isaac, an seine warme Brust, die mich so willkommen aufnahm.

»Ich hätte dich gebraucht«, sagte ich schwach. »Du wolltest mich beschützen, Isaac.« Sein Griff wurde stärker und ich war dankbar darum. »Du hättest hier sein sollen. Bei *mir*.«

»Ich weiß«, erwiderte er. »Ich weiß.« Seine Antwort klang gebrochen. So als kostete sie ihn mehr Kraft, als er in diesem Augenblick hatte.

Der Morgen hatte etwas verändert. Auch noch als Isaac sich verabschiedet hatte und durch die Haustür zu seinem Auto gegangen war, war seine Präsenz bei mir geblieben.

Irgendwie hatte er es geschafft, die richtigen Knöpfe zu drücken, und jetzt spielten die chemischen Reaktionen in meinem Körper verrückt.

Er war ständig da. Im übertragenen Sinne. Als ich die Suppe in ein Einmachglas räumte. Während ich die Decke, die wir uns geteilt hatten, auf dem Sofa zurechtrückte.

Isaac spukte ständig in meinem Kopf herum, auch noch drei Tage nach seinem Besuch.

War das Sehnsucht?

Oder nur die Abhängigkeit, die ich vor so vielen Jahren überwunden hatte?

Es war nicht schlau, dem, was auch immer sich in meinem Inneren zusammenbraute, nachzugeben. Zwischen

Isaac und mir war zu viel passiert. Alles an unserer Beziehung war zu viel. Und er kannte nur den Bruchteil …

Kopfschüttelnd stieg ich in mein Auto und fuhr zu Minkas. Der Sommer war erbarmungslos und die Sonne knallte auf die Asphaltstraßen, sodass sich ganz Collingwood anfühlte wie eine riesige Sauna.

Granny Greys Klimaanlage war unbrauchbar, also schwitzte ich auf der Fahrt zu meiner Schicht das blaue Kleid, das mir Harper geschenkt hatte, durch. Sie kaufte regelmäßig über Onlineshops ein und trieb damit George in den Wahnsinn, vor allem, wenn sie die Hälfte der Sachen nie trug.

Als ihre Freundin und im Trio die Einzige, die mit ihr die Kleidergröße teilte, war ich umso glücklicher über die Almosen. So würde sie Harper zwar niemals bezeichnen, aber ich wusste, dass sie alles tat, um mir unter die Arme zu greifen. Manchmal stellte sie sich dabei subtil an, aber die meiste Zeit durchschaute ich sie. Umso mehr freute ich mich, dass ich ihr nun ausnahmsweise eine Freude machen konnte. Übermorgen würden sie, Minka und ich nach Toronto fahren, um einen Töpferkurs zu machen. Den hatte sich die Braut in spe seit Monaten gewünscht, und weil Collingwood bekanntlich nur aus fünf Läden, darunter Minkas, und einer Skipiste bestand, führte kein Weg an der millionenschweren Großstadt vorbei.

›Das kann was werden‹, dachte ich, als ich mein Auto vor meinem Arbeitsplatz parkte. Durch die Scheibe sah ich ein mir nur zu gut bekanntes Auto neben Minkas stehen.

Einen Bentley Bentayga.

Ich hielt inne und rieb mir die Augen. Halluzinierte ich? Warum sollte Isaac hier sein?

Meine beste Freundin lebte vom Touristengeschäft und von den Veranstaltungen, für die sie ihren Laden zur Verfügung stellte. Es gab also keinen Grund dafür, dass mein Ex-Freund an einem Dienstagmorgen hier war.

Ich ließ die Stirn gegen das Lenkrad sinken und dachte nach.

Seit wann war mein Leben so ereignisreich geworden? Vor drei Wochen war meine größte Sorge gewesen, Mrs Blooms Pflanzen zu gießen und Sams Einkäufe rechtzeitig zu liefern.

Jetzt war ich ständig damit beschäftigt, meiner verflossenen Liebe aus dem Weg zu gehen, damit ich es schaffte, nicht die peinlichsten Momente meines Lebens zu durchlaufen.

Ein Klopfen riss mich aus meinem inneren Dilemma.

Minka, die mich wie immer fröhlich angrinste. Sie bedeutete mir, auszusteigen, doch ich tat nichts dergleichen. »Erklärung.«

Sie lehnte sich durch das offene Fenster vor und sah aus wie eine Schönheit aus einem Siebzigerjahre-Teeniefilm. »Guten Morgen, mein Spatz. Wie schön, dass du zu deiner Schicht erscheinst. Hat dich die rote Bitch heimgesucht und jetzt wieder freigelassen?«

Ihr Spitzname für meine Endometriose. Der Grund, warum ich eine Woche flachgelegen hatte.

»Ja, danke der Nachfrage. Aber magst du mir vielleicht erklären, was *er* hier macht?«

Wir schauten beide zum Schaufenster, hinter dem Isaacs Gestalt nur undeutlich zu erkennen war.

»Komm rein und du findest es raus.«

Ich tat so, als würde ich sie nicht hören. »Was? Ich soll

dir einen Kaffee bringen? Klar, mach ich. Bis in zwei Stunden!«

Ich startete den Motor wieder, doch sie griff nach meinem Handgelenk. »Violet Clark. Zwing mich nicht, handgreiflich zu werden. Du weißt, ich habe letzten Monat diesen Selbstverteidigungskurs gemacht, und auch wenn der süße Trainer Keyn gesagt hat, man soll das alles nur in Gefahrensituation anwenden, werde ich mich nicht zurückhalten.«

»Drohst du mir gerade Gewalt an? Als meine Chefin?«, fragte ich gespielt empört. »Das kann ich zur Anzeige bringen.«

»Trau dich mal. Jetzt richte deinen hübschen Pony und steig endlich aus. Du verpasst noch die Show.«

»Show?« wollte ich wissen, doch sie drehte sich bereits um und tänzelte zurück in den Laden.

Ich versuchte an ihr vorbeizuschauen, doch ohne Erfolg.

Werd erwachsen, Violet. Alles cool bei euch.

Selbst meine innere Stimme klang heute wie ein peinlicher Millennial. Olivia würde schreiend Reißaus nehmen, wenn sie wüsste, was bei mir da oben abging.

Ich sprach mir Mut zu, richtete auf Minkas Rat hin meine Haare und stieg aus.

Ein einfacher Dienstagmorgen. Wen kümmerte es, dass Isaac hier war? Er war nur ein normaler Kunde wie jeder andere.

Als ich durch die Tür trat, lief ich prompt in ihn hinein. Er stand auf einer Leiter und werkelte an der Klimaanlage herum.

»Guten Morgen«, begrüßte er mich und schenkte mir

ein warmes Lächeln. Eins, das auf geradem Weg in meinen Bauch wanderte und ein Kribbeln freisetzte.

»Morgen?« Irritiert begutachtete ich das Spektakel.

Er trug ein weißes T-Shirt und der enge Stoff schenkte mir freien Blick auf seine muskulösen Arme, seinen Rücken und seinen Bauch. Das Shirt war bei dem, was auch immer er machte, hochgerutscht, und ich starrte auf die Muskeln, die wie eine Linie zu seinem Gürtel und dem, was darunter war, zeigten.

Minka räusperte sich.

Mit meinen Augen stellte ich ihr die Frage, die sie mir zuvor nicht beantwortet hatte. *Was zum Teufel ist hier los?*

Sie war diesmal so gnädig, auch zu antworten. »Isaac kam letzte Woche rein und hat mitbekommen, dass die Klimaanlage kaputt ist.«

Ich hob den Kopf wieder zu Isaac. »Bist du nicht handwerklich so unbegabt wie ein Grundschüler?«

»War«, erwiderte er sanft und schwang demonstrativ den Schraubenzieher. »Ich bin froh um die Ablenkung.«

»Das sehe ich. Warum warst du hier? Letzte Woche?«

»Um dich zu suchen, Schätzchen«, warf Minka ein, und ihr Gesichtsausdruck sprach Bände. Bald würde sie Harper informieren. Wenn sie das nicht schon gemacht hatte.

Ich stellte meine Tasche auf der Theke ab und tippte Isaac aufs Bein. »Am Samstag?«

»Ja, Ma'am.«

Mir wurde heiß, als ich an Samstag dachte. An seinen Abschied am nächsten Morgen, nach der Stunde, in der ich Tränen vergossen hatte. An seine Umarmung und wie gut sie sich angefühlt hatte.

Ich deutete auf den Ventilator, der auf niedrigster Stufe lief. »Kannst du den höher stellen, Minka? Ich schau mir selbst noch mal die Anlage an.«

Isaac runzelte die Stirn. »Traust du mir nicht?«

»Willst du darauf eine Antwort? Du hast mal beim Auto von deiner Mom versucht, die Scheibenwischer auszutauschen. Sie durfte drei Wochen ohne durch die Gegend fahren, bis dein Vater es repariert hatte.«

Mein Gegenüber schaute verlegen drein. »Das war vor Jahren. Außerdem haben wir deine Reifen auch ohne Probleme ausgetauscht.«

Ich deutete auf den Fußboden und zwang ihn, von der Leiter zu steigen. »Lass mich einfach.«

Minka kicherte und drückte Isaac ein Glas Wasser in die Hand. »Sie kann echt herrisch sein, nicht wahr?«

Er reagierte nicht, beobachtete mich lieber dabei, wie ich auf die Leiter kletterte, die gefährlich wackelte. Wie alt war das Teil? Und seit wann hatte Minka überhaupt eine Leiter?

Ich blickte in das offene Gehäuse der Klimaanlage und erkannte eine Sache sofort: Ich hatte keine Ahnung, was das alles war. Trotzdem tat ich so, als würde ich nach etwas sehen, und spielte mit den Kabeln herum. Hoffentlich hatte Minka daran gedacht, den Strom für das Teil abzustellen. Das Letzte, was ich brauchen konnte, war, vor den beiden frittiert zu werden.

»Jap, die ist hinüber«, erklärte ich, ohne einen Blick hinter mich zu werfen.

»So weit waren wir auch schon.«

»Ruf doch einfach Nathan an, der macht das kostenlos«,

schlug ich vor und war dankbar, als ich wieder festen Boden unter die Schuhsohlen bekam.

Isaac schüttelte den Kopf, ungläubig und mit einem Grinsen im Gesicht. »Du kannst echt keine Hilfe von mir annehmen, oder?« Er machte sich daran, die Leiter zusammenzuklappen.

»Du sagst es, als wäre es was Schlimmes«, antwortete ich im nächsten Atemzug. Dann wandte ich mich an meine beste Freundin. »Ich rufe Nathan an. Zur Not schickt er Jasper und das Ding ist noch vor unserem Trip repariert.«

Isaac hielt in der Bewegung inne. »Trip?«

Wieder sprang Minka ein, um zu antworten. »Wir fahren am Wochenende nach Toronto. Für Harpers Junggesellinnenabschied. Das heißt volles Programm! Da fällt mir ein, kennst du einen guten Club? Am besten so verrucht wie möglich.«

Ich stupste sie an. »Ich glaube, Isaac hat Besseres zu tun, als in komischen Clubs abzuhängen.« Keine Ahnung, ob das stimmte, aber das bildete ich mir zumindest ein. Er wirkte auf mich eher wie jemand, der in Cocktailbars saß, in denen die Speisekarten keine Preise nannten. Mit Ausblick auf die Innenstadt und den zugehörigen strahlenden Lichtern. Jedenfalls sehr weit von Minkas schmutziger Vorstellung entfernt.

Hoffte ich.

Isaac sah von ihr zu mir und schluckte. »Ich werde tatsächlich auch in Toronto sein, aber ... klar, ich kann dir eine Liste schicken.«

Meine beste Freundin klatschte in die Hände. »Was für ein Zufall! Du solltest zu uns stoßen! Du hast ja Violets Nummer.«

Er kratzte sich am Hinterkopf, und ich war kurz davor, meine beste Freundin eigenhändig mit dem Klebeband für Geschenkverpackungen zum Schweigen zu bringen.

»Nein, hat er nicht, und das ist ein *Mädelswochenende*«, erklärte ich. Ich wusste nicht, welche Auswirkungen es haben würde, Nummern auszutauschen. Würde ich wieder wie ein Teenager auf seinen Namen starren und darauf warten, dass er mir schrieb? Oder noch schlimmer: Würde ich ihm selbst schreiben?

Minka zückte ihr Smartphone. »Hier. Ich gebe dir meine und ihre. Zwei in einem. Klingt nach einem guten Deal, oder?«

Sie kicherte und ich griff tatsächlich nach dem Klebeband für Geschenkverpackungen. »Minka. Kann ich dich kurz sprechen? Die Schneekugeln stehen wieder falsch.«

»Welche Schneekugeln …?«, fragte sie, doch ich zog sie bereits mit in die letzte Ecke des Geschäfts. »Sag mal, spinnst du?« Minka besaß die Fähigkeit, mit ihren großen Augen wie ein unschuldiges Kätzchen zu schauen. Oder ein Baby. Je nachdem, was am besten beim Gegenüber funktionierte.

»Was denn?«

»Als Nächstes lädst du ihn noch zu uns ins Hotel ein?! Er ist immer noch mein Ex. Was würdest du davon halten, wenn ich Penn einlade?«

Sie blinzelte mich fragend an. Dann lachte sie. »Penn? Der Typ hat es nicht mal zehn Sekunden im Bett geschafft. Warum sollte mich das irgendwie kümmern? Außerdem habe ich Isaac nicht eingeladen!«

»Er ist mein Ex und ich werde nicht mit ihm schlafen«, bekräftigte ich leise mehr an mich selbst als an sie.

Warum denkst du dann ständig daran? Warum genießt du das Kribbeln, wenn er dich aus Versehen berührt?

»Außerdem ist die Klimaanlage seit Wochen kaputt. Warum lässt du ihn da jetzt ran?«

Minka sah aus, als würde ich sie langweilen. Dann schaute sie zwischen den Regalen in die Richtung, aus der wir gekommen waren. »Hör zu, ich wollte das eigentlich für mich behalten, weil er nicht so wirkte, als solltest du das wissen, aber ich kann mir deine pampige Art nicht mehr anhören. Er kam her, als du letzte Woche flachlagst. Ich habe ihm natürlich nichts gesagt, aber nachdem er dich besucht hatte, kam er wieder und bot seine Hilfe an. Er ist jeden Tag gekommen, hat sich das Dach angeschaut, den tropfenden Wasserhahn in der Küche repariert und heute die Klimaanlage. Es hat länger gedauert als geplant, aber er wollte nicht, dass du es mitbekommst.« Sie schnappte nach Luft und wedelte sich gleich darauf welche zu. »Puh, jetzt geht es mir besser. Ich hätte niemals mit dem Wissen sterben können. Ich schwöre dir, das war wie in Bridgerton. Der tollkühne Held, der seine Liebste erobern will. Nur, dass sie nichts davon weiß.«

»Er kam und hat ausgeholfen?«, fragte ich. Ihre Worte hatten etwas Seltsames in meinem Brustkorb angerichtet. Mein Herz flatterte, und ich tat mich schwer damit, ihre Worte in den richtigen Zusammenhang zu bringen. »Warum?«

Minka legte den Kopf zur Seite und strich mir lächelnd den Pony zurecht. »Süße, ist das nicht offensichtlich?«

Ich schüttelte den Kopf, doch sie ließ mich einfach stehen, ließ mich zurück mit dem Sturm, der in mir wütete, und zog sich fröhlich pfeifend zurück.

Das Brausen in meinem Inneren hielt noch an, als Isaac sich verabschiedete. Als er in sein Auto stieg und wegfuhr. Das Gefühl blieb, auch noch, als meine Schicht längst zu Ende war.

Kapitel Sechzehn

Ich hasste es. Hasste, wie es sich anfühlte und wie idiotisch ich mir vorkam.

»Ihr müsst den Ton fühlen. Er führt euch und ihr ihn. Wie in einem Tanz«, sagte die Leiterin des Töpferkurses, und ich war kurz davor, ihr die besagte Masse an den Kopf zu werfen. *Du kannst mich mal.*

Entspannung? Von wegen.

Ich starrte auf meine dreckigen Hände, auf meine nackten Arme und das ruinierte Kleid. Auf der Suche nach Unterstützung schaute ich zu meinen besten Freundinnen, die strahlend das Material bearbeiteten.

Harper, der Grund für unseren Ausflug, fing meinen Blick auf. »Hast du Spaß?«

Ich setzte ein übertriebenes Lächeln auf. Natürlich wollte ich nicht die Stimmung killen, aber meine Güte, was hatte es sich mit diesem Hype auf sich?

Minka grinste, während sie die Schale auf ihrer Drehscheibe bearbeitete. Sie war völlig in ihrem Element, die

Kreative unter uns, und sie genoss die Komplimente der Kursleiterin sichtlich.

Als diese sich wieder unserer Reihe näherte und den unförmigen Tonball vor mir musterte, lächelte sie milde. »Ich helfe dir, Schätzchen.«

Ich bin nicht dein blödes Schätzchen, antwortete ich im Kopf und sparte mir den Kommentar, dass ich keine Hilfe brauchte.

Ich brauchte einen entspannten Abend mit Cocktails, die mir versprochen worden waren, und Fast Food.

Widerwillig ließ ich von der Drehscheibe ab und beobachtete die ausgebildete Töpferin bei der Arbeit. Der Ball wurde innerhalb von zehn Sekunden zu einem Stab, einem Etwas, das sehr viel Ähnlichkeit mit Sexspielzeugen hatte, und dann zu einer Kugel, in die sie ihren Zeigefinger steckte.

»Langsames Tempo, bitte, Schätzchen.«

Augenrollend kam ich ihrem Kommando nach und sparte mir gerade so ein Seufzen, als sie endlich weiterzog.

Als sie Harpers Schüssel sah, klatschte sie in die Hände. »Großartig! Zum Ausbessern kannst du gleich den Schwamm nehmen, aber das sieht super aus. Bei dir auch, Süße. Wow, du bist ein Naturtalent!«

Minkas Lächeln vertiefte sich, während sie mit ihren Händen die Schale in die gewünschte Form brachte.

Sie sah so lässig dabei aus, dass ich mich fragte, ob sie nicht heimlich Kurse belegt hatte. Dann fiel mir ein, dass sie schon immer eine Alleskönnerin gewesen war. Das Mathegenie und die ehemalige Physikdoktorandin, die dann nach Collingwood gezogen war.

Mit genügend Wein intus erzählte sie gerne von

Stephen Hawkings und philosophierte darüber, warum Oppenheimer ein Genie war.

Sehnsüchtig dachte ich an die Flasche Champagner, die ich hinter Harpers Rücken in die Minibar geschmuggelt hatte, um auf ihren Abend anzustoßen.

Für eine Braut, deren Hochzeit in weniger als zwei Wochen anstand, war sie tiefenentspannt. Schon immer gewesen, doch ich hatte insgeheim geglaubt, dass sie spätestens im letzten Monat etwas durchdrehen würde.

Aber nein. Sie war sich ihrer Sache sicher und total locker.

Klar, wenn man die Liebe seines Lebens gefunden hatte.

Ich schüttelte den Kopf und wischte die verbitterten Gedanken weg. Das sorgte allerdings dafür, dass ich wieder an Isaac dachte. An seine Muskeln, die ich nicht länger kannte. An seine Taten und Worte, die meine Brust wärmten. Sie war so geblieben, auch noch nach Tagen, in denen ich ihn nicht gesehen oder von ihm gehört hatte.

Warum sollte er dir schreiben, du Idiotin? Ist ja nicht so, dass du sonderlich nett zu ihm gewesen wärst.

»Warum siehst du aus, als hättest du gerade in eine Zitrone gebissen?«, fragte Harper, die mittlerweile ihre Schüssel mit einem Schwamm nachbesserte. »Was soll das eigentlich sein?«

Ich schaute auf mein Kunstwerk. Eine Schale, in die gerade mal ein Ring passte. Vielleicht noch kleine Ohrringe. Ich entschied, dass es besser war, als mit leeren Händen aus dem Kurs zu gehen. »Eine Schmuckschale.«

»Oh, wie schön!«

»Wisst ihr, was wir auch noch machen müssen?

Keramik bemalen. In zwei Monaten ist Halloween, und wie süß wäre es, heiße Schokolade aus einer Tasse mit einem Kürbis drauf zu trinken?«, fragte Minka.

»Oder du kaufst dir einfach so eine Tasse«, stichelte ich.

Harper schnalzte mit der Zunge. »Seid lieb zueinander.«

»Sind wir immer. Außerdem ist Violet nur so, weil sie *untervögelt* ist«, warf Minka lauthals ein. Zwei Köpfe von anderen Teilnehmerinnen drehten sich in unsere Richtung.

Ich zischte zurück. »Danke, dass du mein Sexleben in der Öffentlichkeit besprichst, *Liebling*. Aber du bringst es im Bett einfach nicht.«

Harper prustete los. Minka sah mich herausfordernd an. »Warum hast du das nicht früher gesagt, Liebling? Beim nächsten Mal schnalle ich mir einen Größeren an.«

»Minka!«

Die Leiterin meldete sich zu Wort. »Ich unterbreche eure ausgelassene Stimmung nur ungern, meine Lieben, aber das ist eine Oase der Seelenreinigung. Denkt an den Ton, wie er mit euch redet und euch heilt.«

»Was für ein Bullshit«, murmelte ich, und Harper stupste mich an. »Sei nicht so ein Griesgram. Es ist mein Junggesellenabschied.«

Sie spielte diese Karte also schließlich doch aus, und ich tat so, als würde ich mir mit meinen Fingern den Mund verschließen.

Minka bekam es mit und lachte auf. »Endlich hast du den Ausschaltknopf gefunden.«

Ich warf sie mit dem überschüssigen Ton ab.

»Ich versteh gar nicht, warum sie uns rausgeschmissen hat. Das war total übertrieben, oder nicht?«, fragte Minka, die ihre Lockenpracht richtete. Mit etwas Geduld hatten wir alle Tonreste herausbekommen.

Nachdem wir den Töpferkurs verlassen hatten, waren wir zu einer Bäckerei namens *Nana's Bake Shop* in einer weniger belebten Straße gegangen.

Harper hatte sich bei der Kursleiterin ungefähr zehn Mal für unser Verhalten entschuldigt, aber ihr unterdrücktes Lachen währenddessen hatte mir versichert, dass sie es uns nicht übelnahm.

»Ehrlicherweise habe ich das nicht verstanden. Sei eins mit dem Ton? Was soll das überhaupt bedeuten?«

»Dass sie zehn Prozent über dem Marktwert abrechnen darf«, antwortete Minka und hielt sich die Tasse vors Gesicht. Dann lenkte sie ihre Augen auf die Theke. »Sagt mal ... hat mich die Dusche vorhin im Hotel benebelt oder ist das Ruby Dawson?«

Harper ließ ihre Kuchengabel klirrend fallen. »O mein Gott, du hast recht. Sie hat mittlerweile zwei Filialen in Toronto, aber ich hätte niemals gedacht, dass sie in dieser sein wird. Ausgerechnet heute.«

Ich lehnte mich auf der Sitzbank zurück und beobachtete schmunzelnd meine besten Freundinnen. »Soll ich sie rufen?«

Harpers Augen strahlten. »Ist das nicht ein bisschen übertrieben?«

Mein Blick folgte ihrem, und ich verstand plötzlich, warum dieser Frau so viele verfallen waren. Sie war eine brünette Schönheit und hatte ein engelsgleiches Gesicht, das strahlte. Sie war gerade dabei, einen Kaffee zuzubereiten, als die Ladenglocke klingelte.

»Wenn das jetzt Caleb Han ist, kippe ich um«, gestand Harper.

Ich linste an ihr vorbei. Er war es nicht. »Falscher Alarm. Also, wollt ihr sie kennenlernen oder nicht?«

Keine Ahnung, woher ich dieses Selbstbewusstsein nahm. Man sagte immer, dass man mit jedem Menschen über drei weitere verbunden ist. Bei Ruby und mir war es sogar nur einer. Insgeheim fragte ich mich, wie sie tickte. Würde sie Caleb von unserem Besuch erzählen? Und der dann Isaac?

Wie konnte es sein, dass ich zehn Jahre keinerlei Verbindung zu ihm gehabt hatte außerhalb von Sam, und er jetzt per Zufall hier war?

»Nein, das ist komisch ...«, nuschelte Harper und nahm einen weiteren Bissen vom Schokokuchen. »Aber der hier ist traumhaft. Kein Wunder bei so einer Bäckerin.«

»So gut?«, fragte Minka, die sich mittlerweile den Hals verrenkte durchs Starren.

Ich machte sie darauf aufmerksam. »Du kannst sie nicht so anglotzen.«

»Hast recht. Ich bin für deinen Vorschlag. Nach dieser Aktion im Kurs bist du uns das schuldig.«

»Uns?«, wollte ich wissen. »Du hast angefangen.«

»Das ist eine dreiste Lüge und ich werde sie nicht hinnehmen. Los, Sonnenschein. Geh hin und bitte sie um ein Foto mit Harper.«

»Macht man das so?«

Plötzlich kam mir meine Idee schrecklich undurchdacht vor. Ich hatte keine Ahnung von dieser Welt. Was, wenn sie es komisch fand, angesprochen zu werden? Hatte Minka nicht erzählt, dass sie ihre Karriere als Influencerin an den Nagel gehängt hatte?

Aber ich würde es tun. Für Harper. Wenn das bedeutete, dass ich wie ein nerviger Fan rüberkam, würde ich das schlucken können.

Also stand ich auf, ging zur Theke und lächelte die zwei jungen Frauen dahinter an. Die eine, die nicht Ruby war, sah ihr verdammt ähnlich, und ich schloss daraus, dass sie verwandt waren. Was waren das für Menschen und warum hatten sie so viel Glück im Gen-Lotto gehabt?

»Hi«, sagte ich unbeholfener als beabsichtigt. »Du bist Ruby, richtig?«

Die andere Frau richtete sich auf, und erst jetzt entdeckte ich den Golden Retriever, der zu ihren Füßen lag und schlief. »Wer will das wissen?«

Ruby rollte mit den Augen und ließ von der Tasse ab. »Evelyn, lass das. Sie hat nur höflich gefragt. Ja, ich bin Ruby. Wie kann ich dir helfen?«

Meine Wangen wurden warm und ich spürte die Blicke meiner Freundinnen in meinem Rücken.

Sie ist nur ein normaler Mensch. Behandle sie auch so.

»Hi ... ich bin Violet, und ich weiß, das klingt jetzt komisch, aber meine beste Freundin hat heute ihren Junggesellenabschied ... und sie ist irgendwie ein Fan von dir.«

Ruby lächelte freundlich als Antwort. »Irgendwie?«

Nett und humorvoll? Wow, dieser Caleb war ein glücklicher Mann. »So sehr, dass sie ihren Verlobten für mich verlassen würde, wenn ich dich dazu überrede, ein Foto mit ihr zu machen.«

Jetzt lachten die beiden Frauen. Die Jüngere stand auf

und schob Ruby zur Seite. »Geh ruhig. Ich halte die Stellung.«

»Fass bloß nicht die Tasse an, Evelyn«, warnte Ruby und zog die Schürze aus. »Sehe ich okay aus?«

Ich nickte. Sie fragte mich? »Sehr hübsch.«

Mit so einem Gesicht hätte ich auch mein Geld mit Medien verdienen wollen. Sie wusch sich die Hände und begleitete mich zu dem Tisch, von dem Minka und Harper uns anglotzten.

»Leute, das ist Ruby«, erklärte ich unnötigerweise, aber es kam mir unhöflich vor, es nicht zu tun. Ich deutete auf die zwei Frauen, die sich im selben Moment aufsetzten. »Ruby, das sind Minka und Harper.«

»Hallo«, begrüßte Harper sie schwach und blinzelte heftig. Sie würde doch nicht umkippen, oder?

Ruby hob die Hand und bedeutete, dass sie sich setzen sollten. »Hi, danke, dass ihr heute hier seid. Schmeckt es denn?« Sie kicherte. »Seid ruhig ehrlich.«

Wir nickten. Der Kaffee war in Ordnung, aber ich war noch nie eine große Kritikerin in der Hinsicht gewesen. Die Himbeermacarons? Traumhaft.

»Die Macarons sind süß, aber nicht zu sehr. Wenn du verstehst, was ich meine«, erwiderte Minka. »Auf die gute Art und Weise.«

Ruby lächelte. »Das freut mich sehr. Ich glaube, viele hätten es gerne süßer, vor allem mein Freund, aber so finde ich es besser.«

Wieder ergriff Minka das Wort. »Ehrlich? Ich hätte nicht gedacht, dass Caleb so eine Naschkatze ist.«

Ich seufzte. So viel zum Thema Aufdringlichkeit.

Aber Ruby nahm es ihr nicht übel, dass wir sie auf ihren

berühmten Freund ansprachen. Wahrscheinlich war das eins der vielen Dinge, an die man sich gewöhnen musste, wenn man so jemanden datete.

»Doch, doch. Ganz im Gegensatz zu seinem Manager. Ich warte nur darauf, dass er irgendwann schwach wird und die Theke hier plündert. Ich meine, welcher Mensch mag Süßes nicht?«

Ich lachte auf. Isaac. Er war so ein Mensch.

Mich überkam ein komisches Gefühl, zu wissen, dass wir dieselbe Person kannten und sie keine Ahnung davon hatte.

Sollte ich etwas sagen?

Oder wäre das komisch? Schließlich hatte Ruby uns erst vor zwei Minuten kennengelernt.

»Wir kennen Isaac. Wir sind zur selben Schule gegangen, um genau zu sein«, erklärte Harper da und nahm mir die Entscheidung ab.

Ruby riss als Antwort die Augen auf, fing sich aber schnell. »Ehrlich? Ich dachte immer, der Mann ist so, wie er ist, auf die Welt gekommen. Wie cool! Caleb hat mir erzählt, dass er aktuell häufiger in der Heimat ist, habt ihr ihn schon gesehen?«

Minka lachte hinter ihrer Kaffeetasse auf. »Jemand von uns öfter als andere.«

Ich biss die Zähne zusammen und durchbohrte sie mit einem vielsagenden Blick. *Halt die Klappe.*

»Das freut mich. Ich hoffe, die Auszeit tut ihm gut … Caleb genießt sie jedenfalls sehr«, erwiderte Ruby grinsend, und ich sah, wie ihre Wangen sich röteten.

Es brauchte keinen Raketenwissenschaftler, um zu verstehen, wie *sehr* Caleb seine Pause genoss.

Ruby schaute zurück zur Theke, hinter der die andere Frau die Schränke nacheinander zuschlug. »Dieses Biest treibt mich noch in den Wahnsinn.« Als sie unsere verwirrten Blicke registrierte, riss sie die Augen auf. »Sorry, meine Schwester ist zu Besuch, weil sie Semesterferien hat, und lässt mich nur zu gern wissen, dass ihr langweilig ist, und stellt dabei meine ganze Inneneinrichtung um. Aber genug von mir. Violet hat mir erzählt, dass ihr heute einen besonderen Mädelsabend habt?«

Harper nickte. »Ich heirate in zwei Wochen.«

Ruby drückte ihre Schulter kurz. »Herzlichen Glückwunsch! Bist du aufgeregt? Natürlich bist du das. Ich kann mir gar nicht vorstellen, wie das ist.«

Harper grinste. »Bisher ganz schön. Wir sind aber seit Ewigkeiten zusammen, also ist es irgendwie so ... natürlich?« Jetzt strahlte sie. Das tat sie immer, wenn sie von George sprach. Ich kannte kein Paar, das so ehrlich glücklich war und sich gegenseitig nie aufgab.

Rubys Augen glänzten leicht. »Das ist sehr schön zu hören. Dein Verlobter kann sich jedenfalls sehr glücklich schätzen, du bist eine wunderschöne Frau.«

Meine beste Freundin lächelte von einem Ohr zum anderen. »Und du erst!«

Minka und ich sahen uns an und schmunzelten. Die beiden gaben sich noch mehrere Komplimente, machten ein paar Selfies.

»Und was habt ihr heute noch vor?«, fragte die ehemalige Influencerin.

Harper setzte zu einer Antwort an, doch Minka kam ihr zuvor. »Wir wollen gerne so richtig die Sau rauslassen.

Harper ist unser kleiner Engel, aber ich glaube, heute kriege ich sie überredet, mit uns zu trinken.«

Ruby grinste. »Da habe ich auch einige Geschichten zu erzählen, aber wenn ihr eine gute Bar sucht, kann ich euch The Sixx empfehlen. Sehr elegant, perfekt für einen Junggesellenabschied.«

Sie erklärte uns, wie wir am besten in das Lokal kamen und welche Dresscode-Regeln wir beachten mussten. Dann bot sie uns noch weitere Cupcakes an, während die Bäckerei sich weiter füllte.

Ruby schaute entschuldigend in die Runde. »Es war so schön, euch kennenzulernen. Leider muss ich wieder hinter die Theke, aber bestellt gerne noch weitere Naschereien. Aufs Haus natürlich. Ich arbeite gerade an einem neuen Rezept und ich brauche noch Tester. Hättet ihr Lust?«

Das ließen wir uns nicht zweimal sagen. Wie drei Dackel nickten wir synchron und sahen zu, wie Ruby engelsgleich zurück hinter die Theke schwebte.

»Wow«, schwärmte Harper, als sie außer Hörweite war.

Minka stimmte mit ein. »Du sagst es.«

Ich lächelte und setzte mich wieder auf den Stuhl. Dann wandte ich mich an Harper. »Bin ich jetzt wieder die Nummer eins?«

Kapitel Siebzehn

Drei Stunden, einen weiteren Zwischenstopp im Hotelzimmer und fünf Outfitdiskussionen später saßen wir auf Rubys Empfehlung hin in der Rooftopbar in Torontos Innenstadt. The Sixx war genau das, was man von einer Bar in einer Großstadt erwartete. Exklusiv, dunkel und mit einer überteuerten Getränkekarte.

»Siebzehn Dollar für Margaritas?«, fragte ich und versuchte nicht einmal, das Entsetzen zu kaschieren. »Dachte Ruby etwa, wir wären reich?«

Wie aufs Sprichwort kam eine Kellnerin an unseren Tisch. »Was darf es für die Ladys sein?«

›Günstige Getränke‹, dachte ich und zwang mich zu einem Lächeln. »Wir schauen noch, vielen Dank.«

Sie nickte, und irgendwas an der Art, wie sie uns ansah, machte mich stutzig. »Die heutige Rechnung ist bereits beglichen für die Braut in spe und ihre Freundinnen. Also halten Sie sich nicht zurück.«

Harper legte den Kopf schief und sah sich dann um. Niemand blickte in unsere Richtung. »Braut in spe?«

»Sie sind doch Harper, oder? Und das sind Violet und Minka?«

Offensichtlich sah man uns die Irritation an, und bevor das mulmige Gefühl in meiner Brust wachsen konnte, kam mir die Kellnerin wieder zuvor. »Ruby Dawson hat uns über Ihren Besuch informiert.« Dann lehnte sie sich vor. »Sie sehen aus wie die Mädchen bei Totally Spies. Meine absolute Lieblingsserie.«

»Äh ... okay?«, erwiderte ich und blickte zu meinen Freundinnen. »Das können wir nicht annehmen.«

Kollektives Kopfschütteln.

Doch die Kellnerin zerstreute unsere Zweifel. »Sie wird nichts zahlen müssen, falls Sie sich darüber Sorgen machen. Wir hatten im letzten Jahr eine Kooperation mit ihr und *Tarrier*.«

Diesmal reagierte Minka. Ihre Augen leuchteten. »So ist das wohl als ehemalige Content Creatorin. Gratis Kost und Logis.«

Harper und ich waren noch nicht überzeugt. »Alles ist inbegriffen?«

»Genau«, antwortete die Kellnerin und deutete auf die Menükarten. »Ich lasse Ihnen noch etwas Zeit. Wie wäre es mit einem Aperitif, um die Wartezeit zu verkürzen?«

Unsere Antwort wartete sie nicht ab, sondern wandte sich zwinkernd ab.

Das Ganze kam mir komisch vor, und ich suchte nach Worten, fand aber keine.

Auch Harper war sprachlos.

Nur Minka, die anscheinend in ihrem letzten Leben als

reiche Erbin gelebt hatte, lehnte sich entspannt in dem teuer aussehenden Sessel zurück. »An so was könnte ich mich gewöhnen.«

»Fang gar nicht erst an. Übermorgen sind wir wieder in Collingwood und du in einem Laden mit kaputter Klimaanlage«, warf ich ein.

Harper stützte den Kopf auf einer Hand ab. Dabei sah sie aus wie ein Teenager, der an einen Schwarm dachte. »Sie ist wirklich ein Engel, nicht wahr?«

Ich nickte. Auch wenn ich sie bis vor wenigen Stunden nicht gekannt hatte, sie hätte das nicht tun müssen, selbst wenn es sie nur einen Anruf gekostet hatte. »Ja. Das ist wirklich nett von ihr.«

»Okay, Ladys. Was bestellen wir? Ich würde sagen, Champagner in rauen Mengen. Oder doch lieber Wein? Harper, du bist die Braut, also entscheide du.«

Meine beste Freundin schmunzelte. Offensichtlich war sie jetzt auch in Fahrt gekommen. »Ich sage Champagner. So viel, dass wir es morgen bereuen.«

Natürlich war auch Minka schnell Feuer und Flamme. Noch bevor die Kellnerin bei ihrer nächsten Runde fragen konnte, was wir bestellen wollten, ratterte sie neben dem Champagner ein paar weitere Getränke herunter.

Es dauerte keine fünf Minuten, bis die ersten Cocktails an unseren Tisch gebracht wurden. Ebenfalls dabei waren eine Reihe von Snacks und ich ließ mich von der guten Stimmung anstecken.

Ich nahm vorsichtig einen Schluck von dem ›Überraschungsdrink‹, den mir Minka bestellt hatte. Augenblicklich schmeckte ich eine Zitrusfrucht, gemischt mit Honig. Der Alkohol war kaum wahrzunehmen, was entweder auf einen richtig guten Drink oder eine gefährliche Waffe deuten konnte.

»Und? Schmeckt's?«, fragte Minka, die genüsslich an ihrem Glas nippte. »Die Bar hier hat auf *Ysta* fast dreißigtausend Follower. Vielleicht kann ich mir was abschauen für Minkas.«

Harper grinste. »Weil ein Gemischtwarenladen in Collingwood genau dasselbe ist wie eine Rooftopbar in Toronto. Solltest du deine Ansprüche nicht etwas runterschrauben?«

Sie war schon immer die perfekte Mitte von Minka und mir gewesen. Eine Realistin durch und durch. Minka war offensichtlich der Sonnenschein in unserem Trio und ich ... stets negativ.

Aber nicht heute Abend. Heute würde ich einfach mal tun und lassen, was ich wollte. »Es gibt viele Accounts, die viral gehen. Vor allem seit dieser Videofunktion. Will erzählt mir ständig davon.«

»Uh, Violet kennt sich aus mit Social Media. Ich wusste, du liest dir meine Broschüren heimlich durch«, merkte Minka zufrieden an. »Wir könnten Versand anbieten. Mit Produkten, die es nur in Collingwood gibt. Ich habe schon mit Mr Hale gesprochen für den Verkauf von Merch der Eishalle.«

Jetzt kam sie richtig in Fahrt. Ich fand die Idee gar nicht so schlecht. »Das könnte auch cool sein, wenn Olivia und Will an ihrem Wettbewerb teilnehmen. Für mehr Reichweite außerhalb unserer bescheidenen Stadtgrenzen.«

»Wie steht es denn bei den beiden? Hat die Beziehungskrise angehalten oder ist alles geklärt?«, fragte Harper. Ihre

Wangen glühten bereits vom Alkohol und ich musste grinsen.

Ich dachte kurz an den Tag an der Bay zurück. »War das so offensichtlich?«

Beide nickten.

»Teenager denken immer, sie wären so cool und gut darin, Sachen zu verheimlichen. Es hat jedenfalls so gewirkt, als wären sie die einzigen zwei, die von nichts wissen«, erklärte Harper.

»Das befürchte ich auch. Keine Ahnung, ob ich das unterbinden oder unterstützen soll. Beziehungen zwischen Laufpartnern sind keine Rarität, aber sie sind noch ... so jung.«

»Du warst auch mal jung und verliebt«, warf Harper ein. Die ewige Romantikerin.

»Und wo hat es mich hingebracht?« Ich wollte nicht die Stimmung vermiesen, also deutete ich schnell auf ihren Verlobungsring. »Du hast den Richtigen gefunden. Bei mir zweifle ich langsam daran, dass das jemals passieren wird.«

Tat ich nicht. Ich wusste es. Ehrlicherweise hatte ich an keine ernsthafte Beziehung gedacht seit ... Nathan. Nicht jeder Mensch war für die Liebe gemacht. Damit konnte ich leben.

»Buh, so was kannst du doch nicht ernst meinen. Ich sag dir ständig, du sollst dir ein Datingprofil anlegen«, warf Minka ein und schenkte sich goldenen Champagner nach.

Ich wollte mir gar nicht vorstellen, wie viel dieser Spaß kostete, und nahm mir vor, Ruby dafür zu danken. Wie genau ich das anstellen würde, wäre eine Aufgabe für später.

Ich halbierte den Inhalt meines Glases und genoss die

Abkühlung. Dann schüttelte ich den Kopf. »Um wen zu daten? Den einen süßen Typen, mit dem ich vor Jahren ins Bett gestiegen bin und der jetzt mehr Kumpel ist? Die Loser, die nur vom Angeln reden, oder doch die Achtzehnjährigen, die auf eine Nacht mit einer Älteren aus sind?«

»Du musst deinen Radius erweitern! Ich finde ständig eine Frau für eine Nacht.«

»Eine Frau für eine Nacht«, prustete Harper los. »Klingt wie ein schmalziger Buchtitel.«

»Die Typen bringen es halt nicht, obwohl ich heute verdammt Lust hätte auf ...«

Ich unterbrach Minka. »Bitte keine Details über männliche oder weibliche Geschlechtsteile. Wir wurden schon aus dem Töpferkurs rausgeworfen.«

»Du tust nur so, als hättest du einen Stock im Arsch. Ich sollte Nathan fragen, wie du im Bett bist. Oder doch lieber ... Isaac?«

Meine Ohren wurden heiß bei der Erwähnung seines Namens in Zusammenhang mit Sex.

Gott, ich war kaum besser als die Teenager, über die wir uns eben noch amüsiert hatten.

»Guck, wie rot sie wird!«, rief Minka aus und zeigte auf mich.

Harper kicherte, kam mir dann aber schnell zu Hilfe. »Sie ist rothaarig. Sie braucht nur falsch atmen und wird rot.«

Ich legte mir meine kalten Hände an die Wangen. »Sehr witzig. Außerdem will ich nicht darüber reden. Erzähl mir lieber von deinen Plänen, Harper. Wann wollt ihr mit dem Ausbau starten? Und wie läuft es mit dem Maklerbüro?«

George war auch einer der vielen, die ihre Karriere im Eishockey nicht weitergeführt hatten. Stattdessen war er Makler geworden. Ein sehr guter noch dazu.

Harper hingegen war als Friseurin angestellt.

Meine beste Freundin seufzte, bevor sie antwortete. »Der Ausbau beginnt nächste Woche. Wir haben alle Genehmigungen erhalten, und die Handwerker stehen bereit. Es wird vermutlich eine stressige Zeit, aber ich freue mich darauf, endlich das Haus nach unseren Vorstellungen zu gestalten.« Ein leichtes Funkeln erschien in ihren Augen, als sie über die Pläne sprach. »Und das Maklerbüro läuft besser als erwartet«, fügte sie mit einem breiten Lächeln hinzu. »George hat einige vielversprechende Projekte in Aussicht, und es scheint, als würden die Dinge in die richtige Richtung gehen. Aber finanziell ist das alles natürlich … nicht zu unterschätzen.«

Das Geld war nie knapp gewesen bei den beiden, aber mit einer Hochzeit, die es zu bezahlen galt, und dem Ausbau des kleinen, einstöckigen Hauses summierten sich schnell die Rechnungen.

Ich sah zwischen Minka und Harper hin und her. »Warum sind wir eigentlich so arm?«

Minka lachte. »Schmeiß mich nicht in denselben Topf. Ich komme gut über die Runden.«

Lügnerin. Sie dachte, ich würde es nicht mitbekommen, aber ich wusste, wo sie ihre geheimen Umschläge versteckte.

»Ach ja? Wie wäre es dann mit einer Gehaltserhöhung?«, scherzte ich, wohl wissend, dass ich das niemals annehmen würde. Sie war viel zu nett zu mir und, besonders wenn ich mit dem Eiskunstlauf-Training beschäftigt war, sehr nachsichtig.

»Ja, die kriegst du noch. Wenn ... du endlich mit der Wahrheit rausrückst.«

»Welche Wahrheit?«

Harper rollte mit den Augen. Offensichtlich war ich die Einzige, die nicht ganz im Bilde war. »Warum war Isaac bei dir und wie steht es jetzt zwischen euch?«

Ich tat auf unschuldig. Vielleicht half das, um mich klug herauszureden. Ich stocherte mit dem Metallspieß in meinem Martini-Glas herum. »Er wollte nur nach mir sehen, weil Sam ihn gezwungen hat. Glaube ich.«

Minka schnalzte mit der Zunge. »Hör auf mit dieser Nummer. Spuck es aus.«

»Es ist so. Ich weiß nicht, warum er da war. Außerdem war es harmlos.« Okay, das war die Untertreibung des Jahrhunderts. Vielleicht war es der Alkohol, die Wärme oder einfach die Tatsache, dass ich nicht alles für mich behalten konnte. Die Worte sprudelten aus mir heraus wie aus einem vollen Fass. »Er war über Nacht da«, erklärte ich und hob die Hand, bevor Minka loskreischen konnte. »Nicht so! Aber wir haben Casablanca geguckt und ich bin eingeschlafen. Er scheinbar auch. Und er hat mich umsorgt, weil ... Ich weiß nicht. Vielleicht hat er sich schuldig gefühlt. Und wir haben geredet. Nicht viel, aber genug, dass ich ihm nicht mehr bei jeder Gelegenheit Beleidigungen an den Kopf werfen will. Ich glaube, wir müssen noch mal reden, aber ich weiß nicht, ob ich ganz bereit dazu bin.«

Minka bestellte eine weitere Runde, und diesmal brachte die Kellnerin gleich einen ganzen Kübel mit Champagnerflasche.

»Wie hat sich das angefühlt?«, hakte Minka nach.

»Was?«, fragte ich und mied ihren Blick. Ich hatte das Gefühl, mir würde alles ins Gesicht geschrieben stehen, und die Vorstellung gefiel mir nicht.

»Mit ihm zusammen zu sein? War es wie früher? War es anders?«

Harper hakte nach. »War es schön?«

Ich tat so, als müsste ich überlegen, dabei kannte ich die Antwort. Die teilte ich meinen besten Freundinnen nach einem weiteren Schluck auch mit. »Es war ... gut. Ich weiß nicht, was ich fühlen soll. Er ist wie der Alte, aber irgendwie auch nicht, und das verwirrt mich. Mein Körper spielt verrückt, und ich bin ständig nervös, wenn er in der Nähe ist oder ich nur an ihn denke.«

Harper grinste und schob sich salziges Popcorn in den Mund, dabei zog sie die Augenbrauen hoch, was Minka sofort als Anlass für einen schmutzigen Kommentar nahm.

»Du willst ihn!«

Meine erste Reaktion war ein heftiges Kopfschütteln. Doch dann hörte das Schütteln auf und ich wiegte den Kopf stattdessen von links nach rechts. »Ich habe keine Ahnung.«

»Kribbelt es im Bauch?«

Ja.

»Stellst du ihn dir nackt vor?«

Ja.

»Hattest du einen Sextraum?«

Noch nicht, aber ich wusste, allein über dieses Thema zu reden, würde heute Nacht meine Fantasien ankurbeln und mich schlaflos zurücklassen.

Minka jubelte und ich bemerkte die Blicke der anderen Gäste. Doch statt sie zu maßregeln, ließ ich sie. Der Alkohol war bereits in meiner Blutbahn und lockerte meine Zunge. Ich entschied, heute Abend nicht zu denken. Einfach die Sorgen und Peinlichkeit beiseitezuschieben. Das war Harpers Abend, und wenn mein Liebesleben – oder das Fehlen dessen – für Unterhaltung sorgte, dann würde ich das unterstützen.

Ich schaute aus den deckenhohen Fenstern auf die Großstadt mit ihren funkelnden Lichtern und dachte an die Beziehungen, die hinter den Tausenden Fenstern schlummerten. Bis vor wenigen Wochen war mir die Abwesenheit dessen, was mir fehlte, nicht bewusst gewesen. Doch hier und jetzt ergriff mich die Erkenntnis schlagartig.

»Ich vermisse Sex. Oder weniger plump formuliert: Ich vermisse es, neben jemandem zu liegen.«

Berührt zu werden. Nicht unbedingt geliebt zu werden. Aber gehalten zu werden.

Statt eines schmutzigen Kommentars seufzte Minka und schenkte nach. Wieder. Als hätte sie es sich zur persönlichen Mission gemacht, mich abzufüllen.

Und das klappte. Mein Kopf schwirrte bereits auf die gute Art und Weise.

»Das kenne ich. Mir geht es manchmal genauso. Klar, harmlose Flirts und Liebhaber aller Art sorgen für Spaß, aber ... langfristig kann ich das nicht. Ich will nicht ständig und immer wieder von meinem Problem erzählen. Jedes Mal aufs Neue den Leuten erklären, warum ich angeknackst bin und ich meine Eltern nie besuche.«

Sie formulierte es nicht so, aber ich hörte die Antwort aus ihren Worten heraus. *Du bist nicht allein.*

Die Tatsache gab mir mehr Trost, als ich erwartet hatte.

Harper, die ebenfalls gerötete Wangen und glänzende

Augen bekommen hatte, schmollte. Die Tränen in ihren Augen liefen nicht und sie sah dabei aus wie eine Porzellanpuppe.

»Ich liebe euch so. Ich liebe die Liebe.«

Minka machte einen Kussmund. »Ich dich auch, meine kleine Maus.«

Sie kletterte umständlich über mich und umarmte Harper. Ich beobachtete die beiden, halb stehend, halb sitzend. »Ich muss es doch nicht auch sagen, oder? Bitte zwingt mich nicht dazu.«

Harper zog mich zu ihnen herunter. »Kein Entkommen, du Hater. Wir kuscheln jetzt.«

Als ich nach einer kurzen Toilettenpause zurückkam, wurden Shots mit ins Spiel gebracht. Minka hielt sich nicht zurück mit den Bestellungen. Sie war auf den Geschmack von Reichtum gekommen und würde jeden Tropfen davon auskosten.

Sie orderte eine Flasche des teuersten Wodkas der Bar und Dutzende Kurze, die schmeckten wie Eiscreme und so knallten wie ein freier Fall.

Ich war einiges an Alkohol gewohnt, aber in Collingwood waren unsere Eskapaden auf Weinabende und ein paar Bier am Hafen oder im Clarens beschränkt. Heute Nacht jedoch waren wir wie die Kids aus Gossip Girl.

Wir tranken, lachten und machten schreckliche Selfies, die niemals auf *Ysta* oder anderen Plattformen landen würden.

Umso verrückter war es, dass ich mit benebeltem Kopf

und pochendem Herzen auf Isaacs Profil im Messenger klickte und auf ›Senden‹ drückte.

Es war ein Bild von unserer Aussicht aus der Bar. Darunter schrieb ich eine mutige Zeile, die ich nüchtern niemals abgeschickt hätte.

»Rate, wo ich bin.«

Es war zwei Uhr nachts, und ich schaute erst eine halbe Stunde später wieder aufs Handy, als Harper anfing, Gedichte von Oscar Wilde zu rezitieren.

»Ohne Liebe ist das Leben nicht besser ... als der ... als der unbehauene Stein im Steinbruch, bevor der Bildhauer ihm ... göttlich ...«, trällerte sie, als würde sie einen Kinderreim aufsagen. »Nein, wartet. Bevor der Bildhauer ihm ... Gott eingefügt hat!«

»Das machst du klasse«, kommentierte ich und scrollte durch meine Benachrichtigungen. Ein verpasster Anruf von Isaac. Zwei ungelesene Nachrichten, die meinen warmen Bauch noch weiter wärmten.

ISAAC

Leichte Frage. The Sixx. Du siehst gut aus.

ISAAC

Okay, Ruby hat mir davon erzählt. Hast du Spaß?

Irritiert schaute ich mich um, halb in der Erwartung, er würde wie von Zauberhand vor mir stehen. Aber so war es nicht. Stattdessen starrte ich auf das Bild, das ich aus Versehen mitgeschickt hatte.

Ein Selfie mit der Skyline im Hintergrund. Ich sah aus wie eine verruchte Diva, meine roten Haare waren ganz durcheinander und mein Mascara war verschmiert.

Aber ich lächelte betrunken und sorgenfrei vom Gelächter, diesem Abend und den vielen Drinks, die noch nachbebten.

Statt mich für das Bild zu schämen, sprang ich auf sein Kompliment an.

Meine Finger tippten schneller, als ich es gewohnt war, und bevor ich nachdenken konnte, hatte ich die Nachricht abgeschickt.

ICH

Ich sehe immer gut aus. Noch besser würde ich aussehen …

Minka schnappte sich mein Smartphone, und zwei Sekunden zu spät realisierte ich, was sie da entdeckte.

»Hey!«

»Du kleines Luder! Was wolltest du gerade schreiben?!«

Harper setzte sich auf Minkas Schoß und las sich meinen kurzen Chatverlauf durch. Sie warfen sich einen Blick zu, den ich auch betrunken als gefährlich einstufte.

»Macht keine Dummheiten!«

Minka hob die Hände, in der einen hielt sie immer noch mein Handy. »Was? Wir? Niemals …«

Harper flüsterte ihr etwas ins Ohr, woraufhin sie beide nickten.

Ich sah zu, wie sie auf dem Bildschirm herumtippten, und dann warfen sie mein Handy schon in meine Richtung.

Mit großen Augen schaute ich darauf und sah Isaacs Namen in Großbuchstaben auf dem Display aufleuchten.

Sie hatten ihn angerufen. Ich würde sie umbringen.

Kapitel Achtzehn

Fünf lange Sekunden überlegte ich, nicht zu reagieren. Innerlich flippte ich völlig aus, als ich mein Handy ans Ohr hielt und seine Stimme hörte.

»Violet? Alles in Ordnung?«

Ich funkelte meine besten Freundinnen an. Ohne einen Laut herauszubringen, formte ich mit den Lippen: Danke, Bitches.

Minka tat nicht mal so, als würde es ihr leidtun. Ich entdeckte einen Schleier auf ihren Augen, und unter anderen Umständen hätte ich es als Müdigkeit eingestuft. Die Wahrheit jedoch war, dass wir alle sturzbetrunken waren.

»Ja, alles gut. Ich bin aus Versehen drangekommen«, log ich und kniff die Augen zusammen.

Er lachte leise. Ein schönes, warmes Lachen, das ich in ein Glas packen und jeden Morgen öffnen wollte, um keinen Tag lang mehr traurig zu sein.

»Hast du geschlafen?«, fragte ich und ignorierte die Blicke aus den Sesseln gegenüber.

»Nein. Ich war bis eben noch in Meetings und fahre jetzt zurück in meine Wohnung.«

Jetzt, wo er das sagte, hörte ich die Hintergrundgeräusche deutlicher. Das Surren des Autos, das das Ganze ins Rollen gebracht hatte.

Minka ließ sich neben mich plumpsen und versuchte nicht mal zu flüstern. »Was macht er?«

Statt ihr zu antworten, drückte ich ihr mein Handy an die Brust. Sie würde keine Ruhe geben, bis sie es nicht selbst hörte.

Ohne mir der Konsequenzen meiner Handlung bewusst gewesen zu sein, beobachtete ich, wie sie plötzlich doch leise sein konnte, und die einzelnen Satzfetzen, die noch zu hören waren, ließen mich schwitzen.

»Das wäre super!«

Und dann: »Bis in zehn Minuten.«

Sie legte auf, grinste von einem Ohr zum anderen, als hätte sie gerade den Deal des Jahrhunderts fix gemacht.

Harper starrte sie an, ich starrte sie an, und erst gefühlte fünf Minuten später klärte sie uns auf. »Er kommt uns abholen.«

»Was?! Warum?«

Sie nahm mein Gesicht in die Hände und zerquetschte dabei meine Wangen. »Weil ich kotzen muss, und das tu ich lieber in seinem Auto als in einem Taxi. Und ich habe einen Plan.« Minka lächelte ein Lächeln, das mich eigentlich wütend machen sollte, aber der Alkohol benebelte mein Gefühlschaos.

Eine Fahrt. Wir würden einsteigen, ins Hotel fahren, und mehr nicht.

So langsam freundete ich mich mit der Idee an, kein Taxi zu nehmen und schneller als geplant wieder im Hotelzimmer zu sein. Mein Herz hämmerte in der Brust, doch ich schob es auf meine Betrunkenheit.

Das hatte absolut nichts mit Isaac zu tun.

Auf gar keinen Fall.

Neun Minuten, zwei Toilettengänge und den Versuch, halbwegs anständig auszusehen, später wusste ich, dass ich verloren war.

Als Harper, Minka und ich vom Aufzug durch das Foyer der Bar und die Drehtüren traten, stand Isaac bereits vor uns. Er lehnte an seinem Auto mit verschränkten Armen und einem wachen Blick, der mir unter die Haut ging.

Ich bemerkte, wie er mich ansah.

Wie sein Blick von meinen Haaren über mein Gesicht, meine nackten Schultern und das knappe schwarze Kleid, das mir Harper geliehen hatte, zu meinen nackten Beinen wanderte. Er sah mich an mit Fragezeichen im Blick und etwas, das ich als Neugier erkannte.

Doch mich erfasste nicht die gewohnte Schüchternheit. Stattdessen ließ ich mich von Minkas Leichtigkeit anstecken. »Hi, Murphy.«

Wenn er irritiert war, ließ er es sich nicht merken. »Ladys.«

»Der heißeste Fahrer, den wir jemals haben werden«, nuschelte Minka, und ich stupste sie an. Fester als beabsichtigt. Sie kicherte. »Ich wusste nicht, dass du so eifersüchtig bist.«

Ich schob sie zur Seite. »Halt die Klappe.«

Isaac öffnete die Tür für die Rückbank und ich ließ Harper und Minka einsteigen. Als ich ihnen nicht folgte, runzelte er die Stirn. Dann, als würde er sich erinnern, öffnete er die Beifahrertür.

Mir wurde immer schlecht, wenn ich nicht vorne saß.

»Nach dir«, erklärte er. Und ich? Ich stolperte über meine eigenen Füße, hielt mich an dem Erstbesten fest, das ich greifen konnte. Seinem Unterarm.

Isaac muskulösem Unterarm, der sich unter meiner Berührung anspannte.

Er beugte sich zu mir herunter und sein Raunen ließ meine Wangen glühen. »Schaffst du es, Clark, oder soll ich dir helfen?«

Ich krallte mich in seine Haut, nur um seine Reaktion zu sehen, doch er tat so gelassen wie immer.

Dann kletterte ich auf den Beifahrersitz und nahm augenblicklich seinen Duft wahr. Diesen frischen, warmen Geruch, den ich nur von ihm kannte.

Der mich an Heimat erinnerte.

»Pass bloß auf, gleich schmeißt sie uns raus, um über ihn herzufallen«, murmelte Minka, kurz bevor sich die Fahrertür öffnete.

»Minka«, zischte ich, und auch Harper kam zu meiner Verteidigung.

»Du hast sie genug geärgert. Lass sie.«

Als Isaac neben mir Platz nahm und den Motor startete, wirkte er entspannt. Ich versuchte mich davon anstecken zu lassen und nicht an die neugierigen Blicke auf der Rückbank zu denken.

»Hattet ihr Spaß?«, fragte er, während er den Arm hinter meine Kopflehne legte und uns sicher aus der Parklücke manövrierte.

Ich schluckte.

Meine Knie wurden weich, als ich mir vorstellte, wie nah er mir war.

»Ja. Ruby hat uns die Bar empfohlen. Wir haben sie in ihrer Bäckerei getroffen.« Meine eigenen Worte klangen komisch in meinen Ohren. »Nicht, dass du denkst, wir wären extra dorthin. Es war rein zufällig.«

Er lächelte.

Minka prustete hinter ihrer Hand und Harper verkniff sich das Lachen.

»Was?«, fragte ich genervt. »Ich wollte nur sicherstellen, dass er uns nicht für verrückte Stalker hält.«

»Tue ich nicht.«

Ich nickte und blieb den Rest der Fahrt stumm.

Minka übernahm das Reden für uns drei.

Während sie ihm von unserem Tag erzählte, genoss ich weiter seinen Geruch. Gierig saugte ich ihn mit jedem Atemzug ein und spürte einen Hunger in mir wachsen.

Diese Verzweiflung, jemandem nah sein zu wollen. Die brennende Hitze in mir, die nach Abhilfe verlangte.

Ich hatte das Gefühl, zu explodieren, als Isaac zwanzig Minuten später auf den Hotelparkplatz einbog.

Er war so nah und gleichzeitig so weit weg. Wie lange war unser erster Kuss inzwischen her? Zwölf Jahre? Dreizehn?

Und unser erstes Mal?

Ich wusste es nicht mehr genau. Die Zeit war über all die Jahre verschwommen und hatte die Vergangenheit in Schatten getränkt.

Was ich jedoch wusste, war, dass mein Körper nach einer Wiederholung verlangte. Wie ein Lauffeuer ergriff es mich und kreiste in meinem Kopf nur darum, diesem Druck in meinem Bauch Abhilfe zu schaffen.

Als wir alle ausstiegen, tat es auch Isaac.

Minka plapperte weiter, als wäre der Abend noch jung und wir nicht mit diversen Spirituosen abgefüllt. »Wenn du auch so gute Empfehlungen hast, nehme ich sie gerne an. Außerdem warte ich immer noch auf eine Fortsetzung unserer Schachrunde. Aber das klären wir wann anders, wenn Violet nicht Helikopter spielt.«

Ungläubig schaute ich meine beste Freundin an. »Wovon zum Teufel redest du?«

Ihre Antwort bestand aus einem Grinsen. Dann hakte sie sich bei Harper ein und winkte. »Wir sehen uns in Collingwood! Violet, bedankst du dich für uns alle?«

Sie ist durchgedreht.

Der Alkohol hat ihre Gehirnzellen vollständig durchgebrannt.

Fröhlich pfeifend schlenderte sie mit Harper im Arm zum Hoteleingang. Diese drehte sich noch einmal zu mir und lächelte entschuldigend. »Wir sehen uns oben.«

Dann war ich mit Isaac allein.

Einen Moment lang wusste ich nicht, ob das Fluch oder Segen war.

Der Stoff meines Kleides rieb an meinen nackten Beinen, und das Gefühl in Verbindung mit der Abendbrise war so intensiv, dass ich fröstelte.

Isaac reagierte, indem er wortlos den Kofferraum öffnete und mir einen Hoodie in die Hand drückte. »Hier.«

Ich starrte auf den schwarzen Stoff. »Danke.«

In einer Kurzschlussreaktion nahm ich dieses Angebot an, wohl wissend, dass ich heute Nacht die Nase in den Pullover stecken würde.

Meine Gedanken kreisten immer noch, aber der durch den Alkohol entstandene Nebel ließ meine Sorgen verschwinden.

Ich legte den Kopf in den Nacken und begegnete Isaacs Blick.

Er war so geduldig. Schon damals hatte er nie ein Problem mit Stille gehabt.

»Schach?«, fragte ich mit einem schiefen Lächeln.

Er kratzte sich am Hinterkopf und nickte. »Lange Geschichte, aber sie hat allein gespielt, als ich nach dir gesucht habe, und mich zu einer Partie überredet.«

Seine Worte erinnerten mich an Minkas Geständnis. An die Tatsache, dass er sich um mich gesorgt hatte.

Ich befeuchtete meine Lippen und trat einen Schritt näher an Isaac. »Warum hast du nach mir gesucht?« Meine Stimme war rau und ich erkannte ihre Wirkung auf ihn.

Seine eisblauen Augen verdunkelten sich. Gefährlich? Erregt? Oder doch nur neugierig?

Sein Blick sorgte jedenfalls dafür, dass ich all meinen Mut zusammennahm und nähertrat. Mein Herzschlag wurde schneller, als ich mir darüber bewusst wurde, *wie* nah ich ihm war. Was meine Schritte in seine Richtung bedeuteten.

Mir war heiß, als ich die Hand auf seine harte Brust legte. Sie passte perfekt dorthin. Die feste Muskulatur, die unter meinem Finger lag, schickte elektrische Impulse durch meinen Körper. Die Handlung war so simpel, und doch fühlte sie sich wie ein kraftvoller Ausdruck an, der unausgesprochene Worte zwischen uns trug.

Ich konnte seinen Herzschlag spüren, regelmäßig und doch irgendwie im Gleichklang mit dem Chaos, das in mir tobte. Unsere Blicke verschmolzen, und in seinen Augen sah ich ein Leuchten, das die Spannung zwischen uns verstärkte. Alles schien zu vibrieren, als ob die Zeit selbst für einen Moment innehielt und uns diesen Augenblick schenkte. Ihn zu berühren war berauschend und ich wollte nie wieder damit aufhören. Ich sollte nie wieder damit aufhören.

Küss mich, teilte ich ihm in Gedanken schamlos mit.

Er hörte es. Natürlich. Er war Isaac Murphy.

Ich sah ihm an, wie er mit sich rang, wie er kämpfte, und um ihn zu bestärken, wiederholte ich meine Worte. Diesmal laut.

»Küss mich«, flehte ich. Ich war von Sinnen, betrunken, und alles in mir verlangte nach Erlösung.

Doch dann schüttelte Isaac kaum merklich den Kopf. Er legte seine Hand auf meine und drückte sie. »Nicht, wenn du betrunken bist.«

Ich drückte mich fester an seine Brust. Das Brennen in meiner eigenen wurde stärker. »Vielleicht will ich dich nüchtern nicht mehr.«

Das war gemein. Und noch dazu gelogen. Wir beide wussten das. Jetzt, wo der Damm gebrochen war, war es nur eine Frage der Zeit, bis wir unsere Geschichte wiederholen würden.

»Dann ist das so«, flüsterte er. Bevor er sich von mir löste, gab er mir einen Kuss auf die Stirn. Ein Abschiedskuss, doch keiner, wie ich ihn haben wollte.

»Findest du allein zurück?«

»Nein«, log ich, weil ich über die Abfuhr hinwegsehen und ihn in mein leeres Hotelzimmer schleifen wollte. Doch er kaufte es mir nicht ab.

»Clark ...«

Ich schüttelte den Kopf. »Nenn mich nicht so.« Nicht jetzt.

»Okay«, antwortete er. »Violet, findest du allein zurück oder brauchst du meine Hilfe?«

Wieder schüttelte ich den Kopf und wandte mich ab. Ich wollte ihn nicht mehr ansehen. »Bis dann, Isaac.«

Meine wackeligen Beine setzten sich in Bewegung, und ich spürte, dass er wartete. Als in der Hotellobby ankam, wandte ich mich um, war mir sicher, er wäre längst gefahren, aber er stand noch da. Isaac winkte mir zu und deutete mir, weiterzugehen.

Ich legte meine Hand auf die Stelle, die er mit seinen Lippen berührt hatte. Meine Haut glühte, und ich zwang mich, nicht in Tränen auszubrechen. Stattdessen erwiderte ich den Gruß und sah dabei zu, wie er davonfuhr.

Er ließ mich zurück mit dem Frust, der von meiner Mitte zu meinem Brustkorb wanderte und mich auch noch bis in die Morgenstunden verfolgte.

Die Fahrt nach Collingwood verbrachte ich damit, wie ein bockiges Kind auf dem Beifahrersitz zu sitzen. Ich starrte stur aus dem Fenster, während Harper und Minka von unserem Kurztrip schwärmten.

Nach unserem Abend in der Bar waren wir dank Minkas miserabler Planung am nächsten Tag völlig verkatert zum Escape Room gegangen und hatten – wenig überraschend – nicht alle Rätsel lösen können. Frustriert über unsere erfolglose Mission hatten wir uns entschlossen, unsere hungrigen Mägen in einem russischen Restaurant mit Pelmeni zu besänftigen. Alles in allem war es ein gelungener Trip gewesen, und meine besten Freundinnen planten bereits eine Wiederholung, doch allein beim Gedanken an die vielen Cocktails, denen ich den Kater des Jahrhunderts zu verdanken hatte, drehte sich mir der Magen um.

Natürlich hatte ich den Morgen nach unserem Ausflug in die Bar damit verbracht, meinen Mageninhalt in die Hoteltoilette zu entleeren. Jedes Würgen war mit der Scham darüber begleitet gewesen, was ich zu Isaac gesagt hatte. Wie ich ihn berührt hatte.

Mir war das Ganze so peinlich, dass ich am liebsten gestorben wäre, aber stattdessen brummte mir nur der Schädel, auch noch am zweiten Tag.

Dabei hatte ich heute Training. Mit den Kleinen, die alles andere als anspruchslos waren.

Ich stöhnte bei dem Gedanken daran. Danach müsste ich zu Mrs Bloom und ihre Tausend Pflanzen gießen. Es waren eigentlich nur dreiundfünfzig, um genau zu sein. Für eine Frau, die die Hälfte des Jahres auf einem anderen

Kontinent verbrachte, dennoch viel zu viele, wenn man nach meiner Meinung fragte.

Aber zum Housesitting gehörte eben auch deren Pflege, und ich würde mich mit einem Nickerchen auf ihrem teuren Sofa belohnen.

»Geht es dir besser?«, fragte Harper vorsichtig.

Ich sah meine beste Freundin mit einem fragenden Blick an. Sie war die Braut in spe und wie immer viel zu nett zu mir. Manchmal fragte ich mich, warum sie sich überhaupt mit mir abgab. Im Vergleich zu ihr war ich ein dunkles, schwarzes Loch.

Und Minka? Sie war die kluge Frau, die gerne Witze auf Kosten anderer machte.

Wir waren ein komischer Haufen.

»Nein«, brummte ich, lockerte aber die Arme, die ich seit einer Stunde verschränkt hatte. »Ich trinke nie wieder Alkohol.«

Minka lachte und warf mir eine Packung Kaugummi auf den Schoß. »Das sagst du jetzt, und auf der Hochzeit muss ich dich dann von der Tanzfläche zerren. Oder weg von einem gewissen Riesen ... wobei der sich nicht beklagen würde.«

Natürlich hatte ich nichts erzählt von Isaacs und meinem ... Was war es eigentlich gewesen? Betrunkener Leichtsinn? Verwirrung?

Jedenfalls war ich nach seiner Ablehnung auf mein Zimmer geschlurft und sofort ins Bett gefallen.

Insgeheim war ich inzwischen froh darüber, dass er einen Kuss nicht zugelassen hatte.

Isaac hatte gewusst, dass ich es bereuen würde.

Aber trotzdem wurmte mich die Tatsache, dass ich ihn

offensichtlich nicht hatte überreden können. Wollte er mich nicht? Fand er mich nicht mehr attraktiv?

»Irgendwann wirst du dich in einen Idioten verlieben, und Gott segne ihn, denn er wird dich an der Backe haben. Oder noch besser: Er macht dir das Leben zur Hölle. Ich werde jedenfalls in der ersten Reihe sitzen«, ätzte ich zurück.

Für Harpers Ohren war meine Wortwahl wahrscheinlich zu fies, aber Minka konnte viel wegstecken. Und mindestens das Doppelte austeilen.

»Schätzchen, ich werde mich nicht so schnell verlieben. Dazu macht das Single-Leben viel zu viel Spaß.«

Harper stieß einen Pfiff aus. »Hört, hört. Das sagen sie alle, und in einem Jahr sind sie unter der Haube.«

Ich grinste. »Sie brennt bestimmt nach Vegas durch.«

Bevor ich einen Klaps auf den Hinterkopf kassieren konnte, ging ich in die Deckung und warf die Kaugummipackung zurück. Das überrumpelte Minka und sie schnalzte mit der Zunge. »Nur über meine Leiche.«

»Jaja. Wer weiß ... vielleicht feiern wir dieses Jahr gleich zwei Hochzeiten.«

Natürlich ließ sie das nicht auf sich sitzen. Wie ein Kleinkind zog sie mir die Kapuze des Pullis über die Stirn. »Dann ist es deine, du Biest. Soll ich dich daran erinnern, wem der Hoodie gehört?«

Kapitel Neunzehn

Kaum hatte ich mein Auto vor der Eishalle geparkt, meldeten sich Unterleibsschmerzen an. Mir war übel, mein Kopf schwirrte noch vom Restalkohol, und das Letzte, was ich gebrauchen konnte, waren Bauchkrämpfe.

Wütend drückte ich mir die Hand auf den Unterleib, suchte im Handschuhfach nach Schmerzmitteln und nahm gleich drei auf einmal.

Das würde nicht helfen, aber ich bildete mir ein, dass ich so halbwegs einsatzfähig war.

Nachdem ich vor sechs Jahren die Diagnose bekommen hatte, hatte alles Sinn ergeben. Das bedeutete allerdings nicht, dass es leichter zu ertragen war. Klar, mit der Pille war das meiste geregelt. Aber meinen Körper mit Hormonen vollzupumpen war nicht ausreichend. Die Schmerzen waren dennoch unerträglich. Die Medikamente hemmten die Symptome, aber nicht vollständig. Es war Tag für Tag wie Pokerspielen. Die Schmerzen kamen in Schüben, mit Zwischenblutungen, die meine schöne Unterwäsche ruinierte, und begleitet wurde das von ständiger Erschöpfung. Vitamine und eine halbwegs gesunde Ernährung halfen zwar, aber manchmal hatte ich es einfach satt. Ich wollte nicht gegen meinen eigenen Körper kämpfen. Ich wollte diese Schmerzen, die Diagnose und alles, was zu ihr gehörte, nicht. Ich wollte eine normale Frau sein. Dass etwa ein Zehntel der weiblichen Bevölkerung ebenfalls an Endometriose litt, war dabei kein Trost.

Mit Mühe versuchte ich, den halben Müsliriegel, den ich auf der Fahrt in mich hineingestopft hatte, bei mir zu behalten. Ich nahm zwei tiefe Atemzüge, wischte mir mit den Händen übers Gesicht und zwang mich, meine Schultern zu heben.

Heute Abend konnte ich mich auf der Couch zusammenrollen und bis morgen schlafen. Diese Vorstellung war das Einzige, was mich dazu antrieb, Granny Grey zu verlassen, die Eishalle aufzuschließen und den Kurs vorzubereiten.

Eine Stunde später war das Training im vollen Gange und mein Kopf drohte in tausend Teile zu explodieren. Die Schulferien neigten sich dem Ende, und die süßen kleinen Kinderstimmen wollten sich darin überbieten, wer im nächsten Schuljahr in der besseren Klasse war oder die nettere Lehrerin hatte.

Mit liebevoller Strenge machte ich die Kinder auf ihre Übungen aufmerksam und suchte in meiner Tasche nach Schmerztabletten. Die Wirkung der ersten Ladung ließ bereits nach.

Als ich nichts fand, warf ich einen sehnsüchtigen Blick auf den Schlittschuhverleih, in dem der Medikamentenschrank stand.

Ich stellte die Musik, ein Lied von Olivia Rodrigo, das eine Schülerin ausgesucht hatte, lauter. »Eine Runde laufen und dann drei Pirouetten. Wer mehr schafft, kriegt eine Überraschung.«

Ich wusste, dass sie das für den Moment beschäftigen würde.

Zwar hatte ich keine Überraschung, aber irgendwo würde ich schon noch etwas Süßes auftreiben können. Die Kinder waren zwischen sechs und acht Jahre alt. Mir war die jüngere Generation zwar oft ein Rätsel, aber jeder Mensch liebte Süßigkeiten. Fast jeder. Rasch verdrängte ich den Gedanken an Isaac wieder.

So schnell es in meinem Zustand möglich war, glitt ich über das Eis, hastete dann vorbei an den Tribünen, schnappte mir meine Wasserflasche und stakste zum Schlittschuhverleih. Glücklicherweise war er nie abgeschlossen. Die Medikamente waren zwar für Notfälle vorgesehen, aber das, was in meiner Bauchregion abging, fühlte sich nach Sterben an. Ich fröstelte beim Gedanken an die Male, zu denen der Medikamentenkoffer gezückt worden war. Insbesondere an dieses eine Mal, das mein Leben für immer verändert hatte.

Daran hatte ich seit Tagen nicht mehr gedacht, und während ich mit schmerzverzerrtem Stöhnen in dem Schrank wühlte, blitzten die Erinnerungen auf.

Isaac, wie er zu Boden gerissen wurde.

Wie er sich nicht rührte und sein Blut das Eis in dunkles Rot färbte.

Isaac, der von Sanitätern davongetragen wurde.

Ich, wie ich vor seinem Krankenhauszimmer saß und stumm betete.

Isaac, wie er mich ansah, als würde ihm mein Anblick Schmerzen bereiten.

Ich griff nach der weißen Dose, nahm drei Tabletten heraus und schluckte sie.

Als ich ein Räuspern hörte, zuckte ich zusammen. Im dunklen Schlittschuhverleih wirbelte ich herum.

Wie eine Fata Morgana stand er da, wie direkt aus meinem Kopf entstanden. Nur, dass er nicht wütend dreinblickte. Er lächelte.

»Isaac?!«

»Hi …«, begrüßte er mich, und ich sah ihm an, dass er sich fragte, ob ich mich erinnerte. An meine forsche Anmache. Meine Hand auf seiner warmen Brust.

Ich entschied, so zu tun, als wäre es nie passiert. Für ihn und für mich.

»Hi? Was machst du hier?«, fragte ich nach einem uneleganten Räuspern.

»Ich wollte dich sehen.«

Meine Ohren wurden rot bei seiner unverfrorenen Ehrlichkeit. »Du hättest auch anrufen können.«

Er würde niemals anrufen. Nicht ohne meine ausdrückliche Erlaubnis.

Ich sah an ihm vorbei zu den Kleinen, die mittlerweile auf der Mitte der Eisfläche standen und tuschelten. Anscheinend hatten sie unseren Besucher auch entdeckt.

»Ich habe gerade Training«, sagte ich und hoffte, meine Message kam an. *Ich hab keine Zeit.*

»Kann ich zusehen?«

Ich runzelte die Stirn, dann zuckte ich mit den Schultern. »Wenn du dich nicht langweilst.«

Isaac lächelte und machte mir den Weg frei zurück zum Eis. Genauer gesagt drückte er seinen großen Körper nur leicht zur Seite, sodass ich gezwungen war, ihn beim Hinausgehen zu berühren.

Ich nahm wieder seinen Duft in mich auf. Dann ertappte ich ihn dabei, wie seine Augen aufleuchteten.

Er hatte mich am Haken, und das wusste er. »Nach dir«, hauchte er dicht an meinem Ohr. Gänsehaut breitete sich augenblicklich auf meinem Körper aus, und ich wusste, dass es nicht am kalten Eis lag.

Ich drückte ihm beim Vorbeigehen meinen Ellbogen in den Bauch. Dann winkte ich meinen Schützlingen zu und mir kam eine Idee.

Er wollte mich testen? Gut.

Ich würde spielen, aber nicht ohne ihn. Mit einem Zwinkern bedeutete ich Isaac, mir zu folgen, während die Idee in meinem Kopf immer weiter Form annahm.

Er trug keine Schlittschuhe, aber daran würde mein Plan nicht scheitern.

Als ich zu den Kleinen ging, deutete ich auf Isaac, der hinter der Bande stehen geblieben war.

»Hey, ihr! Ich habe euch doch von meiner Überraschung erzählt?« Es war laut genug ausgesprochen, dass auch er es hörte. Ich stand mit dem Rücken zu ihm, doch wenn ich die Wärmestrahlen richtig deutete, ließ er mich nicht aus den Augen.

»Jemand würde euch zu gern ein paar Pirouetten vormachen. Ihr wisst ja, dass ich auch mal eine Pause brauche, also habe ich euch Isaac mitgebracht«, erklärte ich lächelnd. Zuckersüß schaute ich zu dem hübschen Mann und genoss das aufgeregte Jubeln der Kinder.

Sie liebten Süßigkeiten, aber ein neues Gesicht liebten sie mehr. Ein hübsches Gesicht wie seins noch mehr. Zumindest galt das für mich.

»Kann er denn überhaupt Eislaufen?«, fragte Dan, ein Zweitklässler, mit frechem Blick. Er war an diesem Tag ein Segen, denn mit seinen Kommentaren trieb er mich zwar manchmal in den Wahnsinn, aber Isaac würde er in die Knie zwingen.

Ich wiegte den Kopf hin und her. »Ich weiß nicht. Kann er das?« Mein Herz sprang mir vor Freude fast aus der Brust. »Wie wäre es, wenn er es dir beweist?«

Wieder Jubel, und ich deutete auf unseren Besucher. Die Farbe war ihm aus dem Gesicht gewichen und nun tat er mir doch leid. War er seit dem Unfall überhaupt auf dem Eis gewesen?

Nicht in Collingwood jedenfalls.

Doch bevor ich meinen absurden Plan über Bord werfen und mich entschuldigen konnte, wandte er sich ab. Sofort machte sich Enttäuschung in mir breit. *Dumme Violet mit ihren dummen Ideen.*

Ich deutete auf die orangen Hütchen, die in gleichmäßigen Abständen auf dem Eis verteilt waren. »Zwei Runden bitte. Danach zeige ich euch ein paar neue Drehungen«, versprach ich mit mulmigem Gefühl.

Hatte ich es übertrieben? War er jetzt sauer?

Ich wusste nicht, ob ich damit klarkommen würde. Bisher war ich immer wütend gewesen. Die Vorstellung, plötzlich in der anderen Rolle zu sein, fühlte sich schrecklich an.

Aber Isaac ließ mir keine Zeit, in Selbstmitleid zu verfallen. Mit herausforderndem Blick trat er mit Schlittschuhen an den Füßen aufs Eis und ich war völlig überrumpelt.

Er glitt in drei flüssigen Bewegungen in meine Richtung und meine Alarmglocken schrillten.

Der Anblick war so vertraut, dass es fast wehtat.

Isaac Murphy auf dem Eis. Es war das Natürlichste der Welt, und gleichzeitig brach es mir das Herz.

Dan bemerkte ihn mitten in seinem Slalom. »Da ist er!«

Ich schluckte und schob Isaac leicht zur Seite. »Du musst das nicht tun. Ich wollte nur Spaß machen.«

Isaac zog mich an sich, sodass ich mich gegen seinen Oberkörper stützen musste. Er hob mein Kinn mit seinen Fingern, und die Berührung schickte Wellen in alle Ecken meines Inneren. »Violet, für dich würde ich alles machen.«

Mein Herz flatterte, und dann ließ er mich los.

Er gesellte sich zu den Kindern, drehte sich im Kreis, lief rückwärts und erntete Lob.

Und ich? Ich beobachtete das Spektakel wie erstarrt. Das Ganze war so schockierend, dass ich sogar meine Schmerzen kurz vergaß.

Betty zog an meinem Pulloverzipfel und ich zog ihr den Helm zurecht. »Ja?«

»Wer ist das?«

»Ein Freund«, erklärte ich, ohne nachzudenken. Ich wusste nicht, was wir waren. Alte Bekannte. Freunde. Ex-Partner. Wir waren alles und nichts. Ein Zwischending, das mich mit jedem Tag mehr verwirrte.

»Kannst du uns noch mal diese eine Drehung zeigen? Die du mit Will gemacht hast?«

In meinem Kopf ratterte es. Betty war auch beim Sommerfest gewesen, und obwohl mein Auftritt kurz gewesen war, hatte er anscheinend dennoch bleibenden Eindruck bei ihr hinterlassen.

Doch es gab so viele Drehungen und genauso viele Bezeichnungen. Ich linste zu Isaac hinüber, der mit den Fragen einer kleinen dreiköpfigen Gruppe beschäftigt war. Wortfetzen drangen zu mir, und fast tat er mir leid, weil er so gelöchert wurde.

Ich nutzte es, dass er abgelenkt war, und machte Betty einen Fyling Spin vor. Erwartungsvoll sah ich sie an, doch sie schüttelte mit einem Schmollmund den Kopf. »Nein, das war anders.«

»Hm«, sagte ich und tippte mir aufs Kinn. Dann blitzte das Bild von Olivia und Will auf. Wie er sie hielt und über das Eis schweben ließ. »Meinst du vielleicht die Todesspirale?«

Die Kleinen waren noch zu jung für die schweren Figuren und nur die wenigsten verfolgten das Eiskunstlaufen wie meine zwei älteren Schützlinge. Die Vorstellung, dass sie einfach nur zum Spaß mitmachten, gefiel mir. Die Bestätigung, dass ich dafür verantwortlich war, noch mehr.

Betty klatschte und drehte sie sich vor Freude. »Genau!«

Ich hob entschuldigend die Hände. »Das kann ich leider nicht allein machen.«

Sie schmollte wieder, dann deutete sie zu Isaac. »Er kann es doch machen. Bitte, Miss Clark! Bitte, bitte, bitte.«

Auch die anderen bekamen Wind von ihrer Bitte, und als acht große Kinderaugen mich anschauten, sackten meine Schultern nach unten.

»Es tut mir leid, euch enttäuschen zu müssen, aber Isaac kann diese Figur gar nicht. Er ist ... war Eishockeyspieler. Ihr wisst doch, dass die nicht so gut sind wie wir.«

Der ewige Kampf um den Titel der besseren Sportart. Normalerweise machte ich nicht so deutlich auf die Unterschiede aufmerksam, aber heute passte es.

Während Eiskunstläufer sich wie Ballerinen über das Eis bewegten, waren Eishockeyspieler so hart wie beim Rugby. Körper, die gegen die Banden knallten, Pucks, die durch die Gegend schleuderten, und Schläger, die gewaltsam geschwungen wurden.

Wenn Eiskunstlauf eine klassische Symphonie war, dann war Eishockey ein Technomix.

Trauriges Seufzen ging durch die Runde und Isaac hob eine Augenbraue.

Ich klärte ihn widerwillig in kurzen Worten auf.

»Du denkst, ich kann das nicht?«, fragte er, und in seiner Stimme schwang eine Herausforderung mit.

Ich verschränkte die Arme vor der Brust. Ein Lächeln zuckte um meine Mundwinkel, doch ich hielt es zurück. »Ziemlich sicher. Im Gegensatz zu mir bist du ein Trampel und, na ja ... eingerostet.«

Die Kinder kicherten und ich genoss den kurzen Ruhm.

Isaac kam näher, um mir seine Hand hinzuhalten. »Wollen wir doch sehen.«

Ich biss mir auf die Zunge und starrte ihn an. Es war, als wäre die Zeit zurückgedreht worden. Wir waren Teenager, die sich gegenseitig anstachelten, neckten und ... liebten.

Er lächelte auffordernd und mit seinen Grübchen, die mir die Knie weich machten. »Nur wenn du mich einholst.«

Ich fing an, Kreise um ihn zu fahren. Jetzt konnte ich

mein Grinsen nicht mehr unterdrücken.

»Ich werde dich fangen«, warnte er. Dann sah er zu den Kindern. »Meint ihr nicht auch?«

Dan grinste. Betty hob beide Daumen. »Auf jeden Fall!«

›Verräter‹, dachte ich, wobei mir gleichzeitig warm ums Herz wurde.

»Du unterschätzt, wie schnell ich bin«, erinnerte ich ihn und fühlte mich dabei beflügelt. Die Schmerztabletten benebelten offensichtlich meinen gesunden Menschenverstand.

»Die Wette hast du schon mal verloren«, erwiderte er. Seine eisblauen Augen wirkten heller, strahlender und verfehlten ihre Wirkung nicht.

Meine Ohren wurden heiß, und ich drehte das Gesicht weg, damit er die verräterische Farbe an meinen Wangen nicht sah.

»Los, Miss Clark! Wir wollen ein Wettrennen«, warf Lola in unser Wortgefecht ein. Sie war sieben und das süßeste Mädchen in ganz Collingwood. Dass sie wie ich rote Haare hatte, beeinflusste natürlich nicht meine Meinung.

Okay, ein bisschen vielleicht.

»Danke, Lola. Immerhin eine. Zählt jemand bis drei?«

Betty übernahm und ihre hohe Kinderstimme hallte übers Eis. »Eins ... zwei ... drei!«

Ich widmete Isaac keinen Blick, drehte mich um und raste über die kalte Oberfläche.

Innerhalb weniger Sekunden gewann ich an Geschwindigkeit und die Kombination aus dem schnellen Tempo und den Jubelrufen machte mich lebendig.

Wir lagen gleichauf, und im Augenwinkel erkannte ich, wie Isaac mir einen herausfordernden Blick zuwarf. Ich lachte, steigerte mein Tempo und erinnerte mich daran, dass er vielleicht zum ersten Mal seit Jahren auf dem Eis stand. Natürlich war ich im Vorteil.

Immer fester und schneller drückte ich die Schlittschuhe gegen die glatte Oberfläche, drehte eine Runde und spürte, wie mein Herz raste.

Mit einem Grinsen sah ich zu der kleinen Meute Grundschüler und winkte. Doch die Ablenkung kostete mich wertvolle Sekunden, die Isaac für sich nutzte.

Er tauchte wieder an meiner Seite auf, kam näher und griff geschmeidig um meine Taille. Seine Hände lagen beschützend auf mir, bevor er mich leicht drehte, sodass wir uns gegenüber waren. Ich passte meine Technik an, schwebte über das Eis und genoss sein Lächeln.

»Hab dich«, raunte er atemlos. Mit Schwung hob er mich hoch und ich streckte die Beine. Klatschen ertönte und ich stand in Flammen. Vor Freude. Vor Adrenalin und allem, was seine Berührungen mit mir anstellten.

Isaac sah mich an mit einer Leidenschaft in den Augen, die meine Gefühle widerspiegelte. Es war wie früher. Nur besser.

So viel besser.

»Bereit?«, fragte er und ließ mich wieder auf das Eis herunter, ohne die Geschwindigkeit zu drosseln. Er löste seinen Griff, sodass ich seine Hand umfassen konnte. Alles an ihm raubte mir den Atem, doch irgendwie schaffte ich es, zu nicken.

»Immer.«

Hier auf dem Eis sprachen wir eine andere Sprache.

Unsere Bewegungen übernahmen die Führung, und plötzlich ergab alles Sinn.

Er drückte meine Hand, nickte noch einmal, und ich ließ mich gegen das Eis sinken, bis ich in einer horizontalen Linie dazu lag. Ich grinste, als Isaac mich drehte, einmal, dann zweimal, bis ich dann beim dritten Mal wieder an seine Brust gedrückt wurde.

Unsere Gesichter waren nur wenige Zentimeter voneinander entfernt, und hätten wir keine Zuschauer gehabt, hätte ich ihn geküsst. Ich hatte das Gefühl, sterben zu müssen, wenn ich es nicht tat.

Auch er sah aus, als würde er sich nur mit Mühe zurückhalten.

Wir hielten an, und ich wusste, dass unser keuchendes Atmen nicht nur unserer Performance geschuldet war.

Betty tauchte an meiner Seite auf. »Das war *so* schön!«

»Ich dachte, du bist Eishockeyspieler?«, bemerkte Dan mit gerunzelter Stirn. Doch in seinen Augen schimmerte Bewunderung.

Isaac Murphy hatte sich soeben acht neue Fans gesichert.

Ich lachte auf und ging auf die Knie, um Betty anzusehen. »War das die Figur?«

»Ja! Ich will das auch machen«, erklärte sie strahlend. Ich schmunzelte und nickte langsam. »Das wirst du. Aber nicht heute. Die Figur heißt Todesspirale, und weißt du wieso?« Ich sah in die Runde. »Weiß es jemand?«

Fragende Gesichter, Dan, der die Hand hob, doch ich nahm Chelsea dran, die mit ihrem Handschuh wedelte. »Ja?«

»Weil es gefährlich ist?«

»Zweiter Versuch?«, fragte ich ermutigend. »Wenn etwas gefährlich ist …?«

Chelsea zog die Augenbrauen zusammen. Dann hob sie wieder die Hand. »Dann ist es schwer!«

Ich hob den Daumen. »Genau! Für die Figur braucht man nicht nur viele Jahre Training, sondern auch einen starken Partner. Und dafür müsst ihr noch fleißig wachsen und üben, okay?«

Die Stimme von Mrs Williams in meinem Kopf warnte mich, dass ich zu nett zu ihnen war. Dass ich strenger sein musste. Doch ich wusste, dass meine Methode funktionierte. Ich sah es in den Kindergesichtern, die mich in jeder Trainingsstunde anstrahlten.

Betty und Chelsea sahen sich an. »Bist du dann mein Partner?«

»Partnerin«, korrigierte ich leise und spürte die Erleichterung, als sie aufgeregt nickten.

Mit Blick auf die Uhr entließ ich die Truppe vom Eis und fing an, die orangen Hütchen aufzuräumen. Aus dem Augenwinkel sah ich Isaac, der mich bewundernd musterte.

»Was ist?«

»Irgendwann wirst du die beste Mutter sein, die sich ein Kind wünschen kann, Violet.«

Das Lächeln gefror mir auf den Lippen. Mit nur einem Satz zwang er mich fast in die Knie, und ich hörte, wie das Blut in meinen Ohren gefährlich rauschte. Mit einem lauten Knall fielen mir die Hütchen aus der Hand und ich zuckte zusammen.

Mit der harten Wahrheit, die in mir schlummerte, begegnete ich seinem warmen Blick. *Ich werde niemals Mutter.*

Kapitel Zwanzig

Isaac hatte angeboten, mich zu mir nach Hause zu fahren. Anscheinend hatte ich nach seinem Satz blass genug ausgesehen, damit er sich Sorgen machte. Ich hatte mich zu einem Lächeln gezwungen, das Eis verlassen und ihn gebeten, die Kinder an meiner Stelle noch zu verabschieden.

Tief im Inneren spürte ich etwas Bissiges brodeln, doch ich hielt es unter Verschluss. Denn ich hatte keine Kraft, zu streiten.

›Nicht so‹, ermahnte ich mich. *Du würdest Dinge sagen, die du bereuen wirst.*

»Violet?«

»Hm?«, fragte ich. Isaac fuhr Granny Grey. Keine Ahnung, was mit seinem Auto war, ob er es abholen würde oder zu Fuß gekommen war, aber ich entschied, dass es mir egal war.

Ich genoss die Tatsache, mal nicht denken zu müssen und den Kopf an die Scheibe zu lehnen.

»Habe ich was Falsches gesagt?«

Ja. Vieles. Aber das kannst du nicht wissen. Du kannst nicht wissen, was … ich erlebt habe.

Ich spürte die Tränen in meine Augen schießen und schluckte sie weg. »Nein, alles gut. Ich bin nur müde. Die Tabletten wirken wohl nicht mehr.«

Eine Halbwahrheit, die er schluckte. Vielleicht, weil er wusste, dass ich nicht bereit war. Vielleicht, weil er insgeheim ahnte, was in mir vorging.

»Okay«, erwiderte er leise und bog in die Einfahrt vor meinem Haus ein. Obwohl ich wütend war, war ich auch einsam. Ich wollte heute nicht allein sein.

Als wir ausstiegen und er mich geduldig ansah, machte ich ihm spontan ein Angebot. »Willst du mir noch bei Mrs Bloom helfen? Ich muss ihre Pflanzen gießen, und zu zweit geht es schneller.«

Isaac lächelte. »Klar. Aber ich muss dich warnen, ich habe keinen grünen Daumen.«

»Solange du sie nicht ertränkst, sind wir auf der sicheren Seite«, scherzte ich und schob alle negativen Gefühle beiseite.

Es war Sommer, Isaac war hier und ich wollte das zum ersten Mal genießen. Ich zwang mich, wieder an den Rausch zu denken, den ich auf dem Eis gefühlt hatte. An das Knistern an allen Stellen, die er berührt hatte.

Isaac folgte mir in Mrs Blooms Haus, das ich mit einem der gefühlt fünfzig Schlüssel an meinem Schlüsselbund aufschloss.

Mein Begleiter lachte auf. »Sind das alles deine?«

Ich wedelte mit dem Bund, der all meine Taschen um

vermutlich drei Kilo erschwerte. »Was? Hast du ein Problem mit meiner Sammlung?«

Er trat näher und musterte die vielen verschiedenen Modelle. Darunter waren diverse Schlüssel für mein Haus, die Eishalle, das Auto, Minkas Laden, selbst einer für Sams Haus, den ich aber nie nutzte, und so weiter. Dazu kamen mehrere Anhänger.

»Bist du der Hausmeister von Collingwood?« Isaac griff nach der kleinen Flasche Pfefferspray. Er sah gequält aus, als er fragte: »Was ist damit?«

Ich zuckte mit den Schultern und nahm ihm den Bund wieder ab. »Ich muss mich verteidigen können, wenn es brenzlich wird.«

»Muss ich mir Sorgen machen?«

Ich presste meine Lippen aufeinander, entschied mich aber dann doch, die Worte loszuwerden. »Ich kam bisher gut allein zurecht.«

Wir zogen die Schuhe aus und ich bemerkte die Veränderung in Isaacs Haltung. Er war aufgebracht.

Ich fragte mich, welcher Illusion er sich all die Jahre hingegeben hatte. »Dachtest du, ich käme ohne dich nicht klar? Du warst nicht da, Isaac. Ich möchte nicht mit dir streiten, aber du bist gegangen. Ich musste lernen, damit zu leben.«

Er schloss die Augen, und ich sah, wie sein Kiefer mahlte. Dann nickte er und schloss die Lücke zwischen uns. Mit einer sanften Berührung schob er mich gegen die Kommode in Mrs Blooms Flur. »Aber ich bin jetzt da und kann dich beschützen. Ich kann für dich da sein.«

Ich hob das Kinn. Seine Augen glühten, und ich bildete mir ein, mich in ihnen zu sehen. »Kannst du das? Bald bist du wieder weg, und was ist dann? Dann bleibe ich hier und du bist in Toronto.«

Bis ich die Worte ausgesprochen hatte, hatte ich nicht bemerkt, wie wütend mich diese Tatsache insgeheim machte. Wie sehr sie mich davon abhielt, mich ihm zu öffnen.

»Ich bleibe, solange du mich lässt, Cherry.«

Wieder dieser Spitzname. So hatte er mich genannt, weil ich mich einen Sommer lang nur von Kirschen ernährt hatte. Mit denen er mich gefüttert hatte.

»Weißt du, *Murphy*, ich konnte damals nicht genug von dir kriegen. Ich wollte ständig in deiner Nähe sein. Du warst mein Licht und ich die Motte.«

Isaac legte seine Hände an meine Wangen und sah mich eindringlich an. »Du warst keine Motte, sondern ein Schmetterling.«

Dann legte er seine Lippen auf meine. Es war nur der Hauch eines Kusses, aber genug, um mein Inneres vor Hunger und Verzweiflung beben zu lassen.

Isaac vertiefte seine Berührungen, strich mit seiner Zunge über meine Unterlippe, während seine Hände über meinen Körper wanderten. Sie strichen über meine Schenkel, die vor Verlangen zitterten.

Wir sagten nichts, denn es waren keine Worte nötig. Alles, was wir fühlten, teilten wir uns durch den Kuss mit.

Ich drängte mich ihm entgegen, seufzte, als er mit seinen Lippen über mein Schlüsselbein strich und mich näher an sich zog.

Als Antwort krallte ich mich in seinen Rücken, legte den Kopf in den Nacken und genoss. Schicht für Schicht schaffte es Isaac, dass ich meine Schutzhülle ablegte.

»Ich werde dich beschützen, wenn du mich lässt«, hauchte er an meinen Lippen, bevor er meinen Mund wieder in Besitz nahm.

Dieser Kuss. Er war wie etwas, über das man Gedichte schrieb. Er durchbrach mich und verdrängte all die Schatten in meinem Inneren. Ich spürte die vertraute Wärme durch meinen Unterleib zucken, die nach mehr verlangte.

Wir küssten uns wie ausgehungert. Isaac legte meine Beine um seine Taille, hob mich auf die Kommode, und meine Sehnsucht nach ihm lähmte meinen Verstand.

»Fuck«, fluchte ich heiser und spürte sein Lächeln an der empfindlichen Haut hinter meinem Ohr.

»Noch nicht«, raunte er ebenso atemlos.

Ich zog an seinem T-Shirt-Kragen und funkelte ihn an. »Hör auf, mich zu ärgern.«

Seine Finger gingen auf Erkundungstour, und allein die Vorahnung, was passieren würde, ließ mich stöhnen.

Ich war Wachs in seinen Händen, und das wusste Isaac.

Doch bevor er den Druck zwischen meinen Beinen lösen konnte, hörte ich es. Einen Schlüssel, der sich in das Schlüsselloch schob.

In meinem Kopf ratterte es. Wer sollte abgesehen von mir Zutritt zum Haus meiner Nachbarin haben? Durch den Isaac-Nebel, der mich einhüllte, sickerte die Antwort nur langsam zu mir durch.

»Mrs Bloom!« Mit aufgerissenen Augen schubste ich Isaac von mir, kletterte von der Kommode und richtete mein Oberteil. Eine Millisekunde, bevor meine Nachbarin in ihr Haus trat. Sie entdeckte mich als Erste, lächelte freundlich, und dann wanderte ihr Blick zu Isaac.

»Oh!«

»Hi, Mrs Bloom«, begrüßte ich sie und eilte, um ihr mit dem Koffer zu helfen.

Isaac kam mir zuvor. »Freut mich, Sie zu sehen. Sie sehen so hübsch aus wie immer.«

Sie errötete wie ein Schulmädchen und winkte ab. »Ach, du warst damals schon so ein Charmeur.«

Ich räusperte mich. »Ich habe Sie erst nächste Woche erwartet«, erklärte ich in höflichem Tonfall. Nicht, dass ich einer siebzigjährigen Witwe etwas vorzuschreiben hatte, aber ihre spontane Rückkehr hatte etwas unterbrochen. Etwas Wichtiges. Etwas, das immer noch zwischen meinen Beinen pulsierte.

Mrs Bloom lächelte und nickte langsam. »Ja, ich weiß. Tut mir leid, Liebes, dass ich nicht Bescheid gegeben habe. Meine Freunde auf der Kreuzfahrt mussten früher abreisen, weil ihre Enkelin es plötzlich doch eilig hatte. Dann stand ich an der Amalfiküste und hab mich plötzlich nach unserer Georgian Bay gesehnt.«

Sie drückte mich, und ihr süßer Duft nach Vanille löste die Spannung in meinen Schultern etwas. Es war ihr Haus. Und wenn man so alt war, durfte man machen, was man wollte.

Mrs Bloom zog auch Isaac in ihre warmen Arme, und der Anblick war so amüsant, dass ich ein Kichern unterdrücken musste.

Mit ihrer kleinen Statur sah sie aus, als wäre sie nur halb so groß wie er, und trotzdem schaffte sie es, ihn zu tadeln. »Hast dir aber lange Zeit gelassen, um dich bei unserer Violet zu entschuldigen. Ihr seid doch wieder zusammen, oder?«

»Nein«, korrigierte ich sofort, während Isaac noch mit einer Antwort kämpfte.

Er sah mich an, lächelte beruhigend und nickte meiner Nachbarin entgegen. »Ich habe mir leider viel Zeit gelassen, das stimmt. Aber ich tue mein Bestes, dass sie mich zurücknimmt.«

Das war neu.

Wie schön, dass ich das auch erfuhr.

Ich hob eine Augenbraue, ohne dass es Mrs Bloom bemerkte, doch statt darauf einzugehen, ließ Isaac sich von ihr in die Küche führen. »Kommt, ich mache euch Limonade. Violet, hast du ein paar Zitronen für mich?«

Ihr Fluchtangebot ließ ich mir nicht entgehen. Mit noch pochendem Herzen schlüpfte ich in meine Schuhe und eilte in das Haus nebenan.

In der Zwischenzeit würde Mrs Bloom Isaac höchstwahrscheinlich grillen, also nahm ich mir alle Zeit der Welt, um die Post zu sortieren, die Kerzen auf dem Esstisch zu richten und die Fenster zu öffnen. Mein Herz hämmerte mir noch immer vor Aufregung in der Brust, und ich nahm ein paar Atemzüge, um wieder in der Realität anzukommen.

War das gerade wirklich passiert?

Mein Handy lag noch auf der Kommode bei Mrs Bloom, also konnte ich meine Freundinnen nicht anrufen, dabei brauchte ich zum ersten Mal, seit Isaac zurück war, ihren Ratschlag.

Er war hier und wollte sich versöhnen. Wollte sogar, dass wir wieder zusammenkamen.

Aber wäre das so einfach? Könnte ich einfach vergessen,

was passiert war, und von vorne anfangen? Gab es diese Möglichkeit für uns überhaupt?

Ich griff nach dem Netz Zitronen auf der Küchentheke und ging durch den Garten hinüber zu Mrs Bloom. Isaac öffnete mir mit ernstem Gesichtsausdruck die Hintertür. »Musstest du die Zitronen erst aus Indien holen?«

Ich grinste. »Vielleicht.«

Er wollte mich. Ich sah es ihm an.

›Gut‹, dachte ich. ›Dann bin ich nicht die Einzige, die sexuell frustriert ist.‹

Statt mir Einlass zu gewähren, zog er mich an der Taille zu sich und küsste mich. Ich ließ es zu. Genoss jede Sekunde davon.

Isaac küsste mich, als wäre ich seine Luft zum Atmen, und ich erwiderte es. Auch nach all den Jahren wusste er noch, was ich mochte, wie ich es mochte und welche seiner Berührungen mich schwach werden ließen.

Er lächelte an meinen Lippen, als meine Knie drohten nachzugeben. »Das holen wir nach.«

»Ah ja? Vielleicht will ich dich später nicht mehr«, erinnerte ich ihn an meine Worte der Nacht in Toronto.

Er küsste mich auf die Nasenspitze und ließ mich los. »Dann warte ich.«

»Violet! Hast du die Zitronen erst kaufen müssen?«, rief Mrs Bloom, und Isaac lachte auf.

»Siehst du.«

»Sorry, ich bin schon da«, nuschelte ich.

Wir gingen in die Küche, in der meine Nachbarin bereits von einem Ende zum anderen schwebte. Sie öffnete Küchenschränke, inspizierte ihren leeren Kühlschrank und suchte Zucker.

»Nach sechs Monaten habe ich vergessen, wo meine Zutaten sind«, klagte sie.

Mit einem Grinsen half ich ihr und stellte die Zuckerdose auf der Theke ab. »Wollen Sie sich nicht lieber ausruhen? Sie müssen doch müde sein.«

Sie winkte ab und schob mich auf den Barhocker neben Isaac. Auch er nahm daraufhin Platz.

»Ich habe mich monatelang entspannt und am Pool gelegen, Liebes. Ich glaube, ich bin erholt.« Mrs Bloom drehte sich um und fing an zu werkeln, was ich schließlich akzeptierte. Während sie vor sich hin trällerte, musterte ich Isaac, der mich seelenruhig ansah.

Ich fragte mich, wie lange schon.

»Was?«, formte ich mit dem Mund.

Seine Augen leuchteten, und er schaute mich an, als wäre ich die Antwort auf all seine Fragen.

Mit einem Lächeln zog er mich am Barhocker zu sich, sodass sich unsere Knie berührten. Er legte seine Hand auf mein Bein, um über den Stoff meiner Leggings zu streichen.

Alles prickelte. Er war mein Untergang. Mein gottverfluchter, wundervoller und gänsehautbereitender Untergang.

»Hier für euch zwei. Ihr seht etwas rot um die Nasen aus. Ist es hier zu warm?«, fragte Mrs Bloom unschuldig, nachdem sie eine Karaffe mit Limonade vor uns abgestellt hatte. Dann reichte sie uns noch Gläser.

Ich griff nach dem Henkel, doch Isaac kam mir zuvor. »Ich mach das.«

Weil ich nicht wusste, wie ich mit dieser Art von Aufmerksamkeit umgehen sollte, verschränkte ich die Hände im Schoß und versuchte es zu genießen.

»Wie läuft der Verkauf eures Hauses? Ich habe deine Mom Ewigkeiten nicht gesehen. Geht es ihr gut? Ganz allein ... da oben im Norden«, klagte meine Nachbarin.

Offensichtlich war sie trotz Kreuzfahrt bestens informiert.

Wenn Isaac überrascht darüber war, ließ er es sich jedenfalls nicht anmerken. Stattdessen lächelte er freundlich und schob mir ein volles Glas zu. »Ganz okay. Es ist an vielen Stellen renovierungsbedürftig, aber darüber sind potenzielle Käufer informiert. Das Ausräumen dauert nur etwas länger als angenommen. Mom geht es gut, sie ist bei ihrer Schwester. Ich kann Ihnen bestimmt ihre Nummer geben, das würde sie freuen.«

Mrs Bloom winkte ab. »Ach, Schätzchen, die habe ich schon. Ich wollte es nur von dir hören. Das Haus müsste doch weggehen wie sonst was. Unser hübsches Collingwood ist der perfekte Ort zum Leben, besonders für junge Familien. Du solltest keine Probleme haben, es zu verkaufen.«

Ich liebte ihre positive Einstellung. Wenn ich Jahr für Jahr mein endloses Geld für Urlaube ausgeben würde, wäre ich vielleicht auch so.

»Ja, das stimmt. Lange wird es nicht dauern«, erklärte er mit einem Unterton, den ich schwer deuten konnte. Wehmütig? Traurig?

Natürlich hing er an dem Haus, schließlich war er darin aufgewachsen, aber ich hatte bisher geglaubt, dass der Verkauf eher eine Erleichterung für ihn wäre. Dass er vollständig seine Verbindungen zu Collingwood kappen würde. Abgesehen von Sam natürlich. Aber irgendwann wäre der auch nicht mehr ...

Ich schüttelte den Kopf. Daran wollte ich gar nicht denken. Sam würde uns noch alle überleben.

Während Mrs Bloom sich um Isaac kümmerte und ihm einen detaillierten Bericht über die verschiedenen Länder gab, die sie bereist hatte, konnte ich meinen Gedanken nachgehen.

Isaac war hier, bei mir. Und das gefiel mir mehr, als ich anfangs hatte zugeben wollen. Aber hatten wir eine Zukunft?

Wie würde unser Leben aussehen, wenn er als Manager eines internationalen Popstars ständig um die Welt reisen musste?

Was war mit all den ungeklärten Dingen, die zwischen uns standen?

Warum war er gegangen, ohne zurückzublicken? Wie hatte er das mit sich vereinbaren können?

Mein Kopf drehte sich wegen all der offenen Fragen, die sich wie Bauklötze stapelten und mit jeder weiteren den Turm mehr und mehr ins Wanken brachten.

Wie lange konnten wir dieses Etwas zwischen uns genießen, bis die Realität über uns hereinbrechen würde?

Isaac bemerkte meine Stille, und als er seine Hand in meine legte, hob ich den Blick von dem unangetasteten Glas vor mir.

Er gab mir einen Kuss auf die Schläfe. So sanft, dass ich weinen wollte.

Alles wird gut, teilte er mir mit seinen Augen mit, und ich entschied mich, ihm zu glauben. Denn die Wahrheit war: Ich wollte es.

Kapitel Einundzwanzig

Isaac und ich setzten unsere gegenseitige Erkundungstour nicht fort. Nachdem Mrs Bloom den restlichen Abend von ihren Reisen berichtet, uns zum Abendessen überredet und meine Unterleibsschmerzen sich wieder gemeldet hatten, war der Zug für den Tag abgefahren gewesen.

Statt wilden Sex zu haben, war ich ins Bett gefallen, hatte mich im Schlaf zwischen den Laken gewälzt und von einer Horde kleiner rothaariger Kinder geträumt, die eine ganze Eishockeymannschaft ergaben.

Der Rest der Woche verflog, und nach einer Schicht bei Minka und einem kurzen Besuch bei Sam – ohne Isaac – war plötzlich Mittwoch.

Ich packte Bücher, ein paar Pflegeprodukte und den Tee, den Mom so mochte, in mein Auto und fuhr in der prallen Sommerhitze zum Pflegeheim.

In Gedanken war ich bei Harper, die in den letzten Vorbereitungen für die Hochzeit steckte. Wenn die Wettergötter auf ihrer Seite waren, würde die Sommerhitze rechtzeitig abklingen. Aktuell sah es aus, als würden wir zu den Platzkarten noch Miniventilatoren verteilen müssen.

Granny Gray war so aufgeheizt wie ein Blech im Backofen, und widerwillig ließ ich das Fenster herunter, um statt trockener, heißer Luft etwas Wind in den Haaren zu spüren.

Ich schlürfte an meinem selbst gemachten Eistee und lehnte an der nächsten Ampel den Kopf zurück.

Mein Leben war wie immer, doch gleichzeitig fühlte ich eine Veränderung, die ich nicht kontrollieren konnte. Diese trug Isaacs Namen, und sosehr ich seine Nähe genoss, umso mehr wollte ich, dass das Gefühlschaos in mir zur Ruhe kam.

Mit einem mulmigen Gefühl kam ich beim Pflegeheim an, und dieses blieb bestehen, als mir mitgeteilt wurde, dass meine Mutter noch beim Arzt war.

Ärzte bedeuteten nie etwas Gutes. Sie waren die Überbringer schlechter Nachrichten. In meinem Fall: immer.

Widerwillig nahm ich auf dem Rand des Stuhls vor dem Besprechungszimmer Platz, während die Minuten sich wie Stunden dehnten. Das gedämpfte Summen der Aktivitäten im Pflegeheim drang an meine Ohren, und ich versuchte, mich von der Schwere der Gedanken abzulenken. Zwei geschlagene Minuten lang, die sich angefühlt hatten wie ein halbes Leben. Als meine Mom heraustrat, lachte sie über etwas und sah dann auf mich herab.

»Da bist du ja endlich, Schatz.«

Meine Schultern sackten herunter, und ich stand auf, um sie in die Arme zu ziehen. »Ich habe dich vermisst.«

Mit geschlossenen Augen atmete ich ihren Geruch ein,

der mich jedes Mal durcheinanderbrachte. Mom lachte an meiner Schulter und streichelte über meinen Rücken. »Wir haben uns doch vor zwei Wochen gesehen.«

Sie erinnerte sich. Wie sehr diese Tatsache mich erschütterte, merkte ich, als ihr Arzt Dr. Parker mir auf die Schulter klopfte.

»Schön, dass Sie da sind.«

Widerwillig löste ich mich von Mom, schniefte leicht und nickte. »Ist alles in Ordnung?«

Er nickte. »Alles bestens. Wir haben nur die Medikamentendosis für ihre Schilddrüse besprochen.«

»Danke, Dr. Parker«, presste ich hervor und zwang mich zu einem Lächeln.

Mom griff nach meiner Hand, um sie zu streicheln. »Wollen wir auf mein Zimmer? Du siehst aus, als würdest du eine Tasse Tee brauchen.«

Ich nickte mit einem Kloß in meinem Hals und folgte ihr.

Egal, was war und später sein würde, sie war immer noch meine Mutter. Die Mutter, die ich jetzt brauchte.

Während sie in der kleinen Teeküche, die aus einer zwei Meter langen Theke bestand, werkelte, beobachtete ich sie. Sie war über die Jahre kleiner geworden und ihr rotes Haar war ausgebleicht. So wie früher war sie auch jetzt noch eine schöne Frau. Mit ihren Sommersprossen, die ich als Kind so gerne gezählt hatte, und den wilden Augenbrauen, die sich nie zähmen ließen.

Die Krankheit hatte ihren Tribut gefordert, ihr Gehirn angegriffen, und dennoch war sie da, lebte und atmete. Ich entschied, dass das so viel mehr bedeutete als die Probleme um uns herum.

Mom reichte mir eine Teetasse mit Unterteller und platzierte ihre eigene zwischen uns auf dem kleinen Beistelltisch. »Erzähl es Mom.«

Ich lächelte schwach. *Erzähl es Mom.* So wie früher.

Wann hatte mein Leben angefangen, die Rückspultaste zu drücken?

»Isaac ist wieder in Collingwood«, fing ich an, als wäre das Erklärung genug. Zwar hatte ich ihr bereits davon erzählt, aber es zu wiederholen, schadete in ihrem Fall nicht.

Sie nickte und schlürfte an dem heißen Tee, während ich die Tasse vor mir noch nicht angerührt hatte. »Und? Bist du wieder mit ihm zusammen?«

Ich schüttelte den Kopf. »Nein, und ich weiß nicht, ob ich das will.«

Daraufhin lachte Mom herzlich, als hätte ich ihr erzählt, dass ich mit unserem Premierminister Justin Trudeau durchbrennen wollte.

»Warum lachst du?«

Sie wischte sich die Tränen aus den Augenwinkeln und sortierte ihre Mimik so gut es ging. »Schätzchen, die Frage war wohl nie, ob du das willst, sondern warum du es dir so schwer machst. Aber entschuldige meine Reaktion. Ich fand es nur so absurd, weil ich dich deine ganze Jugend lang versucht habe, von ihm fernzuhalten, aber ihr zwei wart einfach unzertrennlich. Und wenn er nur ein bisschen so wie ist wie früher, dann ... kann ich mir nicht vorstellen, was gegen ihn spricht.«

Fest begegnete ich ihrem Blick. »Er hat mich verlassen, Mom.«

Daraufhin nickte sie langsam, überlegte, spitzte die

Lippen und trieb mich mit ihrer ruhigen Art in den Wahnsinn.

»Spann mich jetzt bitte nicht auf die Folter.«

Sie schlürfte erneut an ihrem Tee und schob mir meine Tasse zu. »Trink. Du siehst ausgetrocknet aus.«

Na, vielen Dank, Mom. Für neue Hautpflegeratschläge bin ich nicht hier.

Meine Mutter seufzte und musterte den Boden ihrer Tasse, als wären dort all die Antworten des Universums zu finden. Wie sehr ich mir manchmal wünschte, dass es so war. Doch da waren nur die krümeligen Reste der dunklen Blätter, die bitter schmeckten.

»Ich weiß, ich habe nicht viel richtig gemacht. Damals, als du noch ein kleines Mädchen warst und auch als du bereits deine eigenen Entscheidungen treffen konntest«, fing sie an. Ihre hellbraunen Augen funkelten heute, und ich war dankbar darum, keinen grauen Schleier in ihnen zu finden.

Sie war klar bei Verstand und bereit, ihre gehüteten Weisheiten mit mir zu teilen. »Dein Vater hat uns jung verlassen, und ich wusste nicht immer, wie ich dir eine gute Mutter sein konnte. Aber darum geht es nicht. Es geht darum, dass du dein Leben damit verbracht hast, für andere zu leben. Für mich, für das Eiskunstlaufen und, ja, auch für Isaac. Du warst und bist ständig für alle da, mein Schatz, und ich bewundere dich Tag für Tag dafür, dass du so bist, aber willst du nicht anfangen, für dich zu leben? Dich an erste Stelle zu stellen?«

Mein Kinn zitterte. Ich wollte nicht weinen. Wirklich nicht. Aber dann liefen sie einfach drauflos. Plötzlich brach alles über mir zusammen. Mom, die mich in ihre Arme zog.

Isaac, der mir so nah und doch so fern war. Das Leben. Das unerschütterliche Leben, das von mir schmerzhafte Tribute verlangt hatte.

Meine Mutter strich über mein Haar, und ich spürte ihre Stimme durch mich vibrieren, als mein Schluchzen in meiner Brust bebte. »Es ist okay, nach vorne zu sehen. Niemand wird dich dafür verurteilen, wenn du ihm verzeihst. Und niemand hat das Recht, dir zu sagen, was du willst. Also geh in dich und horche. Und Violet?« Sie schob mich von sich, um mich anzusehen. Auf ihren Lippen lag ein zufriedenes Lächeln. »Trau dich, Mist zu bauen. Du bist kein Teenager mehr, aber es ist nie zu spät, Fehler zu machen und aus ihnen zu lernen. Aber ich glaube, du wirst schnell merken, dass Isaac kein Fehler ist.«

Langsam glaubte ich, die Menschen in meinem Umfeld, ja ganz Collingwood hatte sich gegen mich verschworen. War ich zu vorsichtig gewesen, indem ich so lange gezögert hatte?

Ich dachte an den Moment vor zehn Jahren zurück. Wie ich auf ihn vor dem Vorlesungssaal gewartet hatte.

War ich ein Feigling gewesen, weil ich mich nicht getraut hatte, es ihm zu sagen? Ihm zu erklären, dass ich ihn an meiner Seite brauchte?

Ich schniefte und ließ zu, dass meine Mutter meine Tränen mit einer Serviette wegtupfte. »Mein schönes Mädchen.«

Trocken lachte ich auf. »Das sagst du nur, weil ich das Nasenpiercing nicht mehr trage.«

»Das Teil war schrecklich, und du würdest mir zustimmen, wenn du nicht so stur wärst«, neckte sie und bat mich dann mit einer Geste, ihre Tasse erneut mit heißem Wasser zu füllen.

So verbrachten wir den ganzen Nachmittag, bis die Besuchszeit endete. Wir redeten über die Vergangenheit, über Minkas Laden und Harpers anstehende Hochzeit. Zusammen dachten wir an Sam und fragten uns, ob der Herbst so schön sein würde wie im Jahr zuvor.

Zeit mit Mom zu verbringen war heilend. Es war das einzige Mal, dass ich wieder Kind sein durfte, und ich genoss jede Sekunde davon.

Ein paar wenige Tage später betrachtete ich Harper mit einem Lächeln, während sie vor einem Spiegel saß. Meine beste Freundin war die schönste Frau in ganz Kanada. Wie eine Prinzessin thronte sie vor dem Frisiertisch, ein Stockwerk über der Feier-Location, in der sie und George sich in einer Stunde das Jawort geben würden. Ihrem Gesichtsausdruck nach zu urteilen, war sie tiefenentspannt.

Ganz im Gegensatz zu Minka, die den ganzen Vormittag damit verbracht hatte, auf und ab zu gehen. Ständig murmelte sie Sachen vor sich hin, und unsere Beteuerungen, dass alles gut über die Bühne gehen würde, halfen ihr nicht.

Ihr mintgrünes Satinkleid wehte schon wieder an mir vorbei und ich drückte sie auf den Sessel am Fenster. »Jetzt dreh nicht durch. Erstens ist das nicht deine Hochzeit, und zweitens solltest du deine Zeit lieber damit verbringen, die Braut zu beruhigen.«

Minka deutete auf mein Kleid, im gleichen Farbton wie

ihres, das noch auf einem Kleiderbügel hing. »Willst du in Unterwäsche hin?«

»Genau. Das ist der Special Act«, scherzte ich augenrollend. »Natürlich *nicht*, aber wir haben noch Zeit.«

Sie schüttelte den Kopf und sah zu Harper, die grinste. »Wie könnt ihr so gelassen sein? Das ist eine Hochzeit. Du wirst für immer an ihn gebunden sein! Ich drehe durch und ihr lacht?!«

Ja, wir lachten. Minkas Verhalten ließ nichts anderes zu. Ich drückte ihr ein Sektglas in die Hand. »Trink.«

»Ich bin seit der Highschool mit George zusammen. Warum sollte ich aufgeregt sein? Mir geht es gut. Nein ... mir ging es noch nie besser«, erklärte Harper zufrieden und schloss die Augen, damit die Make-up-Artistin ihr Lidschatten auftragen konnte.

Wenn diese sich fragte, warum die zweite Brautjungfer im Raum so ein Drama machte, ließ sie es sich nicht anmerken.

»Du tust so, als würdest *du* gleich heiraten«, bemerkte ich in Minkas Richtung und grinste. »Es wird alles gut. Die ersten Gäste sind schon da. Der Bräutigam ist hier und willig, unsere Freundin auch zur Frau zu nehmen.«

Minka musterte die Blumenarrangements, die man vom Fenster aus bewundern konnte. »Ich will nur, dass es schön wird. Harper hat nur das Beste verdient.«

Mir wurde warm ums Herz. Ich zog meine Freundin in eine Umarmung und drückte ihr einen Kuss auf die lockigen Haare. »Wird es. Jetzt hör auf, eine Glucke zu sein, und schau sie an. Guck, wie sie strahlt.«

Harper sah zu uns und ich entdeckte verdächtige Tränen in ihren Augen.

Die Make-up-Artistin drückte sie vorsichtig mit einem Stofftuch weg. »Nicht weinen. Noch nicht.«

Meine beste Freundin schüttelte den Kopf. »Ihr zwei treibt mich noch in den Wahnsinn. Ich kann es gar nicht abwarten zu sehen, wer euch beide abkriegt.«

»Zusammen? Im Doppelpack?«, fragte Minka frech. Offensichtlich waren meine Worte doch etwas zu ihr durchgedrungen und hatten sie aufgelockert.

»Gott bewahre«, warf Harper grinsend ein.

Ich erwiderte das Lächeln und schlüpfte dann im angrenzenden Badezimmer in das Kleid.

Es war ebenfalls aus mintgrünem Satin wie Minkas, doch damit hörten die Gemeinsamkeiten auf. Während ihr Kleid von zwei dünnen Trägern gehalten wurde, trug ich eins mit Butterfly-Ärmeln. Ich blickte auf den tiefen Ausschnitt, der dank Tape ordentlich hielt. Das Letzte, was ich wollte, war, meine Brüste vor sechzig Hochzeitsgästen zu entblößen. Ich band die Schnüre fester zusammen, sodass der Stoff sich um meine Hüften schmiegte.

Ein letztes Mal richtete ich meine Haare, bevor ich mich wieder der Braut und meiner hibbeligen Freundin anschloss. Glücklicherweise hatte der Alkohol seine Wirkung gezeigt, denn sie schien um einiges entspannter, als ich mich wieder neben sie setzte. »Alles klar?«

»Ich sehe was, was du nicht siehst«, sagte sie, und ihr Blick war weiterhin aus dem Fenster gerichtet. Ein Lächeln lag auf ihren Lippen. »Rate.«

Ich lugte an ihr vorbei, versuchte etwas in der wachsenden Menschenmenge auszumachen, eine besondere Farbe oder einen ungewöhnlichen Gegenstand, bis ich es entdeckte.

Genauer: bis ich *ihn* entdeckte.

Ich wusste nicht, was ich fühlen sollte. In meinem Körper brodelte ein Stimmungscocktail aus Aufregung, Angst und Verlangen, der mein Herz zum Stolpern brachte. Mein Gehirn brauchte ein paar Augenblicke, um das Bild von Isaac neben Georges Eltern zu verarbeiten. Ohne wegzusehen, machte sich mein Mund selbstständig. »Harper? Warum ist mein Ex-Freund auf deiner Hochzeit?«

Die Braut kicherte. Auch Minka schien das Ganze besonders amüsant zu finden. *Biest.*

»Überraschung?«

Jetzt sah ich meine Freundin an. »Was soll das heißen: *Überraschung*? Du kannst doch nicht spontan einen weiteren Gast zu deiner Hochzeit einladen. Und warum solltest du?« Ich senkte meine Stimme. »Doch nicht meinetwegen?«

Minka lachte auf und stellte sich zu Harper, um deren lange, goldene Wellen über ihren Schultern zu richten. »Violet Clark denkt, die Welt dreht sich um sie. Vielleicht ist er mein Plus-eins?«

»Du willst mich doch verarschen«, warf ich zurück. Schluss mit lustig, ich brauchte Antworten. »Harper?«

»Er war die ganze Zeit eingeladen. Als George und ich uns über die Gästeliste Gedanken gemacht haben, tauchte sein Name unter den ehemaligen Spielern auf ... also haben wir ihm eine Einladung geschickt. Ich habe es dir nicht erzählt, weil ich nicht wollte, dass du durchdrehst. Was du übrigens gerade tust.«

Ich räusperte mich und zwang mich, Isaac nicht länger zu beobachten. »Ich bin ganz cool.«

Minka schüttelte den Kopf. »Ich war wenigstens ehrlich.«

Okay, Isaacs Anwesenheit machte mich nervös. Es war unser erstes Aufeinandertreffen nach unserem Kuss, und eine Vorahnung machte sich in meinem Bauch breit. Die Motten darin, die jetzt Schmetterlinge waren, tanzten, drehten Loopings, und ich wusste: Heute Abend würde ich nicht wegrennen können.

Kapitel Zweiundzwanzig

Die Trauung der zwei wundervollsten Menschen, die ich kannte, fand in einer alten Scheune fünfzig Kilometer außerhalb von Collingwood statt. Sie lag am Wasser und war eingebettet zwischen Wäldern, die perfekte Abkühlung an diesem warmen Sommertag boten.

Laut Wetterbericht stand am Abend ein Gewitter an, aber mit etwas logistischer Planung würden wir nach dem gemeinsamen Essen im Freien die Feier wieder in die Scheune verlegen.

Ich stand vor Minka, und mein Herz pochte so laut in meinen Ohren, dass ich fast meinen Einsatz verpasste.

›Du bist nicht die Braut‹, erinnerte ich mich. ›Entspann dich.‹

Unter den Blicken der vielen Gäste trat ich in die Scheune und lächelte, obwohl mich nur ein einziger interessierte. Ich suchte in der Menge nach ihm. Isaac sah umwerfend aus. Unverschämt hinreißend, wie er alle Anwesenden mit seiner Größe überragte und mich mit seinen eisblauen Augen musterte.

Er zwinkerte mir zu und das Lächeln auf meinen Lippen vertiefte sich. Als ich spürte, wie die Röte mein Dekolleté hochkroch, riss ich mich zusammen und stellte mich vorne angekommen auf die linke Seite.

Mein Blick wanderte zum Altar, wo George nervös stand. Sein Anzug saß perfekt, aber die Anspannung in seinen Augen verriet, dass die äußere Fassade nicht alles war. Ich beobachtete, wie er mit den Fingern am Revers spielte und den Blick nicht vom Eingang abwandte.

Deine Liebste kommt gleich, hätte ich am liebsten zugeflüstert.

Ich spürte, wie Isaacs Augen auf mir lagen, doch ich konnte nicht noch mal hinsehen. Stattdessen beobachtete ich, wie Minka mir folgte, strahlend und mit keinem Funken Nervosität im Gesicht. Sie war eine bessere Schauspielerin als ich. Ganz offensichtlich verschwendete sie in Collingwood ihr Talent, aber als sie an meine Seite trat und meine Hand drückte, war ich umso glücklicher, dass sie sich für meine kleine Heimatstadt entschieden hatte.

»Wenn du anfängst zu heulen, muss ich heulen, also reißen wir uns zusammen, okay? Ich sehe nicht gut aus mit geschwollen Augen«, flüsterte sie mit einem Lächeln.

Ich nickte. »Deal.«

Natürlich verwarfen wir unsere Vereinbarung in dem Moment, in dem Harper in die Scheune trat und ihren Bräutigam entdeckte. Sie leuchtete, strahlte und sah dabei traumhaft aus. Meine beste Freundin war vorher schon atemberaubend gewesen, aber in dem Moment, wo sie George ansah, veränderte sich ihre ganze Haltung. Er war ihre Sonne. Ihr Licht.

Minka und ich schnieften mit den Gästen im Chor, während das Paar der Stunde sich anlächelte, als wäre die Zeit unendlich und ihre Liebe so groß wie das Universum.

Der Pfarrer, ein Mann mit Ohrring am linken Ohr und einem Akzent, als wäre er aus Nova Scotia, traute die beiden. Er erzählte etwas von Gott, der Liebe und schließlich die Geschichte von Harpers und Georges Kennenlernen.

»Es passiert nicht oft, dass wir die Liebe unseres Lebens so jung finden. Oft lernt man die Person, mit der man das Leben verbringen will, erst viel später kennen«, predigte er, und ich schloss die Augen, um seine Worte zu verdauen.

»Aber George und Harper hatten das Glück, sich in ihren jungen Jahren lieben zu lernen. Sie sind nicht nur als Paar gemeinsam gewachsen, sondern auch als Menschen und konnten sich aneinanderlehnen, wenn das Leben schwer wurde.«

Ich spürte Isaacs Blick auf mir. Ganze fünf Sekunden lang hielt ich es aus, bevor ich ihm begegnete. Dachte er dasselbe wie ich?

Warum wir es nie geschafft hatten? Wie anders unser Leben verlaufen wäre, wenn er geblieben wäre? Oder ich ihn nicht hätte gehen lassen?

»Eine Ehe ist ein heiliges Sakrament und nicht nur ein Bund zwischen dem Brautpaar, sondern auch vor Gott. Wir sind heute hier, um der Vereinigung ihrer Seelen beizuwohnen und ihre Liebe zu unterstützen. Ich möchte nun das Paar zu Wort kommen lassen«, schloss er, und ich ermahnte mich erneut. Heute ging es nicht um mich oder mein Liebesdrama. Wir waren hier, um George und meine allerbeste Freundin Harper zu feiern.

Ihre Reden und Versprechen ließen kein Auge in der Scheune trocken. Minka schnäuzte sich mehrmals in ein Stofftuch, während ich in regelmäßigen Abständen das Gesicht wegdrehte, um die Tränen wegzuwischen.

So viel wie an diesem Mittag hatte ich im ganzen Jahr nicht geweint, und als das Brautpaar sich endlich küsste, um ihren Bund zu besiegeln, war die Freude umso größer.

Wir jubelten, klatschten, weinten noch mehr, bis der Pfarrer uns zu den Feierlichkeiten entließ.

»Ich brauche einen Drink. Vielleicht zwei«, erklärte Minka, und ich ließ mich nur zu gern von ihr mitziehen. Während Harper an der Seite von George damit beschäftigt war, die Gäste zu begrüßen und Glückwünsche anzunehmen, machten wir Brautjungfern unseren Part: Wir sorgten für gute Stimmung.

Gerade beobachtete ich Minka dabei, wie sie mit Georges Cousin flirtete, während ich meine Beine am Tisch für Fingerfood ausruhte.

»Du siehst wunderschön aus.«

Ich wandte mich um zu Isaac, der mir seine Grübchen zeigte. Mutig trat ich auf ihn zu und ließ es geschehen, dass er seine Hand auf meinen Rücken legte. »Du siehst auch nicht schlecht aus.«

Er lachte auf. »Das werte ich als Kompliment.«

Seine Fingerspitzen wanderten an meinem Rücken über den dünnen Stoff meines Kleides und schickten Hitzewellen durch meinen Körper. Ich hob das Gesicht, um ihm zu signalisieren, dass er absolut nichts in mir auslöste.

Was natürlich nicht stimmte.

Ich wollte ihn am liebsten hier und jetzt küssen. Mehr als küssen. Ich wollte, ich *musste* in seinen Armen liegen und deren Gewicht auf mir spüren.

»Wo schläfst du heute?«, fragte ich.

Isaac blieb cool und tat so, als hätte ich nach dem Wetter gefragt und nicht nach einer inoffiziellen Einladung in mein Zimmer. »Im Hotel gegenüber.«

Ich nickte. »Gut. Ich auch. Wir alle.«

Eine Stimme, Minkas, erklang durch die Lautsprecher. »Liebe Gäste, wir laden ein für den ersten Tanz von Mr und Mrs Fletcher!«

Ich löste mich von Isaac, als die ersten Klänge von *Turning Page* von Sleeping At Last ertönten. Doch statt mich freizugeben, legte er seine Hand an meine Hüfte, um mich zu halten. Vielleicht auch, um mich zu stützen.

Mit einem Lächeln lehnte ich den Kopf an seine breiten Schultern und sah gleichzeitig, wie Harper strahlte. Ihre Augen leuchteten, als sich George vorlehnte, um ihr etwas ins Ohr zu flüstern.

»Ohne die beiden würde ich nicht an Liebe glauben«, gestand ich leise.

Isaac verstärkte seinen Druck leicht, und ich spürte, wie er mich ansah. »Gibt es irgendwo in deinem Herzen, irgendwann in der Zukunft die Chance darauf, dass du mir verzeihst?«

Ich senkte den Blick zu meinen Füßen, die in cremefarbenen Pumps steckten. Es wäre einfach gewesen, ihn noch länger für all das Böse und Übel in meinem Leben verantwortlich zu machen. Aber so gern ich mir wünschte, nicht die Schuldige zu sein, ich konnte ihn nicht für etwas hassen, das ich mir selbst angetan hatte.

Und für die Dinge, die er mir angetan hatte?

War ich es satt.

Wenn Isaac zu verzeihen bedeutete, mein jüngeres Ich zu verärgern, dann würde ich das in Kauf nehmen.

»Begleitest du mich heute Nacht auf mein Zimmer?«, wollte ich wissen.

Isaac verstand und nickte.

In stummem Einverständnis gesellten wir uns zu den anderen Paaren auf der Tanzfläche und wiegten uns im Takt. Ich legte den Kopf an seine Brust, während das nächste Lied erklang, und ließ ihn dort, bis das Essen angekündigt wurde.

Die Hochzeit war wundervoll. George und Harper schwebten nur so zwischen den Tischen entlang, lachten und feierten, als gäbe es keinen Morgen.

Minka und ich weinten nicht mehr, sondern machten mit bei den Spielen, bei jedem Foto, das jemand knipste, und taten alles, um Harper den schönsten Tag ihres Lebens zu verschaffen. Wir stießen mit Champagner an, teilten Anekdoten aus vergangenen Zeiten und ließen uns von der festlichen Atmosphäre mitreißen.

Nach dem offiziellen Teil wagten wir uns auf die Tanzfläche in der Scheune, wo wir bis in die späten Stunden hinein die Hüften schwangen. Wir sangen lauthals mit, als die Band Harpers Lieblingssongs zum Besten gab, und vergaßen die Zeit.

Doch die Stimmungskanonen zu spielen, hatte seinen Preis, denn wir waren die Letzten, die auf der Party waren. Das Brautpaar verabschiedete sich nach der dritten Flasche Wein, und auch die Band packte mittlerweile langsam zusammen.

»Kommt bloß euren ehelichen Pflichten nach! Ich will die heiße Tante mit den Geschenken sein«, rief Minka den beiden hinterher.

Ich pikste sie in die Seite und schüttelte den Kopf. »Vielleicht werde ich das?«

Minka lachte auf. »Du? Nächstes Jahr hast du selbst einen Braten in der Röhre.«

Ich rieb mein Tattoo im Nacken und reagierte nicht. Stattdessen stand ich auf, um Arm in Arm mit ihr aus der Scheune zu spazieren. Ich sah mich um nach Isaac, der mich die ganze Zeit über nicht aus den Augen gelassen hatte.

Wehmut erfüllte mich, als ich ihn nicht sofort erspähte. Vielleicht hatte er es vergessen …

Erst als wir in die kühle Nachtluft traten, entdeckte ich ihn auf einer Bank sitzend in den Himmel starren.

»Uh, wen haben wir denn da?«, fragte Minka mit hoher Stimme. »Der nordische Schönling. Bist du hier, um deine hübsche Freundin ins Bett zu bringen? Oder wird heute Nacht nicht geschlafen?«

»Minka!«

»Was denn? Ihr zieht euch den ganzen Abend lang schon mit Blicken aus, aber niemand darf was sagen? Mann, vögelt doch endlich.«

Isaacs Miene war undurchschaubar, aber ich merkte,

wie er mit einem Lächeln kämpfte. Wenigstens verstand er Minkas komischen Humor.

Sie schunkelte leicht zur Seite, und als sie drohte, uns beide auf den harten Asphalt stürzen zu lassen, kam uns Isaac zu Hilfe. »Ich begleite euch auf eure Zimmer.«

Minka summte den kurzen Weg ins Hotel, durch die kleine Lobby und zum Fahrstuhl ein Lied. Sie war offensichtlich betrunken, und ich fragte mich, ob ich sie wirklich allein lassen durfte.

Vor ihrem Zimmer angekommen kramte ich ihre Schlüsselkarte aus der kleinen Clutch. Isaac stütze sie am rechten Arm und ich hielt ihre linke Hand. Sie murmelte etwas vor sich hin. »Ich komme schon klar.«

»Ich bringe dich ins Bett.«

Minka hob den Kopf, nahm mir die Schlüsselkarte ab und schüttelte den Kopf. »Das schaffe ich auch allein.«

Irritiert ließ ich sie die Tür öffnen, ignorierte Isaac, der an die Wand gelehnt wartete. Ich schlüpfte hinter meiner besten Freundin ins Zimmer. »Ich will dich nicht allein lassen.«

Sie drehte sich um und umgriff mit beiden Händen mein Gesicht. Ihr Ausdruck war plötzlich ganz ernst. »Ich kotze gleich, und dann lege ich mich ins Bett. Also mach dir um mich keine Sorge. Geh und hab Spaß.«

Ich dachte an Isaac und daran, wie müde er wahrscheinlich war. »Spaß?«

»Ja, lass den Tiger raus«, nuschelte sie abwinkend, bevor sie sich im Badezimmer einschloss.

Mit offenem Mund starrte ich auf die geschlossene Tür. Dann auf die, durch die wir vor wenigen Sekunden getreten waren. Schüchternheit erfasste mich, und ein Teil von mir wünschte sich, ich hätte mehr getrunken.

Doch ich war nur beschwipst, zu wenig, um die Nervosität zu verdrängen, aber dennoch genug, um den Mut aufzubringen, wieder in den Hotelflur zu treten.

Isaac lehnte immer noch an der Wand.

Ich bot ihm einen letzten Ausweg. »Du hättest nicht warten müssen.«

»Ich wollte aber«, erklärte er. Isaac hielt mir seine Hand hin und ich legte meine hinein. Es war schön, so berührt zu werden. Nicht daran zweifeln zu müssen, was mein Gegenüber fühlte.

Wir waren gealtert, vielleicht reifer geworden, und das gefiel mir.

Ich wandte mich um und zog Isaac die drei Schritte mit mir, bis wir vor der nächsten Tür zum Stehen kamen. Während ich sie mit meiner Karte öffnete, ließ ich ihn nicht los. Stattdessen führte ich ihn weiter, in die Dunkelheit des Zimmers, bis ich hörte, wie die Tür hinter ihm ins Schloss fiel.

Keiner von uns rührte sich. Doch ich hörte ihn. Sein leises Atmen und die Hand, die er nach mir ausstreckte. Ich nahm seinen Duft war, der heute Nacht intensiver war. Er trug Aftershave, solches, das mit einer Warnung kommen müsste. Denn ich war bereits süchtig nach dem Geruch.

Als Isaac seine Hand über mein Rücken gleiten ließ, legte ich den Kopf in den Nacken. Er senkte seine Lippen von hinten an meinen Hals und küsste meine Haut. Ich klammerte mich an den Satinstoff meines Kleides, auf der Suche nach Halt.

Isaac las meine Gedanken wie immer und hielt mich

mit einer starken Hand am Bauch fest. »Sag mir, wenn ich aufhören soll«, hauchte er an meiner prickelnden Haut.

Ich war Wachs in seinen Händen. Die Welt da draußen hätte untergehen können, und nichts hätte mich dazu gebracht, ihn zu stoppen.

»Bitte«, flehte ich, nicht wissend, worum. Nur nicht danach, dass er aufhörte. Als ich es nicht länger aushielt, wandte ich mich zu ihm um und eroberte seinen Mund. Ich verschlang ihn, knabberte an seinen Lippen, spielte mit seiner Zunge, und Isaac ließ mich. Er überließ mir die Führung.

Ich klammerte mich an ihn, beschloss im selben Atemzug, dass Isaac niemals wieder eine andere küssen würde. Tief in meinem Inneren spürte ich eine Besitzgier wachsen, die ich zuvor nie gespürt hatte. »Du gehörst mir.«

Isaac lächelte an meinen Lippen. Dann nickte er, ohne sich zu lösen. Ich spürte, wie er etwas in die Knie ging, und dann hob er mich hoch. Wie selbstverständlich schloss ich die Beine um seine Taille, während er uns zum Bett führte. Als er mich ablegen wollte, protestierte ich.

»Ich will auf dich.«

»Okay«, raunte er mit tiefer Stimme, die durch meine eigene Brust vibrierte. Als er sich drehte, um mir wieder die Kontrolle zu überlassen, lächelte ich. Er war so groß, stark, und dennoch gab er mir das Gefühl, alles mit ihm tun zu können.

Ich drückte ihn aufs Bett, weniger zärtlich als beabsichtigt, aber die Hitze zwischen meinen Beinen wuchs mit jeder Sekunde. Es war berauschend und qualvoll zugleich. »Ich will dich, Isaac Murphy. Jetzt.«

Als ich die Hüfte hob und seine Härte zwischen meinen

Beinen spürte, wusste ich, dass auch er mich wollte. Und *wie* sehr er mich wollte.

»Ich gehöre ganz dir, Violet Clark«, erklärte er, bevor er mein Gesicht umfasste, um mich wieder zu küssen.

Ich legte die Arme um seinen Nacken, zog ihn an mich, rieb mich an seinem Schritt, um dem Pulsieren Abhilfe zu verschaffen. Doch es war nicht genug. Ich brauchte ihn. In seiner ganzen Vollkommenheit.

Als er die Hände an meine Hüfte legte, um mich zu stoppen, stöhnte ich frustriert auf. »Du hast zu viel an.«

»Und du bist eine Raubkatze. Darf ich?«, fragte er unnötigerweise, als er eine Hand an die Schnüre meines Kleides legte. Ich nickte langsam, holte Luft, die in meinen Lungen knapp wurde, und sah, wie Isaac bei dem Anblick meiner Brüste still wurde. »Was?«

»Fuck.«

Mein Körper ging in Flammen auf, als er sich vorbeugte, um mit seiner Zunge über die Konturen meiner Brüste zu streichen. Er genoss jeden Zentimeter meiner Haut, und während ich unter seinen Küssen noch feuchter wurde, wurde ich auch ungeduldiger.

»Du bist dran«, erklärte ich und zog an dem Stoff seines Hemdes, um die einzelnen Knöpfe zu öffnen. Meine Finger zitterten vor Aufregung, also übernahm Isaac das mit einem Grinsen, als wären wir wieder Teenager, die auf der Rückbank seines Autos rummachten.

»Ich schwöre dir, wenn du dich lustig über mich machst, mache ich dich fertig.« Meine Hände krallte ich in sein Haar, zog daran, während das Blau in seinen Augen sich verdunkelte. Ich hörte die Regentropfen an die Balkonscheiben prasseln, das Gewitter war noch gekommen, doch ich konnte den Blick nicht von ihm reißen.

Statt einer Antwort hob Isaac mich leicht an, um mich seine Erektion besser spüren zu lassen. Die Berührung fühlte sich an wie ein elektrischer Schlag.

»Wirke ich auf dich, als würde ich mich lustig über dich machen?«, fragte er fast bedrohlich, doch ich hörte seine Erregung heraus.

»Zeig mir, dass es nicht so ist«, forderte ich mutig. Das Blut floss heiß durch meine Adern, brannte sich durch meine Zellen, und alles in meinem Körper schrie Isaacs Namen.

Er öffnete seinen Gürtel, hob, mit mir auf sich, die Hüfte und schob sich die Anzugshose über die Oberschenkel.

Ich schaute auf seine Boxershorts. »Die muss auch weg.« Ich war wie geblendet vor Ekstase und klang nicht mehr wie ich selbst, aber er kam meinem Befehl nach. Sein Glied zuckte. Meinetwegen. Als ich auf seinem Schoß herunterrutschte, griff Isaac nach meiner Schulter. »Was machst du?«

Er dachte wahrscheinlich, dass ich mich dazu gezwungen fühlte, ihm einen zu blasen. Doch ich wollte ihn schmecken. Ich musste ihn berühren.

Als ich den Mund um die Spitze schloss, stöhnte Isaac auf, und ich schmeckte den ersten Sehnsuchtstropfen. Eine heiße Welle überrollte mich, als ich ihn tiefer in mich nahm.

Meine Lust lähmte meinen Verstand, als ich saugte, mal langsam, mal schnell, bis sich Isaacs Stöhnen in ein Knurren verwandelte. »Wenn du nicht aufhörst, wird das hier im Handumdrehen enden.«

Genüsslich fuhr ich mit der Zunge über seine sehnige Haut und lächelte, als ihn durch meine gesenkten Wimpern ansah. »Das hat dich früher auch nicht gestört.«

»Du bist mein Untergang. Weißt du das?«

»Du bist meiner, und sieh uns an«, erwiderte ich und keuchte auf, als er sich in einer flüssigen Bewegung auf mich rollte. Seine Hände schoben mein Kleid ganz von mir, sodass ich nur noch in meinem Höschen unter ihm lag. »Du wirst mich noch umbringen mit deiner Schönheit.«

»Trag noch dicker auf und ich benutz deine Worte als Hautcreme«, scherzte ich, doch hielt inne, als seine Finger unter meinen Slip wanderten. Er fand meine feuchte Mitte, rieb an der empfindlichen Knospe, während er butterweiche Küsse auf meinen Schlüsselbeinen verteilte.

Isaac nahm sich Zeit für mich, streichelte mich, knabberte an meiner Kehle und küsste jede Stelle in meinem Gesicht, nur nicht meinen Mund. Irgendwann riss mein Geduldsfaden. Ich klammerte mich an ihn und zwang ihn, mich anzusehen. »Jetzt, oder ich mache es selbst.«

Schnell befreite ich mich von dem dünnen Slip, der von meiner Erregung bereits feucht war, und sah seine Erektion erwartungsvoll an.

Isaac schwebte über mir und schluckte. »Ich hab ... Ich hab nichts da.«

Er gestand das auf die liebevollste Art, die ich mir je hätte vorstellen können. Ich schenkte ihm ein Lächeln. »Du weißt ... ich nehme die Pille.«

Seine Stimme klang rau, als er antwortete. »Ich bin sauber. Ich habe nie ohne ...«

Ich wollte mir ihn gar nicht mit anderen Frauen vorstellen. Er gehörte mir. So primitiv das auch klang, er war mein und ich war sein. Alles andere existierte nicht. »Ich auch nicht.«

»Gut«, hauchte er an meinen Lippen, bevor er mich endlich küsste. Ich drängte mich ihm fieberhaft entgegen und er drückte mich zärtlich zurück auf die weiche Matratze des Hotelbettes. »Ab hier übernehme ich.«

Kapitel Dreiundzwanzig

Isaacs Worte pulsierten durch mich, als ich jeden Funken Selbstbeherrschung verlor. In einer sanften Bewegung spreizte er meine Beine, und ich sah mit bebendem Herzen zu, wie er seinen Kopf senkte. »Was wird das?«

Keine Ahnung, warum ich das fragte. Offensichtlich hatte mein Gehirn aufgehört zu funktionieren.

»Isaac, hör auf, mich zu foltern.«

»Ist das ein Befehl oder eine Bitte?«, murmelte er, bevor er seine Zunge über meine feuchte Mitte gleiten ließ. Ich stöhnte auf, wimmerte fast, als er anfing zu saugen. Mit den Händen strich er über meine Oberschenkel, die ich vor Zittern kaum stillhalten konnte.

»Isaac!«, keuchte ich und spürte die ersten Funken meine Wirbelsäule hinunterklettern. Sein Mund war heiß und fordernd auf mir, während er mich kostete, als wäre ich das Dessert, auf das er den ganzen Abend gewartet hatte.

Isaac Murphy war kein Teenager mehr. Er war ein

erwachsener Mann mit Erfahrung. Erfahrung, die er nur zu gerne an mir zur Schau stellte. Mit einer Hand drückte er mich aufs Bett, während er mich mit der anderen befriedigte.

Ich presste die Lippen zusammen, um mein Stöhnen zu unterdrückten, fühlte sein Lächeln, als der Orgasmus sich weiter in mir aufbaute.

Doch Isaac war nicht bereit, mich über die Klippe zu stoßen. Stattdessen verlangsamte er das Tempo, platzierte sanfte Küsse auf meiner Haut, und ich krallte mich in sein Haar, um ihn anzusehen. Seine Lippen glänzten. Meinetwegen. »Zwing mich nicht, selbst Hand anzulegen.«

»Warst du schon immer so ungeduldig?«, fragte er mit Leidenschaft in den Augen. »Wir haben alle Zeit der Welt.«

Ich schüttelte den Kopf und zog ihn mit letzter Kraft zu mir hoch, sodass sich unsere Nasenspitzen berührten. »Nein. Ich habe lange genug gewartet. Schlaf mit mir.«

Weil ich den Druck in meinem Unterleib nicht länger aushielt, flüsterte ich ein schwaches »Bitte« hinterher.

Isaac brauchte nicht mehr von mir. Er sah auf die Stelle, an der unsere Körper sich jeden Moment vereinigen würden, und stöhnte. »Hiernach werde ich dich kosten. Die ganze Nacht lang, und du wirst mich nicht unterbrechen. Verstanden?« Er küsste mich lange, und während ich mich an seinen Lippen schmeckte, drang er langsam in mich ein.

Ich stöhnte, als er mich Zentimeter für Zentimeter ausfüllte.

Donnergrollen rollte über den Nachthimmel und ein Blitz erhellte eine Sekunde lang das Zimmer. Es war atemberaubend. Ihn in mir zu spüren, während draußen ein Gewitter stürmte.

Isaac stieß in mich, in behutsamen und tiefen Bewegungen, die das Pulsieren in jedem Winkel meines Körpers verstärkten. Ich krallte mich an ihn, um ihm noch näher zu sein. Er hielt mich fest, strich über meine Brüste, und ich erkannte das vertraute Leuchten in seinem Blick.

»Wie oft hast du daran gedacht?«, fragte ich atemlos.

Er sah auf meinen Mund, bevor er ihn erneut in Besitz nahm. Seine Antwort raunte er an meine Haut. »Das werde ich nicht beantworten.«

Ich strahlte, als er das Tempo erhöhte. »Du brauchst hier nicht auf Gentleman zu machen. Wir sind unter uns, Liebling.«

Woah. Liebling? Wo kam das her?

Doch Isaac schien es gefallen zu haben. »Okay, *Liebling*. Ich habe ständig daran gedacht. Als du mein Auto angefahren hast, habe ich daran gedacht. In der Werkstatt wollte ich dich am liebsten einpacken und direkt in mein altes Kinderzimmer bringen, um das mit dir zu machen.« Er hob mein linkes Bein auf seine Schultern und der neue Winkel ließ mich Sterne sehen. »Ich wollte sehen, ob du noch genauso gelenkig bist wie damals. Ich habe daran gedacht, als du deine süßen Sommerkleider getragen hast. Ich konnte an nichts anderes denken, als du in deinem knappen, nassen Badeanzug in meine Arme gefallen bist.«

Ich warf den Kopf zurück und genoss seine Stöße.

»Komm für mich, Violet«, verlangte Isaac. Er küsste mein Bein, das noch auf seiner Schulter lag, und beugte sich dann vor, um noch tiefer in mich einzudringen.

Das Kribbeln wanderte von meinem Nacken in meine Zehenspitzen, und schließlich explodierte es. Der Orgasmus durchflutete mich, während ich seinen Namen mit jedem weiteren Stoß rief. Ich sackte in die Matratze, als meine Muskeln sich zusammenzogen, während die Lust weiter durch mich pochte. »Isaac!«

Wenig später überrollte auch ihn der Höhepunkt, und ich spürte die warme Flüssigkeit in mir, als er in mir zuckte.

Ich zog Isaac zu mir herunter, küsste ihn und verlangte bereits nach einer Fortsetzung.

Er erwiderte meine Berührungen, setzte mich auf seinen Schoß und ließ zu, dass ich mich auf ihm rekelte.

»Ich will nicht aufhören«, gestand ich. Jetzt, wo ich auf den Geschmack gekommen war, war ich nicht zu bremsen. »Bitte.« Isaac lächelte, und ich nutzte die Gelegenheit, um die Finger in seine Grübchen zu bohren. »Hör auf, mich so anzusehen. Du wirst etwas sagen, was mir nicht gefällt.«

»Ah ja?«, hakte er nach.

Ich schob die Unterlippe vor und nickte. Meine Finger wanderten über die harten Muskeln auf seiner Brust. Der Mann war ein Meisterwerk. Michelangelo wäre entzückt.

»Du wirst so was sagen wie: Nein, Violet, wir müssen schlafen. Du bist bestimmt müde. Aber das bin ich nicht. Und ich will dich. Am besten sofort.«

»Erinnere mich noch mal daran, ob du damals auch so warst?«, fragte er an meinem Ohr. Die Gänsehaut intensivierte sich, und bis eben hatte ich nicht gewusst, dass das überhaupt möglich war.

»Ich habe Bedürfnisse.« Unter mir spürte ich, wie er wieder hart wurde, und als ich mich leicht sinken ließ, bestätigte sich meine Vermutung. »Du auch?«

Isaac antwortete nicht. Stattdessen liebkoste er meine Haut mit seinen Händen. Wenig später griff ich nach seiner Erektion und ließ mich langsam auf sie sinken.

Der Druck war so intensiv, dass ich in seine Schulter biss. Isaac stöhnte, doch ich wusste, dass es vor Verlangen war. Ein Kratzer konnte ihm nichts. Wir hielten inne, überwältigt von den Empfindungen, und ich hatte das Gefühl, gleich ein zweites Mal zu kommen. Meine Finger glitten über seinen Rücken, während ich langsam die Hüften bewegte.

Isaacs Augen verdunkelten sich. »Violet.«

»Isaac.«

»Hör auf damit«, bat er. Nein, er flehte es. »Ich kann nicht noch mal so schnell kommen.«

Stolz erfüllte mich. Es war dumm, aber mir gefiel die Wirkung, die ich auf ihn hatte. »Nein? Das hättest du nicht sagen sollen. Du weißt, ich kann eine Herausforderung nicht ausschlagen.«

Der Morgen war gefüllt mit Sonnenschein auf meiner Haut und Isaacs Händen auf meinem Rücken. Mit geschlossenen Augen schmiegte ich mich an seine warme Brust.

Ich spürte, wie er sein Knie zwischen meine Schenkel schob, und auch wenn ich nach der letzten Nacht wund war, verlangte ich schon wieder nach einer Wiederholung.

»Schlaf«, verlangte seine tiefe Stimme, als meine Hände auf Entdeckungstour gingen. Isaac zog mich an sich, sodass ich nichts machen konnte, als in seiner Umarmung zu schmelzen.

»Ich kann nicht schlafen, wenn du nackt neben mir liegst.«

Das stimmte nicht. Ich hatte geschlafen wie eine Marathonläuferin nach einem Wettbewerb. Es war das erste Mal seit Monaten, dass ich mich nicht an meine Träume erinnerte.

Isaac küsste mich auf mein Haar und schob mein Bein über seine Taille. »Du riechst gut. Nach Lavendel.«

Ich kicherte. Er roch wie immer frisch, noch nach dem Aftershave mit der herben Note. Und nach Sex.

Mit glühenden Wangen drückte ich mich fester an ihn und spürte, wie bereit er für mich war. Ich griff zwischen uns erst nach ihm, wie eine Begrüßung, und dann zwischen meine eigenen Beine.

Mit einem Schaudern registrierte ich, wie sehr ich ihn wollte. »Isaac?«

»Hm?« Seine Lippen lagen noch an meiner Stirn. »Violet? Wunderschönste Frau im Universum?«

Ich grinste, als ich seinen Arm von mir löste und seine Hand dort platzierte, wo meine eben gelegen hatte.

»Du willst mich umbringen«, bemerkte er heiser. Dann strich er mit zwei Fingern über meine Öffnung. Das Geräusch von ihm an mir erregte mich noch mehr, vermischte sich mit meinem Stöhnen, als er seinen Rhythmus fand. Das Prickeln überkam mich bereits, da hatte er noch gar nicht richtig angefangen.

Ich öffnete die Augen und sah, wie er mich mit forschendem Blick musterte. »Gefällt dir das?«

Mit einem leichten Lächeln schüttelte ich den Kopf. »Es würde mir mehr gefallen, dich in mir zu haben.«

»Ist das so?«, fragte dieser schöne Mann, bevor er sich auf mich rollte.

›Zerquetsch mich‹, dachte ich. ›Mach, dass ich nicht mehr denken kann.‹

»Noch mal werde ich nicht betteln.«

Er küsste meine Stirn, meine Augenbrauen und dann so zärtlich wie eine Feder meine Augenlider. »Bei mir wirst du niemals betteln müssen, Clark.«

Ich ließ mich von ihm einnehmen. Mit all der Intensität und den Gefühlen, die er in mir auslöste, gab ich mich ihm hin. Unter seinen Berührungen zersprang ich in Tausende glückliche Teile. Er war wie Balsam für all die verborgenen Narben, und mit jedem Kuss auf meiner Haut heilte er mich.

Wir schafften es gerade so zum Frühstück. Nach einer nötigen Dusche und zwei weiteren Orgasmen unter dem Wasserstrahl zwang ich mich, mich anzuziehen, und schickte Isaac auf sein Zimmer.

Es quälte mich, ihn gehen zu sehen, doch ich wusste, diesmal war es nicht von Dauer. Schon am Fahrstuhl gesellte er sich wieder zu mir, mit noch nassen Haaren und einem sehr zufriedenen Gesichtsausdruck.

»Du siehst erholt aus.«

»Ich bin neben der hübschesten Frau aufgewacht«, gestand er. Isaac wusste, wie er meine Knöpfe zu drücken hatte. Normalerweise war ich kein Mensch, der viel Wert auf Berührungen und Komplimente legte. Noch nie gewesen. Aber mit ihm ... Da konnte ich nicht genug bekommen.

Ich brannte für ihn, seine Haut unter meinen Fingerspitzen und seine Lippen auf mir. »Tatsächlich? Wie heißt sie denn?«

Isaac strich mir das Haar aus dem Gesicht und platzierte einen Kuss auf meiner Nasenspitze. »Meins.«

Die Fahrstuhltüren öffneten sich. Mit einem Grinsen

trat ich ein und zog ihn mit mir. »Du klingst wie ein Höhlenmensch.«

Er schloss den Abstand zwischen uns, als der Aufzug sich in Bewegung setzte. Mit einer Hand umfasste er mein Kinn und hob es an. Heute wirkte das Eisblau wie ein wolkenloser Himmel. Ein sonniger Sommertag, der nie enden sollte. »Falls ich es noch nicht deutlich genug ausgedrückt habe: Du und ich gehören zusammen. Und nach letzter Nacht gehörst du wieder mir. Nur mir.«

Ich tat so, als müsste ich überlegen. Die Wahrheit war, dass ich es bereits wusste. Dass Isaac und ich nie irgendwas dazwischen sein konnten. Es war entweder ganz oder gar nicht. Doch ich wollte alles von ihm. Keine halben Sachen mehr.

»Dasselbe gilt für dich«, warnte ich, bevor unser Atem sich vermischte, als er den Kopf für einen Kuss senkte.

Viel zu früh entließ uns der Fahrstuhl im sechsten Stock, wo das Frühstück serviert wurde. Ich knurrte, als sich die Türen öffneten, und sah zu Isaac hoch. »Können wir nicht wieder aufs Zimmer und uns gegenseitig das Gehirn rausvögeln?«

Er lachte auf, um mich gleich darauf an der Hand aus dem Aufzug zu geleiten. »So vulgär.«

»Das ist nur die Spitze des Eisbergs«, erwiderte ich, bevor wir in den Frühstückssaal traten. Der Duft von frisch gebrühtem Kaffee und warmen Croissants erfüllte die Luft. Die Gäste saßen an runden Tischen, die mit frischem Obst, Müsli und verschiedenen warmen Frühstücksoptionen gedeckt waren.

An einem der Tische saßen alle meine Freunde, und ich zog Isaac an der Hand in deren Richtung. Harper begegnete meinem Blick als Erste und winkte uns fröhlich zu. Als Minka es auch bemerkte, pfiff sie durch den Speisesaal. Alle am Tisch klatschten Beifall.

»Ihr habt es aus dem Bett geschafft!«, bemerkte Nathan, als hätten wir gerade verkündet, beim Glücksspiel gewonnen zu haben.

Augenblicklich spürte ich Röte in mein Gesicht schießen.

George hielt seiner frisch angetrauten Frau die offene Hand hin. »Du schuldest mir fünf Mäuse.«

Harper sah aus ihren großen Rehaugen zu ihrem Mann auf. »Kann ich dich anders bezahlen? Mit Pancakes vielleicht?«

Er knickte grinsend ein.

Minka machte Würggeräusche. »Mit so viel Liebe am Morgen komme ich nicht klar. Harper, ich will mein Geld über Venmo. Danke.«

Ich schob mich auf die Sitzbank neben Ben und warf meinen Freunden finstere Blicke zu. »Ihr habt auf uns gewettet? Ob wir miteinander schlafen?«

Kopfschütteln. Ich spürte, wie mir die Röte weiter über den Hals kroch, und Isaac strich mir über das Haar. Offensichtlich fand er im Gegensatz zu mir das Verhalten meiner Freunde amüsant.

Minka übernahm die Botschafterin. »Das stand nie zur Debatte. Nur, ob ihr es auch zum Frühstück schafft. Ihr habt dem Brautpaar definitiv Konkurrenz gemacht.«

Ich wollte mich auf sie stürzen, warf dann doch nur lasch eine Serviette nach meiner besten Freundin. »Ich hasse euch alle.«

Dann stupste ich Zayd an, der seelenruhig einen Pfannkuchen verdrückte. »Wo gibt es die?«

»Beim Pancake-Maker«, nuschelte er. »Das Teil ist der Wahnsinn! Nicht so wie Isaac natürlich …«

Beim Anblick der frechen Gesichter am Tisch schnalzte ich mit der Zunge. »Ich dachte, wir wären jetzt reifer als das, Leute. Ihr enttäuscht mich.«

Wie aus einem Mund antworteten sie: »Sorry, Mama.«

Isaac legte den Arm um meine Schultern und führte mich an die Essenstheke. »Nimm es ihnen nicht übel. Sie lieben es, dich zu ärgern.«

Ich verschränkte die Arme vor der Brust. »Klar, weil ich der Clown bin?«

»Nein, weil du so süß dabei aussiehst«, teilte er mir mit und gab mir einen zärtlichen Kuss. Dann strich er meinen Pony zurecht. »Haben Sie Lust auf ein Frühstück mit mir, Miss Clark?«

Ich sprang in seinen Tonfall ein. »Nichts lieber als das, Mr Murphy.«

»Und du isst wirklich *nie* etwas Süßes? Wirklich nicht?«, fragte Minka an Isaac gerichtet, nachdem wir mit gefüllten Tellern wieder an den Tisch getreten waren. Auf meinen lagen Pancakes mit einem halben Liter Ahornsirup, ein Brownie und für die klitzekleine herzhafte Note ein Toast mit einem Spiegelei.

Isaacs Portion sah hingegen traurig aus. Bei ihm wirkte es so, als hätte er den nächsten Gemüsebauernhof geplündert. Zwei gekochte Eier und ganz viel Grünzeug.

Er nickte in Minkas Richtung. »Jup. Ich mag das Gefühl im Mund einfach nicht.«

Meine Freunde machten irritierte Gesichter. Ich entschied, ihre Verwirrung weiter anzufeuern. »Er hat noch nie Schokolade probiert.«

»Was?!«

Isaacs freie Hand lag auf meinem Knie und ich drückte sie kurz. Die Fakten über ihn strömten in mich ein wie ein verborgener Schatz, den ich lange verschlossen gehalten hatte.

»Ja, noch nie. Er mag auch dementsprechend keine Eiscreme. Eiscreme! Dafür kann er einen Hotdog in unter einer Minute essen.« Ich wandte mich zu ihm. »Hast du nicht sogar bei deinen Cousinen in Manitoba an einem Wettbewerb teilgenommen?«

»Ich dachte, so was gibt es nur in Filmen«, gestand Harper.

George schaute beeindruckt. »Hast du gewonnen?«

Isaac, der mich seit meinem Ausbruch ansah, als hätte ich ihm die Sterne vom Himmel geholt, schüttelte den Kopf. »Zweitplatzierter. Aber es gab als Trostpreis einen Gutschein für Hotdogs. Nach dreiundzwanzig Stück war ich froh, mich nicht übergeben zu müssen.«

Kollektives Lachen ertönte, und mir wurde warm, als ich realisierte, dass Isaac problemlos in mein Leben passte. Die Hälfte meiner Freunde kannte ihn, mochte ihn, und Minka war schon von der ersten Sekunde an ein Fan gewesen.

»Was machen wir zwei Wochen ohne dich?«, fragte sie Harper, die gerade verträumt an der Schulter ihres Mannes lehnte. Erst jetzt bemerkte ich, wie müde sie unter der Freude aussah. Anscheinend war ich nicht die Einzige, die nicht zum Schlafen gekommen war.

»Euch hoffentlich nicht gegenseitig zum Teufel jagen. Außerdem wird die Zeit wie im Flug vergehen, wenn wir auf den Bahamas sind.«

Weiße Pinterest-Strände und Sonne. Die *gute* Art von Hitze und nicht dieses komische Etwas, das in Ontario herrschte.

Ich dachte an meine nächsten zwei Wochen. Der Eiskunstlaufwettbewerb war Ende des Monats, was bedeutete, dass Olivia und Will jede freie Minute trainieren würden. Dann noch der Unterricht mit den Kleinen. Meine Schichten im Minkas. Hausarbeit, Sam besuchen und anfangen, für die nächste Wintersaison zu planen. Denn nach dem Wettbewerb stand bereits der nächste an und dann die ersten Qualifikationen für die Olympischen Spiele im neuen Jahr.

Ich hatte keinen Zweifel daran, dass meine Schützlinge das meistern würden, und dennoch war ich mir manchmal unsicher, ob ich die Beste für den Job war.

In Toronto gab es renommierte Schulen, professionelle Lehrer, die vielleicht noch mehr aus den beiden rausholen konnten ...

»Erde an Violet.«

Ich schreckte aus meinen Gedanken und entdeckte sechs Augenpaare, die mich anstarrten. »Ja?«

»Wir wollten noch zum Strand hinter der Scheune, bevor die zwei fahren«, erklärte Nathan.

»Klingt gut. Ich muss nur kurz meine Sonnencreme holen.« Wir standen alle auf, und ich spürte Isaacs Hand an meinen unteren Rücken, als wir den Frühstücksraum verließen.

»Kommt nicht zu spät«, warnte Minka mit verheißungsvollem Blick.

Ich schubste sie im Gehen leicht gegen Zayd, der wie immer in einer anderen Sphäre schwebte.

»Hey!«

»Tu nicht so, als wären wir geile Teenager, die nur an das Eine denken.«

Sie lachte mir ins Gesicht und führte mich in eine Ecke des Fahrstuhls, als dessen Türen sich geöffnet hatten. »Dann mach keine Geräusche wie ein geiler Teenager. Oh jaaa, oh Isaac.«

Ich schlug die Hand vor den Mund und wollte am liebsten im Erdboden versinken. Sie hatten uns gehört? Jedes Mal?

»Verdammt.«

»Genau«, erwiderte meine beste Freundin grinsend. »Du siehst gut aus. Hätte ich gewusst, dass du nur eine Nacht mit ...«

Ich hob meine Hand und warf Isaac einen Seitenblick zu. Er unterhielt sich zwar mit Nathan, aber der Mann bekam alles mit. »Wenn du nicht aufhörst, erzähle ich allen, was du jeden Dienstag heimlich im Büro von Minkas machst.«

Ihr Gesicht lief rot an. Das war ein Geheimnis, aber für einen ungestörten Nachmittag ohne ihre Kommentare würde ich singen. »Also?«

»Miststück.«

Harper drehte sich mit gerunzelter Stirn zu uns. Unschuldig hoben wir die Hände, bis sie sich wieder an George wandte.

Der Aufzug entließ uns im ersten Stock, und mit einem

zufriedenen Lächeln hakte ich mich bei Minka ein. »Was für ein schöner Tag!«

Kapitel Vierundzwanzig

»Sammelst du noch Kühlschrankmagneten?«

Isaac, der mir die Tür zu Sams Haus geöffnet hatte, hob eine Augenbraue. »Auch schön, dich zu sehen, Liebling. Wie war dein Tag?«

Ich grinste und gab ihm einen Kuss, bevor ich mich an ihm vorbeiquetschte. »Sorry, Liebling, heute will ich den hübscheren Murphy treffen.«

Isaac bekam mich zu fassen, denn ich hatte absolut keine Chance gegen ihn und er drückte mich gegen die geschlossene Haustür. »Was war das?«

Ich sah durch meine Wimpern zu ihm hoch. »Was?«

»Dieser Kuss. Ich will mehr davon.«

Zufriedenheit erfüllte mich, weil ich diesen wundervollen Mann in die Knie gezwungen hatte. Weil er genauso verrückt nach mir war wie ich nach ihm.

»Hier«, sagte ich und ging auf die Zehenspitzen, um seinem Wunsch nachzukommen. Ich hatte ihn den ganzen Tag nicht gesehen, und noch nie hatte sich eine Schicht im

Minkas so lang angefühlt. Da sie nicht in Collingwood war, war ich nur allein mit mir und meinen Gedanken gewesen. Und den Sommertouristen, die Kühlschrankmagneten gekauft hatten.

Ich wiederholte meine Frage an Isaac. »Also? Kühlschrankmagnete?«

»Dass du dich noch daran erinnerst, ist mir ein Rätsel. Ich dachte, du hättest alles über mich aus deinem schlauen Kopf verbannt.«

»Hast du es denn?«, fragte ich, und wäre es nicht er, hätte ich mich vielleicht vor der Antwort gefürchtet.

»Nein. Du bist die schlechteste Autofahrerin, die ich kenne. Perfektionistin. Für deine Familie tust du alles, und du hasst saure Gurken. Und Unordnung. Wenn es nicht ordentlich ist, stimmt etwas nicht. Und ja, ich sammle noch Magneten.«

Er hielt mich immer noch gefangen in seiner Umarmung, was gut war, denn ich verlor die Kontrolle über meine Gliedmaßen.

»Du bist schon immer ein Streber gewesen«, kommentierte ich leise. Mit Mühe drängte ich die Tränen zurück. Zum Glück kam mir Sam zu Hilfe.

»Violet? Bist du das?«

Isaac ließ mich frei, und ich eilte ins Wohnzimmer, in dem Sam auf seinem Sessel saß und wo im Fernseher gerade *Vom Winde verweht* lief.

Ich überbrückte den Abstand zwischen uns und drückte ihn. »Hi, Sam.«

Er tätschelte schwach meinen Rücken und schob mich von sich, um mich anzusehen. »Du siehst anders aus. Hübsch, würde ich sagen.«

Sam war nie gut in Komplimenten gewesen. Aber genau das liebte ich an ihm. Seine raue Ehrlichkeit und dass er nie ein Blatt vor den Mund nahm. »Danke. Das Kleid ist neu.«

Das Sommerkleid, das ich trug, hatte einen frischen Grünton. Der Stoff war leicht und luftig, ideal für die warmen Sommertage. Den Rocksaum zierte ein dezentes Blumenmuster, was dem Kleid eine verspielte Note verlieh, und ich fühlte mich um einige Jahre jünger, als ich tatsächlich war.

Sam schüttelte den Kopf. »Es ist dein Gesicht. Du siehst …«

Er kam nicht auf das Wort. Wie auch, wenn er mich vielleicht noch nie so gesehen hatte in den letzten Jahren?

»Glücklich aus?«, half ich ihm auf die Sprünge.

Sam nickte und linste an meiner Schulter vorbei zu seinem Enkel. Mit gedämpfter Stimme fragte er: »Seinetwegen?«

Meine Hände fingen an zu schwitzen. Wie würde Sam es aufnehmen, dass Isaac und ich wieder zusammen waren? Wäre er erfreut? Oder vielleicht verärgert?

»Ja«, flüsterte ich, bevor sich Isaac zu uns gesellte.

»Warum werde ich das Gefühl nicht los, dass ihr über mich redet?«

»Bild dir nichts drauf ein. So interessant bist du nicht«, ätzte sein Opa zurück, und ich grinste. Hatte ich schon erwähnt, dass ich Sam liebte?

Mein Blick schweifte vom Fernseher ab und ich entdeckte das Gemälde an der Wand. Den Kunstdruck, der all die Jahre in der Ecke gelegen hatte. »Du hast es endlich aufgehängt!«

»Isaac«, korrigierte Sam mit einem zufriedenen Ausdruck.

Grinsend setzte ich mich wie immer auf den Holzdielenboden neben ihn und deutete auf den Fernseher. »Wie oft haben wir den gesehen? Fünfzig Mal?«

Der Schauspieler Clark Gable sah hinreißend aus, und die Art, wie er Vivien Leigh betrachtete, war jedes Mal herzzerreißend.

Ich sah zu Isaac, der noch wie angewurzelt im Türrahmen stand. »Willst du dich nicht setzen?«

»Ich will euch nicht stören.«

Sam schnalzte mit der Zunge und deutete auf das Sofa. »Setz dich endlich hin, Junge.«

Isaac nahm hinter mir Platz. Den ganzen Film über verbrachte er damit, mir die Haare aus dem Nacken zu streichen, sie zu glätten und wieder durcheinanderzubringen.

Das ständige Kribbeln war Folter und Entspannung zugleich. Einerseits wollte ich ihn am liebsten ins Gästezimmer zerren, andererseits war ich kurz davor, einzuschlafen.

Die letzten Wochen waren ereignisreich gewesen. Die Vorbereitungen für das Sommerfest, die Stunden in der Eishalle und dann die Hochzeit. Ich war nicht mehr so fit wie früher. Vor allem jetzt mit Isaacs Aufmerksamkeit nicht. Es war, als würde mit der Anspannung auch meine Energie zu kämpfen abfallen. Also lehnte ich mich in Isaacs Berührungen und genoss einfach.

Irgendwann, nachdem mir die Augen zugefallen waren, weckte mich Sam, und ich stellte fest, dass bereits der

Abspann lief. »Wollen wir in den Garten? Ich will dir deine Veilchen zeigen.«

Ich hob eine Augenbraue. Sams grüner Daumen war so inexistent wie meiner. Aber in meinem Gehirn ratterte es wohl schneller, als ich durch die Müdigkeit geglaubt hatte. »Klar.«

Ein Smartphone klingelte und Isaac zog es aus seiner Hosentasche. »Das ist Caleb. Eure Veilchen brauchen mich nicht, oder?«

Sam winkte ihn davon. »Mach ruhig. Kannst du noch Milch kaufen gehen? Ich kann meinen Tee nicht ohne trinken.«

Oh, so ein Thema also.

Isaac nickte, gab mir einen Kuss auf die Wange und verschwand durch die Haustür.

Ich half währenddessen Sam auf die Beine und führte ihn durch die Terrassentür in den Garten. Der grüne Rasen erstreckte sich vor uns, umrahmt von vertrockneten Blumenbeeten. Als Sam sich auf die grüne Bank setzte, tat ich es ihm gleich. »Wo sind denn meine Veilchen?«

»Die haben sich vor zwanzig Jahren verabschiedet. Meredith war immer die Gärtnerin hier«, erzählte er und ließ seine eisblauen Augen über den tristen Garten schweifen. Meredith war Sams große Liebe und damit Isaacs Grandma gewesen. Ich hatte sie nie kennengelernt, doch aus seinen Geschichten wusste ich, dass sie eine wunderbare Frau gewesen sein musste.

»Isaac hat mal in einem Sommer mit seinem Rutschauto alle Blumen zerquetscht und sie hat nur gelacht. Die Nervensäge hat den ganzen Tag geheult, weil es ihm so leidtat. Seine Mutter musste ihm ein Eis kaufen, damit er endlich Ruhe gab.«

»Aber er mag doch kein Eis?«

»Das haben wir dann auch erfahren. Komischer Bengel. Meredith hat ihm erklärt, dass die Blumen nachwachsen würden, und ihm gezeigt, wie er sie zu pflegen hat.«

Ich kannte den jungen Isaac nur von Kinderfotos. Damals, als er noch riesige Knopfaugen hatte und einen traurigen Blick. Jetzt war er ernst und zurückhaltend.

»Und hat er sich um die Veilchen gekümmert?«

»Er hat sie geliebt«, erwiderte Sam und nahm meine Hand. »So, wie er dich liebt.«

Ich lachte auf. »Gute Überleitung, Sam. Du solltest Autor werden.«

»Dafür bin ich zu alt. Außerdem sollst du nicht immer ablenken. Das ist keine gute Eigenschaft, Violet«, schimpfte er, doch ich wusste, dass er mich nur ärgern wollte.

Tief im Inneren ahnte ich, was ihm auf der Seele brannte. Es war unvermeidlich, dass er es ansprach. »Liebst du ihn denn auch?«

Ich pustete mir die Haare aus der Stirn, wohl wissend, dass ich dabei albern aussah. Sam musterte mich geduldig, während ich mit den Worten kämpfte.

Liebte ich Isaac?

War jetzt alles gut?

Konnten wir einfach so tun, als wäre das Ganze nie passiert?

»Ich glaube ... Ich glaube, ich habe nie damit aufgehört«, gestand ich schließlich.

Sam nickte langsam. Dann schaute er über seine Schulter zurück zum Haus, das jetzt verlassen war. »Und ...

wirst du *es* ihm sagen? Jetzt, wo ihr euch wieder vertragen habt?«

Mein Herz, das Ding, das ich gerade erst wieder zum Leben erweckt hatte, schmerzte. Meine Brust brannte und mein Kopf tat weh. Mein ganzer Körper rebellierte bei der Erinnerung daran, was Sam meinte.

Nicht, dass ich jemals nicht daran dachte.

Ich verdrängte es. Tag für Tag lebte ich in dem Wissen, versagt zu haben.

»Ich weiß es nicht«, presste ich hervor.

Sam und meine Mutter waren die einzigen Menschen, die davon wussten. Bisher hatte ich gut damit gelebt, dass das für immer so bleiben würde.

Ich hob den Kopf und begegnete dem Blick des Mannes, der wie ein Vater für mich gewesen war. »Was bringt es, alte Wunden aufzureißen?«

Wir schwiegen eine Weile, und Sam drängte mich nicht weiter, sondern ließ das Thema fallen. Unter anderen Umständen, bei jeder anderen Angelegenheit hätte er mich gezwungen, mich meiner Angst zu stellen. Weil er wusste, dass ich es brauchte.

Nicht hierbei.

Ich setzte eine fröhliche Miene auf. »Erzähl mir lieber, wie das Zusammenleben mit deinem Enkel ist. Ist er noch immer so ein Freak wie damals?«

Sam lachte, und die Fältchen in seinem Gesicht vertieften sich. »Ständig räumt er meine Sachen weg. Gestern habe ich meine Brille gesucht, aber er hatte sie in das Etui gelegt. In das Etui?! Ich dachte, ich hätte das Teil 1980 weggeschmissen. Das Essen im Kühlschrank ist jetzt nach Kältezonen sortiert. Ich halte das für Schwachsinn, aber insgeheim glaube ich, er versucht Zeit zu vertrödeln.«

Ich lehnte mich vor und hielt mein Gesicht der Sonne entgegen. Nach dem Sturm vor ein paar Tagen verabschiedete sich der Sommer nun langsam. Beim Gedanken an den grauen Herbst und noch dunkleren Winter in Collingwood schmollte ich innerlich.

»Wie meinst du das? Warum will er Zeit schinden?«, hakte ich schließlich nach. Das mit den Kältezonen würde ich definitiv noch mal bei Isaac ansprechen. Irgendetwas schien der Mann richtig zu machen, sonst würde er nicht so aussehen, wie er es tat.

Sam hob leicht die Schultern. »Das Haus ist seit Jahren unbewohnt. Seine Mom hatte keine Kraft, es zu verkaufen, und Isaac scheint es nicht eilig zu haben, die letzten Reste auszuräumen. Ich dachte immer, sobald es auf dem Markt ist, kauft es eine kleine Familie aus Toronto und das Haus ist sofort weg. Aber es sind Wochen vergangen und kein Käufer in Sicht …«

Das war neu.

Jetzt war ich hellhörig geworden. »Warum sollte er das tun?«

Mein Gegenüber sah mich an mit einem Blick, der fragte: *ernsthaft?* »Ich vermute … Lass mich überlegen … Deinetwegen?«

Ein paar Augenblicke lang ratterte es in meinem Gehirn. Das ergab alles keinen Sinn. Bis vor wenigen Tagen war unser Verhältnis steinig gewesen. Noch vor einer Woche war ich mir sicher gewesen, dass ich nichts lieber wollte, als dass Isaac endlich Collingwood verließ.

Warum also dieser Aufschub? Was war sein Ziel?

Ich wollte Sam mit weiteren Fragen löchern, als Isaac wieder auftauchte.

Er stieß durch das Gartentor zu uns und schwenkte eine braune Einkaufstüte. »Ich habe deine Milch und deine Kekse. Die aus mehr Zucker bestehen, als du denkst. Ernsthaft, Pops, das Zeug ist nicht gut für dich.«

Sam rollte mit den Augen und deutete mit den Daumen auf seinen Enkel. »Und wir sind verwandt?«

Ich lachte auf. »Ich glaube schon.«

Während die beiden sich darüber stritten, ob Zucker und Butter lebenswichtig waren, formte sich in mir eine Idee.

Seit Isaac zurück war, hatte ich sein Elternhaus nicht zu Gesicht bekommen. Der Ort war gefüllt mit gemeinsamen Erinnerungen und ein Teil von mir fürchtete sich auch davor. Aber es wurde Zeit. Ich brauchte Antworten. Und da ich ein ungeduldiger Mensch war, am besten sofort. Ich wandte mich an den jüngeren Murphy. »Isaac?«

»Hm?«, erwiderte er, während er vermutlich zum fünften Mal die Inhaltsstoffe auf der Keksverpackung durchlas.

»Kann ich mir dein Haus ansehen?«

Er ließ die Tüte sinken und warf erst Sam, dann mir einen Blick zu. Wachsam. Fast ängstlich. »Okay … wenn du das willst.«

Ich schenkte ihm mein schönstes Lächeln. »Sehr gerne. Dein Auto oder meins?«

Isaacs Familienhaus war ein besonderer Ort. Denn hier war die Zeit stehen geblieben. Als ich durch den dunklen Flur auf den Holzdielenboden des Wohnzimmers trat, versuchte ich mich daran zu erinnern, wann ich das letzte Mal hier gewesen war. Ich wollte mir vor Augen führen, wie es bei meinem letzten Besuch ausgesehen hatte. Nach Isaacs Unfall, als ich von der Krankenschwester erfahren hatte, dass er entlassen worden war.

Es war das schönste Haus in der Straße gewesen. Wunderhübsch und gleichzeitig leblos. Dieses Haus stand im Kontrast zu Sams. Dort war es warm, die Farben erinnerten an eine Hütte im Wald, und es roch ständig nach Kaminholz, auch im Sommer.

Der Ort, an dem Isaac aufgewachsen war, wirkte heute kalt. Staub hing in der Luft und tanzte im Sonnenlicht, das durch die Fenster hereinfiel. Keine Gardinen, keine Möbel und auch nichts, das darauf hindeutete, dass hier mal jemand gelebt hatte.

Meine Schritte hallten in den Räumen wider, als ich die Atmosphäre in mich aufnahm und nichts fand außer gähnender Leere.

Isaac machte keine Anstalten, mir eine Erklärung zu geben, also hakte ich vorsichtig nach. »Wie lange steht das Haus leer?«

Er sah mich an, und ich bemerkte, wie er mit den Worten kämpfte. »Schon länger.«

Ich nickte. Also hatte Sam recht gehabt. »Warum hast du es noch nicht verkauft?«

Reglos standen wir uns gegenüber, und ich tat mein Bestes, die Fragen im Zaum zu halten.

Warum, Isaac? Warum tust du das alles?

»Kann ich dir etwas zeigen?«, wollte er wissen. Seine Stimme klang brüchig, als er mir seine Hand hinhielt. Ich ergriff sie, um ihm über die Treppen in den ersten Stock zu folgen. Hier war es dunkel, noch mehr als im Erdgeschoss, nur die Badezimmertür stand offen.

Erinnerungen daran, wie ich Isaac beim Rasieren geholfen hatte, fluteten mich. Wie wir in seinem Kinderzimmer unser erstes Mal gehabt hatten. Und ich entschied, es nicht sehen zu wollen. Denn in meinem Kopf war es noch da.

Mit dem Wayne-Gretzky-Poster über seinem Bett, der schwarzen Bettdecke, die immer frisch gewaschen gerochen hatte.

Von Sam hatte Isaac damals einen CD-Player bekommen, und wir hatten Stunden damit verbracht, Nirvana und The Smiths zu hören.

Asleep hatte sich für immer in mein Gedächtnis gebrannt.

Isaac ließ mich los, und ich beobachtete ihn dabei, wie er die Luke zum Dachboden öffnete. Zum Vorschein kam eine zusammengeklappte Leiter, die er mit einem Ruck ausfuhr. Hinter der Luke verbarg sich nichts als Dunkelheit und ich hob eine Augenbraue.

»Wenn du mich da oben verführen willst, möchte ich dich wissen lassen, dass es schönere Orte gibt. Und vermutlich weniger muffige.«

Isaacs Mundwinkel zuckten, doch er lächelte nicht. Stattdessen ließ er mir den Vortritt zum Dachboden und ich kletterte eine wackelige Sprosse nach der anderen nach oben.

Dort angekommen brauchten meine Augen einen

Moment, um sich an die Dunkelheit zu gewöhnen. Doch als ich die Umrisse nach und nach ausmachen konnte, blieb mir der Mund offen stehen.

Pokale. Hunderte von ihnen. Einer größer als der andere stand auf dem Boden verteilt wie Grabsteine auf einem Friedhof. Dazwischen standen Boxen, aus denen Medaillen hingen, und Urkunden, die lieblos auf dem Boden lagen.

Ich bückte mich, um die Inschrift auf einem kleinen Pokal zu lesen.

Ontario Eishockey League,
Collingwood Huskies, 13.02.2007

Isaacs Team. All die Siege, die er als Mannschaftskapitän mit nach Hause genommen hatte. In meinem Augenwinkel blitzte eine Medaille auf. Ich griff nach ihr und meine Lippen formten wie von allein die Worte darauf. »Isaac Murphy. Nachwuchstalent des Jahres. 2004.«

»Lief dann doch nicht so wie angenommen«, flüsterte Isaac an meiner Seite.

Ich musterte sein Gesicht. Eine Mischung aus Wut und Trauer lag in seinen kühlen Augen.

Ich vollendete die Rechnung. Ein Teil von Isaac war noch nicht bereit, diesen Abschnitt seiner Vergangenheit aufzugeben. Oder genauer: sich ihr zu stellen.

»Es ist alles noch da«, bemerkte ich. »Deine Mom hat nichts weggeworfen?«

Er schüttelte den Kopf. »Mein Vater wollte es nicht.

Und nach … Nach seinem Tod hat sie es nicht übers Herz gebracht, und jetzt liegt es an mir.«

Ich umklammerte den Pokal in meiner linken Hand fester. Wochen und Monate hatte ich darauf verwendet, herauszufinden, wie Isaac sich fühlte. Ich hatte Jahre darauf verschwendet, zu verstehen, wieso er Collingwood den Rücken gekehrt hatte.

Zum ersten Mal sah ich eine Chance, und noch mal würde ich sie nicht ziehen lassen.

»Isaac? Was ist damals im Krankenhaus passiert?«

Kapitel Fünfundzwanzig

Isaac ließ sich mit seiner Antwort Zeit. Ich gab sie ihm. Zehn Jahre lang hatte ich auf eine Erklärung gewartet und nach dem Grund gesucht für all den Schmerz, der nach dem Unfall gefolgt war. Eine Minute länger würde ich aushalten.

»Mein Vater … Er hat mich damals vor die Wahl gestellt. Es war keine faire, aber eine, von der ich wusste, dass sie alles verändern würde.«

Mein Herz machte einen Satz. »Welche Wahl? Und warum?«

Isaac legte die Hände an meine Arme und sah mich eindringlich an. »Versprich mir, nicht sauer zu werden.«

Ich schüttelte den Kopf. »Das kann ich dir nicht versprechen. Aber ich werde dir zuhören. Also …?«

Er seufzte tief, dann nickte er. Ein Teil von ihm sah gebrochen aus, so anders als dieser starke, ernste Mensch, den ich in den letzten Wochen wieder kennengelernt hatte.

»Er hat gesagt, entweder ich bleibe hier in Collingwood

und lebe mit der Schande, oder ich verschwinde. Ich sollte die Stadt verlassen und wenigstens dich deinen Traum leben lassen. Tagelang hat er auf mich eingeredet, dass ich, wenn ich blieb, dich bremsen würde. Ich habe ihm geglaubt. Es war dumm und feige von mir, aber ich habe ihm geglaubt, weil ich den Gedanken nicht ertragen habe, ein Versager an deiner Seite zu sein. Egoistisch, wie ich war, wollte ich nicht dabei zusehen, wie du und all meine Freunde an Olympiaden teilnehmen und ich nur an der Seitenlinie stehe. Damals dachte ich ... Ich dachte, es wäre das Beste für uns alle. Für meine Eltern, dich und alle anderen.«

Ich starrte ihn an. Sekundenlang, vielleicht sogar minutenlang. Das war sein Grund gewesen? Aufgrund dieser Sorgen hatte er allem den Rücken gekehrt?

Meine Unterlippe zitterte, als ich den Mund öffnete, um etwas zu erwidern. Ich löste mich aus seinem Griff und spürte gleichzeitig einen gewaltigen Druck auf der Brust.

So viel Leid, und das nur, weil sein Vater ihm geraten hatte, mich zu verlassen?

»Du hättest das nicht tun müssen. Wir hätten zusammen eine Lösung finden können. Eiskunstlauf oder Eishockey, wen kümmert das? Du warst mir wichtiger als alles andere«, erklärte ich ihm heiser.

Er überbrückte die Distanz, die ich geschaffen hatte, und das Blau in seinen Augen wirkte viel dunkler als sonst. »Du mir auch. Du warst alles für mich und ... ich konnte den Gedanken nicht ertragen, auch noch deinen Traum zu zerstören. Ich war wie in ... Trance. Habe einfach gemacht, was von mir erwartet wurde. Und ganz plötzlich sind zehn Jahre vergangen.«

Ich lehnte den Kopf vor an seine Brust und spürte, wie etwas Heißes sich in meiner eigenen aufbaute. Wut. Auf alles. Wut auf seinen Vater, der mir keine Antworten mehr geben konnte. Wut auf mich, dass ich nicht gekämpft hatte. Wut auf Isaac, dass er es mir nicht gesagt hatte.

Widerwillig schluckte ich sie herunter. Hier ging es nicht um mich. Isaac hatte mir etwas anvertraut und ich würde für ihn da sein. Mit einer jahrelangen Verspätung.

»Du warst noch ein Kind. Es war nicht fair von ihm, dich so unter Druck zu setzen«, teilte ich mit. Wahrscheinlich wiederholte ich nur die Dinge, die er von anderen Menschen in seinem Leben bereits gehört hatte. Freunden, die ich nicht kannte, und Frauen, die ich hasste, weil sie ihn gehabt hatten.

Nein, stieg es als Gewissheit in mir empor. *Ich war die Erste, der er das erklärt hat. Ich war die Erste, die er um Trost gebeten hat, auch wenn er es niemals zugeben würde.*

Isaac verstärkte den Griff um meine Taille und ließ sein Gesicht in meinem Haar versinken. »Es tut mir leid. Du weißt nicht, wie sehr ich es bereue, dich verlassen zu haben.«

Ich wollte etwas erwidern. Ihm sagen, dass jetzt alles in Ordnung war und wir nach vorne blicken sollten, doch ich konnte nicht. Meine Zunge fühlte sich schwer in meinem Mund an. Die Worte hingen mir im Rachen, und ich war kurz davor, es ihm zu erzählen.

Ihm zu berichten, was nach seiner Abreise passiert war und wieso ich nie die Stadtgrenzen verlassen hatte.

Aber ich wusste, dass die Wahrheit diese heilsame Blase um uns herum zerplatzen lassen würde. Sie würde uns unumkehrbar zerstören und ich war noch nicht bereit dafür.

Stattdessen würde ich ihm für heute eine starke Schulter anbieten.

›Bald‹, versprach ich mir. *Bald werde ich es ihm erzählen.*

Zwischen meinen eigenen Erinnerungen blitzte ein Bild auf. Eins von Isaac vor ein paar Jahren. Seine gerade Haltung am Grab seines Vaters. »Habt ihr euch jemals ausgesprochen? Du und dein Vater?«

Er löste sich von mir und sah mich aus müden Augen an. »Was denkst du?«

Hatten sie nicht. Sein Vater hatte ihn aus der Stadt verjagt und damit gelebt. Er hatte über unser Leben entschieden, weil Erfolg für ihn wichtiger gewesen war als unsere Beziehung. Ich stellte mir seine Enttäuschung vor, als ich mich gegen eine Karriere als Eiskunstläuferin entschieden hatte. Fragte mich, ob er seine Worte bereut hatte.

»Warst du seitdem bei ihm?« Seitdem. Seinem Begräbnis. Mein eigener Vater war verstorben, als ich noch ein Kind gewesen war, also wusste ich nicht, wie es sich anfühlte, so jemanden zu haben. Doch egal wie verkorkst Isaacs Vater gewesen war, er war immer noch Teil seiner Familie.

Isaac nickte langsam. »Mit Mom. Aber nicht seit sie weggezogen ist. Nur Sam geht manchmal hin.«

»Ich weiß«, erwiderte ich und dachte an den alten Mann, der seinen eigenen Sohn verloren hatte. Er sprach fast nie über ihn. Jetzt wusste ich, wieso. Vermutlich hatte Sam über die Forderungen Bescheid gewusst. Oder insgeheim Vermutungen angestellt.

Ich wusste nicht, was ich von der Tatsache halten sollte,

dass er mich im Dunkeln gelassen hatte. War es eine bewusste Entscheidung gewesen? Oder hatte er geglaubt, es läge nicht an ihm, es mir anzuvertrauen?

Isaac strich mir zärtlich über die tränennasse Wange und holte mich aus meinen Gedanken in die Gegenwart.

»Hilfst du mir aufzuräumen?«

Ich sah an ihm vorbei zu den Pokalen, Medaillen und Urkunden für seine Leistungen. Jedes Stück erzählte seine Geschichte und er wollte sie verschließen.

Ein kurzer Moment der Stille lag zwischen uns, als ob die Erinnerungen an vergangene Triumphe und Herausforderungen in der Luft schwebten. Dann, mit einem entschlossenen Lächeln, wandte Isaac sich ab. Er war bereit, nach vorne zu blicken.

Ich folgte seinem Beispiel. Denn ich war es auch. Das Vergangene zählte nicht mehr.

»Natürlich. Aber du schuldest mir was«, neckte ich ihn, bevor ich ihm einen sanften Kuss gab. »Ein Abendessen.«

»Ist das so? Kochst du oder ich?«

»Kommt drauf an. Gibt es nur Gemüse, oder auch etwas, was wirklich satt macht?«

Er lächelte, und ich spürte die Liebe für ihn in meiner Brust pochen. Für einen Moment lang war die Welt wieder in Ordnung.

»Ich koche dir alles, was du willst.« Seine hellen Augen leuchteten auf. »Aber du bist für das Dessert zuständig.«

Die Schmetterlinge in meinem Bauch flatterten bei seiner Anspielung. Mühevoll unterdrückte ich ein Grinsen, wandte mich dann ab, um einen leeren Karton heranzuholen. »Einverstanden.«

Während wir Stück für Stück den Dachboden leer

räumten, erkannte ich die Anspannung von Isaacs Schultern fallen. Ich beobachtete ihn dabei, wie er manche Pokale länger als andere musterte, bevor er sie behutsam in einen Karton legte. Der Team-Kapitän Isaac Murphy existierte nicht mehr, aber ich entschied, dass mir die ältere Version von ihm besser gefiel. Er war gewachsen, hatte sich ein Leben aufgebaut und wieder zu mir gefunden. Isaacs Ehrgeiz war nicht mehr von seinem Vater befeuert, sondern von ihm selbst. Er war so viel stärker, als er wusste. So viel stärker, als ich jemals gewesen war.

Eine Weile später fand ich in einer Kiste ein grünes Buch, und mein Herz stolperte, als ich über den verstaubten Einband strich und den Titel las.

Jahrbuch

Abschlussjahrgang von 2014

Ich lächelte, als ich den Buchdeckel öffnete und das Foto meines Jahrgangs sah. Es waren alle da. Harper, Zayd, George, Isaac und ich. Wir strahlten in die Kamera, weil wir glücklich gewesen waren. Zu dem Zeitpunkt waren Trennungen, Herzschmerz und Unfälle noch weit weg gewesen. Vor uns hatte die Zukunft gestanden, mit ihren unerwarteten Abenteuern und der Vorstellung, die Welt zu entdecken.

Isaac trat an mich heran und legte sein Kinn auf meiner Schulter ab. Seine Stimme klang tief, als er meinen Fund musterte. »Das Bild steht bei mir im Wohnzimmer. Viele Bilder habe ich sonst nicht.«

»Tatsächlich? Mich würde wirklich interessieren, wie

du lebst.«

Ich spürte sein Nicken an meiner Haut. »Na ja, du bist auf dem Bild und es ist … eine Erinnerung. Daran, dass wir auch mal Kinder waren. Und wenn du willst, bringe ich dich in meine Wohnung. Caleb sagt immer, es sieht aus wie bei Patrick Bateman in American Psycho.«

Ich grinste. Die Vorstellung, sein Reich zu sehen, gefiel mir. Und so schlimm konnte es nicht sein, oder?

»Wir waren naive Kinder«, flüsterte ich und strich vorsichtig über sein gedrucktes Gesicht. »Du sahst süß aus.«

Ich spürte sein Lachen an meinem Rücken. »Jetzt nicht mehr?«

Mit einem Grinsen ließ ich das Buch sinken und drehte mich zu ihm. »Jetzt bist du heiß. Wobei, das warst du auch damals.«

»Hast du mir nie gesagt«, erklärte er mit einem Leuchten in den Augen. »Pass bloß auf, sonst glaube ich, du willst mich anmachen.«

Er raubte mir mit seinen Grübchen den Atem. Mit der Spur Glück in seinem Gesicht, für das ich verantwortlich war.

»Ich wollte nicht, dass du eingebildet wirst.«

Isaac hob mein Kinn und hauchte mir einen Kuss auf die Lippen. »Ich war mit dem schönsten Mädchen der Schule zusammen. Glaub mir, ich war eingebildet.«

Ein Schauer rieselte mir über den Rücken. Es war, als würden wir einfach dort weitermachen, wo wir aufgehört hatten. Wir neckten uns wie Teenager. Herausfordernd sah ich ihn an. »Tatsächlich? Hast du mich deshalb beim Abschlussball versetzt?« Ich biss mir auf die Zunge.

Das war eine Woche nach seinem Sturz gewesen.

Es sollte ein Spaß sein, doch nun hatte ich Angst, die ausgelassene Stimmung ruiniert zu haben, aber Isaac lächelte unbeirrt.

»Das werde ich vermutlich noch den Rest meiner Tage bedauern. Aber …« Er hielt inne und zückte sein Handy.

Ich beobachtete, wie er auf seinem Display nach einer Playlist suchte. Top-Songs aus unserem Abschlussjahr.

Isaac scrollte einen Moment lang, bevor plötzlich der Song *Video Games* von Lana del Rey erklang. Ihre tiefe Stimme eroberte den Dachboden und die sanften Harfenklänge katapultierten mich augenblicklich in meine Highschoolzeit zurück.

Wie versteinert beobachtete ich, wie Isaac die Kartons beiseiteschob und mir das Jahrbuch abnahm, um es durch seine Hand zu ersetzen. »Violet Clark. Darf ich dich um diesen Tanz bitten?«

Ich nickte und spürte die verschiedensten Emotionen in meinem Inneren durchdrehen. Aber eine, das größte Gefühl unter ihnen, ließ sich von dem Sturm nicht beirren. Sie kämpfte sich immer weiter in den Vordergrund, während ich in Isaacs Armen lag und wir uns zur Melodie des Liedes bewegten.

Mit jedem Schritt, jeder Berührung und jedem Lächeln wurde das Bild in meinem Herzen klarer. Es schlug für Isaac, hatte immer für ihn geschlagen und würde auch noch bis zum Ende meiner Tage für ihn schlagen. Es war wie ein Gesetz, ein Versprechen und etwas, das sich wie ein Mahl in meine Haut gebrannt hatte.

Tränen stiegen mir in die Augen, als ich seinem vertrauten Blick begegnete.

Er spürte es auch. Das wusste ich.

»Ich liebe dich«, hauchte er.

Zu meiner Überraschung packte mich nicht die Angst. Ich schnappte nicht nach Luft oder versuchte zu fliehen. Ich blieb. Denn in diesem Augenblick kam die ganze Welt wieder ins Gleichgewicht. »Ich liebe dich, Isaac.«

»Du und ich gegen den Rest der Welt.«

Jetzt liefen mir wieder die Tränen über die Wangen. Nach der letzten Woche hatte ich geglaubt, keine mehr übrig zu haben, und dennoch war ich emotional wie noch nie. So als würden all die verdrängten Gefühle plötzlich ans Tageslicht treten.

»Gut«, flüsterte ich. Lana del Rey sang von Liebe und der Erde, die sich anfühlte wie der Himmel. Sie hatte recht. Mit der richtigen Person war das möglich.

Isaac und ich küssten uns. Wir tanzten, bis uns schwindelig wurde. Und als wir Stunden später den letzten Karton verschlossen, war der Dachboden leerer und unsere Herzen voller.

Am nächsten Tag fuhr ich zu Nathans Werkstatt, um Granny Greys jährliche Tests durchführen zu lassen. Jedes Mal fürchtete ich mich davor, er würde sie aus dem Verkehr ziehen, doch bisher hatte sie sich wacker geschlagen.

Jasper begrüßte mich am Eingang. »Hi, Miss Clark.«

Ich lächelte. »Du musst mich nicht so nennen. Das weißt du, oder?«

Er kratzte sich an der Wange und schüttelte den Kopf. »Ich kann es nicht abstellen. Aber was können wir dir heute Gutes tun? Muss die alte Dame geprüft werden?«

»Genau. Ist Nathan heute nicht da?«, fragte ich. Seit

Wochen hatten wir uns nicht richtig unterhalten, und sosehr ich meine Freundinnen liebte, ich brauchte eine männliche Perspektive auf meine Probleme. George war in den Flitterwochen, Zayd ungefähr so hilfreich wie Toastbrot, und übrig blieb Nathan. Sam zählte ich nicht. Er ging die Dinge für gewöhnlich gerne konsequenter an.

»Doch. Er steckt noch mit dem Kopf in der Motorhaube drüben.«

Ich warf Jasper meine Schlüssel zu und trat in die Werkstatt. »Du kommst klar?«

»Jup.«

Mit schnellen Schritten durchquerte ich die Halle und fand Nathan mit dreckigen Fingern und Motoröl an der Stirn. »Hey, Violet.«

Er hob ein Teil aus dem Inneren hervor und grinste. »Meinst du, das hier ist wichtig?«

Ich linste unter die Motorhaube, deren Bestandteile mir so fremd waren wie Physikformeln. »Glaube nicht. Der Besitzer kommt sicher auch ohne klar.«

Nathan schnalzte mit der Zunge und wischte sich die Hände an einem alten Lappen ab. Dann deutete er auf die Hocker an der Werkbank, über der Hunderte Werkzeuge fein säuberlich an der Wand hingen. Wir setzten uns und er lächelte mich freundlich an. »Was verschafft mir die Ehre?«

Ich deutete auf Granny Grey, die Jasper gerade in die Halle fuhr. »Mein heißes Gefährt. Wie hoch stehen die Chancen, dass sie es schafft?«

»Siebzig Prozent. Du wirst das Ding fahren können, bis du selbst zur Oma geworden bist, keine Sorge. Vorausgesetzt, du fährst nicht regelmäßig Bentleys an …«

»Sehr witzig«, entgegnete ich und strich mir die Haare

aus dem Gesicht. »Meinst du, es geht zu schnell? Mit Isaac und mir?«

Seit der Hochzeit wusste ganz Collingwood, dass wir wieder zusammen waren. Wir hatten kein offizielles Label, aber das war auch nicht nötig. Glaubte ich.

»Abrupter Themenwechsel, aber okay. Wie gut für dich, dass ich auch Hobbytherapeut bin«, scherzte Nathan.

»Also? Was meinst du?«

Mein Gegenüber lehnte sich an die Werkbank und verschränkte die Arme vor der Brust. Aus dem Augenwinkel beobachtete er seinen Schützling bei der Arbeit. Ständig wachsam, obwohl er wusste, dass Jasper seinen Job hervorragend machte.

»Die Frage ist, was du als schnell bewertest. Zehn Jahre würde ich nicht so bezeichnen.«

»Ja, aber er ist erst seit ein paar Wochen wieder zurück, und ich weiß nicht …«

»Du hast Angst, wieder verletzt zu werden. Deswegen hältst du noch deine Mauern aufrecht, richtig?«, schlussfolgerte Nathan, und ich starrte ihn mit offenem Mund an. Verdammt, er war gut.

»Das trifft es auf den Punkt.«

Er lächelte und nickte, so, als wäre das überhaupt nicht überraschend. Wieder erinnerte ich mich daran, dass er zu gut für mich gewesen war. Dass dieser Mann jemanden brauchte, der ihn wirklich verdiente. »Niemand kann dir versprechen, dass es nicht wieder schmerzhaft wird. Aber manchmal musst du das Risiko eingehen, um Glück zu finden.«

Er klang wie Mom. Wie Sam. Wie alle in meinem Umfeld. Ich seufzte und wandte meinen Blick ab. »Ich weiß, doch es ist nicht einfach, die Mauern abzubauen. Aber wem sage ich das …«

»Hey, das ist Geschichte, und wir sind cool, oder? Schon immer gewesen. Aber ich verstehe das«, sagte er mitfühlend. »Trotzdem denke ich, es ist an der Zeit, dass du dich wieder öffnest. Für dich selbst. Verklag mich nicht dafür, aber du darfst aufhören, stark zu sein. Selbst wenn das bedeutet, dass du jemanden an deiner Seite brauchst. Oder besser gesagt: Isaac brauchst.« In seiner Stimme schwang kein Funken Verbitterung mit. Absolut nichts, was darauf hingedeutet hätte, dass er mir etwas übelnahm. Dass ich ihm nicht dieselbe Chance gegeben hatte, die er jetzt für meine verschollene Jugendliebe forderte.

Ich nickte und drückte seine Hand. »Danke dir. Wenn du nicht so gut in deinem Job wärst, würde ich vorschlagen, du machst deine eigene Praxis auf.«

»Das macht dann fünfzig Dollar die Stunde«, forderte Nathan. Dann ließ er die Mundwinkel provokativ sinken, der Ausdruck sah falsch aus in seinem Gesicht. »Kein Freundschaftsrabatt.«

Ich schlug grinsend ein. »Stell es mir in Rechnung. Und schick bitte Jasper zu Minka, oder geh selbst, um endlich die blöde Klimaanlage anzusehen. Sie wird wieder versuchen, es allein zu reparieren, und ich will nicht, dass das Ding plötzlich in Flammen aufgeht.«

»Dafür gibt es Handwerker«, erklärte Nathan mit zusammengekniffen Augenbrauen. »Aber gut. Ich werde ihr einen Besuch abstatten.«

»Du bist der Beste.«

Er rollte mit den Augen und scheuchte mich davon. »Ich weiß.«

Kapitel Sechsundzwanzig

Mit Argusaugen beobachtete ich Olivia und Will bei ihrem Probetanz. Der Wettbewerb war in zwei Wochen, sodass der Druck mit jedem Tag stieg und man es ihrer Performance ansah.

Sie waren angespannt. Obwohl es zum Auftritt gehörte, lächelte Olivia nicht einmal. Will schaute seiner Partnerin nicht ins Gesicht, und während sie an mir vorbeirauschten, entschied ich, dem Ganzen ein abruptes Ende zu setzen.

Ich pausierte den Song. Mit einer schnellen Bremsung kamen beide zum Stillstand.

»Was ist los?«, fragte ich, als sie sich mir näherten. Will sah an die Decke der Eishalle, während Olivia die Arme vor der Brust verschränkte.

Bockig und desinteressiert. Alle beide. Eine tödliche Kombination für ein Team, das abliefern musste. Heute wurde ich das Gefühl nicht los, dass sie sich nicht ausstehen konnten. Und welchen Zweck hatte das? Wenn sie so miteinander umgehen wollten, warum verschwendeten wir dann unsere Zeit?

Ich entschied, dass liebevolle Strenge an diesem Abend die bessere Wahl sein würde. »Ich habe nach dem Training nichts mehr vor. Morgen fängt meine Schicht erst später an. Das heißt, ich kann die ganze Nacht hier verbringen. Ihr auch?«

Olivia schüttelte den Kopf. »Ich bin verabredet.«

»Natürlich bist du das«, nuschelte Will, und ich musterte ihn. War es so schwer, zuzugeben, dass sie sich mochten? Es war okay. Viele Eiskunstlaufpaare dateten sich. Ich hatte mich mit dem Gedanken angefreundet, aber hatten sie es denn auch?

»Wie wäre es mit einer kurzen Pause, in der wir uns etwas ausruhen? Olivia, ich würde gern mit dir den zweiten Sprung wiederholen.«

Will zog sich mit seiner Wasserflasche zu den Tribünen, von wo er so tat, als würde er uns nicht beobachten.

Olivia setzte an, ihren Sprung vorzuführen, doch ich hielt sie ab. »Warte kurz. Habt ihr einen Streit? Du und Will? Oder ist was anderes, von dem ich wissen sollte?«

Sie zuckte mit den Schultern. »Alles gut.«

»Sieht für mich nicht danach aus«, erwiderte ich. *Komm schon, Olivia. Gib mir etwas, womit ich arbeiten kann.*

»Können wir nicht einfach von vorne anfangen und nach Hause? Bitte?«

Ich hörte, wie Will jemanden begrüßte. Mein Schützling und ich wandten uns in seine Richtung und entdeckten Isaac. Er hob die Hand, um uns zu begrüßen, und wir winkten zurück.

Sein Lächeln gab mir etwas Kraft, von der ich nicht gewusst hatte, dass ich sie brauchte, und ich erwiderte es.

»Scheinbar bist du heute doch verabredet«, bemerkte Olivia. »Also? Wollen wir das Ganze beschleunigen?«

Auf die Masche würde ich nicht hereinfallen. Es war eine Weile her, aber ich war auch mal ein Teenager gewesen. Ein Mädchen, das genau hier gestanden hatte und alles für Scheiße befunden hatte.

Ich straffte die Schultern und schüttelte den Kopf. »Nein, können wir nicht. Wir machen die Choreo so lange, bis sie perfekt sitzt. Auch wenn es Stunden dauert. Oder ihr mir erklärt, was das Problem ist. Das liegt ganz bei euch.«

Mit einem süßen Lächeln klopfte ich ihr auf die Schulter und deutete zu Will. »Du kannst deinen Partner darüber informieren. Oder wollt ihr euch lieber anschweigen?«, fragte ich und schaute auf die Uhr auf meinem Handydisplay. »Könnte jedenfalls eng werden mit deiner Verabredung.«

Olivia schnaubte und eilte über das Eis zu Will. Sie war angepisst.

›Gut‹, dachte ich. Wenn sie explodierte, würde sie wenigstens etwas von dem Druck loswerden, der sich angestaut hatte.

Ich sah zu, wie die beiden diskutierten. Isaac, der mit schief gelegtem Kopf die Teenager dabei beobachtete, wandte sich Hilfe suchend an mich. Wahrscheinlich hatte er sich seinen Besuch beim Training nicht so vorgestellt. Er entschied sich für den Rückzug und ging einige Meter auf Abstand.

Ich schloss mich ihm auf der anderen Seite der Bande an. »Hi, Fremder.«

»Hi«, flüsterte er an meinen Lippen. Sein Atem war süß und heiß im Vergleich zur Kälte in der Halle. »Ich habe dich vermisst.«

»Haben wir uns nicht gestern gesehen?«

Er zog mich an sich heran, sodass meine Füße leicht über dem Eis schwebten. »Doch. Das ist viel zu lange her.«

Mein Herz machte Loopings in meiner Brust. Begehrt zu werden war meine persönliche Droge, und ich genoss jede Portion, die mir Isaac gab.

Aus dem Augenwinkel musterte ich meine Schützlinge, die immer noch diskutierten. Ihr Anblick stimmte mich traurig.

»Ich weiß nicht, wie lange ich heute noch hierbleiben werde.«

Isaac folgte meinem Blick. »Ärger im Paradies?«

»Ja. Sie sind verliebt ineinander und können es nicht zugeben«, flüsterte ich.

»Kannst du es ihnen verübeln? Mit siebzehn traut man sich so was weniger …«

Ich strich über seine stoppelige Wange. »Mit Ausnahme von dir.«

Isaac lächelte und fuhr mir über die Arme, die nur in einem T-Shirt steckten. »Du frierst bestimmt.«

»Gerade ist mir ziemlich heiß«, erwiderte ich mit einem Blick, der hoffentlich verführerisch wirkte.

Will stand auf, und seine Stimme durchbrach meine schöne Isaac-Blase. »Ich habe keinen Bock mehr, mit dir zu diskutieren!«

Olivia funkelte ihn an. »Gut, ich nämlich auch nicht. Wir können das Ganze auch lassen, wenn du willst. Oder du hörst auf, dich wie ein eifersüchtiger Hulk zu verhalten!«

»Eifersüchtig? Weshalb sollte ich eifersüchtig sein?!«

Okay, ich musste einschreiten, bevor die Diskussion ziemlich schiefging. Ich wusste, wenn sie nicht aufhörten, würden sie Dinge sagen, die sie vielleicht schon sehr bald bereuen würden.

Ich war gerade dabei, dazwischenzugehen, als Isaac mich abhielt. »Lass mich.«

Verdutzt hielt ich inne. Er wollte schlichten helfen?

Okay. Kein Problem.

Da meine Methoden anscheinend nicht funktionierten, ließ ich ihm den Vortritt. Vielleicht hätten sie weniger Probleme damit, sich einem Fremden anzuvertrauen als mir. *Vielleicht* war das keine dumme Idee.

Um nicht wie eine besorgte Mutter zu wirken, verließ ich die Bande, glitt zur Mitte der Eisfläche und wartete. Ich sah Isaac dabei zu, wie er mit meinen Schützlingen redete. Er gestikulierte nicht wild, wurde weder laut noch schaute er wütend.

Er war ruhig, hörte aufmerksam zu und nickte, wie ich vermutete, an den richtigen Stellen. Dann zog er Will zur Seite, während Olivia wieder aufs Eis kam und sich zu mir gesellte. Ihr Gesichtsausdruck war eine Mischung aus vielen Emotionen, doch eine stach hervor: Verwirrung.

»Alles gut?«, fragte ich vorsichtig. »Was hat Isaac gesagt?«

Sie sah zu der Stelle, an der Isaac und Will noch standen. »Dass unsere Zukunft wichtiger ist als ein Streit. Dass es okay ist, mal zu streiten, aber wir nicht vergessen sollen, was immer an erster Stelle steht.«

Ich horchte auf. »Und das wäre?«

Olivia richtete den Blick auf mich, und zu meiner Überraschung umspielte ein Lächeln ihre Lippen. »Das Team.«

Mein Herz fing an zu flattern, als ich ihre Antwort verinnerlichte. Zwar waren die Umstände bei dem Eiskunstlaufpaar anders, aber Isaac und ich teilten mit ihnen eine fundamentale Gemeinsamkeit: Wir würden füreinander da sein.

Es war so einfach und er hatte die beiden daran erinnert.

Ich konnte mir das Lächeln nicht verkneifen, als auch Will in unsere Richtung gefahren kam und deutlich entspannter wirkte als zuvor. Er hatte nur Augen für seine Partnerin, also nutzte ich die Gelegenheit, mich bei Isaac, der noch hinter der Bande stand, zu bedanken. Ich formte das Wort mit dem Mund und er nickte. Dann setzte er sich auf die Tribüne.

Er würde bleiben und warten.

Mir schwoll das Herz an, und am liebsten hätte ich das Training vorzeitig beendet, doch meine Schützlinge hatten Priorität. »Geht's euch besser?«

Sie nickten immer noch, ohne mich anzusehen. Ganz offensichtlich kommunizierten sie mit den Augen, und ich erkannte dieselben Gefühle, wie ich sie in diesem Moment für Isaac empfand, darin.

»Gut«, sagte ich leise und zückte mein Handy aus der Tasche der Trainings-Leggings. »Attention. Jetzt noch mal.«

Die Akustikmusik erfüllte die Eishalle und das Paar fing mit seinem Tanz an. Sie schwebten über das Eis, dicht beieinander und mit der Lockerheit, die ich so sehr herbeigesehnt hatte. Ihre Haltung war perfekt, sie lächelten und jede Bewegung saß. Als die erste Drehung bevorstand, hielt ich die Luft an, aber Olivia enttäuschte mich nicht. In einer schwungvollen Bewegung landete sie in Wills Armen und ihr Lächeln vertiefte sich.

Der Höhepunkt des Songs rückte näher, und als auch die Hebefigur saß, konnte ich endlich aufatmen. Die Veränderung war deutlich zu erkennen. Wills Hände blieben wenige Sekunden länger als nötig an seiner Partnerin. Umgekehrt lehnte sich Olivia mehr in seinen Körper, und am liebsten hätte ich Isaacs Reaktion gesehen, doch ich traute mich nicht, auch nur eine Sekunde lang die Augen abzuwenden.

Sie machten die Todesspirale. Olivia schwebte über dem Eis, und ich erinnert mich an das letzte Mal, als ich in dieser Position gelegen hatte. An Isaacs festen Halt, der mir Mut gegeben hatte.

Der Song endete und ich klatschte Beifall. Will grinste, hob Olivia hoch und wirbelte mit ihr über das Eis. Ihre Freude war ansteckend, denn selbst Isaac konnte sich das Lächeln nicht verkneifen.

»Das war traumhaft!«, rief ich ihnen zu und wartete, dass sie sich näherten. Ihre Wangen waren gerötet, und Olivia klang atemlos, als sie antwortete. »So gut war es seit Wochen nicht.«

»Ihr habt wohl einfach einen kleinen Anstupser gebraucht.« Ich sah zu Isaac, der seelenruhig das Geschehen verfolgte. Irgendwie würde ich mich bei ihm bedanken müssen. Wie, wusste ich noch nicht, aber die Teenager durften dafür definitiv nicht anwesend sein.

»Weil das so gut war, entlasse ich euch nach einer letzten Wiederholung endlich in euren Feierabend«, erklärte ich und spürte den Stolz in meiner Brust anschwellen. »Ihr wart wundervoll. Mit der Performance wird die Jury mehr als zufrieden sein.«

Die beiden grinsten mich an, ganz im Kontrast zu ihrer Laune von vor einer halben Stunde.

Eine Frage klebte mir auf der Zunge, als ich Wills Blick bemerkte. Er war verändert, und ich fragte mich, ob Olivia es bemerkte.

Ich entließ die beiden wie versprochen nach einem weiteren Durchgang und beobachtete, wie sie sich anschließend gegenseitig neckten. Olivia lachte über irgendetwas, das Will gesagt hatte, und zum ersten Mal seit Beginn des Trainings wusste ich, dass alles gut werden würde.

Wir würden das hinkriegen.

Sie würden das schaffen.

Als ich hinter der Bande ankam, zog mich Isaac sofort in seine Arme. Mein Kopf landete auf seiner Brust, und ich schloss die Augen, als er mir sanft über die Haare strich. »Das hast du gut gemacht.«

»Dank dir«, murmelte ich. »Ich wusste nicht, was ich machen sollte.«

»Sie sind ein super Team. So wie du und ich.«

Ich löste mich leicht von ihm und nahm sein Lächeln in mich auf.

»Was hast du Will gesagt?«

Isaacs Finger legten sich an meinen Hals und ich spürte das Kribbeln an meiner Haut. »Es ist etwas kitschig.«

»Ich liebe Kitsch«, log ich. »Das ganze Programm.«

Mit einem Grinsen hob er eine Augenbraue. »Wirklich? Dann wird es dich freuen, dass ich ein Candlelight-Dinner in Barrie für morgen Abend reserviert habe.«

Unter anderen Umständen hätte ich viel lieber Pizza

bestellt und alte Schwarz-Weiß-Filme in meinem Wohnzimmer geschaut, doch mit Isaac war ich bereit für all die Erfahrungen, die uns vergönnt geblieben waren. All die erwachsenen Dinge, die man als Paar so tat.

»Sehr. Also? Will?«, hakte ich nach.

Isaacs Blick war warm und weich, als er schließlich antwortete. »Wenn du etwas gefunden hast, was du liebst … lass es niemals los. Ich habe ihm gesagt, er soll kein Dummkopf sein wie ich. Dass er in seinem Leben noch so viel Zeit verlieren wird, aber die Entscheidungen, die er jetzt trifft, wichtig sind. Entweder er lässt sich darauf ein, auch wenn es gruselig ist, oder er bereut es für immer, nichts getan zu haben.«

Ich lächelte. Dann nickte ich. Tränen bildeten sich in meinen Augen, doch ich hielt sie zurück. Ich wollte nicht weinen. Ich wollte lachen und dem Schicksal danken, dass es Isaac und mich wieder zusammengebracht hatte.

»Das war sehr kitschig«, bemerkte ich grinsend. »Aber es hat mir gefallen. Will vermutlich auch. Er liebt dramatische Reden.«

»Immerhin schätzt er meine Ratschläge. Bei Caleb hat das länger gedauert.«

Ich löste mich von Isaac, um meine Schuhe zu wechseln. Als ich plötzlich ein paar Zentimeter kleiner war, schmunzelte mein Gegenüber.

»Was?«, fragte ich. »Warum guckst du so?«

Isaac strich sich über die Haare und schüttelte den Kopf. Seine Ohren waren leicht gerötet. »Nichts.«

»Isaac …«

Doch er weihte mich nicht ein. Statt ihn weiter zu bedrängen, lockte ich ihn zu den Umkleidekabinen. Olivia und Will hatten die Halle inzwischen verlassen. »Wir haben vor ein paar Jahren renoviert. Ich dachte, das interessiert dich vielleicht.«

»Klar.«

Er nahm meine Hand und ließ sich von mir führen. Eigentlich hatte ich nur ein Ziel, doch zuerst zeigte ich ihm die neuen Räumlichkeiten. Zu unseren Zeiten waren diese grau, kalt und heruntergekommen gewesen. Die Umkleiden hatten ihre besten Jahre schon lange vor der Jahrtausendwende gehabt, und trotzdem vermisste ich manchmal den alten Charme.

Was ich nicht vermisste, war der Geruch. Der nach alten Schuhen und Schweiß. Das Ehepaar Hale hatte dank finanzieller Unterstützung der Stadt ein Ventilationssystem einbauen lassen, sodass tatsächlich frische Luft nach innen drang. Da es keine Fenster gab wegen der Privatsphäre, war das die beste Lösung und eindeutig eine Verbesserung.

Ich erzählte Isaac von den Neuerungen und beobachtete, wie er die frische Einrichtung in sich aufnahm. Für ihn musste das alles fremd wirken. Zu gern hätte ich gewusst, was er dachte. Welche Gedanken in seinem Kopf tosten.

»Was denkst du?«

Isaac wandte sich zu mir und lächelte. »Dass die Zeit ein komisches Konzept ist. Ich erinnere mich noch an so vieles, Dinge, die ich längst vergessen hatte ... oder zumindest verdrängt hatte. Aber jetzt kommt alles wieder.«

Ich trat an ihn heran, erwiderte sein Lächeln. »Zum Beispiel?«

Er strich mir über die Arme und seine Augen verdunkelten sich. »Ich denke daran, wie ich dich das erste Mal geküsst habe. Wie du mich ständig auf die Probe gestellt hast.«

Unser erster Kuss war eine ferne Erinnerung, die vielleicht sogar meine liebste war. Es war nach einem Eishockeyspiel gewesen. Unser Team hatte im Heimspiel gewonnen und die Stimmung war perfekt gewesen. Wir feierten, lachten, und dann, als nur noch wir zwei übrig geblieben waren, hatten wir uns geküsst. In dieser Halle.

»Vermisst du es? Früher?«, fragte ich leise.

Isaac überlegte nicht lange und schüttelte den Kopf. »Nein. Nicht mehr. Ich finde es jetzt besser.«

Ich drückte seine Hand und nickte. »Ich glaube … ich auch.«

Er küsste mich und drehte mich so, dass wir zusammen auf den Spiegel, der sich über die ganze hintere Wand der Umkleide erstreckte, schauten.

»Weißt du, was wir nie gemacht haben?« Seine Stimme klang plötzlich anders. Der Ton, der in ihr lag, ließ die Schmetterlinge in meinem Bauch tanzen.

»Hm?«

Isaacs Hände gingen auf Erkundungstour, quälend langsam und so sanft, dass ich es kaum spürte. Ich hielt den Atem an, als er seine Lippen an meinen Nacken legte und an der empfindlichen Haut saugte. Eine seiner Hände wanderte unter mein T-Shirt, während die andere Druck auf meine Hüfte ausübte.

Ich spürte die Erregung zwischen meinen Beinen wachsen, und als ich mich umdrehen wollte, hielt er mich fest. »Sieh hin.«

Obwohl mein Körper danach verlangte, ihn zu berühren, folgte ich seiner Anweisung. Ich beobachtete uns beide über den Spiegel. Ihn, wie er mich mit seinen eisblauen Augen durchbohrte, während sein Mund mich in Besitz nahm. Ich sah mich, mit verruchtem Blick und leicht geöffnetem Mund, dem er kleine Seufzer entlockte.

Isaac strich über den Bund meiner Leggings, und am liebsten hätte ich das Teil verbrannt, damit er mich endlich dort berührte, wo ich ihn bereits erwartete.

Mit einem Lächeln musterte er mein Gesicht, drückte sich von hinten an meine Hüfte und ließ mich seine Erektion spüren.

Alles in mir fing Feuer, doch als ich einen zweiten Versuch wagte, mich zu ihm zu drehen, verstärkte er seinen Griff. »Du bist zu ungeduldig.«

»Und du machst mich wahnsinnig«, murmelte ich und zog mir die Leggings aus. Unter seinem Blick fühlte ich mich, als würde ich jeden Moment explodieren, und als er seine Hand nicht rührte, kletterte ich auch aus dem Slip.

»Was machst du jetzt?«, fragte ich und entdeckte im Spiegel die Röte auf meinen Wangen. Ich sah aus wie eine Wilde, die verrückt war nach diesem Mann, der mich anschaute, als wäre ich ein Heiligtum.

Isaac schluckte und zog mir das T-Shirt aus. Meinen BH löste er mit zwei Handgriffen von meinen Schultern, sodass ich vollkommen nackt vor ihm stand. Diesmal wandte ich mich nicht um. Ich wollte, dass er mich sah. Ich wollte, dass er meine Lust sah.

Er legte seine Hände an meine Oberschenkel und küsste mich hinter meinem Ohr. »Du bist so verdammt schön.«

Ich kämpfte gegen den Drang, mehr zu verlangen. Doch

als er über meine Haut strich, war es bittersüßer Schmerz, der mich berauschte.

»Isaac«, hauchte ich. »Bitte.«

Ich sehnte mich nach mehr, mehr von ihm und seinen Berührungen. So sehr, dass ich es nicht mehr aushielt und selbst meine feuchte Mitte berührte. Ich war bereit, seinetwegen.

»Was machst du da?«, fragte er rau. »Hältst du es nicht mehr aus?«

Ich stöhnte, als er meine Hand wegschob, um sie mit seiner zu ersetzen. Das Pochen zwischen meinen Beinen verdreifachte sich, und ich seufzte leise, als er einen Finger in mich schob.

»Violet.« Isaac verteilte Küsse auf meinen Schultern, meinem Hals und meinem Rücken. Jeder einzelne brannte sich in mich, sorgte dafür, dass ich noch mehr begehrte. Blind griff ich nach hinten zu seinem Hosenbund und legte meine flache Hand auf seinen erregten Schritt. Er zischte auf, als hätte ich ihm Schmerzen bereitet.

»Das kannst du nicht machen«, flüsterte er. Mein Blick flog zum Spiegel, wo ich seine Augen auf mir fand.

»Nein?«

»Sag mir, was du willst.«

Dich, dich, dich. War das nicht offensichtlich? Statt einer Antwort streckte ich meinen Hintern gegen seine Hüfte und strich mir über die Brüste. Mit Isaac fühlte ich mich mutig. »Zeig mir, was du mit mir machen willst.«

Isaac schob sich die Hose von den Beinen und zog sein T-Shirt in einer geschmeidigen Bewegung aus. Als hätte er Angst, ich würde mich in Luft auflösen, wenn er mich nicht berührte, legte er seine Hände sofort wieder an meinen Körper. »Vertraust du mir?«

Ich nickte und ließ mich dann von ihm sanft auf die Knie drücken. Meine Haut berührte die glatten Fliesen der Umkleidekabine, und ich schnappte nach Luft, als die Kälte mich traf. Isaac kniete hinter mir. Die Spitze seiner Erektion berührte mich zwischen den Beinen. Mit seiner Berührung entlockte er mir ein ersticktes Stöhnen, das in meinen Ohren nachklang. Ich hatte das Gefühl, jeden Moment zu zergehen, als er langsam in mich eindrang. Das Prickeln intensivierte sich, und ich hob den Kopf, um uns zu beobachten.

Ich wusste sofort, dass sich das Bild von uns, wie wir hier nackt knieten, für immer in mein Gedächtnis brennen würde. Was auch immer passieren würde, das hier war unvergesslich.

Isaac begann sich in mir zu bewegen und ich zog mich mit jedem Stoß enger um ihn zusammen. Ich spürte seine Härte in mir, wie sie mich ausfüllte, und als die ersten Funken in meinem Inneren kitzelten, spürte ich, wie auch er vor Verlangen zitterte. Das vertraute Prickeln meldete sich an, und als Isaac tiefer in mich eindrang, überrollte mich der Orgasmus heftig. Es fühlte sich an wie ein Feuerwerk, begleitet von meinem Stöhnen und Isaacs Berührungen.

»Ich ... ich«, schrie ich, doch weiter kam ich nicht, als ich die Sternchen hinter meinen Augenlidern sah.

Isaac folgte mir, und ich genoss es, wie er meinen Namen dabei rief. Er war vollkommen. Und er war mein.

Kapitel Siebenundzwanzig

Am nächsten Morgen fühlte ich mich, als würde ich auf Zuckerwatte zur Arbeit schweben. Ich grüßte die Stadtbewohner, die mir über den Weg liefen, lächelte bei jedem Kunden im Minkas noch mehr als beim vorherigen und genoss die warmen Sonnenstrahlen, die durch die Fenster die Regale hochkletterten.

Jedes Mal, wenn Minka sich über mein Grinsen lustig machte, prallten ihre Worte an mir ab.

Ich war gerade dabei, eine Postkarte für eine ältere Kundin einzupacken, als meine Freundin aus der Abstellkammer kam und sich zu mir gesellte.

»Hier bitte, für Sie«, erklärte ich und schob die Karte samt Kassenzettel über die Theke. Die weißhaarige Frau nahm dankend ihren Kauf entgegen, bevor sie den Laden verließ.

Wie so oft waren Minka und ich wieder allein.

Meine Chefin nutzte die Gelegenheit, um mich mit

Fragen zu bombardieren. »Also, du und Isaac? Ist das jetzt offiziell?« Sie zwinkerte mir zu.

Ich spürte, wie mein Grinsen breiter wurde, und zuckte mit den Schultern, obwohl ich die Antwort schon kannte. »Ich glaube schon. Es ist nicht so, dass er mich gefragt hat, ob ich seine Freundin sein will ... aber ich hab das Gefühl, das war bei uns nicht nötig.«

Minka beugte sich über die Theke und schmunzelte. »Die Liebe steht dir.«

Ich fasste mir an die warmen Wangen. Erinnerungsfetzen an den gestrigen Abend in der Eishalle durchströmten mich. Es war verrucht, neu und vollkommen verrückt gewesen. Doch die Spannung, es dort zu tun, hatte meine Lust ins Unermessliche gesteigert, viel mehr, als ich es für möglich gehalten hätte.

»Du denkst an Sex! O mein Gott, Violet Clark denkt an Sex mit ihrem nordischen Adonis!«

Ich lachte auf und warf ihr die Kopie des Kassenzettels zu. »Nenn ihn nicht so. Und jetzt genug von mir. Wie lange willst du dich in dein hübsches Versteck verdrücken?«

»Was meinst du?«

»Du warst so anders in Toronto. Dir hat der Großstadttrubel gefallen und du bist ... ich weiß nicht ... richtig aufgeblüht. Willst du für immer in Collingwood Postkarten und Kühlschrankmagneten verkaufen?«

Ich liebte Minka. Sie war in den letzten vier Jahren wie eine Schwester für mich geworden. Aber ich erkannte Potenzial, wenn es vor mir stand. Und sie war für Größeres bestimmt.

Minka beugte sich über die Theke und stützte den Kopf auf den Händen ab. Ihr Gesicht war der Hauptstraße zugewandt, auf der Touristen und Bewohner von Collingwood ihrem Alltag nachgingen.

»Weißt du ... irgendwann will ich ein Hotel eröffnen. Ein kleines, aber eins, das mir gehört. Mit süßen Zimmern, die passend zu unterschiedlichen Jahrzehnten dekoriert sind, und einem Portier wie dem aus Grand Budapest Hotel. Einer Bar, in der man die Zeit vergisst wie im The Sixx, und mit lokalen Gerichten, die den Gästen das Wasser im Mund zusammenlaufen lassen.« Ihre Stimme hatte einen träumerischen Klang angenommen. »Ist das verrückt? Das zu wollen?«

Ich strich ihr über den Rücken und schenkte ihr ein Lächeln, als sie mich wieder ansah. »Das klingt nach einem großartigen Plan. Und wenn ich eine Person kenne, die es schaffen wird, das zu verwirklichen, dann bist du das.«

Für einen Moment ließen wir den Gedanken schweben, bevor sie seufzte und mein Lächeln erwiderte. »Danke, Spatz. Ich glaube, das musste ich hören.« Bevor ich etwas erwidern konnte, ertönte die Ladenklingel, und ein Herr mittleren Alters betrat den Laden. Minkas Lächeln vertiefte sich, als sie sich dem Kunden zuwandte. »Was kann ich heute für Sie tun?«

»Ich hätte gerne eine Stadtkarte«, antwortete er, während er die vielen Geschenkartikel hinter der Theke bestaunte. »Und einen Kühlschrankmagneten bitte. Den mit der Bay und dem Boot.«

Ich überließ Minka den Kunden und schlängelte mich an ihr vorbei zu den Paketen neben der Abstellkammer. Eine Lesung stand an und der Verlag des Autors hatte uns im Vorfeld mit Büchern versorgt. Ich kannte ihn nicht, und als ich den Klappentext überflog, wusste ich auch, warum.

Ein Kleinstadtkrimi, der auch in den nächsten Monaten nicht auf meiner Leseliste landen würde. So was war eher Minkas Geschmack.

Ich räumte eine Fensterbank von Krimskrams frei und platzierte einige Exemplare des Buches dekorativ darauf. Als ich damit fertig war, sortierte ich noch die Postkarten zurück in die richtigen Fächer und holte im Blue Mountain Café zwei Iced Lattes für Minka und mich.

Mit den beiden kalten Bechern schlenderte ich über die Hauptstraße und überlegte, was ich für mein Date heute Abend anziehen würde. Meine letzte Verabredung lag einige Jahre zurück und ein Kinobesuch war wohl kaum mit einem Candle-Light-Dinner gleichzusetzen.

Ich entschied, Minka zurate zu ziehen, und stellte im Laden überrascht fest, dass sie mit Harper über Videocall telefonierte. »Oh, da ist unsere Lieblingsrothaarige. Hier, guck sie an und sag mir, dass sie nicht anders aussieht.«

Minka drehte das Smartphone in meine Richtung, und ich winkte meiner besten Freundin, die irgendwo unter den Palmen der Bahamas lag.

»Hi, Hübsche. Du siehst erholt aus.«

»Das Kompliment kann ich nur zurückgeben. Die Flitterwochen bekommen dir gut.«

Sie lächelte und ich drückte Minka ihren Latte in die Hand. »Wie ist das Essen? Die Menschen? Und warum hast du Zeit, uns anzurufen, wenn du mit deinem Mann anderweitig beschäftigt sein solltest?«

Minka grinste. »Ich kann es gar nicht abwarten, Tante zu werden.«

Harper rollte mit den Augen und drehte ihr Handy kurz zu George, den man als kleinen Fleck im Meer ausmachen konnte. »Der schwimmt gerade eine Runde und ich habe eure Gesichter vermisst. Habe ich was verpasst? Ihr lebt offensichtlich noch, also muss ich euch nicht ermahnen, artig zu sein.«

Ich lächelte zuckersüß und deutete auf den Latte in meiner Hand. »Wir sind sogar so nett und holen uns gegenseitig Kaffee.«

»Vielleicht bin ich das Problem«, erwiderte Harper und machte ein nachdenkliches Gesicht. »Wie schaut es mit unserem Lieblingspaar des Sommers aus, Minka?«

»Lieblingspaar?«, fragte ich, doch Minka reagierte nicht.

»Alles bestens.«

»Mag mich jemand aufklären?«

Harper grinste. »Komm selber drauf. Aber mach einfach weiter wie bisher. Das ist super so.«

Statt einer Erklärung wurde das Thema auf Harpers Ausbeute bei einem lokalen Bekleidungsgeschäft gelenkt.

Als eine Kundin den Laden betrat, übernahm ich wieder und sah zu, wie sich Minka davonschlich. Danach räumten wir zusammen auf, weil es immer etwas zum Aufräumen gab, und die Stunden verflogen, während wir über Collingwood und das Leben in unserer Kleinstadt philosophierten.

Zum Feierabend fuhr ich in bester Laune nach Hause. Die Sonne stand noch hoch am Himmel, doch seit ein paar Tagen fühlte sich ihre Wärme wieder angenehm an. Besonders die Abendstunden luden dazu ein, draußen zu sein, und ein Teil von mir hoffte, Isaac hatte in einem Restaurant mit Terrasse reserviert.

Zu Hause stellte ich mich gleich unter die Dusche und

summte gemeinsam mit Frank Sinatra zu *The Way You Look Tonight*.

Danach cremte ich mich von oben bis unten mit einem Körperöl ein, das angenehm nach Lavendel duftete. Mit einem Lächeln zog ich die schwarze Unterwäsche an, die ich sonst nur für besondere Anlässe wie meinen Geburtstag oder einen Mädelsabend reserviert hielt. Ich schmunzelte, als ich mir vorstellte, dass ich sie bei Isaac nicht lange anbehalten würde, sobald er sie zu Gesicht bekommen würde.

Wir waren wieder jung. Unaufhaltsam und unersättlich.

Ich föhnte mir die Haare und gab mir zum ersten Mal seit Monaten Mühe dabei, meinen Pony zu stylen. Zufrieden mit meiner Frisur machte ich mich daran, Make-up aufzutragen. Für Minkas Verhältnisse wäre mein Endergebnis noch langweilig, aber mir gefielen der schmale Lidstrich und der dezente Lippenstift in blassem Rot. Als ich dann in ein noch nie getragenes schwarzes Bodyconkleid schlüpfte, brauchte ich zwei Anläufe, um den Reißverschluss zu schließen, doch hinterher schmiegte sich der Chiffonstoff perfekt an meine Hüften. Die breiten Träger und der Rückenausschnitt zeigten mehr Haut, als ich gewohnt war, doch mir gefiel der Anblick der vielen Sommersprossen auf meiner Haut.

Ich richtete meine Haare ein letztes Mal, bevor ich mein Chaos aufräumte. Jazzmusik begleitete mich dabei, und ich hielt inne, als sie plötzlich von meinem Klingelton unterbrochen wurde. Ich ließ das Haarspray in meiner Hand sinken, als ich Isaacs Namen auf dem Display las.

Mit einem Lächeln nahm ich ab. »Hey du.«

»Violet.«

Sofort wusste ich, dass etwas nicht stimmte. Er klang atemlos und … überfordert?

»Sam ist im Krankenhaus.«

Ich umklammerte mein Handy und spürte, wie mein Herzschlag seinen Rhythmus verdreifachte. Mir wurde schlagartig schlecht, doch ich hatte keine Zeit, mich damit zu beschäftigen.

»Ich komme. Ich … Ich bin sofort da.«

Keine Ahnung, wie ich es nach dem kurzen Telefonat schaffte, die Treppen ins Erdgeschoss zu nehmen, meine weißen Sneaker anzuziehen und mich mit nichts weiter als meinen Schlüsseln und meinem Handy ins Auto zu setzen. Ich wusste auch nicht, wie ich es fertigbrachte, ruhig durch die Straßen Collingwoods in Richtung Krankenhaus zu fahren. In dasselbe Krankenhaus, in dem ich geboren worden war. Der Ort, an dem Mom ihre Diagnose bekommen hatte. Isaac gelegen hatte. Ich gelegen hatte. Es war das Krankenhaus, in dem mir nur Schlechtes widerfahren war.

Und dennoch blieb ich tapfer. Ich weinte nicht, als ich nach Sams Zimmernummer fragte. Meine Stimme zitterte auch nicht, als ich mich bei der Krankenschwester bedankte. Ich fühlte mich komisch, als ich den Flur entlangging. Meine Schuhe quietschten auf dem grauen Linoleumboden und alles schien nur noch in Zeitlupe zu passieren.

Erst als ich Isaac am Ende des langen Flures entdeckte, wachte ich aus meiner Trance auf und lief auf ihn zu.

»Sam sah ganz blass aus, als ich aus Toronto bei ihm ankam. Er meinte, ihm wäre etwas schwindelig, und ich bin sofort losgefahren. Sie sagen, es ist nur der Kreislauf, aber Violet, ich … Ich weiß nicht, was ich tun sollen, wenn …«

Er brachte den Satz nicht zu Ende. Das war auch nicht nötig, denn ich verstand ihn auch so. Isaac hatte Angst. Er hatte sich mit all den möglichen schlimmen Folgen auseinandergesetzt und jede einzelne hatte wehgetan. Jede einzelne war eine schreckliche Vorstellung von dem, was passieren könnte.

Ich zog ihn in meine Arme, und obwohl ich ihn halten wollte, war es, als würde er mich halten. Zum ersten Mal seit seinem Anruf rollten die Tränen über meine Wangen. Mein Schluchzen vermischte sich mit Isaacs leisem Atem, so als hätte er Probleme, genug Luft zu bekommen.

Es wird Sam gut gehen. Es geht Sam gut. Ihm darf nichts passieren.

Genau an diesem Ort hatte ich vor vielen Jahren Gott abgeschworen. Doch zum ersten Mal seitdem schickte ich ein stummes Gebet in den Himmel. *Versprich mir, dass alles gut wird. Das bist du mir schuldig.*

Es fühlte sich an wie eine halbe Ewigkeit, in der Isaac und ich die Welt um uns herum ausschalteten. Doch nach und nach drangen die Geräusche von außen wieder zu mir durch. Meine Tränen versiegten langsam und ich löste mich erschöpft, gleichzeitig widerwillig von Isaacs warmer Brust. Mit einem traurigen Lächeln sah er mich an und legte seine Hände an meine Wangen. »Sam schläft gerade. Er bekommt eine Flüssigkeitsinfusion und Sauerstoff. Der Arzt meinte, er soll zur Sicherheit über Nacht hierbleiben.«

Der Drang, nach Sam zu sehen, war riesig, doch ich gab mich mit Isaacs Auskunft zufrieden. »Du hast gesagt, es wären Kreislaufprobleme?«

Letztes Jahr war ich mit Sam aus demselben Grund ins Krankenhaus gefahren. Zwar hatte er die ganze Fahrt über betont, dass es ihm gut ginge, aber seine zitternden Hände hatten ihn verraten.

Wie so oft missachtete ich die Vorstellung, dass auch Sam nicht unerschütterlich war. Dass der Mann, der mir in all den Jahren mit seinen Ratschlägen und seiner unerbittlichen Strenge zur Seite gestanden hatte, irgendwann nicht mehr da sein würde.

Isaac nickte. »Er hat es mir nicht erzählt, weißt du? Dass er schon mal deswegen hier war. Ich habe es erst vom Arzt erfahren.«

Ich sah, wie Isaac innerlich mit sich rang. Auch er sah blass aus, und ich fragte mich, ob er überhaupt geschlafen hatte. Er war gestern Nacht noch nach Toronto gefahren, dann ins Studio mit Caleb und wieder nach Collingwood für unser Date. Höchstwahrscheinlich war das für den ehrgeizigen Isaac kein Problem. Wenn er wollte, konnte er sicher tagelang nicht schlafen, um sein Ziel zu erreichen.

Aber dieser Isaac stand nicht vor mir. Dieser hier wirkte gebrochen und müde.

»Wollen wir uns setzen?« Ich deutete auf die Plastikstühle an der Wand und nahm Platz.

Isaac tat es mir gleich. Dann lehnte er den Kopf zurück und seufzte. »Schönes erstes Date.«

Wir beide sahen zu dem hässlichen Bild an der gegenüberliegenden Wand. Eine Wüste im abstrakten Stil. Darunter standen dieselben Stühle wie die, auf denen wir saßen. Knallblau, mit orangen Flecken, die aussahen, als hätte jemand einen Farbeimer wahllos auf das Möbelstück geschleudert.

Der Krankenhausbetrieb hingegen wirkte überraschend ruhig, und neben einigen Schwestern und Ärzten, die gelegentlich an uns vorbei hasteten, war es still im Gang.

»Gibt Schlimmeres. Einmal war ich mit einem Typen auf einem Date drüben in Thornbury, und er hat den ganzen Abend lang von seinen Fischen gerettet. Tote Fische, die er gefangen hat. Die Größe, das Gewicht, die Art und so vieles, dass ich es auch in zwei Flaschen Wein nicht ertränken konnte.«

Isaac lachte trocken auf und nahm dann meine Hand. Ich hatte das Gefühl, er konnte nicht anders, als mich zu berühren. Nicht, dass ich mich beschwerte. Es war nur ungewohnt. Etwas, dessen Fehlen mir vorher nie aufgefallen war.

»Gab es ein zweites Date?«

»Klar. Wir haben drei Monate später geheiratet und er hat mir seine Fischsammlung zur Hochzeit geschenkt«, scherzte ich. Ich wusste zwar nicht, wie ich dazu imstande war, aber irgendwie brachte ich es fertig.

»Ich war nicht auf vielen Dates. Caleb hat am Anfang ständig versucht, mich zu verkuppeln.«

Das war neu. »Und? Gab es jemals jemanden, der mir das Wasser reichen konnte?«

Sein Daumen strich über die Linien auf meiner Handfläche und er schüttelte den Kopf. »Offensichtlich nicht.«

»Dachte ich mir«, erwiderte ich und beobachtete ihn dabei, wie er meine Haut unter die Lupe nahm.

Vor ein paar Monaten war ich über einen Artikel gestolpert. Okay, es war irgendwo online gewesen. Vielleicht auch nur eine Überschrift. Aber dennoch: Wissenschaftler hatten herausgefunden, dass der Körper sich alle sieben

Jahre erneuerte. Das bedeutete, dass es eine Version von mir gegeben hatte, die Isaac nie berührt hatte. Eine, die er nie gekannt hatte.

Bis jetzt. Mir war nie klar gewesen, wie leer sich diese Violet gefühlt hatte.

»Weißt du noch, als wir geschwänzt haben und Mr Fournier beim Einkaufen getroffen haben?«, fragte Isaac mit einem Lächeln auf den Lippen.

Ich lachte auf. »Ja, und wie er sich fünf Kilo Mayonnaise gekauft hat und wir so getan haben, als hätten wir frei und arbeiteten an einem Biologieprojekt über ...«

»Das Leben der Aldabra-Riesenschildkröte«, ergänzte er mit einem schwachen Lächeln.

Wieder Schweigen. Jeder von uns hing in Erinnerungen fest, und ich schob alle beiseite, um in der Gegenwart zu bleiben. Die alten Wunden waren bereits vernarbt und hässlich.

»Wie war das Leben in Toronto?«, fragte ich. »Hast du alles erreicht, was du erreichen wolltest?«

Isaac dachte lange über meine Frage nach. Fast glaubte ich, er würde gar nicht mehr antworten, doch dann tat er es doch. »Ich habe eine lange Weile geglaubt, ich hätte alles erreicht. Die letzten Jahre habe ich damit verbracht, vieles zu verdrängen und nur nach vorne zu schauen. Aber mit jedem Tag sind die Risse größer geworden.« Er deutete auf seine Brust, die Stelle, hinter der sich sein Herz verbarg. »Ein Pflaster hat nicht gereicht. Das Loch wurde immer größer. Ich hatte nur den Vorteil, ständig beschäftigt gewesen zu sein. Caleb ist *sehr* erfolgreich. Er hat eigentlich ständig etwas zu tun, und wenn er mal eine Pause hat, ist er im Studio. Dann gab es die große Trennung und er war anders. Ruby steht jetzt für ihn an erster Stelle, und dadurch habe ich mich erinnert …«

»Woran?«

»Dass die vielen Stunden Arbeit und der Erfolg nichts bedeuten, wenn man ihn nicht mit jemandem teilen kann.«

Ich nickte. So hatte ich das nie betrachtet. Mein ganzes Leben lang war ich eine Einzelkämpferin gewesen. Im Soloeiskunstlauf zu sein war etwas anderes als im Duo wie bei Olivia und Will oder gar Isaac mit seinem Team. Es bedeutete viele Stunden allein. Und auch danach war der Einzelkampf für mich nicht zu Ende gewesen. Mom, die inzwischen im Pflegeheim untergebracht war. Ein leeres Haus, in dem niemand meine Rückkehr erwartete. Harper und Minka, die wie eine Familie für mich waren und dennoch mit ihren eigenen Sorgen beschäftigt.

Und natürlich Sam.

Ich war dabei, zu einer Antwort anzusetzen, als mein Magen mir zuvorkam. Das Grummeln war so laut, dass Isaac lachen musste. »Hunger?«

Ich drückte mir auf den Bauch und schüttelte den Kopf. »Nein, nein.«

Er stand auf und zog mich auf die Füße. »Komm, wir suchen dir etwas Essbares. Und Kaffee. Eine Menge davon.«

Kapitel Achtundzwanzig

Isaac schlug gegen die Scheibe des Snackautomaten, der meine Packung Schokonüsse in Gefangenschaft hielt.

»Murphys Law«, erklärte ich grinsend, während er die Süßigkeiten böse anfunkelte.

»Sehr witzig.«

»Na ja, alles, was schiefgehen kann, geht auch schief: Unser Date findet nicht statt, Sam ist im Krankenhaus, die Nüsse wollen nicht und mein Kleid zerquetscht mir die Lunge.«

Isaac ließ den Blick über das besagte Stück Stoff wandern, zum ersten Mal seit meiner Ankunft. Ich wusste, was er dachte. Dennoch teilte er seine Gedanken mit mir. »Dieses Kleid sollte als illegal eingestuft werden. Es ist zu heiß.«

Ich deutete auf die weißen Sneaker an meinen Füßen. »Und die? Denkst du, ich schaffe es so auf den nächsten Laufsteg?«

Er schüttelte den Kopf. »Zu hübsch. Du würdest allen das Rampenlicht stehlen.« Statt sich weiter mit dem Automaten zu beschäftigen, nahm er meine Hand und drehte mich, sodass er mich mit seinem Körper umgeben konnte. »Wenn du wüsstest, welche Dinge ich heute mit dir vorhatte …«

Ich erschauderte bei der Vorstellung. Mutig legte ich die Hände um seinen Nacken und zog ihn zu mir herunter. »Erzähl es mir.«

Isaac lächelte leicht. Dann senkte er seinen Mund auf die Höhe meines linken Ohrs. Er knabberte leicht daran und entlockte mir ein leises Stöhnen. »Ich wollte eine Wiederholung von unserem ersten Mal im Hotel. Du auf mir, in diesem Kleid und deine Lippen an meinen.«

Ich schluckte und drängte mich ihm entgegen. Es war faszinierend, wie Isaac es mit wenigen Worten schaffte, mich vor Lust erblinden zu lassen. Mein Körper verlangte nach ihm, danach, dass er mir zeigte, wie er mich haben wollte. Ich brauchte ihn.

Als ich eine Hand an seinen Schritt legte, wurde mir schwindelig, denn er war genauso bereit wie ich.

»Violet«, presste er hervor, und mein Name klang so, als würde er leiden. »Wir können nicht.«

»Nicht?«

»Du musst was essen.«

»Aber ich will dich«, fing ich an, doch sein Grinsen unterbrach mich.

»Lass mich meine primitiven Bedürfnisse erfüllen und dich füttern. Danach haben wir immer noch Zeit.« Erneut warf er Geld in den Automaten, kaufte mir eine zweite Packung Schokonüsse und blickte sehr zufrieden mit sich drein, als beide Packungen in der Ablage landeten. Dann machten wir uns gemeinsam auf die Suche nach ›etwas Anständigem‹, wie er betonte, und fanden ein Café mit Selfcheckout-Kassen, in dem gekühlte Sandwiches verkauft wurden. Ein Heißgetränkeautomat rundete das Angebot ab. Ich entschied, dass Kaffee mich nur noch nervöser machen würde, und wählte stattdessen eine süße Alternative als Seelenwärmer.

Es war ein Uhr nachts, als ich schließlich auf dem Stuhl vor Sams Zimmer unsere Ausbeute verputzte. Isaac lehnte ab, verbrachte seine Zeit damit, mich zu beobachten. Bei jeder anderen Person wäre es mir peinlich gewesen. Wie ich über das trockene Sandwich herfiel und den scheußlichen Kakao herunterwürgte. Aber er sah mich so liebevoll an, dass er mir keinen Raum gab für Scham.

»Du bist außergewöhnlich, weißt du das?«

»Warum?« Ich nippte an den Resten meines Getränks.

»Du machst so viel für … alle, kümmerst dich um deine Mutter, Sam und hast nicht nur einen, sondern gleich fünf Jobs.«

Überrascht ließ ich seine Worte auf mich wirken. Ich hatte das alles nie als besonders wahrgenommen. Es war einfach … mein Leben?

»So toll bin ich nicht.«

Er lehnte sich vor und küsste mich. Nein, er *kostete* mich. »Zu süß, aber so könnte ich Fan von dem Zeug werden. Und doch, du bist toll. Mehr als das.«

Seine Augen leuchteten, als er sich wieder zurücklehnte. »Außerdem warst du die beste Eiskunstläuferin in ganz Ontario. Ich glaube, du darfst etwas eingebildet sein.«

»Ich finde mich als Trainerin besser«, kommentierte ich.

Isaac hakte nach. »Vermisst du es nicht? Selbst im Rampenlicht zu stehen?«

»Absolut nicht. Ich bin froh, den Druck nicht mehr zu haben. Als Trainerin kann ich meine Liebe zum Eiskunstlauf weitergeben und den Kindern dabei helfen, ihre Träume zu verwirklichen. Außerdem bin ich froh darum, keine Mrs Williams zu sein.«

»Du bist eine großartige Trainerin, Violet. Die *beste*. Und sehr weit davon entfernt, wie sie zu sein.«

Ich rieb mir über die Nase und zuckte mit den Schultern. »Möglich. Ich weiß nicht. Ich bin nicht gut mit Komplimenten.«

»Wie gut, dass ich jeden Tag damit verbringen werde, dich mit welchen zu überhäufen.«

Ich fiel ihm um den Hals, ignorierte die Snacks zwischen uns und küsste ihn. Betrunken vor Liebe und der Vorstellung, ihn an meiner Seite zu haben.

Wir lachten. Dann räumten wir auf, schlenderten noch einmal durch die verlassenen Krankenhausflure, bis wir durch viel Mut und wenig Bewusstsein für das Gesetz eine Tür zur Dachterrasse fanden. Ohne zu zögern, betraten wir sie nacheinander.

Gemeinsam beobachteten wir das nächtliche Treiben Collingwoods, und ich genoss die Dunkelheit, die nur von wenigen Lichtern durchbrochen wurde.

Es war perfekt, es war echt und noch wichtiger: Es war mein Zuhause.

»Danke für dieses Date, Isaac Murphy«, hauchte ich in die Nacht hinein und sah ihn an.

»Ich danke dir, Cherry.«

Er strich mir so zärtlich durch das Haar, dass ich am

liebsten geweint hätte. Doch stattdessen lächelte ich und schwor mir, diesen Abend niemals zu vergessen.

»Du hast mir einen Schrecken eingejagt, Sam«, beschwerte ich mich fünf Stunden später, nachdem die Krankenschwester Isaac und mich geweckt hatte. Sam war inzwischen ebenfalls wach und es ging ihm gut. In dem Krankenhauskittel sah er älter und zerbrechlicher aus. Ein trauriges Lächeln lag auf seinen Lippen.

»Du siehst hübsch aus. Ihr hattet eine Verabredung und ich alter Mann habe es euch vermasselt ...«

Ich trat an sein Bett und setzte mich neben ihn. »Du magst eben die Aufmerksamkeit. Aber keine Sorge, wir werden noch viele Gelegenheiten haben. Die Hauptsache ist, dass es dir gut geht.«

Isaac, der bisher stumm geblieben war, räusperte sich. »Mach das nicht noch mal, Pops. Wir brauchen dich noch.«

Sams Falten vertieften sich, und dann ... Zum ersten Mal, seit ich diesen Mann kannte, weinte er. Er sah mich dabei an, so traurig, dass ich schlucken musste.

»Isaac«, sagte er, doch sein Blick galt mir. »Kannst du mir noch mal die Haferkekse besorgen? Ich funktioniere nicht ohne.«

Ich verstand. Oh, und wie ich es verstand. Mittlerweile war es fast eine Art Code für meinen alten Freund geworden. Sam schaute von mir zu seinem Enkel und schob ein forderndes »Bitte« hinterher.

Natürlich blieb Isaac nichts anderes übrig, als dem Folge zu leisten.

Die Tür des Krankenhauszimmers fiel hinter ihm zu und mit dem Klang spürte ich auch etwas in mir nach unten sacken.

»Ich habe dich mit ihm gesehen. In meinen Träumen«, fing Sam an und tätschelte vorsichtig meine Hand.

Ich traute mich nicht, ihn anzusehen. Zu sehr schmerzte die verkrustete Wunde, die er dabei war, erneut aufzureißen.

Sams Aufenthalt im Krankenhaus hatte etwas an ihm verändert. Oder Isaac. Vielleicht auch nur die Tatsache, dass ich nicht länger entkommen konnte.

»Mit deinem Sohn, Violet. Er war wunderschön mit deinen Haaren und seinen Augen. So viele Sommersprossen ... Ich konnte ihn lachen hören.«

Er hustete, und ich beobachtete, wie eine meiner Tränen auf seine Hand kullerte. Ich schluchzte, rang nach Luft und nichts half. Ich konnte nicht frei atmen. Nie mehr seit ...

»Du weißt, du kannst es nicht mehr lange für dich behalten. Es wird dir immer auf dem Herzen liegen«, erklärte Sam leise.

Ich hob den Kopf und begegnete dem Eisblau, das mir so vertraut war. Es war mein Anker im Meer, mein Licht in der Dunkelheit, und ich ... wusste nicht, was ich sagen sollte.

»Er kann dich trösten.«

»Ich brauche keinen Trost.« Ich hatte 3712 Tage damit verbracht, mit diesem Geheimnis zu leben. Ich konnte auch noch den Rest meiner Tage damit verbringen.

Denn wenn ich Isaac davon erzählte, würde das unsere Beziehung irreversibel verändern. Es würde wehtun.

Sam hustete wieder und ich schenkte ihm Wasser in das Glas auf der Ablage neben dem Bett ein. Ich hatte diese vertraute Bewegung so verinnerlicht, dass ich einen Moment brauchte, um zu realisieren, was nicht stimmte.

Im Gegensatz zu jedem anderen Tag sonst zitterten meine Hände. Ich war diejenige, die schwach war.

Mein Herz schmerzte, meine Lungen protestierten, und ich fühlte mich, als würde eine Gewitterwolke über mir schweben.

»Erzähl mir was Schönes«, bat ich ihn. Ich konnte nicht weiter über dieses Thema mit ihm reden. Ich wollte es nicht. »Erzähl mir, wie du Meredith kennengelernt hast.«

Sams Mundwinkel hoben sich leicht und er wischte sich mit der freien Hand über die Wangen. »Die Geschichte habe ich dir schon ungefähr zwanzig Mal erzählt.«

»Und sie ist jedes Mal schön«, erwiderte ich und ignorierte den Druck auf meiner Brust, der mir weiterhin das Atmen erschwerte. Sam ging es gut. Mir ging es gut. Isaac war hier und er musste niemals etwas von dieser Unterhaltung erfahren.

Ich rutschte an das Fußende des Bettes und lauschte den dumpfen Geräuschen des Krankenhauses auf der anderen Seite der Tür. Das Gerät, das Sams Herzschlag anzeigte, surrte. Fasziniert beobachtete ich, wie die Linie mit jedem Schlag auf und ab hüpfte, bis Sam anfing, in alten Erinnerungen zu schwelgen. Er hatte akzeptiert, dass ich nicht reden wollte.

Stattdessen wollte ich zuhören. Seiner Stimme, die mich an eine warme Tasse süßer Milch erinnerte und mir die dunklen Gedanken nahm.

»Du erinnerst mich an sie. Habe ich dir das jemals erzählt?«, fragte er.

Ich schüttelte den Kopf und lächelte mit schief gelegtem Kopf. »Hast du nicht.«

»Sie hatte denselben Biss, diese unerschütterliche Kraft und das Herz einer Löwin.« Sein Blick wirkte verschleiert, fast so, als könnte er sie vor sich sehen.

»Sie hat in den Ferien als Rettungsschwimmerin an der Bay gearbeitet. Drei Sommer lang habe ich damit verbracht, sie von der Ferne anzuhimmeln und, jung, wie ich war, mich nicht getraut, etwas zu unternehmen. Aber dann habe ich mich beim Schnitzen verletzt.« Sam hob seine Hand und deutete auf eine Stelle an seinem Zeigefinger. »Musste genäht werden. Ich habe den ganzen Sand vollgeblutet, und dann war Meredith zur Stelle.«

Ich sah ihn bildlich vor mir, in seiner Jugend, mit demselben Charisma wie heute und den Grübchen, die er an Isaac weitergegeben hatte.

Wehmut lag in Sams Augen. »Wir haben so viele Stunden am Wasser verbracht, haben zusammen geträumt und gelacht. Ich habe dir erzählt, wie das damals war. Zwei Wochen später habe ich sie gefragt, ob sie meine Freundin sein will. Und mutig, wie sie war, hat sie zugestimmt.«

»Das klingt wunderbar«, gestand ich ihm wie jedes Mal, wenn er mir von ihr erzählte. Sam nickte und wollte fortfahren, als ein Klopfen ihn unterbrach.

Isaac. Der noch genauso müde aussah wie vorher und dessen Ankunft die Schmetterlinge in meinem Bauch wieder weckte.

Er hielt eine Packung Kekse hoch, dieselben, die ich bei meinen Wocheneinkäufen für Sam immer mitnahm. »Kann ich dir jemals eine Alternative zu diesen Zuckerbomben vorschlagen?«

Ich rollte mit den Augen und nahm ihm die Packung ab.

Sam hielt seine Hand hin. »Ich bin fit wie ein Turnschuh.«

»Die Aussage hat nicht viel Wert, wenn du sie vom Krankenhausbett aus tätigst«, warf Isaac ein, bevor er mir einen Kuss auf den Haaransatz gab. »Was habe ich verpasst?«

Ein Lächeln umspielte Sams Lippen. »Nur ein paar Geschichten über alte Zeiten. Violet und ich waren gerade dabei, in Erinnerungen über deine Grandma zu schwelgen.«

Isaac zog einen Stuhl heran und setzte sich an Sams Bett. »Mir erzählst du nie etwas.«

Er beobachtete uns dabei, wie wir die Kekse einen nach dem anderen aßen, und schüttelte den Kopf. »Ihr zwei macht mich fertig.«

Ich lachte auf und Krümel fielen mir auf den Schoß. »Gewöhn dich dran. Sam und ich sind ein unbesiegbares Team. Richtig?«

Der alte Mann nickte und verdrückte einen weiteren Keks, wahrscheinlich nur um seinen Enkel zu ärgern. »Bleib weg mit deinem gesunden Grünzeug und Wasser, das aussieht wie Schlamm.«

Isaac klärte auf: »Er meint Proteinshakes.«

»Widerlich«, pflichtete ich Sam bei.

Wir hätten noch den ganzen Morgen damit verbringen können, Isaac aufzuziehen, doch bevor wir richtig in Fahrt kamen, öffnete sich die Tür und eine Krankenschwester betrat den Raum.

Es war Olivias Mom Cara, die uns alle mit einem freundlichen Lächeln begrüßte.

»Guten Morgen, alle zusammen. Wie geht es unserem Patienten?«

Ihr Blick wanderte von dem Monitor zu Sam.

Dieser nickte leicht. »Ich fühle mich besser, danke.«

Zufrieden mit seiner Antwort fing sie an, die üblichen Kontrollen durchzuführen. Sie prüfte Blutdruck, Puls und zuletzt seine Temperatur. Alles schien im grünen Bereich zu sein. »Diese Werte sehe ich gern, Mr Murphy. Der Arzt wird bald vorbeikommen, um Sie noch einmal zu untersuchen und zu entscheiden, ob Sie nach Hause gehen können.«

Isaac und ich tauschten einen Blick aus, in dem Erleichterung und Fragen standen.

»Wie ist es so weit gekommen?«, hakte ich nach. »Können wir was tun, um den Kreislaufproblemen vorzubeugen?«

Ich hasste Ungewissheit. Noch mehr, wenn sie der Gesundheit galt.

»Die üblichen Dinge. Viel Wasser trinken, Bewegung im möglichen Rahmen und eine gesunde Ernährung«, betonte Cara, und ihre Augen wanderten zu der Kekspackung, die zwischen Sam und mir lag.

Isaac räusperte sich unnötig laut. »Danke schön.«

»Der Arzt sollte gleich hier sein. Bei weiteren Fragen steht er auf jeden Fall zur Verfügung.«

Nachdem Sam aus dem Krankenhaus entlassen und ihm das Versprechen abgenommen worden war, besser auf sich achtzugeben, waren wir in den Autos zu ihm nach Hause gefahren. Er hatte angekündigt, sich ausruhen zu wollen, was übersetzt so viel hieß wie: ›Ich will im Garten sitzen und Zeitung lesen‹. Also ließen Isaac und ich ihn in Ruhe.

Mit Blick auf Sam, der in seinen eigenen vier Wänden um einiges erholter wirkte als wir, kündigte ich meinen Aufbruch an. »Ich würde gerne aus diesem Kleid raus. Nein, eigentlich würde es am liebsten verbrennen.«

Der Stoff klebte mir an der Haut und ich sehnte mich nach Sweatpants. Weiten, gemütlichen Hosen, die mir nicht die Blutzirkulation erschwerten.

Isaacs Augen wanderten über meine Kurven zu meinen Beinen und wieder hoch zu meinem Gesicht. »Das wäre sehr schade. Du kannst es vielleicht *nur* ausziehen und bei unserem zweiten Date anziehen.«

»Wer sagt, dass es ein zweites geben wird?«, neckte ich ihn und ging auf die Zehenspitzen, um ihm einen Kuss zu geben. »Bleibst du hier oder …?« Ich ließ den Rest der Frage in der Luft hängen. Natürlich hatte ich Verständnis dafür, dass Isaac bei seinem Opa bleiben wollte. Aber es gab manche Dinge, die machte man nicht, wenn sich ein Familienmitglied in Hörweite befand.

Isaac sah von mir zu Sam, der seelenruhig in seinem Gartenstuhl saß und in Gedanken versunken war. Vermutlich hatte ihn die Nacht im Krankenhaus auf gewisse Art wachgerüttelt. Ihn daran erinnert, dass jeder Tag wertvoll war. Oder er dachte an Meredith. Daran, was sie da oben im Himmel machte und ob sie sauer auf ihn war, weil er sich nicht besser um seinen Körper kümmerte.

»Ich komme mit. Wenn ich jetzt zu ihm rausgehe, scheucht er mich sowieso nur wieder ins Haus. Außerdem habe ich Hunger wie ein Bär nach dem Winterschlaf«, erklärte er und deutete auf seinen Bauch.

»Gut, ich auch. Frag Sam trotzdem, ob wir ihm etwas vorbereiten sollen.«

Grinsend beobachtete ich Isaac dabei, wie er sich zu seinem Grandpa gesellte, eine halbe Minute lang diskutierte und dann kopfschüttelnd wieder an meine Seite trat. »Kekse und Tee. Mehr will er nicht.«

Ich strich ihm über den Arm. »Mach dir nichts draus. Du kannst ihn nur akzeptieren, wie er ist.«

Wieder Kopfschütteln. »Wenn ich zurück bin, setze ich einen Ernährungsplan auf.«

Die Strenge in seiner Stimme ließ die Schmetterlinge in meinem Bauch wieder tanzen. »Komm mit.«

Wir zogen unsere Schuhe an und traten nach draußen. Ich blinzelte dem Sonnenlicht entgegen, das meine nackten Arme wärmte.

»Deins oder meins?«, fragte Isaac, und ich blickte auf die zwei Autos, die hintereinander parkten. Ich war vom Krankenhaus schneller hier gewesen, weshalb Granny Grey nun zwischen dem Garagentor und seinem SUV stand.

»Die Antwort liegt wohl auf der Hand.«

Isaac holte seine Schlüssel hervor, und ich entschied in einer Kurzschlussreaktion, sie ihm wegzunehmen.

»Was machst du da?«, fragte er mit gerunzelter Stirn.

Ich schob mich an ihm vorbei zur Fahrertür und ließ die Wimpern klimpern. »Ich will dieses Monstrum fahren.«

Er warf mir einen skeptischen Blick zu. »Das Monstrum? Das du vor ein paar Wochen mit einer hübschen Beule geschmückt hast?«

Ich nickte. Er würde das Thema niemals fallenlassen. »Komm schon, Murphy. Vertraust du mir nicht?«

»Dir schon ... Deinen Fahrkünsten weniger.«

Doch statt zu protestieren, öffnete er mir die Fahrertür und ließ mich einsteigen. Dann schloss er sie und stieg anschließend neben mir ein. Ich sank gegen den warmen Stoff und kicherte, während ich den Sitz an meine Größe anpasste. Als ich alles eingerichtet hatte, startete ich den Motor und umfasste mit klopfendem Herzen das Lenkrad. »Bereit?«

»Habe ich eine Wahl?«

»Nope«, erwiderte ich mit einem Zwinkern. Die Fahrt verlief ereignislos, doch ich bemerkte, wie Isaac bei jeder Kurve und jedem Abbiegen die Luft anhielt. Ich zog ihn auf. »Du stellst dich an.«

»Und du fährst, als wären wir bei der Formel 1.«

»Vielleicht hätte ich das machen sollen«, murmelte ich und bremste an der nächsten Ampel bewusst ein paar Sekunden später als sonst. Isaac war kein schreckhafter Mensch. Zumindest nie gewesen. Aber offensichtlich schienen die Jahre ihn eingeholt zu haben. »Ich habe viele Jahre unbeschadet im Straßenverkehr überlebt, Isaac.«

»Ich sollte dich in Zukunft fahren.«

Ich lachte auf. »Musst du nicht Caleb durch die Gegend kutschieren?«

Isaac schüttelte den Kopf. »Der kommt schon klar. Eigentlich wollte ich mit dir noch reden ...«

»Ja?«

Ich lenkte das Auto in meine Straße und hielt vor dem

Haus an, das ich gestern so überstürzt verlassen hatte. Isaac schnallte sich ab und hielt mir seine Hand hin. »Nach dem Essen. Und erst möchte ich die Schlüssel zurückhaben.«

Ich rollte mit den Augen, bevor ich sie ihm übergab. »Du lebst noch, oder?«

Er antwortete nicht. Stattdessen stieg er aus und umrundete das Auto, um mir die Tür zu öffnen. Ein wahrer Gentleman, wie er im Buche stand. »Violet.«

»Isaac.« Ich ging erhobenen Hauptes an ihm vorbei und schloss die Haustür auf. Isaac folgte mir ins Innere, und sobald ich das vertraute Geräusch des klickenden Schlosses hörte, schlüpfte ich aus dem Kleid. Ich hörte ein Seufzen und drehte mich grinsend zu ihm um. »Gefällt dir die Show?«

Isaacs Blick fiel auf den Stoff, der zu meinen Füßen lag. Ein Grübchen zeichnete sich auf seiner linken Wange ab. Das Blau seiner Augen verdunkelte sich und erinnerte mich an eine kühle Winternacht. »Du bist entschlossen, mich in die Knie zu zwingen, oder?«

»Klappt es denn?«, fragte ich leise und nahm die Stufen nach oben ins Schlafzimmer. Er folgte mir. Natürlich tat er das.

Dort angekommen, zog ich meine Kommode auf und schnappte mir ein Shirt. Doch bevor ich dazu kam, es mir überzuziehen, hielt mich Isaac auf. Er trat an mich heran und legte von hinten eine Hand an meinen Bauch. Die andere schob mein Haar aus meinem Nacken, sodass er den Kopf an meinen Hals legen konnte. Sein warmer Atem streifte über die Stelle, und ich spürte, wie sich eine Gänsehaut auf meinem Körper ausbreitete. Das Kribbeln kitzelte meine Nervenenden, als er mich an sich drückte. Ich lehnte mich in seine Umarmung und spürte seine Lippen an der Stelle, die ich nur selten zu Gesicht bekam.

»Dieses Tattoo«, flüsterte er. Ich hielt inne, während seine Finger zärtlich über die Konturen der Engelsflügel strichen. Als er sprach, konnte ich das Lächeln in seiner Stimme hören. »Wirst du mir irgendwann verraten, was es zu bedeuten hat?«

Kapitel Neunundzwanzig

Vor zehn Jahren

Acht Wochen. Acht Wochen, seit ich dieses Gefühl gehabt hatte. Das Gefühl … dass etwas anders war. Dass da ein kleines Würmchen in meinem Bauch war. Ich hatte meine Schicht im Schwimmbad geschwänzt, war in den Bus in den nächsten Ort gestiegen und hatte einen Test gekauft.

Die ganze Busfahrt über hatte ich keine Angst verspürt, sondern … Ruhe. Bis zu diesem Zeitpunkt hatte eine Schwangerschaft nie auf meinem Plan gestanden.

›Ich muss mit Isaac reden‹, dachte ich. ›Ich muss ihn finden und es ihm erzählen, wenn es stimmt.‹

Dabei war sein Rückzug aus Collingwood bereits drei Wochen her.

Mit achtzehn schwanger zu sein war für viele nicht gerade das Lebensziel. Warum auch? Wir waren jung, dumm und hatten alle Zeit der Welt.

Doch das Schicksal hatte für mich anscheinend diesen Weg gewählt. Alleinerziehende Mutter. Irgendwo hinter der ungewöhnlichen Ruhe war Panik. Sie klopfte stetig an meine Brust, aber ich ignorierte sie.

Zwei Tage lang bewahrte ich den Test in meinem Rucksack auf. Ich wusste nicht, warum ich es hinausgezögerte.

Schließlich nahm ich all meinen Mut zusammen, als meine Mutter zu einer langen Schicht auf der Arbeit war. Noch immer hatte ich niemanden eingeweiht. Es war etwas anderes, zu fühlen, dass man einen Menschen im Bauch trug, oder es tatsächlich zu wissen.

Doch dann waren sie da. Die zwei Striche auf dem Schwangerschaftstest, der für immer mein Leben verändern würde. Isaacs und meine Zukunft, die nun von diesem wenige Millimeter breiten Strich geprägt sein würde.

Isaac.

Er hatte sich nicht gemeldet, seit er nach Toronto aufgebrochen war. Bisher hatte ich geglaubt, dass er Zeit brauchte. Zeit, um zu verarbeiten, was in jener Nacht passiert war. Aber mit jedem weiteren Tag wuchs das Gefühl in mir, dass etwas nicht stimmte. Dass er nie wieder zurückkommen würde.

Er hatte sich nicht verabschiedet. Nicht auf meine Nachrichten reagiert oder meine Anrufe angenommen. Und jetzt würde unser Wiedersehen darin bestehen, dass ich ihm erklärte, dass ich ein Kind von ihm erwartete.

Acht Wochen. So lange trug ich das Geheimnis mit mir herum. Ich verbrachte die Sommerferien damit, auf meinem alten Laptop zu recherchieren. Tag und Nacht gehörten dem Baby, das in mir heranwuchs. Ich informierte mich über seine Größe, welche Körperteile entstanden und ob er das fühlte, was ich fühlte.

In meiner Vorstellung war das Baby ein Junge. Mit Isaacs Grübchen und den Murphy-Augen. Eisblau. So wie das Feld in der Eishalle.

Das, auf dem ich gerade stand und unter Mrs Williams Anweisungen Sprünge übte.

Ich machte ein Axel, dann den nächsten, und obwohl mein Körper über dem Eis schwebte, war ich in Gedanken bei meinem Baby. Vielleicht würde er rotes Haar haben. Oder blondes wie Isaac. Sommersprossen wie ich und Mom. Mom, die an der Bande stand und mich beobachtete. Sie wusste noch nichts von meiner Schwangerschaft.

Ich würde es nicht mehr länger geheim halten können, aber es ihr zu erzählen, hätte bedeutet, vor eine Entscheidung gestellt zu werden. Eiskunstlauf oder das Baby.

Für mich gab es nur eine richtige Antwort, aber sie … Sie erwartete viel, und Mrs Williams Druck machte die Sache nicht besser.

›Am Wochenende sage ich es ihr‹, schwor ich mir. Vielleicht wird sie sich freuen. Sie liebt Babys.

»Noch ein Sprung, Violet! Lass die Schultern nicht so hängen«, rief Mrs Williams, und ich seufzte.

Unter ihrem strengen Blick kam ich ihren Anweisungen nach und übte weiter. Die Musik, die aus den Lautsprechern dröhnte, verstärkte den Druck, und trotzdem schaffte es meine Trainerin, über sie hinwegzuschreien.

»Mehr Eleganz! Deine Bewegungen sind schludrig und nicht flüssig. Noch mal.«

Mit zusammengebissenen Zähnen nickte ich. Meine

Schlittschuhschläge auf dem Eis hallten in meinen Ohren wider, als ich mich drehte. Noch mal. Und noch mal.

»Noch mal!«

Ich quälte mich durch das Training und wirbelte über die Fläche. Ein Axel. Ein zweiter, und dann, als ich mich in der Pirouette drehte, traf mich stechender Schmerz unter meinen Rippen. Ich fiel auf die Knie, vergaß alles, was ich im letzten Jahrzehnt über richtiges Fallen gelernt hatte, und stöhnte auf.

Mrs Williams Stimme ignorierte mein Leid. »Komm schon, Violet! Du musst über deine Grenzen gehen, wenn du punkten willst. Steh auf. Noch mal!«

Ich rang nach Luft und versuchte mich aufzusetzen, doch der Schmerz hielt mich am kalten Boden fest. Als ich die Augen öffnete, sah ich die Lichter über mir flackern. Ich sah Mom, die über das rutschige Eis auf mich zulief.

Jeder Versuch, auf die Beine zu kommen, fühlte sich an, als würde jemand ein Messer in meinen Bauch rammen. Ich hörte Rufe und versuchte sie zu verstehen, doch ihre Stimmen klangen fern.

Da war ein Pochen in meinen Ohren. Eins, das immer lauter wurde.

Ich hielt mir die Hand auf den Bauch und schluchzte, als ich an das Unmögliche dachte.

Du darfst mich nicht verlassen. Nicht du auch noch.

Kapitel Dreißig

Isaacs Frage ließ alle Erinnerungen wieder auf mich einbrechen. Im Schnelldurchlauf durchlebte ich die Dinge, die Tag auf Tag seit seiner Abreise damals passiert waren. Die erste Woche ohne ihn. Die zweite und dann die dritte, in der ich den Test gemacht hatte.

Die Wochen, in denen ich geglaubt hatte, dass ich alles schaffen würde. Die Tage nach dem Abend in der Eishalle, an dem ich ihn verloren hatte. Ich erinnerte mich an Leere, die mich einhüllte wie eine unsichtbare und gleichzeitig giftige Wolke. Der Kampf gegen die Schatten, die mich umgaben, und die Suche nach einem Funken Hoffnung, der mich aus der Dunkelheit hätte ziehen können.

Mit den Erinnerungen kamen auch die Gefühle. Jede einzelne hässliche Emotion, was dafür sorgte, dass ich Isaac von mir schob und ihn anfunkelte.

Er bemerkte die Veränderung sofort.

»Was ist los?«, fragte er leise, und noch immer klang seine Stimme so weich.

Doch ich war wütend. Ich spürte Feuer in meiner Brust, spürte, wie die Schmetterlinge sich in Motten verwandelten und alles in mir schrie.

Sams Worte hallten in meinem Kopf wider. ›Du musst es ihm sagen.‹ Es gab keinen Ausweg, den ich wählen konnte, und kein Versteck, in das ich mich verkriechen konnte.

Seit Isaacs Rückkehr lastete dieses Gefühl auf meinen Schultern, und obwohl ich anfangs geglaubt hatte, mich nur beschützen zu wollen, war es der Versuch gewesen, alles zu verdrängen. Ihm nicht zu zeigen, welchen Scherbenhaufen er hinterlassen hatte.

Aber jetzt hatte ich genug.

Es war an der Zeit, ihn aufzuklären.

Ich zog das Shirt über und strich über die Stelle, die Isaacs Lippen eben noch berührt hatten. Liebkost hatten. »Das Tattoo ist eine Erinnerung«, erklärte ich und hasste mich für das Zittern in meiner Stimme. »An ... mein Kind. An ... unser Kind.«

Er starrte mich an. Eine Sekunde lang, dann die nächste, und für einen Augenblick glaubte ich, er würde für immer so bleiben.

Dann blinzelte er. »Was?«

Ich drängte die Tränen zurück und versuchte den Abstand zu ihm zu vergrößern. Ohne den Blick von ihm abzuwenden, stieß ich mich von der Kommode ab und ging an ihm vorbei zum Bett. Ich brauchte Halt. Etwas, das mich auffing, wenn ich es ihm erzählte. Also setzte ich mich und sagte die vier Worte, die seit Jahren wie ein Fluch über mir schwebten. »Ich hatte eine Fehlgeburt.«

Ich, Violet Clark, hatte mit achtzehn Jahren mein Kind

verloren. Eins, das nie die Chance bekommen hatte, das Licht der Welt zu erblicken. Mein Baby, das ich nie in den Händen hatte halten können.

Isaac setzte zu einer Antwort an, doch ich ließ ihn nicht. »Nichts, was du sagen könntest, wird mir helfen.«

Er machte Anstalten, sich mir zu nähern, aber auch das blockte ich ab. »Nicht.«

Weil ich ihn nicht länger anschauen konnte, schloss ich die Augen. Ich spürte mein Herz gegen meine Brust trommeln und das Rauschen in meinen Ohren, das mein ständiger Begleiter war seit diesem Abend.

Verlust bedeutete, etwas zu verlieren, das man besaß. Doch mir war nie dieses Glück widerfahren.

Bilder tanzten hinter meinen Augenlidern und ich stellte ihn mir vor. So, wie ich ihn mir immer vorgestellt hatte.

»In meinen Träumen sehe ich ihn«, hörte ich mich sagen. Meine Zunge hatte sich wohl selbstständig gemacht, und jetzt sprudelten die Worte nur so aus mir heraus. »Ich sehe deine Augen in seinem Gesicht. Dein Lächeln auf seinen Lippen. Ja, und manchmal sehe ich auch mich … Manchmal wache ich auf und weine. Weil er nicht da ist. Keine Ahnung, ob Mädchen oder Junge, aber mein Gefühl sagt mir, es wäre ein Junge gewesen.«

Ich öffnete die Augen und sah, wie Isaac noch immer dort stand. Verändert. So als hätte ich ihm ein Messer in die Brust gerammt.

›Gut‹, dachte ich bitter. *Das ist nur ein Bruchteil des Schmerzes, den ich fühle.*

»Er wäre jetzt fast zehn, Isaac«, fuhr ich fort und spürte, wie die Tränen ihren Lauf nahmen.

Isaac näherte sich mir nicht mehr. So, wie ich es wollte.

Mein Schluchzen füllte die Stille im Schlafzimmer und ich presste die Worte heraus. »Mein ... Baby hätte leben sollen. Er ... Er hätte bei mir sein sollen.« Ich sackte zusammen, hielt den Kopf in den Händen und raufte mir dabei die Haare.

Tief in meinen Inneren spürte ich die Motten, die sich in den letzten Tagen getarnt hatten. Ich stellte sie mir vor, schwarz und halb tot, wie sie mit ihren gebrochenen Flügeln versuchten zu fliegen und nicht vom Fleck kamen.

Alles in mir starb.

Die Trauer, der Schmerz, die Hoffnung. Der Raum um mich herum verschwamm und ich fand mich in einem lähmenden Dunkel wieder. Die Motten waren jetzt überall, und ich konnte sie nicht vertreiben. Ich versuchte, mich aufzuraffen, doch meine Muskeln gehorchten nicht.

Die Worte, die ich ausgesprochen hatte, hallten nach, und das Echo verstärkte nur den Schmerz. Der Raum schien sich zu verengen und die Luft wurde dicker. Jeder Atemzug fühlte sich an wie ein Kraftakt.

Ich konnte nicht mehr.

Es war erschreckend, wie wenig ich in diesem Moment für Isaac übrig hatte. Denn er war gegangen. Er hatte versprochen, mich zu beschützen, und war dennoch gegangen. Und wieso? Weil es sein Vater von ihm verlangt hatte?

Wie konnte er nur?

»Wann hast du es erfahren?«, fragte er so leise, als hätte er Angst vor dem Klang seiner eigenen Stimme.

Ich riss den Kopf hoch und durchbohrte ihn mit meinem Blick. »Drei Wochen nach deiner Abreise.«

»Und warum ... Warum hast du mir nicht ...«

»Dir nicht davon erzählt? Ernsthaft?«, unterbrach ich ihn und stand auf. Die Welt drehte sich leicht, doch ich fing mich wieder. »Du hast nicht ein einziges Mal auf meine Nachrichten reagiert! So getan, als würde ich nicht existieren, und dann habe es nicht länger ausgehalten. Ich ... Ich war da. In Toronto am Campus. Ich habe nach dir gesucht und dich nach drei Stunden gefunden. Du kamst gerade aus einer Vorlesung und ... hast glücklich ausgesehen.«

»Violet«, flüsterte er. Ich hasste ihn dafür. Seit wann war er so schwach? So zerbrechlich, wo ich doch diejenige war, die gebrochen war?

»Du hast mich verlassen ... und nach dem Tag in Toronto habe ich entschieden zu warten. Nur so lange, bis die ersten Monate vorbei waren und du zurückkommen würdest. Doch so weit kam es gar nicht.«

Ich kämpfte mit den Erinnerungen. Jene, die mich verfolgten und mir mein Baby nahmen.

»Es ... Es ist während einer Trainingsstunde passiert. Ich war nicht in Bestform gewesen und habe es zu weit getrieben. Ich war mir sicher gewesen, dass ich alles haben konnte. Die Welt da draußen erobern und ihn bekommen.« Ich schnappte nach Luft, als ich mich an das Blut erinnerte, das durch meine Kleidung auf das Eis getropft war. Isaac war nicht der Einzige gewesen, der in dieser Halle geblutet hatte. Nicht der Einzige, der seine Träume hatte aufgeben müssen. »Doch du bist nicht mehr nach Hause gekommen«, flüsterte ich. Das Jahr der Schicksalsschläge hatte damit seinen krönenden Abschluss bekommen. Ein Weihnachten ohne Fest, ohne Isaac und ohne Freude. »Du hast nicht angerufen, nicht geschrieben und hattest nicht mal den Anstand zurückzukommen.«

Ich wusste, dass die Wut aus mir sprach. Dass ich ihm Dinge vorwarf, die ich als vergeben geglaubt hatte. Aber ich hatte nichts vergessen.

»Mit ihm ... ist ein Teil von mir gestorben, und ich musste es allein überleben. Denn genau so hat es sich angefühlt, Isaac. Wie ein Kampf ums Überleben. Ich habe gedacht, mein Leben hätte keinen Wert mehr. Ich ... hatte Gedanken. Düstere Gedanken, von denen ich geglaubt hatte, sie würden mich ihm näher bringen. Aber dann ... war da Sam. Er ... Er und Mom sind die Einzigen, die davon wissen.«

»Sam?«

Isaac war einen Schritt näher gekommen und ich spürte wieder meine Abneigung wachsen. Es war wie ein Fluch. So als würde ich ihn wieder hassen, sobald er mich berührte. Ihn verabscheuen, wenn er mich weiter so mitleidig ansah.

»Es hat damit angefangen, dass ich ihm im Supermarkt begegnet bin. Nach der Schule und ohne Studienplatz habe ich da eine Zeit lang gearbeitet. Er hat Hilfe gebraucht, also habe ich sie ihm angeboten. Aus einem Einkauf wurden zwei, dann irgendwann eine Routine, die noch bis heute anhält. Im Gegenzug hat er mich abgelenkt. Mir Geschichten aus seinem Leben erzählt. Ich hatte ihm das Versprechen abgenommen, nicht von dir zu erzählen. Mit keinem Wort. Und er hielt sich daran.« Ich holte bebend Luft. »Nach und nach kam ich aus meinem Schneckenhaus. Wahrscheinlich war das die ganze Zeit über sein Plan gewesen. Dann habe ich es ihm erzählt. Ich musste es tun. Mom hat damals erste Anzeichen ihrer Demenz gezeigt und vieles vergessen. Es war zu schmerzhaft, mich immer wieder zu wiederholen. Ich wollte nur ... gehört werden.«

Jetzt wusste Isaac alles. Er wusste, was mich zu der Person gemacht hatte, die ich heute war. Er kannte nun die Geschichte, die Sam und mich verband.

»Violet, ich ... Ich weiß nicht ...«

»Es gibt nichts zu sagen«, brachte ich hervor. Ich sah ihn an und erkannte die Wahrheit, die sich hinter dem Kribbeln, dem Vermissen und meinen Gefühlen versteckt gehalten hatte.

Es gab keine Zukunft für Isaac und mich. Das Schicksal hatte unsere Geschichte bereits vor Jahren besiegelt, und es war naiv von mir gewesen, anzunehmen, wir hätten einfach weitermachen können wie damals.

Wir waren keine verliebten Kinder mehr, die mit Schuldruck und strengen Eltern kämpften. Isaac hatte sich ein Leben in Toronto aufgebaut und ich meins in Collingwood.

Sein Platz war an der Seite von Caleb, unterwegs und auf der Jagd nach Erfolg. Isaac war ehrgeizig, und hierzubleiben, würde für ihn bedeuten, sein Leben aufzugeben.

Ein egoistischer Teil in mir, der, der noch verletzt war, wollte nichts weiter, als so zu leben wie vorher. Ohne ihn. Ohne eine Erinnerung an das Leben, das wir hätten haben können. War ich feige? Vielleicht. Aber was ich tat, tat ich für die andere Violet. Die, die nicht über den Schmerz hinwegsehen konnte. Denn ich musste es tun. Ich musste ihm die Entscheidung abnehmen, auch wenn es bedeutete, die Geschichte zu wiederholen. Irgendwie schaffte ich es, nicht mehr zu weinen, und mein Mund machte sich wieder selbstständig. »Du solltest gehen.«

Ein paar Augenblicke lang reagierte Isaac nicht.

Mir schwirrte der Kopf bei der Vorstellung, was er dachte. Wie er sich fühlte. Ich entschied, es zu verdrängen. Alles von mir zu schieben und die übrigen Schmetterlinge in ein Glas zu sperren. Mit den Motten. Die Zeit dehnte sich und die unsichtbare Barriere zwischen uns wuchs. Ich hatte das Gefühl, in einem Vakuum gefangen zu sein, in dem die Realität wie ein schwereloser Albtraum erschien.

Doch ich wollte nichts fühlen. Nicht das Gute, nicht das Schlechte. Ich wollte nur weitermachen und vergessen. Ich wollte nicht wissen, wie Isaac sich fühlte. Ich wollte nicht sehen, was in seinem Herzen vorging.

Als ich den Blick hob, nickte er einmal, dann schaute er auf einen Fleck hinter meinen Schultern. »Okay. Ich komme morgen wieder, dann können wir …«

»Nein, Isaac«, warf ich ein. »Aus Collingwood. Du solltest endlich das Haus verkaufen und wieder nach Toronto zurückkehren. So, wie es von Anfang an geplant war. Wir zwei …« Ich begegnete wieder seinen eisblauen Augen, in denen jetzt Gewitterwolken brodelten. »Wir zwei sind nur zum Scheitern verdammt. Also geh zurück in dein Leben.«

Er wusste, was meine Worte bedeuteten. Ich hatte sie ihm erst vor wenigen Wochen an den Kopf geworfen.

Geh zurück in dein Leben, in dem ich keinen Platz habe.

Diesmal trat er an mich heran und kniete sich vor mich. Seine Hände ruhten auf meinen Oberschenkeln, doch ich zwang mich, ihre Wärme zu ignorieren. »Violet, ich weiß, du bist gerade sauer und traurig, aber das kannst du nicht wollen. Ich will hierbleiben. An deiner Seite.«

Ich spürte, wie etwas in mir zerbrach. Etwas Großes, Gewaltiges, das sich verdächtig nach meinem Herz anfühlte.

Bisher hatte ich nicht gewusst, wie sich eine Trennung anfühlte. Dieser Luxus war mir damals verwehrt geblieben, und fast wünschte ich nun, es auch diesmal rückgängig machen zu können. Isaac zu sagen, dass er recht hatte und ich nur durcheinander war.

Aber unsere Beziehung hatte von Anfang an ein Ablaufdatum gehabt. War an Bedingungen geknüpft gewesen, die mit dem Hausverkauf erfüllt werden würden. Er hatte einen Job, er musste dorthin zurück, denn ich wusste, dass er seine Arbeit liebte. Alles an ihm war ein Beweis dafür gewesen, schon vom ersten Wiedersehen an. Sein Auto, die Art, wie er sich bewegte, und sein Ausdruck, wenn er von Caleb sprach. Es war vielleicht nicht sein Traum gewesen, so wie das Eishockey damals, aber nun gehörte es ihm.

Und ich … Ich wollte wieder in mein unkompliziertes Leben zurück. Das, in dem ich die völlige Kontrolle hatte.

»Ich will nicht, dass du bleibst«, presste ich hervor. Ich sah auf, geradewegs in sein Gesicht, und hob das Kinn. »Wolke sieben schließt, und es ist Zeit, wieder in der Realität anzukommen, Isaac. Wir sind keine Teenager mehr. Also geh.«

Ich würde ihn nicht bitten. Ich konnte es nicht.

Isaac stand auf und blieb dann reglos stehen. Einen Atemzug lang, zwei Atemzüge, und dann ließ er den Kopf sinken. Auf dieselbe Art, wie er vor Jahren auf Niederlagen beim Eishockey reagiert hatte.

Ruhig, wortlos und mit einer Härte im Gesicht, die mich sofort traf.

»Wenn es das ist, was du möchtest, Violet, dann werde

ich gehen. Aber du sollst wissen, dass ich das nicht will. Dass ich an deiner Seite sein möchte.«

›Denkst du‹, hörte ich meine innere Stimme sagen. ›Und dann sind die ersten Jahre verstrichen, und du wirst mich dafür verabscheuen, dir dein Leben weggenommen zu haben.‹

»Okay«, antwortete ich und wartete. Wartete, bis er ein weiteres Mal aus meinem Leben verschwand und ich mit dem Scherbenhaufen meines Herzens zurückblieb.

Zum ersten Mal, seit ich ihm von dem Baby erzählt hatte, hielt ich mir den Bauch. Der Ort, an dem einmal Leben gekeimt hatte, fühlte sich jetzt leer an. Ich spürte, wie meine Finger sanft über die kalte Haut glitten, als wollten sie die Spuren der vergangenen Hoffnungen und Träume nachzeichnen.

Aber ich war allein. Es gab keinen Grund für Hoffnungen und Träume.

Isaacs dumpfe Schritte hatten das Haus verlassen, und übrig waren nur ich und meine Gedanken.

Ich habe das Richtige getan.

Einer von uns hatte früher oder später die Reißleine ziehen müssen. Und diesmal war ich diejenige gewesen.

Kapitel Einunddreißig

Das Problem mit Trennungen war: Das Leben hatte keinen Pause-Knopf, um alles zu verarbeiten. Früher war das vielleicht gegangen. Ich erinnerte mich an Abende, die ich heulend in meinem Zimmer verbracht hatte. Tage, an denen ich nichts gegessen und mich nach einer Umarmung gesehnt hatte.

Nach Isaacs Unfall war ich einen Monat nicht aus mir herausgekommen, nur zum Training und wieder nach Hause gegangen.

Nach meinem Verlust hatte ich drei Monate lang mit niemandem geredet. Nicht mit Mom, nicht mit Harper oder irgendeiner anderen Person, die etwas von mir gewollt hatte.

Trennungen ... Sie waren in der Regel fies, hässlich und schmerzhaft. Doch ich fühlte nichts. Absolut gar nichts. Ich brauchte keine Pause. Keine Monate, die ich nur mit mir selbst verbrachte. Ich hatte Verantwortung, Menschen, die

Erwartungen an mich hatten, und ich versuchte jede einzelne zu erfüllen.

Ich ging zur Arbeit bei Minka, führte Unterhaltungen über den anstehenden Herbst, den Ausflug der Sommertouristen und die Temperaturen, die drastisch sinken würden. Ich ging zum Training mit Will und Olivia, zeigte ihnen, wie sie ihre Bewegungen verfeinern konnten, und versicherte ihnen, dass beim Wettbewerb alles gut werden würde. Sie waren perfekt und unbeschädigt und sie hatten noch die ganze Welt vor sich. Nur weil mein Leben miserabel war, musste ich ihres nicht zerstören. Also hatte ich gelächelt, ihnen warme Worte geschenkt und sie gelobt. Wie immer. So, als wäre alles unverändert.

An einem Mittwoch fuhr ich zu Mom, erzählte ihr von dem neuesten Tratsch aus der Nachbarschaft, ließ mir von ihr erklären, dass mein Nagellack ungepflegt aussah, und versprach ihr, mich zu kümmern.

Tat ich nicht. Es war mir schlichtweg egal, und ein Teil von mir genoss die Vorstellung, dass meine Trennung an meinen Nägeln abzulesen war. Ich hatte sie frisch lackiert für unser Date. Das Date in meinem Leben mit dem schlimmsten Ende.

Als der fünfte Tag nach der Trennung anbrach, blätterte mit ihm weiterer Nagellack ab.

Ich starrte auf meine Hände, während ich im Wartezimmer meiner Frauenärztin wartete. Es war dieselbe Ärztin, zu der ich das erste Mal mit sechzehn gegangen war. Die Person, die mir die Endometriose-Diagnose gestellt hatte. Die Krankheit, über die wir auch heute reden wollten. Dabei hätte ich mich lieber freiwillig angezündet, um an alles, aber nicht an mein Defizit zu denken. Ich wollte diesen Kontrolltermin nur hinter mich bringen und nach Hause zu Casablanca, einer Tafel Schokolade und Stille. So viel Stille, dass ich darin ertrinken könnte. Ich schaute durch das Fenster hinaus zu den Bäumen, die sich draußen im Wind wiegten, und dachte an ihn.

Heute vermisse ich dich besonders. Ich vermisse die Vorstellung von dir in meinen Armen. Ich frage mich, wie dein Lachen geklungen hätte. Wie dein Weinen meine Welt erschüttert hätte.

Der Abend war bereits angebrochen, als ich schließlich wieder durch Collingwood fuhr und an Mom dachte, die mir immer, wenn ich krank war, neben einer warmen Suppe auch etwas Süßes ans Bett gebracht hatte.

Wenn der Körper krank ist, leidet auch die Seele. Wenn deine Seele schmerzt, zeigt es dir dein Körper.

Am liebsten hätte ich sie angerufen und gefragt: Mom, was, wenn alles wehtut? Was mache ich dann?

Nachdem ich geparkt hatte, schlüpfte ich mit hängenden Schultern ins Haus. Ich war müde. Die Woche war ein Albtraum gewesen und eine Erinnerung daran, wie verdammt einsam ich war.

Ich seufzte, als ich den Schlüsselbund auf die Kommode legte und aus den Schuhen schlüpfte.

Im selben Moment durchbrach ein Geräusch die Stille. Die Holzdielen knarzten und ich hielt inne. Mein Herzschlag beschleunigte sich automatisch, als ich dem Klang folgte, der aus dem Wohnzimmer zu kommen schien.

Ich verschwendete keinen einzigen Gedanken an einen Einbrecher. Dafür war Collingwood zu gemeinschaftlich, und niemand, wirklich niemand, würde so etwas tun.

In meiner Aufregung dachte ich nur an eine einzige

Person. Eine Person, die zu jeder Tageszeit und bei jedem Atemzug meinen Kopf beherrschte. Isaac.

Mein Puls raste, als ich die Tür öffnete und im Licht der untergehenden Sonne eine Gestalt ausmachte. Zwei, um genau zu sein. Sie erwarteten mich.

»Überraschung!«, rief Harper, gefolgt von Minka, die vom Sofa aufsprang.

Meine Hoffnung verblasste im selben Atemzug, doch irgendwie schaffte ich es, mich zu einem Lächeln zu zwingen.

»Was verschafft mir die Ehre?«, fragte ich, obwohl ich die Antwort schon ahnte.

Minka grinste schuldbewusst. »Nun ja, wir haben uns gedacht, du könntest ein wenig Ablenkung gebrauchen. Also haben wir uns den Ersatzschlüssel geschnappt, den du unter dem Blumentopf versteckt hattest, und uns Zugang verschafft.«

Ich starrte sie an, ungläubig und beeindruckt zugleich. »Ihr seid eingebrochen?«

Harper lachte. »Nenn es, wie du willst. Wir dachten, wir würden dich einfach ablenken und ein wenig Zeit zusammen verbringen. Außerdem solltest du dir ein neues Versteck überlegen.«

Ich schloss den Abstand zu ihnen und drückte sie kurz, bevor ich mich auf das Sofa fallen ließ. »Ablenken?«

Minka setzte sich neben mich und sah flüchtig zu Harper, die sich auf meine andere Seite sinken ließ.

»Na ja ... Wir wollen dir ein bisschen Gesellschaft leisten. Du sahst in letzter Zeit ...«

Minka unterbrach sie. »Beschissen aus.«

»Du bist immer so nett«, antwortete ich und ignorierte ihren Kommentar.

Harper strich mir über den Arm und ich beneidete sie um ihre frische Bräune. »Um es etwas freundlicher auszudrücken: Du siehst aus wie jemand, der Redebedarf hat.«

Ich schaltete auf Autopilot. Ich musste es tun. Es war wie ein Selbsterhaltungstrieb. »Reden? Über deine Flitterwochen?«

Sie rollte mit den Augen, und ich hörte, wie Minka seufzte. »Siehst du, sie wird nichts sagen.«

»Was sagen?«

»Dass du Liebeskummer hast«, antwortete Minka und drückte meine Hand. Sie war nicht der Typ für Berührungen, also verwirrte mich diese umso mehr. »Das ist eine Intervention.«

Ich ließ den Kopf sinken. Deshalb waren sie hier? Hatte das Universum keinen Funken Mitleid mit mir?

»Ich brauche keine *Intervention.* Mir geht es gut. Alles ist super.«

»Beschreib mir dieses ›gut‹ und ›super‹, von dem du redest. Du hast seit Tagen diesen Blick drauf. Wie ein Zombie, und wenn ich nicht wüsste, dass Urlaub bedeuten würde, dass du dich bei dir zu Hause verschanzt und jegliche menschliche Interaktion meidest, hätte ich dich längst zu einem verdonnert«, erklärte Minka.

Harper sah mich mitfühlend an, und ich spürte, wie unter ihren Blicken meine Schutzmauer anfing zu bröckeln.

Langsam, aber stetig.

»Okay, vielleicht … geht es mir nicht ganz so *super*«, gestand ich. »Aber das ist normal nach … dem … was auch immer ich mit Isaac hatte. Tatsache ist doch, dass ich bald darüber hinwegkommen werde und alles wieder beim Alten sein wird. Ihr braucht euch keine Sorgen machen. Wirklich nicht.«

»Tatsache ist, dass du seit Jahren so bist«, hörte ich Harper sagen und sah auf.

»Was meinst du damit?«

Sie lächelte warm und legte ihre Hand auf die, die nicht von Minka gehalten wurde. »Du warst eine Maschine. Eine sehr hübsche, das auf jeden Fall, aber du hast nie an dich selbst gedacht. Tag für Tag hast du damit verbracht, an andere zu denken. Das ist auch sehr nobel und eine deiner besten Eigenschaften, aber nach Isaacs Rückkehr bist du regelrecht aufgeblüht. So als hätte er etwas in dir geweckt, das lange Winterschlaf gehalten hat.«

Tränen sammelten sich in meinen Augen und ich ließ die Schultern sinken.

Sie hatten recht. Natürlich hatten sie das.

»Zayd hat mich angerufen, weil er gesehen hat, wie du gestern in der Eishalle saßt und nur aufs Eis gestarrt hast«, sagte Minka. »Du trauerst, und das ist auch normal, aber das musst du nicht.«

Harper klinkte sich wieder ein. »Wir möchten nur, dass du dir eingestehst, dass du Isaac liebst. Dass du ihn brauchst, denn er braucht dich garantiert.«

Ich schüttelte den Kopf. Mein Herz hämmerte so laut gegen meine Brust, dass ich meine eigene Stimme kaum hörte.

»Ich hab's verbockt. Ich hab ihm gesagt, dass er gehen soll.«

Meine Freundinnen legten mir jeweils einen Arm um die Schulter. »Und warum hast du das getan?«

Eine Intervention. Ich konnte sie annehmen oder nicht. Aber ich wollte jetzt doch darüber reden.

Ich hatte es satt, allein zu kämpfen.

»Ich dachte, es wäre das Beste für ihn ... Für uns beide«, erklärte ich und klang dabei gebrochen. »Es ist so viel passiert, so viele Jahre sind vergangen, und hier bei mir zu bleiben hätte bedeutet, dass er sein Leben aufgeben muss. Meinetwegen. Und ich wollte einfach, dass alles so wird wie ... davor.« Ich starrte auf meine Hände. Auf den Nagellack, dessen letzte Reste noch übrig waren.

Spuren, die mich nicht loslassen wollten.

Minka seufzte und drückte meine Schulter. »Manchmal denken wir, wir handeln richtig, und wissen, was der andere will. Aber ... am Ende verletzen wir nur uns selbst und die, die wir lieben. Außerdem solltest du nicht immer an die vergangenen Jahre denken. Denk an die Relativitätstheorie der Zeit zum Beispiel. In der Liebe kann die Zeit relativ sein. Und ich kenne Isaac nicht so gut wie du, aber er vergöttert dich. Du weißt, ich bin kein kitschiger Mensch, doch *du* bist sein Leben. Und *er* hat das Recht zu entscheiden, was für ihn das Beste ist. Also ... hast du ihn gefragt, was er will?«

Falls das überhaupt möglich war, ließ ich den Kopf noch tiefer hängen. »Was ... Was, wenn ich nicht das Beste für ihn bin? Er hatte ein Leben vor diesem Sommer. Ein schönes, gutes Leben in Toronto.«

»Frag ihn«, schlug sie vor. »Frag ihn, was er will. Und gib ihm die Chance zu wählen, anstatt die Wahl für ihn zu treffen.«

›Sie hätte Therapeutin werden sollen‹, dachte ich mit Blick auf meine Freundin.

Harper meldete sich auch zu Wort. »Es wird alles gut. Im schlimmsten Fall wirst du uns immer an deiner Seite haben, ob du willst oder nicht.«

Ich hob den Blick und lächelte unter den Tränen. »Was soll ich tun?«, flüsterte ich.

Sie erwiderten mein Lächeln, und wieder übernahm Harper. »Erst mal sorgst du dafür, dass du dein Leben wieder unter Kontrolle bekommst. Mach dir Gedanken darüber, was *du* willst. Was du von ihm willst. Und dann ... lernst du zu akzeptieren, dass es okay ist, glücklich zu sein. Denn das ist es, was du verdienst.«

Jetzt weinte ich.

Wir alle.

Die Tränen vermischten sich mit dem schwachen Lächeln auf meinen Lippen. Plötzlich erkannte, dass sie schon die ganze Zeit da gewesen waren. Sie waren meine Lichter in der Dunkelheit gewesen. Die besten Freundinnen, die ich mir jemals hätte wünschen können.

»Was will ich? Was will ich von ihm?«, fragte ich leise, mit Angst vor der Antwort.

Minka ergriff das Wort. Im Gegensatz zu sonst war sie plötzlich ernst, und ihre Mimik war so ungewohnt, dass ich fast lachen musste. »Das können wir dir nicht sagen, aber egal was es ist, du hast ein Recht darauf. Du bist verdammt noch mal die beste Freundin – abgesehen von Harper –, die ich mir jemals hätte erträumen können, also nimm dir, was dir zusteht. Und verdammt noch mal, Isaac betet dich an, und wenn er es nicht tun würde, wäre er ein Idiot. Also mach dir keine Sorgen und fordere dein Glück ein, sonst zwinge ich dich dazu.«

Nach und nach drangen ihre Worte in mich, und ich spürte zum ersten Mal seit Tagen wieder etwas Unbekanntes in meiner Brust erwachen.

Hoffnung.

Kapitel Zweiunddreißig

Die Eislaufhalle in Barrie war erfüllt von einem aufgeregten Murmeln, während ich mich vor Olivia und Will positionierte. Wir saßen am Rand, abseits der Zuschauer und der Jury, doch ich hatte das Gefühl, jeden einzelnen Blick auf uns zu spüren.

Ich war nervös. Ich war aufgeregt, und obwohl ich wusste, dass die beiden ihren Auftritt meistern würden, hatte ich auch Angst.

Heute zählte alles. Jeder Handgriff, jedes Lächeln und jeder Schlag auf dem Eis.

Ich lächelte meine Schützlinge aufmunternd an. »Ihr zwei werdet das großartig machen«, begann ich. »Ich weiß, dass ihr euch den Kopf zerbrecht, aber ihr habt euch gegenseitig. Also denkt daran, auch Spaß zu haben. Zeigt den Leuten, dass ihr das beste Team seid, das sie bisher gesehen haben.«

Olivia blickte von ihren perfekt geschnürten Schlittschuhen zu Will, der den ganzen Tag nur Augen für sie gehabt hatte. Als sich ihre Blicke trafen, lächelten sie beide schwach.

»Egal, was passiert, ich bin stolz auf euch. Ihr wart wundervoll in den letzten Wochen, und das ist nur ein Schritt auf eurem Weg. Olivia, deine Sprünge sind perfekt. Also mach dir keine Sorgen. Und Will …«, sagte ich und drückte seine Schulter. »Zeig ihnen, wie stark ihr zusammen seid.« Ich schob meine eigenen Emotionen beiseite und nickte abschließend. »Viel Spaß!«

Und viel Erfolg, auch wenn ihr es nicht nötig habt.

»Danke, Violet«, erwiderte Olivia, und ich entdeckte das Funkeln in ihren Augen. Ihre Wimpern waren getuscht, das Make-up saß perfekt und ihre Haare war mit Harpers Hilfe in einen festen Dutt frisiert worden.

Ich sah zu meinen Freundinnen, die zwischen den Zuschauern auf den Tribünen saßen. Wärme erfüllte mich, als ich mir ihrer Unterstützung bewusst wurde.

Egal, was passierte, sie wären da.

Mein gebrochenes Herz war in den letzten Tagen etwas geheilt. Dank vieler Tränen, Gespräche und Aufarbeitung all der Dinge, die mich so weit getrieben hatten.

Ich hatte den beiden schlussendlich auch von meinem Verlust erzählt. Hatte mich von ihnen trösten und halten lassen. Etwas, das ich nie eingefordert und doch so bitterlich gebraucht hatte. Nach all den Jahren in den Armen der dunklen Schatten hatte ich gelernt, über die Geschichte zu reden. Hatte aufgehört, mich allein durchzukämpfen, auch wenn ich glaubte, niemand könne nachempfinden, wie es mir ging.

Denn ich hatte gelernt, dass das Teilen der Last den Schmerz nicht minderte, aber die Bürde wurde leichter, wenn man sie gemeinsam trug. Harpers Worte. Nicht meine.

Mein Blick fiel wieder auf Will und Olivia, als ein Moderator ihre Namen ankündigte. Die Stars aus Collingwood.

Eine neue Generation, und ich spürte nichts außer Stolz in mir vibrieren. Sie waren wundervoll und würden es meistern. Ich wusste es.

Gemeinsam traten sie auf das Eis, und als sie sich in dessen Mitte positionierten, hielt ich die Luft an. Die ersten Klänge von *Attention* erfüllten die Halle, und ich sah zu, wie Olivia sich neben Will über das Eis bewegte. Beide schwebten elegant über die glatte Fläche, hielten sich, tanzten, und das mit einer Eleganz, die die all der Trainingsstunden noch übertrumpfte. Ihre Schritte wirkten mühelos, während sie von einer Figur zur nächsten übergingen.

Dann kam die erste Drehung. Eine von vielen, die jedes Mal mein Herz stolpern ließen. Will hob Olivia anmutig hoch, als wäre sie seine Trophäe. Er bewunderte sie, und das Publikum spürte das. Ich spürte das. Sie bildeten ein harmonisches Bild, begleitet von der Musik, und ihre Bewegungen sahen aus wie das Lied selbst. Leicht, elegant und romantisch.

Ich legte mir die Hand auf die Brust, als Will Olivia in der Todesspirale drehte. Sie schwebte wie eine Prinzessin über das Eis. Ich konnte gar nicht den Blick von ihnen reißen.

Die Scheinwerfer beleuchteten die Eisfläche, tauchten

sie in ein magisches Licht, das ihre funkelnden Kostüme zum Leuchten brachte. Es fühlte sich an, als würde die Zeit stillstehen, während ich gebannt auf das Paar vor mir starrte.

Ein Kribbeln durchfuhr mich, als Will Olivia in eine weitere elegante Drehung versetzte. Die Leichtigkeit, mit der sie sich bewegten, ließ mich den Atem anhalten.

Als die Musik endete und die beiden in einer synchronen Pose verharrten, applaudierten die Zuschauer so lautstark wie nach einem Konzert.

Der Moderator meldete sich zu Wort, und ich versuchte jedes einzelne Wort zu verstehen, doch mein Herz raste unerbittlich in meiner Brust.

»Jetzt bleibt uns nur noch, gespannt auf die Punkte der Jury zu warten. Die beiden Athleten haben wahrlich eine beeindruckende Vorstellung abgeliefert und werden sicherlich mit Spannung verfolgen, wie ihre Leistung bewertet wird!«

Die Zuschauer klatschten, jubelten, und ich konnte gar nicht fassen, dass es bereits vorbei war. All die Stunden in der Eishalle, der Fleiß und die Übungen waren in diesem Moment zusammengekommen. Und es war wundervoll gewesen.

Ich beobachtete die beiden, wie sie sich vorbeugten und sich gegenseitig anstrahlten. Voller Gefühl und Vertrauen.

»Du warst großartig«, meldete sich eine vertraute Stimme hinter mir, und ich spürte, wie mein Herz allein bei deren Klang ums Vierfache anschwoll.

Ich wirbelte herum.

Isaac. Der mich anlächelte, als wäre ich seine Sonne, und mich wie magnetisch anzog. Bei seinem Anblick hatte ich das Gefühl, zum ersten Mal seit Tagen wieder richtig atmen zu können. Alles in mir zog mich zu ihm, und ich trat an ihn heran, während der Applaus in den Hintergrund rückte. Mein Herz machte einen kleinen Sprung. Ich hatte ihn vor unserer Trennung eingeladen, doch nicht geglaubt, dass er wirklich kommen würde. Doch er war gekommen. Natürlich war er gekommen.

»Du bist hier.«

»Es ist dein Auftritt«, flüsterte er und überbrückte vorsichtig den letzten Abstand zwischen uns. Er berührte mich nicht. Noch nicht, und ich fühlte mich, als würde ich gleichzeitig weinen und lachen müssen.

»*Ihr* Auftritt«, korrigierte ich ihn.

Aber er schüttelte den Kopf, sah kurz an mir vorbei zu meinen Schützlingen und dann wieder zu mir. Das Eisblau in seinen Augen leuchtete. »Du bist der Coach. Du hast ihnen gezeigt, was in ihnen steckt. Violet ... Du bist die Inspiration. Schon immer gewesen.«

Seine Worte trafen mich tief. An Stellen, die ich seit unserer Trennung nicht gespürt hatte. Meine Sorgen verblassten bei seinem Anblick. Sie waren noch da, aber tief in mir wusste ich, es würde alles gut werden. Mit ihm an meiner Seite. Endlich.

Ich konnte den Blick nicht von ihm abwenden. Die Liebe für ihn pulsierte in jeder Zelle meines Körpers. Es war verrückt, aber so war es schon immer gewesen. So würde es immer sein.

Ich streckte die Hand nach seiner Brust aus und zitterte, als ich seine Wärme unter meinen eiskalten Fingerspitzen spürte. »Es tut mir leid. Alles. Ich hätte dich nicht von mir stoßen sollen. Ich hätte es dir erzählen sollen. Damals schon. Aber ... ich konnte nicht. Ich war zu schwach und hatte Angst.«

Isaac hob sanft mein Kinn und ich bemerkte seinen weichen Blick auf mir. »Du hast es selbst gesagt ... Wir haben Fehler gemacht und waren noch Kinder. Und wir werden vermutlich noch ein paar weitere machen, aber was gezählt hat und immer zählen wird, bist du. Ich liebe dich, Violet Clark. Du bist es, die ich will. Ich will dich zu deinen Trainingsstunden begleiten und dich danach verwöhnen. Ich will ein Leben mit dir, in Collingwood.«

Ein Lächeln umspielte seine Lippen, und ich spürte, wie es die Last auf meinen Schultern davontrug. Ich spürte, wie mein Herz sich beruhigte. Weil es endlich wieder vollständig war.

»Was ist mit deinem Job? Mit Caleb und seiner Karriere? Toronto?«

»Nichts ist mir wichtiger als du. Cherry, ich habe ein Jahrzehnt ohne dich verbracht. Denkst du wirklich, ich halte auch nur einen Tag länger ohne dich aus? Collingwood ist unser Zuhause. Und Caleb braucht mich nicht mehr wie früher. Er hat Ruby und ist glücklich damit, etwas Abstand zum Rampenlicht zu haben. Außerdem gibt es in ganz Ontario Tausende Tonstudios. Wenn Caleb wieder mehr Promo macht, werden wir jemanden einstellen, der ihn begleitet. Es ist alles seit Wochen geregelt. Er hat mir gedroht, mich zu köpfen, wenn ich noch länger in Toronto versauere, also ...«

»Bleibst du?«, schlussfolgerte ich und strahlte ihn an. »Du bleibst bei mir?«

»Solange du mich lässt?« Er beugte sich zu mir herunter, und endlich küsste er mich.

Ich spürte sein Lächeln an meinen Lippen. Die Zuversicht, dass wir gemeinsam alles schaffen würden. In diesem fragilen Augenblick verschmolzen all meine Unsicherheiten zu einem sanften Hauch von Gewissheit. Seine Worte waren wie Balsam, der die Narben meiner Vergangenheit zu heilen schien. Der Gedanke daran, dass er bleiben wollte, schickte einen wohligen Schauer durch meinen Körper.

Die Frage hallte noch in der Luft nach, als ich seinen strahlenden Blick erwiderte. Sein Lächeln war eine Verheißung und ein Versprechen, das in der unsicheren Stille des Raumes widerhallte.

»Ja. Bleib bei mir. Für immer«, flüsterte ich, und meine Lippen verzogen sich zu einem weiten Lächeln, das die Dunkelheit in meinem Inneren vertrieb.

Als sich unsere Lippen trennten, konnte ich in Isaacs Augen dieselbe Gewissheit sehen, die ich auch in mir spürte. Kein Platz mehr für Zweifel. Nur noch für uns und eine gemeinsame Zukunft.

»Für immer«, flüsterte er zurück und löste sich von mir, um mich in Richtung Eis zu drehen. »Du musst deinen Stars noch gratulieren, Clark.«

Ich lächelte und konnte meine Freude nicht zurückhalten, als Will und Olivia sich der Bande näherten. »Ihr wart fantastisch!«

Beide erwiderten mein Strahlen, und Olivia zog mich in ihre Arme, sobald sie festen Boden unter den Kufen hatte.

»Danke für alles, Miss C. Ohne dich hätten wir das nicht geschafft«, flüsterte sie in mein Haar.

Ich drückte sie fest, bevor ich mich von ihr löste, um auch Will zu umarmen.

»Ihr könnt stolz auf euch sein. Ihr seid ein gutes Team. Das Publikum hat auf jeden Fall einen Favoriten«, hörte ich Isaac sagen.

Während ich zusah, wie meine Freunde sich durch die Menge in unsere Richtung bewegten, meldete sich der Moderator bereits mit dem Ergebnis. »Die Jury hat ihre technische Präzision, ihre Synchronität und ihre künstlerische Ausdrucksstärke honoriert. William Morris und Olivia Palmer haben nicht nur das Publikum begeistert, sondern auch die Punktrichter überzeugt.«

Den Rest hörte ich nicht mehr. Nur eine Erkenntnis sickerte in all meine Nervenenden: Sie hatten gewonnen. Will und Olivia hatten gewonnen!

Letztere kreischte kurz laut auf, sprang in Wills Arme, der sie vom Boden hob. Fast glaubte ich, sie würden sich küssen, doch dann fassten sie sich. Stattdessen berieselten sich die beiden mit Komplimenten, ganz im Kontrast zu den Trainingsstunden, die sie streitend verbracht hatten.

Das Publikum klatschte und der Applaus hallte in der Eishalle wider. Es fühlte sich an wie mehr als nur ein Sieg – es war wie eine Belohnung für all die Trainingsstunden und den Fleiß der letzten Monate.

Minka und Harper umarmten die beiden, Zayd klopfte mir auf die Schulter und George gratulierte allen.

Inmitten des Jubels fiel mein Blick auf Isaac. Er sah bereits zu mir, und als ich lächelte, erwiderte er es. Mit den Lippen formte er ein ›*Ich liebe dich*‹, und ich spürte, wie all die Anstrengungen, all die Tränen und Hürden in diesem Moment von mir abfielen.

Ich schob mich an meinen Freunden vorbei zu ihm, meinem Licht, und die Schmetterlinge tanzten wieder in meinem Bauch, als er mich in eine Umarmung zog. Ich ging auf die Zehenspitzen und schenkte ihm mit Tränen in den Augen mein ehrlichstes Lächeln. »Danke, dass du hier bist«, hauchte ich an seinen Lippen.

»Danke, dass du mich lässt.«

Epilog

Sechs Jahre später

»Mommy ist gleich bei dir, Sammy!«, rief ich über das Eis hinweg und schnürte meine Schlittschuhe ein letztes Mal fest.

Der alte Mann an meiner Seite lachte auf. »Das Kind muss nur nach dir rufen und du springst auf.«

Ich schenkte Sam, der es sich auf der Tribüne gemütlich gemacht hatte, ein Lächeln. »Du sagst es, als wäre das was Schlechtes. Außerdem ist sie genauso stur wie alle Murphys vor ihr. Wenn sie nicht ihre rosa Handschuhe bekommt, weint sie den ganzen Nachmittag lang.« Ich deutete auf dieses wichtige Accessoire, das ich im Auto vergessen hatte, und hob es hoch. »Du bist versorgt?«

Sam biss in eines der mitgebrachten Sandwiches und lehnte sich in seinem dicken Wintermantel zurück. »Alles bestens. Geh und hilf dem Jungen.«

Ich grinste und sah zu Isaac, der mit Sammy im Arm

über das Eis glitt. Sie strampelte in seiner Umarmung, doch er ließ sich davon nicht beirren.

Bei ihrem Anblick fühlte ich wie immer diese Wärme. Das Gefühl, angekommen zu sein.

»Ich bin gleich wieder zurück«, versprach ich Sam und stakste, so schnell es auf den Schlittschuhen ging, in Richtung Eis. Als ich mich meiner kleinen Familie anschloss, erntete ich einen Kuss von Isaac und ein Schmollen von unserer Tochter.

»Er ärgert mich.«

»Das kann er gut, oder?«, fragte ich und nahm ihre kleinen, kalten Hände, um ihr die Handschuhe überzuziehen. Sie strahlte bei deren Anblick.

»Rosa!«

»So wie dein Schal«, erwiderte ich.

Isaac grinste. »Und deine Mütze, deine Schuhe, dein Zimmer und …«

»Hey!«, grätschte Sammy dazwischen und streckte die Arme in meine Richtung aus. »Ich will zu Mommy!«

Mit einem Sieger-Lächeln nahm ich diesen kleinen, wundervollen Menschen an mich und gab ihr einen Kuss auf die gerötete Nase. Sie schaute aus ihren eisblauen Augen zu mir auf und pustete sich eine rote Strähne aus dem Gesicht. »Kann ich jetzt wieder runter und zu den anderen?«

Es war Familientag in der Eishalle, und das Lachen der anderen Kinder versprach offensichtlich viel mehr Spaß als wir.

»Passt du auf?«, fragte ich und ließ sie langsam auf die glatte Fläche herunter.

Ich hatte schon auf dem Eis gestanden, als ich ein Jahr

jünger gewesen war als sie jetzt. Und Isaac hatte gerade Laufen gelernt, als er schon darüber gedüst war. Trotzdem bekam ich jedes Mal Panik, sie allein loszuschicken.

Sie drückte meine Hand kurz, dann die von Isaac und grinste. »Ich bin viel schneller als ihr beide zusammen.«

»Das will ich sehen«, ermutigte Isaac sie mit seinem besonderen Strahlen. Dem, das mich auch heute noch schwach werden ließ.

Sammy lief los und schloss nahtlos zu den anderen Kindern auf. Manche von ihnen waren noch wacklig unterwegs, andere bereits fortgeschritten.

Ich war vielleicht voreingenommen, aber Sammy war die beste unter ihnen.

»Sie könnte bei Zayd im Team spielen nächstes Jahr«, erklärte Isaac und hielt mir seine Hand hin.

Ich nahm sie und schüttelte den Kopf. »Träum weiter. Sie ist die geborene Eiskunstläuferin.«

Er grinste, trat an mich heran und rückte mir die Mütze zurecht. »Willst du wetten?«

Seine Grübchen traten deutlich hervor, sodass ich gezwungen war, ihn dort zu küssen. »Klar. Und was kriege ich, wenn ich gewinne?«

Isaac gab mir einen Kuss. Einen schmetterlingsflatternden, berauschenden und warmen Kuss, der Antwort genug war.

Bonuskapitel

ISAAC

»Findest du, ich sollte mir einen neuen Style zulegen, jetzt, wo das Würmchen bald kommt?«

Irritiert schaute ich zu der Frau an meiner Seite, die es sich auf dem Beifahrersitz gemütlich gemacht hatte und einen Schokokeks nach dem anderen verdrückte. Ich lächelte und hielt weiter den Blick auf die Straße gerichtet.

»Wieso solltest du?«

Violet seufzte und raschelte mit dem Päckchen auf ihrem Schoß. »Ich weiß nicht, was für eine Mutter ich sein will. Eine coole? Oder doch ernst? Die, die immer backt?«

Als ich nicht sofort antwortete, setzte sie ihren Redeschwall fort. »Und wenn wir es vermasseln? Sie wird traumatisiert von … Ich weiß nicht … Von allem? Wenn wir zu nett sind, ist sie verwöhnt. Wenn wir streng sind, bekommt sie Komplexe. Mutterkomplex oder Vaterkomplex? Man streitet sich darüber, was schlimmer ist. Und was ist mit meinem Körper nach der Geburt? Was, wenn ich nichts mehr tun kann und du mich nicht mehr attraktiv findest?«

Wir fuhren kurz vor Toronto geradewegs in einen Stau, und ich nutzte den erzwungenen Stopp, um meine Freundin anzusehen. Ich legte die Hand auf ihre und drückte zu. »Clark, es wird alles gut. Wir werden es nicht verbocken, und wenn, dann lernen wir dazu. Außerdem bist du die wunderschönste Frau der Welt. Es gibt nichts, das mir das Gegenteil beweisen könnte.«

Wieder ein Seufzen. Doch diesmal leiser. Ich wusste, dass ihre Sorgen berechtigt waren. Unsere Eltern hatten vieles falsch gemacht. Meine noch mehr als ihre Mom, der zugutegehalten werden musste, dass sie alles allein bewältigt hatte. Und dennoch war Violet zu dem wundervollsten Menschen geworden, den ich kannte.

»Ich kann es immer noch nicht glauben, dass du deine Wohnung gekündigt hast«, sagte sie und wechselte damit das Thema wieder auf den Grund unserer Fahrt in meine ehemalige Wahlheimat.

»Es hat keinen Sinn mehr gemacht, wenn ich neunzig Prozent meiner Zeit in Collingwood bin und die restlichen zehn im Studio oder bei Caleb verbringe.«

Sie zuckte mit den Schultern. »Wer weiß, vielleicht brauchst du einen Rückzugsort, wenn das Baby da ist.«

Vorsichtig streichelte ich ihren Bauch. Obwohl Violet schon im sechsten Monat schwanger war, konnte ich manchmal nicht glauben, dass wir bald zu dritt sein würden. Ihre Gynäkologin Dr. Isherwood hatte bei der ersten Untersuchung nicht unbedingt von einem Wunder geredet, aber genauso fühlte es sich an. Mit Violets Endometriose, dem

Verlust, den wir inzwischen gemeinsam aufgearbeitet hatten, und der Tatsache, dass wir es nur wenige Monate versucht hatten, bevor es tatsächlich geklappt hatte. Und ich war dankbarer denn je. Dankbar dafür, zurückgekehrt zu sein und Violets Herz wieder erobert zu haben. Dafür, dass sie mir verziehen hatte, obwohl ich es nicht verdient hatte. Aber umso mehr würde ich ihr Tag für Tag beweisen, wie sehr ich sie liebte. Auch heute. »Was willst du essen?« Ich fragte nicht, ob sie Hunger hatte. Ich wusste, dass sie spätestens bei meinem zweiten Vorschlag an Bord sein würde.

Sie zuckte mit den Schultern und hob meine freie Hand, um sie zu küssen. »Weiß nicht. Schlag was vor.«

Ich grinste. »Wie wäre es mit … Burgern? Oder doch lieber Pizza? Wir könnten auch bei Ruby vorbeischauen und du plünderst ihre Kuchentheke.«

»Bring mich nicht auf Ideen, Isaac Murphy«, antwortete Violet mit einem Strahlen, das jedes Mal mein Herz wärmte. Sie war perfekt, auch wenn sie es selbst manchmal nicht glaubte.

»Ich will auf jeden Fall eine heiße Schokolade. Es ist eiskalt, und auch wenn ich deine Sitzheizung liebe, ich möchte mich irgendwo einkuscheln.«

Ich grinste und berührte ihre Hand, weil ich es konnte und nicht genug davon bekam. »Alles, was du willst, Cherry.«

Die Wintersonne tauchte das Auto in ein warmes, goldenes Licht, als wir schließlich weiter in Richtung meiner Wohnung fuhren.

Neben mir auf dem Beifahrersitz strich Violet sich liebevoll über den Bauch, ihre Augen leuchteten voller

Vorfreude. »Denkst du manchmal daran, wie unser Leben sein wird, wenn sie da ist?«, fragte sie.

»Die ganze Zeit«, gab ich zu und sah unsere Tochter vor mir. In meiner Vorstellung sah sie aus wie eine kleine, niedliche Kopie von Violet. Mit unzähligen Sommersprossen und roten Haaren, die man immer und überall erkannte. Ich dachte an dasselbe schiefe Lächeln, in das ich mich verliebt hatte.

»Es wird anders sein, aber ich bin froh, es mit dir zu machen«, gestand Violet. »Ich hoffe nur, Sam wird es gefallen, dass wir sie nach ihm benennen. Du weißt ja, wie er sein kann.«

Ich lachte auf beim Gedanken an meinen Pops. Trockener Humor, eine Prise zu ernst und sich nie zu schade, die Wahrheit zu sagen. »Er wird es lieben. Vielleicht wird er es nicht zugeben, aber du kennst ihn besser als ich. Außerdem wird er uns im selben Augenblick, in dem sie auf der Welt ist, vergessen.«

Den Rest der Fahrt verbrachten wir damit, dass ich Violet die aktuellen, noch nicht veröffentlichten Songs von Calebs neuem Album vorspielte. Sie behauptete weiterhin, dass sie seine Musik nicht mochte, aber ich hatte sie mehrfach dabei ertappt, wie auf ihrem Handy seine Lieder zuletzt gespielt worden waren. Außerdem war sie absolut hingerissen von ihm. Allein wegen der Tatsache, dass er mich gerne in den Wahnsinn trieb.

Als wir schließlich vor dem Gebäude meiner alten Wohnung standen, fühlte ich eine Mischung aus Wehmut und Aufregung. Das hier war ganz anders als der Verkauf meines Elternhauses, der mir deutlich schwerer gefallen war. Diese Wohnung war eine Erinnerung an den alten

Isaac. An einen Menschen, der immer nur allein gekämpft hatte. Ich hatte mich hier in den letzten Jahren nie wirklich eingerichtet und trotzdem viele Stunden allein verbracht. Ohne Violet. Ohne jemanden, der sich für mich interessierte.

Mein Herz raste, als ich daran dachte, was wir vorfinden würden. Ich ließ Violet den Vortritt in die Wohnung und klopfte mir an die Brusttasche meiner Jacke. Alles dort, wo ich es gelassen hatte. Die Tür fiel ins Schloss, und ein Echo hallte durch die leere Wohnung. Violet trat voraus, und ich konnte den Blick nicht von ihr abwenden.

»Sieht genauso aus wie damals, als ich zum ersten Mal hier war«, sagte sie, den leeren Wohnbereich betrachtend.

Ich zog sie an mich heran und folgte ihrem Blick. »Ja, wirklich gemütlich, oder? Als ob nie jemand hier gewohnt hätte.«

Sie lachte und schüttelte den Kopf. »Ich kann nicht glauben, dass du dich in all der Zeit nicht richtig eingerichtet hast.«

»Wieso auch, wenn mein Zuhause die ganze Zeit woanders war?«, fragte ich. Dann küsste ich ihren Haaransatz und atmete ihren vertrauten Geruch ein. Nach Lavendel und Wärme. Sie fühlte sich weich an unter meinen Händen. Wie Heimat. Und ich würde sie nie wieder gehen lassen. Für den Rest meines Lebens nicht.

»Hör auf, so was zu sagen, sonst muss ich wieder heulen. Willst du eine schwangere Frau zum Weinen bringen?«

Ich schüttelte den Kopf. »Nein, auf keinen Fall.«

Violet drehte sich zu mir, gab mir einen Kuss und löste sich dann von mir. »Dann wollen wir mal sehen, ob du was vergessen hast. Das ist deine letzte Chance, Isaac. Wenn wir heute die Schlüssel abgeben, gibt es kein Zurück mehr.«

»Wie gut, dass ich genau das will«, erwiderte ich. Gleichzeitig spürte ich, wie meine Handflächen feucht wurden. Drehte sich der Boden oder war es mein Kopf?

Jeden Moment war es so weit, und ich hatte verdammt noch mal Angst vor ihrer Reaktion.

Ohne mein Zutun ging Violet durch die Wohnung, öffnete nacheinander alle Küchenregale, fand nichts und nickte nach jedem leeren Zimmer anerkennend. »Makellos. Falls du keine Lust mehr darauf hast, Manager zu sein, solltest du eine Putzfirma gründen. Hier ist nicht mal ein Staubkorn oder Haar von dir …«, bemerkte sie, bevor sie die Schlafzimmertür aufzog.

Sie hielt inne und drehte sich zu mir um. Ihr Blick traf auf meinen, und ich konnte die Überraschung darin erkennen. »Was ist das?«

Doch sie wartete meine Antwort nicht ab. So war sie, und ich liebte sie dafür. Mit Herzklopfen im Hals beobachtete ich, wie Violet sich nach dem Eishockeyschläger auf der Kommode streckte, und ging im selben Augenblick auf ein Knie. Und plötzlich verschwand all die Nervosität, die ich verspürt hatte. Das hier war richtig. Weil es Violet war. Sie war es schon immer gewesen.

Als sie sich zu mir drehte, weiteten sich ihre Augen, und ihre Lippen formten ein stummes ›Oh‹. Das Braun in ihren Augen schien mich zu verschlingen, und ich war bereit, mich kopfüber hineinzustürzen.

Mit einem Lächeln sprach ich die Worte, die mir, seit ich denken konnte, im Kopf schwirrten. »Keine Ahnung, womit ich dich verdient habe, aber ich bin jeden Tag froh darüber, dich an meiner Seite zu haben. Du bist das Beste in meinem Leben und der Grund dafür, warum ich ein besserer Mann sein will. Einer, der verspricht, nicht aufzugeben. Denn egal was noch kommt oder nicht, ich bin da. Hier bei dir. Also, Violet Clark, du hast mein Herz schon einmal erobert. Willst du es jetzt für immer behalten?«

Ich holte den Ring hervor, den ich mit der Hilfe ihrer Freundinnen sorgfältig ausgesucht hatte.

Violets Augen füllten sich mit Freudentränen, als sie aufgeregt nickte. »Ja, Isaac Murphy, verdammt noch mal, ich will.«

Langsam steckte ich ihr den Ring an den Finger, stand auf und schloss sie fest in meine Arme.

Violet zu lieben, war einfach. Schließlich hatte ich nie damit aufgehört.

Danksagung

Liebe Leserinnen und Leser,

ich bin sehr stolz, euch mein zweites Buch vorstellen zu können, und möchte die Gelegenheit nutzen, mich bei all den talentierten Menschen zu bedanken, die dazu beigetragen haben, dass es Wirklichkeit werden konnte.

Eva, ich bin dir sehr dankbar für dein scharfes Auge und deine gewissenhafte Arbeit beim Lektorat. Deine Beiträge und Kommentare haben den Inhalt des Buches verfeinert und verbessert. Und auch danke dir, Michelle: Mit deiner Hilfe hat das Buch den letzten (und nötigen!) Schliff bekommen. Ein großes Dankeschön geht auch an Nikolina für ihr außergewöhnliches Talent bei der Gestaltung des Covers. Corinna, vielen Dank für deine kreative Gestaltung des Innenlebens.

Mein besonderer Dank gilt (wie immer und immer wieder) meinem Verlobten, der mich in jeder Phase dieses Projektes unterstützt hat. Dein Zuspruch und deine Geduld haben mir die Kraft gegeben, stets mein Bestes zu geben.

Dasselbe möchte ich all jenen sagen, die in verschiedenen Facetten meines Lebens meine Hailey und Minka waren. Eure Inspiration und Unterstützung haben meinen Schreibprozess bereichert.

Ihr alle habt Violets und Isaacs Geschichte zu etwas Besonderem gemacht, und ich hoffe, ihr hattet beim Lesen genauso viel Spaß wie ich beim Schreiben.

In Liebe
Arya

Ausführliche Triggerwarnung

How To (Not) Break A Heart enthält neben expliziten Szenen auch Inhalte, die potenziell triggern können.

Darunter:
Demenz, Verlust, Alkoholkonsum, ungeplante Schwangerschaft, Abort, Endometriose, suizidale Gedanken, und Depression.

Anna Vein
RISE LIKE A BUTTERFLY
Trilogie-Auftakt
(unabhängig lesbar)
ISBN: 978-3-98942-050-2

Sein Gesichtsausdruck, seine Stimme, seine Berührungen.
Das alles löst in mir einen Sturm von Gefühlen aus.
Wie der zarte Flügelschlag eines Schmetterlings, der einen Tornado verursacht.

Olivias Herz wurde im Laufe ihres Lebens schon so oft verletzt, dass es eigentlich längst in tausend Teile zersprungen sein sollte. Als sie ihren Partner dann auch noch beim Fremdgehen erwischt, verliert sie endgültig den Glauben an die Liebe. Um die Geschehnisse in Ruhe zu verarbeiten, zieht sie in die bunte WG ihrer besten Freundin in Manhatten. Dort trifft sie auf ihren neuen Mitbewohner Ian und die entstehende Freundschaft zu ihm lockt sie langsam immer weiter aus ihrem Kokon. Dass er dabei aber auch für ordentlich Bauchkribbeln bei Olivia sorgt, war so gar nicht geplant. Ob sie diesem Gefühl namens Liebe doch noch eine Chance geben kann?

Slow Burn | Friends-to-Lovers

Ana Skye
WITHOUT YOU
I AM BROKEN
Dilogie-Auftakt
(unabhängig lesbar)
ISBN: 978-3-98942-043-4

Luke meint, er wüsste, was für ein Mensch ich geworden bin,
nachdem ich ihn verlassen habe.
Egoistisch. Kalt. Oberflächlich.
Aber nichts davon entspricht der Wahrheit.
Nur werde ich je eine Chance bekommen, ihm das zu beweisen?

Chloe ist am Boden zerstört, als ihr Freund mit ihr Schluss macht und sie auch noch ihren Job verliert. Ihr bleibt nichts anderes übrig, als zurück in die Kleinstadt West Village zu ihren Eltern zu ziehen. Als sie dort einen One-Night-Stand mit einem geheimnisvollen Fremden hat, ahnt sie nicht, dass dieser niemand Geringeres ist als Mike, der Verlobte ihrer Schwester. Zu allem Übel soll Chloe auch noch die anstehende Hochzeit organisieren, welche ausgerechnet auf dem Gutshof ihrer Jugendliebe Luke stattfindet. Als die beiden sich nach Jahren schließlich wieder gegenüberstehen, ist er sogar noch heißer als früher und das Gefühlschaos perfekt. Denn während sich ausgerechnet Mike zu Chloe hingezogen fühlt, ist Luke alles andere als bereit, ihr eine zweite Chance zu geben ...

Love Triangle | Second Chance

Karuna Nestler
A CHANCE AT LOVE
Dilogie-Auftakt
(unabhängig lesbar)
ISBN: 978-3-98942-053-3

Wir dürfen uns nicht näherkommen.
Denn es könnte alles kaputtmachen,
wofür ich so hart gearbeitet habe.
Aber jedes Mal, wenn ich in ihre Augen schaue,
pocht mein Herz viel zu schnell.

Olivia hätte nie damit gerechnet, irgendwann als Produktionsassistentin am Set der beliebten Dating-Show Finding Forever arbeiten zu müssen. Und noch weniger damit, dass sie den diesjährigen Bachelor sofort wiedererkennt, als sie ihm gegenübersteht. Viel zu viel verbindet sie mit dem Hollywoodstar Nolan Pierce. Als Teenager hatten sie sich versprochen, immer füreinander da zu sein, bevor er ohne Erklärung aus Olivias Leben verschwand. Jetzt will er mit der Teilnahme an dem Reality-Format sein Image retten. Seine geheimen Gefühle von früher kann er dabei ganz und gar nicht brauchen, schließlich steht seine gesamte Karriere auf dem Spiel. Wird ihre Liebe dennoch eine Chance haben?

Second Chance | Celebrity